一个女孩的恐惧

BJÖRNSTAD

FREDRIK
BACKMAN

四川文艺出版社

巴克曼『熊镇三部曲』

〔瑞典〕弗雷德里克·巴克曼 著

郭腾坚 译

谨以本书献给教导我、让我爱上体育活动的奶奶莎加·巴克曼。没有她，我的生命将会无比沉默。我希望：天堂里有一座偌大的酒吧，能源源不断地供应马丁尼，且大屏幕上播放着温布尔登网球锦标赛。我非常想念你。

谨以本书献给我最要好、最有趣、最聪明，也最爱吵架的朋友妮妲·莎芙缇－巴克曼。当我需要协助时，她便给我指点，助我一臂之力；当我需要鼓励时，她便鼓励我、扶持我。我爱你。

1

三月底的一个深夜，一个女孩手持双管猎枪径直冲进森林，用枪口抵住一个人的额头，扣下扳机。

而下面这些故事，将引领我们前往事发现场。

2

砰——砰——砰——砰——砰。

三月初的熊镇依然平静，什么事也没发生。当天是星期五，大家都期待着第二天的到来。这一天，熊镇青少年冰球代表队将参加全国最高水平青少年冰球联赛的半决赛。这场比赛很重要吗？如果这场比赛不是在熊镇举行，的确不太重要。

砰——砰——砰——砰——砰。

这座小镇一如往常，苏醒得相当早。小地方必须让自己赢在起跑线上，才能扬名于世。在工厂外停车场上停着的成排小客车早已被雪覆盖，双眼和意识都半开半阖的人们安静地排着队，让电子通行证在打卡计时器上证明自己的存在。他们跺跺脚，除去靴底的烂泥，眼神像自动导航仪一样呆滞，声音像电话答录机的机械回复一般沉闷。他们等着自己选用的"药物"——无论是咖啡因、尼古丁还是糖分——发挥功效，使他们的身体振奋起来，至少可以正常运作，支撑到第一次茶歇时间为止。

路上，上班族离开森林，拥入大城市，戴着手套的手敲打着方向盘。只有在喝得烂醉、垂死或大清早坐在一辆寒冷的标致车里时，他们的嘴里才会飙出脏话。

如果他们安静下来，就能够听到从那里传出的声音：砰——砰——砰——砰——砰。

玛雅在卧室里醒来，卧室的墙壁上点缀着铅笔素描和她在大城市里听过的音乐会门票的票根，这些票根她都保存着。她想听更多场音乐会，但她听过的音乐会场次早已超过父母实际能容忍的次数。她穿着睡衣躺在床上，弹着吉他。她爱好和吉他有关的一切。吉他的重量压在她的身上，玛雅用指尖敲击木质琴箱时，身体也有所回应。琴弦重重地划过皮肤，然后皮肤才醒转过来。简单的音调、柔和的即兴重复段，对她来说，真是一种如天堂般美妙的游戏。她谈过很多场恋爱，但吉他将永远是她的初恋。这让她能够忍受住在这座小镇里，并面对自己作为森林间一家冰球球会体育总监女儿的事实。

她痛恨冰球，但能够理解爸爸对冰球的热爱。和她手上的吉他一样，体育活动也只不过是另一种乐器。她的妈妈经常对她说："永远不要信任那些在人生中找不到真正喜欢的事物的人。"男人喜欢那些热爱某种运动的小镇，而妈妈就喜欢这种男人。这是一座冰球小镇，关于这里的男人，有许多东西可说，但他们是可靠的。如果你住在这里，你就知道自己该期待什么：日复一日、日复一日。

砰。

熊镇可以说是个鸟不拉屎的地方，就算把它摆在地图上，看起来也很不自然。有些人会说："就像醉酒的巨人在雪地里尿出自己的名字。"有些头脑比较清醒的人可能会提出异议："就像人类和大自然在拔河，抢夺生存空间。"不管怎样，这座小镇正在经历失败，它上一次获得某种胜利已经是陈年往事了。就业机会越来越少，人口也逐年减少；每一季，疯长的树林总会吞噬掉一两座荒废的屋舍。在那个还有东西可以夸耀的年代，镇政府在通往小镇的高速路出口处架设了一块路标，上面写着当时颇受欢迎的那种标语："欢迎来到熊镇——我们还要更多一点！"没过几年，风雪就把标语最后两个字刮蚀殆尽。有时，这座小镇给人的感觉就像是一道哲学问题：对一座小镇来说，被森林吞没或无人问津，有区别吗？

要想回答这个问题，你就得朝下方的湖畔走上数百米。那里并不特别热闹，但有一座冰球馆。在四代人以前，在工厂上班的工人们建立了这座冰球馆。这些男人每周上班六天，而在第七天需要某种期盼、某种寄托。这是某种传承，能让这座小镇缓和下来的所有感情似乎仍然集中在这种运动上，集中在冰球场与边线、红线和蓝线、冰球杆和橡皮圆盘[1]上，集中在那些在球场全速追逐橡皮圆盘的年轻躯体所展现的每寸意志和力量上。每到周末，看台上总是座无虚席。即使球会的战绩和小镇的经济一样年复一年一直滑落，但球迷对球队的支持力度仍然不减。个中原因也许是，大家都希望一旦球队的战绩再度起飞，这座小镇其他方面的发展就能被带动起来。

1　puck，用硬橡胶制成的扁圆球，厚 2.54 厘米，直径 7.62 厘米，球重为 156～170 克。

这就是冰球场这类场所必须对年轻人展现未来希望的原因：因为他们是仅有的一群不记得"过去其实比较风光"的人。这可以说是一种福气。所以，他们就用老一辈人建立社会的方式建立了这支青少年代表队。他们努力不懈，承受失败，闭上嘴绝不抱怨，并告诉那些来自大城市的人他们是从哪里来的。

这一带没有什么引人注目的亮点，可是所有到过这里的人都知道：这是一座冰球小镇。

亚马就快满十六岁了。他的房间狭窄无比，如果在大城市，这个房间顶多就是高档消费区豪华公寓里的一个步入式衣柜。房间里的壁纸被NHL[1]球员的海报所覆盖，但两处除外：其中一处贴着他七岁时的照片，照片中的他戴着太大的手套，头盔遮住额头，是整个冰球场上个头最小的男生；另一处则贴着一张纸，纸上有他妈妈写的一小段祈祷文。亚马出生在地球另一端的一家小医院里，他一出世就窝在母亲的胸口，两人孤独地躺在一张狭窄的床上。当时，一名护士就在她耳边低声说出这段祈祷文——据说特蕾莎修女就在自己卧铺上方的墙壁上写着这段祈祷词。那位护士希望它能带给这位孤独的母亲希望与力量。近十六年之后，那张纸仍然贴在她儿子房间的墙上。她根据自己的记忆写下了那段祈祷词，虽然语句的顺序有些混乱——

诚实的人会遭他人背弃；然而，你还是要诚实。

友善的人会遭他人毁谤；然而，你还是要友善。

你做的所有善事，别人会在一夕间忘记；然而，你还是要做善事。

---

1 国家冰球联盟（National Hockey League），由北美冰球队组成的职业运动联盟，是全世界最高级别的职业冰球比赛。

每天晚上，亚马都会把冰球鞋放在床边。冰球馆里那位年老的工友总会开玩笑地说："你是穿着这双冰球鞋出世的吧，那你妈妈生你时一定很辛苦！"他曾经让亚马把冰球鞋存放在球会储藏室的柜子里，但他更喜欢带着它来来去去。他就是喜欢贴近它。

在加入过的所有球队里，亚马总是个头最矮小的球员。他的肌肉始终不像其他选手那么强健，射门力道始终不像其他球员那么强劲。但是，在这座小镇里，没有人抓得住他。在他遭遇过的对手里，没有人比他快。他无法说明这是为什么，但是他想，这和人们看小提琴是一样的道理，有些人只能看见一块高耸的厚板和螺丝，而有些人却能看见音乐。对他的身体来说，冰球鞋一点也不陌生。当他的双脚套进一般的鞋子时，他反倒感觉自己像个上岸的水手。

在他房间墙上的那张纸上，妈妈在最后又添了几行字：

别人可以摧毁你建立的一切；然而，你还是要动手建立一切。

因为到最后，一切将会存在于你和上帝之间，这和你与其他任何人都没有关系。

就在最后一行字的下方，还有年幼的亚马用坚定的笔触写的一行红字：

他们说我太小，不能打球。我一定要变成伟大的球员！

砰。

熊镇冰球协会的甲级联赛代表队曾经在全国最高水平联赛中拿下亚

军。在那之后，已经过了二十多年，球会也经历了三个不同的发展阶段。但是，就在明天，熊镇即将再次品味杀入全国精英行列的滋味。所以，青少年代表队的一场比赛到底有多重要呢？一座城市对青少年联盟的一场半决赛到底有多重视呢？当然了，没有那么重视。如果不是在地图上的这个小点举行，他们可不会那么重视。

那块路标以南一两百米处，就是一块被称为"高地"的区域的起点。那里坐落着一小片价值不菲、能眺望海景的屋舍。这个社区的居民多半是连锁超市老板、工厂主任，或驱车前往大城市、从事更高端工作的职员。在公司派对上，他们的同事都双眼圆睁，不解地问道："熊镇？你们怎么能住在那么遥远的森林里？"当然，他们会回答：那里还有渔业、狩猎活动、大自然的美景等。但现在，其实几乎所有人都在思考：到底能不能撑下去？能不能继续住在这里？除了和气温一样直线下降的房价以外，是否还剩下什么让人坚守的东西？

然后，他们被"砰"的一声惊醒。他们露出了微笑。

3

十多年来，住在周围别墅里的邻居早已经习惯了从恩达尔家庭院里传出的声音：砰——砰——砰——砰——砰。然后是凯文收起橡皮圆盘时的短暂停顿，接下来又是砰——砰——砰——砰——砰。第一次溜冰时，他才两岁半；三岁时，他就加入了自己的第一个球会；四岁时，他的球技已经超出五岁孩童；五岁时，他的球技就已经胜过七岁孩童了。在满七岁的那年冬天，他脸部冻伤严重，即便是现在，当你贴近他时，仍能看到他颧骨上的那两个白斑。那年冬天的一个下午，他参加了人生中第一场真正的联赛。在最后读秒阶段，他对着无人防守的球门射击，却未能命中目标。熊镇小将们以十二比零获胜，凯文一人包揽所有得分，但他并不满足。当天夜里，他的父母发现他没在床上。半夜里，全镇一半的居民组成搜索队到森林里找他。熊镇可不是玩捉迷藏的地方，孩童跑不了多远就会被黑暗吞噬，面对零下三十摄氏度的低温，幼小的躯体很快就会被冻僵。直到黎明时分，有人才发现：凯文并未躲在树丛间，而是站在下方湖畔的冰层上。他将一座球门、五个橡皮圆盘以及所有他能找到的手电筒都拖到冰上，从那场比赛中错失最后一次射门的角度，一小时接一小时地不断射门。他们将他扛回家时，他发狂般地大哭。此后，那两个白斑再没消退。当时他才七岁，但大家已经知道：他吃了熊心豹子胆，他是挡不住的。

他的父母花钱为他在庭院里建了一座小溜冰场，此后他每天早上都会在这里练习射门。邻居们的花坛也成了橡皮圆盘的"墓园"，每年夏天，他们都能从中挖出埋着的橡皮圆盘。后来的人在此处种植花卉时，或许仍能从土壤中找到快降解的橡皮圆盘残骸。

年复一年，凯文不断成长苗壮，撞击声越来越猛烈，也越来越快。现在，他已经十七岁了。在他出生前，熊镇青少年冰球队曾进入最高级联赛竞技，但此后，这座小镇就没出过天赋与他相近的冰球员。他拥有强健的体魄，双手灵巧，用心、用头脑打球。使他与众不同的是他的目光，别人在冰上看不见的动静，他看得一清二楚。冰球有许多技艺是可以教授的，但目光是与生俱来、不可言传。彼得·安德森是球会的体育总监，他总是说："凯文？他可是玩真的。"他也清楚，熊镇上一个达到这种水平的球员正是他自己。他一路打到 NHL，和全世界最优秀的高手一较高低。

凯文知道代价。从他第一次穿上冰球鞋开始，大家就告诉过他了。

一切。他必须付出一切。每天破晓时分，当他的同学们还在温暖的被窝里熟睡时，他就冲进森林，站在那里，砰——砰——砰——砰——砰，捡起橡皮圆盘。砰——砰——砰——砰——砰，捡起橡皮圆盘。每天下午，他要和青少年冰球队的队员一同练球，每天晚上，他和最优级代表队的队员一起练球，然后他会去健身房，之后再到森林里练习一轮射门，最后再花一小时在庭院里就着安装在别墅屋顶特制的探照灯的光亮练习射门，砰——砰——砰——砰——砰。这就是你为这种运动所需付出的唯一代价：一切。

大型球会向凯文发出各种邀约，请他到大城市就读设有冰球队的高中，但都被他回绝了。他的父亲是熊镇人，他是熊镇出身的男孩。这在其他地方或许不具任何意义，但在这里则别具意义。

所以，青少年联赛的半决赛究竟有多重要呢？全国最强的青少年冰球队能再次提醒全国其他地区这座小镇的存在，因此它非常重要。这个地区的政客也许会花钱在这里设立一座冰球高中，而不是设在更远处的赫德镇，那么这个地区最有才华的冰球选手或许就会愿意搬到熊镇，而不是搬到大城市。因此，这场比赛非常重要。这样一来，最优级代表队就能凭着本地球员再度杀回最高级联赛，重新吸引大型赞助商，让镇政府兴建一座冰球馆和通往冰球馆的宽敞道路，甚至包括已经谈论多年的会议中心与购物中心。这样一来，新公司就能够创立，从而带来更多的就业机会；居民们也可以开始考虑装修自己的住房，而不是将它们卖掉。对小镇经济而言，这非常重要。这攸关骄傲感，攸关生存。

这件事是如此重要，以至于在十年前冻伤双颊的那个晚上之后，凯文就一直站在别墅庭院里，射门，射门，再射门。他肩负整座小镇的希望。

这就意味着一切。

　　"洼地"位于路标以北，在熊镇的另一端。熊镇的镇中心由联栋住宅与小型别墅组成，不过这里中产阶级的比重在逐年下降；但洼地只有租赁式公寓楼，建筑地点还尽可能远离"高地"。一开始，这当然只是个缺乏想象力、偏于地理意义的称呼——洼地的地势低于全镇其他区，地势陡降，进入一个陈旧的砾石坑。高地则位于湖面上方的山丘。然而，当居民的经济条件也逐渐出现了类似的区分时，这种称呼就一直保留了下来，并变成不同阶层的标志。在每个地方，人们很早就教导孩子，不同阶层的生活条件是有差距的。在这里，道理很简单：你住得离洼地越远，对你就越有利。

　　法提玛住在位于洼地最深处的一间两房公寓，她用力但不失温和地将儿子从床上拖下来，他还带着自己的冰球鞋。公交车上只有他们两人，他们一语不发，亚马已经训练出一种能在移动中保持头脑昏睡的技能，而且驾轻就熟。法提玛总会怜爱不已地喊他"木乃伊"。抵达冰球馆时，她换上清洁工制服，他则去找值班工友。一开始，他还试着替她捡拾看台上的垃圾，直到她开骂、把他撵走为止。亚马担心妈妈的背，妈妈则担心其他小孩会看见亚马和她在一起，从而借机嘲弄他。在亚马的记忆中，他和妈妈始终活在两人世界里。小时候他会在每月月底到看台上捡空瓶罐，现在有时他仍会这样做。

　　每天早上，他协助工友打开门锁、检查灯管、打包橡皮圆盘、开启制冰机，让冰球馆准备好迎接新的一天。首批来练习的是花样溜冰选手，一般是在最冷清的时段；接下来练习的是所有冰球队，水平越高的球队往往越能占用冰球馆的黄金时段，而最精华时段则属于青少年冰球队与最优级（甲级）联赛代表队。青少年冰球队现在的表现非常突出，几乎已经达到整个小组成绩的最高水平。

亚马还达不到那个水平，他才十五岁。但下一季，如果他全力以赴，或许就能达到这种水平。他知道：有朝一日，他会带妈妈离开这里；总有一天，他将不再需要一直在脑海里对收入和支出加加减减。在这一点上，有些小孩和其他小孩有着显著的差异，差别只在于有些小孩出身的家庭收入有限，以及了解这个事实时的年龄。

亚马知道自己的选择有限，他的计划因而非常简单：从这里进入青少年冰球队，再进入甲级联赛代表队，最后杀入职业联盟。第一笔薪资一入账，他就会将清洁推车从妈妈手中一把抢来，永远不让她再看到它，让她疼痛的手指、酸痛的背能够休息，让她能够一觉到天明。他没有什么购买欲，只希望将来可以不必再在睡前计算收支，安然就寝。

工作完成后，工友就会拍拍亚马的肩膀，把冰球鞋递给他。亚马绑紧鞋带，手握冰球杆，进入空旷的冰层。这就是他的交易——他帮工友搬重物，处理工友因为风湿性关节炎而开始感到力不从心的复杂的球门板，然后在保证将冰面冲洗干净的前提下，他可以在花样溜冰选手集训前的一小时内独享整座冰球场。这是他一天当中最棒的六十分钟，每天都是如此。

他将耳机塞进耳孔，音量调到最高，然后全速冲刺。冲过冰面，重重地撞进另一边的球门边框，撞在亚克力玻璃上。然后再全速冲回。一次，一次，再一次。

某个片刻，法提玛会将眼神从清洁推车上移开几秒，看着冰面上的儿子。工友和她四目相对，她用嘴形说着"谢谢"。工友只是点点头，掩藏住笑意。法提玛想到，当球会里的训练员第一次向她提到亚马天赋异禀时，她感觉多么奇怪。对于本地语言，她只听得懂寥寥几句。亚马在还不太会走路时就学会了溜冰，对她而言，那真是一个充满神迹的费解之谜。这么多年了，她仍然没能习惯熊镇的严寒，但已经学会喜爱这座小镇的样貌。她在一个从不下雪的地方生下了亚马，而他似乎生来就精通这项冰上运动。她觉得生命中再没有比这更令人感到惊异的事了。

镇中心一栋小型别墅里，熊镇冰球队的体育总监彼得·安德森正走出淋浴间，双眼发红，气喘吁吁。由于紧张，他没睡好，而洗澡也没能让他放松下来。他已经吐了两次。在浴室里，他听到蜜拉在玄关忙进忙出，正要去叫醒孩子们。他完全知道她会对他说些什么："老天爷，彼得，你已经四十多岁了，堂堂一个球会的体育总监，对青少年球队的比赛居然比队员们还要紧张。你要不要来上一片奥沙西泮[1]，或喝点什么，放松一下？"安德森一家从加拿大搬回国内后，已经在熊镇住了十多年，但他还是没能让妻子真正理解冰球对熊镇的意义。"说真的，你们不觉得你们这些大人都太兴奋了吗？"整个球季蜜拉一直这样问他，"十七岁的青少年！几乎就只是孩子啊！"

最初几次，他还默不作声。但是，有天夜里，他说出了心里话："蜜拉，我知道这只是一场游戏。这我知道。但是，我们这座小镇处于森林中心。我们没有旅游业、没有矿坑、没有高科技产业，我们只有失业率、寒冷与黑暗。要是我们能让这座小镇再次扬名立万，不管在什么领域，那我们可就是幸运儿了。亲爱的，我知道你不是本地人，这里不是你生长的地方，但是请瞧瞧四周：雇主歇业、镇政府缩减开支。这里的居民可是很强硬的，我们都吃了熊心豹子胆。但是现在，我们连战连败。这座小镇必须赢。我们必须觉得自己是最强的，一次就够了。我知道这只是一场游戏，但又不只是……不只如此。并不总是如此。"

---

1 别名去甲羟安定，为一种镇静催眠药。

这时，蜜拉就会狠狠亲吻他的额头，将他抱紧，不胜怜爱地在他耳畔低语："你这个白痴。"当然，他知道自己是个白痴。

彼得走出浴室，敲了敲十五岁女儿的房门，直到听见房里传出回应他的吉他声。女儿喜欢吉他，不喜欢体育。有些日子里，他对此感到哀伤；但在更多的日子里，他则为她感到高兴。

玛雅躺在床上弹着吉他，当父母在外头敲门时，便弹得更大声。妈妈拥有本科双学士学历，可以引用整部法典，但当你质问她时，她却搞不懂越位或底板球是什么。爸爸倒是可以详细说明冰球比赛现有的每条规则，但在收看有超过三个角色的电视剧时，每五分钟就得大喊一次："现在是怎么回事？那是谁啊？要我闭嘴？为什么我要闭嘴？现在我错过他们说什么了……我们可以倒带吗？"

玛雅为之叹息，一笑置之。十五岁的青少年从父母家搬出去自己住的渴望比谁都强烈。当严寒与黑暗啃噬着妈妈的耐性，三四杯葡萄酒下肚以后，她总会这么说："玛雅，这座小镇不太适合生活。你只能在这里苟延残喘。"

他们当中谁都没料想到，这句话有多么真实。

4

在熊镇冰球队里，从球员更衣室到理事会会议室，所有男人和男孩都受到一句谚语的教化——无话不谈、大肚能容。凶狠的言语和凶狠的铲球一样，都是比赛的一部分。但是，在这座建筑物里发生的事绝对不会外泄。无论是在冰球场上，还是在场外，都是如此。大家都必须知道，球会的利益永远是最高指导原则。

这天清晨，时间尚早，冰球馆的其他地方仍是空荡荡的，只有在场馆下方的冰层上，值班工友、一名女清洁工和一名男童冰球队队员在来回滑动。然而，在冰球馆顶楼的一间办公室里，一群身着西装的男子坚定地齐声吼叫着，吼声传遍各条走道。办公室的墙上悬挂着一张二十多年前的球队团体照——当年，熊镇冰球队可是全国亚军。会议室里的其中几名男子是当年亚军代表队成员，另外几名则不是，但大家志同道合，决定卷土重来。他们不想再成为在较低阶分组里被遗忘的小镇居民，他们想再度成为精英，挑战最远大的梦想。

球会总监坐在办公桌前。他是全城最容易盗汗的男子，总是像偷了东西的小孩那样焦虑不已。今天早上，这种情况比往常更严重了。他的整件衬衫都被汗湿透了，而且他嚼三明治的方式是如此笨拙，不禁让人纳闷他是不是误解了"吃"的概念。他紧张时就会这样。虽然这是他的办公室，但在所有人当中，就数他最没实权。

由内向外看，球会的等级体系相当明晰：理事会指派主导日常业务的球会总监，球会总监则聘用体育总监，而体育总监则负责招募甲级联赛代表队选手并聘雇训练员，训练员负责带队出征，大家谁也不介入谁的工作。但实际情况当然有所不同，总监总是有理由盗汗不止。他身边是理事会成员和赞助商，其中一人是镇政府官员，他们联合起来，成为全镇最强有力的赞助商与最大的雇主。当然，所有人都是以"非官方"名义出现在这里的。当那些有钱有势的大人物大清早想到在同一个地方一起喝咖啡，早到当地新闻记者都还没起床时，他们就会这样称呼自己的行为。

熊镇冰球协会的咖啡机比球会总监更需要清洗，因此，没有人是为了杯中的咖啡而来的。会议室里每个人都有自己的目的，各自都有要从一家成功的球会身上赢取的东西。但他们有一件共同的要事：他们已经达成共识，决定谁必须卷铺盖走人。

彼得在熊镇出生、长大，曾在这里扮演过许多不同的角色——溜冰学校里的小鬼头、前途无量的青少年选手、最年轻的甲级联赛代表队队员、几乎带领球队夺得全国冠军的队长、打入 NHL 的大明星，最后成为返乡的英雄，担任球会体育总监。

然而，现在的他只是那名在小别墅里昏头昏脑、来回晃动的男子，头每晃动三次就会撞到衣帽架一次。他自言自语道："可是，老天爷……有——没——有——人看到沃尔沃的钥匙？"

他翻遍自己夹克的所有口袋，这已经是第四次了。他那十二岁的儿子从另外一边过来，迅速地踮脚跳了两步，闪到一旁避开他，这样他的目光就无须从自己的手机上移开。

"里欧，你有没有看到沃尔沃的钥匙？"

"去问妈妈。"

"妈妈在哪里？"

"去问玛雅。"

里欧躲进浴室。彼得深吸了一口气。

"亲爱的！"

没有回应。他瞧瞧自己的手机，球会总监已经发了四条短信给他，让他务必去他的办公室一趟。通常彼得一星期会在冰球馆待上七十到八十个小时，但他还是没时间去观看自己儿子的练习。他车上还备着高尔夫球杆，如果运气好，他每年夏天可以使用两次。体育总监的职务占去了他所有的时间——他和球员谈合同，和经纪人通电话，坐在黑暗的录影室研究新招募的球员。然而，这是个小球会，因此他在完成自己分内工作后还会帮工友换灯管、擦亮冰球鞋、预订汽车票、订购比赛用队服，还兼任旅行社业务员和保洁人员。他花在维护冰球场馆上的时间和建立一支球队的时间一样多。这些工作耗去了他一天当中除吃饭、睡觉之外的闲暇时间。如果用这种方式去了解冰球——它永远不会成为你人生中的一部分，它一定会占据你的整个人生，那么彼得的处境就非常容易理解了。

彼得接任体育总监时，曾和苏恩通过一整晚电话。从彼得小时候起，苏恩就已经是熊镇甲级联赛代表队的训练员了。苏恩教彼得学会溜冰。当彼得的家中充斥着酒臭味，他身上布满瘀伤时，苏恩让冰球馆成为他的第二个家。他早已不只是个教练，更是彼得的心灵导师兼父亲。在彼得目前的人生历程中，苏恩是他唯一真正信赖的人。"现在，你得成为那个绳结。"苏恩向彼得说明，"在这里，每股势力都是一条绳子——赞助商是一条绳子，理事会是一条绳子，官员们是一条绳子，支持者是一条绳子，教练群、选手和家长们又各是一条绳子。每股势力都是一条绳子，从各方拉扯着球会。你必须成为那个绳结。"

隔天早上，蜜拉起床时，彼得用更简单的方式为她说明这份工作："对于熊镇冰球的发展，每个人都热情似火，我的工作就是确保不要有人身上着火。"蜜拉亲吻他的额头，说道："你这个白痴。"

"亲爱的，你有没有看到沃尔沃的钥匙？"现在，彼得朝整间屋子吼叫。

没有回应。

球会总监的办公室里，那群男子逐一提到该做的事，冰冷而具体，就像是在更换家具。墙上的球队旧照片里，彼得·安德森位于中央。当时他是队长，现在他则是体育总监。这是个完美的成功故事，会议室里的这群男子知道：为媒体和支持者建立这种神话是多么重要。照片里，彼得就站在苏恩旁边。这位甲级联赛代表队训练员说服彼得在职业生涯结束后，举家从加拿大搬回故里。正是这两人一手打造了这支青少年冰球队，目标在于：有朝一日夺得全国青少年冰球冠军。当时，众人对此哄堂大笑；现在，已经没人笑得出来了。明天，这支青少年代表队将在半决赛中竞技；而明年，凯文·恩达尔和另外几名选手就会晋升到甲级联赛代表队。赞助商为球会挹注数百万资金，精英培训计划正式展开运作。没有彼得，这一切就不会发生，他始终是苏恩最得意的门生。

一名赞助商恼怒地瞧了瞧时钟，说："他现在不是早该到了吗？"

手机在球会总监冒着汗的指间滑动。"他一定在路上了。我估计，他是送孩子去学校了。"

那名赞助商鄙夷地笑了笑，说："难道就像平常一样，他那个律师老婆要开的会比他的会更重要？这是彼得的工作，还是嗜好？"

一名理事会会员半消遣、半正经地清了清喉咙，说："我们需要一个像靴子一样强硬，而不是像拖鞋那样拖沓的体育总监。"

那名赞助商戏谑地建议道："或许，我们干脆聘用他老婆好了，穿高跟鞋的体育总监，也许一样管用。"

会议室里的男人们笑开了，笑声回荡着，直通天花板。

彼得冲进厨房找妻子，却遇见女儿最好的朋友安娜。她正在做思慕雪[1]，或者说，至少他认为她正在做思慕雪。整个流理台被一层充满敌意的粉红色糖浆淹没，它一点点接近边缘，准备袭击、战胜并吞并拼花地板。

安娜摘下耳机，说："早安！您的搅拌机真够难用的！"

1　即冰沙，一种饮品，将新鲜水果或冰冻水果打碎后，加上碎冰、果汁、雪泥、乳制品等混合而成。

彼得深吸一口气说："早安，安娜。你来得可真……早。"

"不是，我昨晚就睡在这里。"她没心没肺地回答。

"又来了？这是你第……四个晚上睡在这里了吧？"

"我没算过。"

"是的，我发现了。谢谢。但是，你难道不觉得自己晚上该回家睡觉，还是……我不知道，从你的衣柜里拿些干净衣服，还是……"

"哎呀，没关系的，我已经把所有的衣服都拿到这里来了。"

彼得按摩着自己的脖子，努力让自己用和安娜一样兴奋的表情看着这一切。

"哇……好棒。可是……你不想念你爸吗？"

"不会，没什么。我们常常通电话。"

"当然，当然。可是，我是说，你总有一天还是得回自己家睡觉吧？"

安娜正努力将一块块头比较大、无法鉴别种类的冷冻莓果和水果塞进搅拌器，并不胜惊异地看着他，说："当然。可是这样会很不方便啊，我的衣服全都在这里啊。"

彼得默默地站了良久，看着她。然后，她没盖上盖子就启动了搅拌器。彼得转过身，走进玄关，绝望地大吼："亲爱的！"

玛雅还躺在床上，缓缓地拨弄着吉他的琴弦，让曲调在天花板与墙壁之间跳跃，越来越孤独，直到一切趋于空寂。空寂而微弱的喊声，渴望陪伴。她听见安娜在厨房里瞎折腾，然后听见双亲挫败不已地擦身经过玄关。老爸才刚睡醒，他的声音听起来很惊讶，仿佛他每天早上醒来时，都身处自己从未待过的新地方。妈妈则像由无线电控制、目标明确的割草机，但障碍感应装置的保险已经烧坏了。

她的本名叫蜜拉，但她从未在熊镇听过任何人喊她的本名。最后她终于放弃，任由别人喊她"米亚"。这里的人们是如此沉默寡言，连多发一个辅音都觉得是浪费。[1]一开始，镇上有人问起她的丈夫时，她会回答："你是说彼得（Peter）？"还乐此不疲。然而他们会一脸严肃地盯着她，并重复说："不，是皮特（Pete）！"现在，蜜拉只能暗自庆幸，并且宣称：她的子女名叫里欧（Leo）和玛雅（Maya），是最节省辅音的模范名字。这样一来，镇政府户政事务处职员的脑袋就不会被辅音给炸得晕头转向。

她循着既定的模式穿过小小的别墅，穿衣，同时喝着咖啡，始终保持前行姿势，穿过玄关、浴室与厨房。她从女儿卧室地板上捡起一件毛衣，将它对折，旋即命令道：放下吉他，该起床了。

"现在给我去洗澡。你闻起来就像被人用红牛能量饮料进行过灭火的房间一样。爸爸二十分钟以后送你们去学校！"

玛雅不情愿地翻了翻身，但还是依据经验从床上起身。她妈妈不是那种可以讨价还价的人，她可是律师，而且从来没能真正改掉本性。

"爸爸说，你会送我们去学校。"

"爸爸弄错了。还有，拜托你告诉安娜，让她在调完思慕雪后，把厨房打扫干净。我爱她，她是你最要好的朋友，我不介意她经常睡在我们家，但她如果想在我们家厨房做思慕雪，她就得学会把搅拌机的盖子盖上，你至少还得教她使用那条功能最基本的抹布，懂吗？"

玛雅将吉他靠在墙上，走向浴室。背对妈妈时，她翻了个好大的白眼，大到假如在这时对她照 X 光，她的瞳孔会被误认为是肾结石。

"不要对我翻白眼。虽然我没看到，但我知道你确实那么做了。"妈妈嘶吼着。

1　蜜拉（Mira）比米亚（Mia）多了一个辅音 r。

"鬼扯，胡说八道。"她的女儿回道。

"只有美剧里的那些角色才会说这种话！我早告诉过你了！"妈妈抗议道。

玛雅有点不必要地大力关上浴室的门，作为回答。彼得从屋里某处大喊"亲爱的"，蜜拉又从地板上捡起一件毛衣，就在这时，只听到安娜大喊"啊"，她的思慕雪随即喷满了厨房的天花板。

"你们知道吗，我此生本来可以做点别的事情。"蜜拉低声自言自语，而后走出房间，将沃尔沃的钥匙放在自己的夹克口袋里。

球会总监办公室里的那群男人还在为有关高跟鞋的笑话而笑个不停。这时，一声谨慎的轻咳从门口发出，传到办公桌。球会总监看都不看女清洁工一眼，只是招招手，准许她进来。女清洁工向所有人赔了不是。当她趋身清空垃圾桶时，即使其中一人很体贴地将双脚抬起，但室内大多数男子仍旧忽略她。女清洁工友善地道谢，却无人在意，她倒也不以为意。法提玛最重要的天赋就是不打扰其他人。直到来到走廊上，她才摸了摸自己的背部，抑制住一声短促、痛苦的呻吟。她可不希望有人看到这一切，然后告诉亚马。她所挚爱的小男孩总是过度担心她。

当亚马在下方冰球场上的球门前减速时，汗水刺痛了他的双眼。冰球杆抵着冰面，湿气让手指在手套内滑动了几毫米，呼吸撕扯着喉咙，乳酸在大腿肌肉里集聚着。看台上空空如也，但他仍不时地偷瞄看台一眼。他妈妈总说他们——他和她——要心存感恩。他了解她，没人比她更懂得感恩，她对这个国家、这座小镇、这些人、球会、镇政府、邻居们和雇主都心怀感恩。感恩，感恩，感恩。这是妈妈的任务。然而，孩子的任务就是做梦。所以，亚马的梦想是：有一天，他的妈妈能够走进一个房间，而不需向人道歉。

他眨了眨眼，甩掉汗水，扶正头盔，冰球鞋踏在冰面上，一次，一次，再一次。

彼得错过了球会总监的四通来电，他倍感压力地看着时钟。当蜜拉进入厨房时，他转身面向她。她面带微笑端详着安娜留在流理台和地板上黏糊糊的污渍，心知彼得内心一定正歇斯底里地尖叫着。他们对整洁的认知不一样：蜜拉不喜欢地板上丢满衣服，而彼得则由衷地厌恶污渍。他们见面时，他的公寓看起来像是被盗贼洗劫过，唯独厨房和浴室看起来像是手术室。蜜拉的家正好相反。由此我们可以得出一个结论：他俩的夫妻相并不是那么明显。

"你来啦！我要去球会开会，已经迟到了。你有没有看见沃尔沃的钥匙？"他哼着鼻子说。

他试着穿上西装，打好领带，按照一般顺序马马虎虎地收拾好。蜜拉的穿着无懈可击，那衣服仿佛就是为她量身定制的。她喝着咖啡，手轻轻一摆，便套上了大衣。

"看见了。"

他头发散乱，脸涨得通红，两脚的袜子上还沾着思慕雪。他问道："你能不能告诉我放在哪里？"

"在我的口袋里。"

"什么？为什么？"

蜜拉亲吻他的额头，说："是啊，小甜心，这真是个好问题。我想，这是因为我觉得要是我想开沃尔沃上班，钥匙就会很管用。因为我料想，要是为民众服务的律师开一辆偷来的车上班，人们会觉得不太合宜的。"

彼得困惑不已，双手插进头发。"可是……噢，你不是应该开小车吗？"

"不，是你应该开小车去修理厂，在你送孩子们去上学以后。我们已经谈过了。"

"我们才没有谈过这个！"彼得执着地用餐巾纸擦干她咖啡杯的下缘。

她微笑道："可是啊，我亲爱的小甜心，冰箱上的日程表上就是这么写的。"

"是，可是你总不能不跟我谈就把它写在上面！"

她坚决地挠了挠眉毛，说："我们已经谈过。我们现在正在谈。我们除了谈、谈、谈，什么都没做。不过，至于倾听嘛……"

"拜托，蜜拉，我要开会啊！要是我迟到太久……"

蜜拉点点头，动作大得夸张。"当然，那当然，亲爱的。要是我太晚去上班，一个无辜的人就会被关进大牢。但是——很抱歉，我打断了你，告诉我，要是你去得太迟，会发生什么事呢？"

他通过鼻子深呼吸，尽可能保持耐性，说："明天就是今年最重要的比赛，亲爱的。"

"亲爱的，我知道。明天，连我也得假装这很重要。但是，在此之前，你也只能说服全城其他人，这很重要。"

她极难取悦。根据他对她的了解，这是她最迷人也最恼人的特点。他努力想找到更有力的论点，但蜜拉只是演戏般地叹了一口气，将车钥匙放在餐桌上，站在他面前，手握拳头道："好吧，那就来猜拳吧。"

彼得摇摇头，努力忍住笑意，说："你是怎么回事，又不是三岁小孩？"

蜜拉扬起一边眉毛，说："怎么啦？不敢来？"

彼得的目光紧盯着她，脸上笑意渐失，握紧拳头。蜜拉高声数到三，彼得出了布，蜜拉很明显多等了半秒钟，才迅速伸出手指比出剪刀的形状。彼得在她背后大喊，但她早已一把抓起钥匙，走向玄关。

"你明明在作弊！"

"亲爱的，不要输不起哦。小朋友们再见，记得要对爸爸好一点哦！或者，至少稍微对他好一点哦！"

彼得留在厨房里，高喊："作弊狂！别跑！"

他转向冰箱上的日程表。

"这里根本就没写什么和车子有关的……"

大门在蜜拉背后关上。沃尔沃车在门外发动。安娜站在厨房里，唇边沾满了思慕雪，露出大大的笑容。

"彼得，在她那里，你从来就没有赢过，是不是？"

彼得揉搓着发根说："能不能拜托你去把我儿子和女儿弄来，叫他们穿好衣服上车？"

安娜急切地点点头说："没问题！我先把这里打扫一下！"

彼得哀求般地摇摇头，取来一盒新的洗碗用清洁布。"不……安娜，拜托你……别这样做。我真的觉得，你这样只会越弄越糟。"

球会总监办公室里的笑声沉寂下来，其中一名赞助商严厉地盯着球会总监，手指关节敲着书桌，问道："怎么样？这对彼得来说会是个问题吗？"

球会总监用手擦了擦额头，摇摇头说："彼得总是会根据球会的最佳利益行动，这一点你们是知道的。"

那名赞助商起身，整了整西装，将杯中咖啡一饮而尽，然后说："就这样办。我还有别的会要开，但我相信你会跟他说明游戏规则。你要提醒他，他的薪水是谁支付的。我们大家都知道他跟苏恩的关系，但我们不能让这里闹内讧的事情传到媒体上。"

球会总监无须回答。彼得比谁都清楚"大肚能容"的道理。他会以球队为重。即便今天他将受命将苏恩踢出球队，他也会这么做的。

5

为什么有人会在意体育活动？

这也许取决于你是谁，你身在何处。

没人确切地知道苏恩的年龄，他是那种看起来至少在二十年间都保持在七十岁的人，就连他本人都不记得自己担任甲级联赛代表队训练员究竟有多久了。年龄使他变得越来越矮，压力和饮食习惯使他变得越来越胖，现在他已经显现出糟老头的样子。他今天上班的时间比平常早得多，但当那群男子走出冰球馆时，他却藏身在冰球馆外的树丛里，等到他们驾车离去后，他才出来。这并不是因为他觉得丢脸，而是因为他们不必在他面前丢脸。他看着他们当中的几个人出生、长大，甚至还训练过他们当中的许多人。他们想炒掉他，用青少年联赛代表队的教练取代他，这已经是全镇公开的秘密。苏恩不需要任何人提醒——不要公开起冲突，他永远不会对球队做这种事情，他知道：现在，这件事已经牵扯到冰球以外的其他问题。

熊镇是一座大森林中一块贫穷的区域，但镇里仍住着几个富人。他们挽救了球会，使其免于破产，而现在他们要求回报：青少年代表队要一路杀到精英联盟。明天，他们将要赢得青少年冰球联赛的半决赛；下个周末，他们将赢得决赛。当区政府在确定冰球高中的校址时，他们就不能对这座拥有全国最强青少年冰球队的小镇视而不见。这支球队是这座小镇未来规划的核心，一旦迎来新的高中，就能设立一座新的冰球馆。接着就是会议大楼和购物中心。冰球将变得不只是冰球，它将变成小镇旅游业和品牌构建的资本。这攸关生存。

因此，球队并不只是球队，它是一个王国。林子里最强势的男人争夺这个王国的统治权，那里已经容不下苏恩。他看着冰球馆，他为它付出了一切。他没有家人，没有嗜好，连条狗都没有。他即将失业，届时，他将不知道自己该如何糊口，或者说，不知道为何而活。他还不能责怪任何人，不能怪球会总监，不能怪青少年冰球队训练员，更不能怪彼得。可怜的彼得大概还不知道这回事，但他们会逼迫他执行解聘令，将斧头硬塞给他，而后再对媒体说明。他们要确保球会的团结，以及"大肚能容"。

所有体育协会迟早都得确定自己确切的目标，而熊镇已不再满足于单纯的参赛。他们将根据唯一简单的理由，用青少年代表队的训练员取代苏恩：苏恩在赛前对球员喊话时总是发表长篇大论，让他们用心打球；而青少年代表队的训练员站在更衣室里只说了一个字："赢"。青少年代表队连战连胜，十年来皆是如此。

苏恩有点不确定，一个球会是否应该完全建立在一群从来没输过球的小男孩身上。

那辆小轿车驶过刚铲过雪的路面。玛雅忧郁地将额头抵在车窗上，一如典型的十五岁少女。在遥远的南方，春天已经重回大地，但熊镇被认为只有两个季节：自然而然的冬季，以及让所有人都大吃一惊的夏季。在属于夏季的那两三个月内，人们还没来得及适应阳光，它就重新被收了回去。在一年当中的其他时间里，有时候你会觉得还不如住在地底下。

安娜用指尖用力拧了拧玛雅的耳朵。

"干吗？"玛雅喊道，擦了擦整张侧脸。

"我好无聊！我们来玩游戏吧？"安娜急切地求她。

玛雅叹了一口气，但没有抗议。一方面，她喜欢这个吸着思慕雪的笨蛋；另一方面，她们十五岁了，而她妈妈又对她耳提面命："玛雅，你在青春期交到的朋友，往后都不会再有了；就算你一直和她们保持联系，往后的情形也永远不会和现在一样。"

"好，听听这个。你想变成瞎子，但超级会打架；还是想变成聋子，但超级会……"安娜开口。

"瞎子。"玛雅不假思索地回答。

这是安娜最喜欢的游戏，她们从小时候开始就一直玩这个游戏。无论如何，它带来了一种安全感。有些事物是不会随着年龄增长而消逝的。

"你都还没把选项听完！"安娜抗议。

"我才懒得管选项。不能听音乐，我活不下去；不过每天看不到你那张烦人的脸，我倒是可以活得好好的。"

"笨蛋。"安娜叹了一口气。

"傻瓜。"玛雅笑道。

"好吧，听听这个：你希望自己总是流鼻涕，还是希望跟一个总是流鼻涕的男生在一起。"

"自己总是流鼻涕。"

"噢，你的回答实在太符合你的本性了。"

"你会提出这种问题，才符合你的本性。"

安娜试图拍打玛雅的大腿，但玛雅灵巧地避开了，还用力地打了朋友的手臂一拳。安娜尖叫着，她们互相嘲笑着。

你在十五岁时所拥有的朋友，往后都不会再有了。

里欧坐在前座，他拥有一种与生俱来的、能够无视姐姐与她最要好朋友声波频率的"超能力"。他转向爸爸，问道："你今天会来看我练球吗？"

"我……我尽量……可是妈妈总会来看吧？"彼得回答。

"妈妈都会来看。"里欧说。

里欧只是在陈述事实，而非做出指控，但彼得仍有这种感觉。他频繁地看着车内的时钟，以至于必须敲敲它，才能确保它没有停止转动。

"你压力很大吗？"安娜从后座问道。要是你刚好压力很大，在听到她说话的腔调时，你绝对会扔东西。

"我只是要去开会，安娜。谢谢你的关心。"

"跟谁开会？"安娜问。

"球会总监。我们要讨论明天的青少年冰球联赛……"

"大家怎么都在讨论青少年代表队，你们应该知道，这只是一场愚蠢的游戏吧？没人真正在乎的！"

她只是在开玩笑，其实她很爱冰球。但玛雅旋即嘶吼道："今天不准你跟他这样说！"

"他很迟钝的！"里欧附和着。

"什么，迟钝？谁很迟钝？"彼得问。

玛雅很快从后座向前探过身来，说："爸爸，你不用把我们一直送到学校。你在这里停车就可以了！"

"没关系的。"彼得坚持。

"哦，不……对你是没关系。"玛雅呻吟道。

"现在是怎么回事？你认为我会让你丢脸，嗯？"

安娜很给力地插嘴道："没错！"

里欧补充道："而且啊，她不希望别人看见你，要是这样，她的全班同学都会凑上来聊冰球。"

"这有什么错吗？我们是一座冰球小镇啊！"彼得震惊地说。

"但是，这该死的人生，这一辈子不见得非得献给冰球啊。"玛雅解开安全带，考虑要不要拉开车门，直接滚出车外。积雪仍然很厚，她觉得自己不会受伤，似乎值得冒险一试。

"你为什么这么说？里欧，她为什么这么说？"彼得在前座脱口而出。

"能不能请你停车？或者你只要放慢速度，你放慢速度就行了。"玛雅哀求道。

同时，安娜急切地敲着里欧的肩膀，说："好吧，里欧，听着：永远不能再打冰球，或是永远不能再打电动游戏，你选哪个？"

里欧瞥了爸爸一眼，害臊地咳了咳。他解开安全带，摸索着车门的把手。彼得仿佛被打败了似的摇摇头说："里欧，你不敢回答这个问题。你竟然不敢回答！"

蜜拉驾着沃尔沃车驶离熊镇。今早，她听见彼得在浴室里呕吐。这就是体育活动给这座小镇的成年男性带来的影响。它对明天就要比赛的十七岁青少年代表队队员岂不是会造成同样的影响？熊镇的已婚妇女之间流传着一个笑话："我希望我的丈夫能够以看着冰球的方式看着我。"蜜拉太了解这个笑话的来源了，因此她从来不笑。

她知道小镇的男性是怎么评论她的。她知道，当他们聘任彼得时，她并不是他们想看到的那种忠心耿耿的体育总监之妻。他们不把球会当成雇主，而是把它当成一支军队：士兵受征召时就必须入伍，家属则得骄傲地站在门口向他们挥手道别。蜜拉第一次见球会总监，是在一场由赞助商们筹办的高尔夫球赛上。在晚餐前的酒会上，他将一只空酒杯放在她手上。在他的冰球天地里，女人显然不常出现，所以他看见不认识的女人就认定她是服务员。

当发现自己弄错时，他只是哈哈大笑，似乎认为蜜拉也应该觉得这种情况很好笑。但她没有跟着笑，他便叹气道："你总该有点幽默感吧？"当他听到她有意继续发展和彼得事业无关的职业生涯时，他惊讶地喊道："那谁来照顾孩子们啊？总得有人给他们哺乳吧？"当时，她真的尝试闭嘴——也许还说不上是"真的"，但事后她觉得自己实在已经

"尝试"过了。她转向球会总监，意味深长地朝他那肥如意大利香肠、滑动不止、抓着一个鲜虾三明治的手指比了个手势，然后指了指他那在绝望的衬衫纽扣下紧绷的腹部，说："我觉得，这应该要由你负责。你的胸部其实比我的大。"

其后再举办高尔夫球赛时，"欢迎携眷参加"便从邀请函中被删除了。男人们的冰球天地越来越宽广，女人的则越来越小，而最能证明蜜拉对彼得爱情的一点，莫过于她那天并没有到冰球馆去痛揍某人一顿。她学到：你在熊镇生活，脸皮必须厚一点，这对承受严寒和羞辱都是有帮助的。

十年过去了。随着时间流逝，她也发现：装一组性能优良的汽车音响帮助很大。她调高音量，播放起里欧和玛雅最喜欢的、不时叫好地喊着"大声一点！大声一点！"的曲目。这不是因为她喜欢那种音乐，而是这样做会让她感觉更亲近他们。孩子还小时，他们每天早上离家出门后，大人总会悬着一颗心。他们相信这一切会随着时间流逝而改观，但情况不但没有改观，反而越来越糟。因此，她在手机里存了他们的播放曲目，上面的每首歌都是精心挑选的，其中任何一首在广播电台播放时，其中一个孩子就会"大声一点！大声一点！"地叫好。她将音量调得非常高，以至于都能感觉到车门门板的震动。有时，森林里的寂静会让她陷入疯狂。下午，天幕很早就从树顶笼罩下来，而且几乎全年如此。对一个生长在大城市、习惯用大自然风景作为屏幕保护程序和背景画面的人来说，这是很难适应的。

当然，熊镇的所有人都痛恨大城市，他们对所有自然资源都在森林里，但所有的钱全都流到其他地方，一直怀恨在心。有时你会感觉：这就是这里的人们喜爱不宜居气候的原因，因为这不是任何人都能承受的，这提醒他们自己的力量与顽固。彼得教蜜拉的第一句谚语就是："熊鄙弃森林，其他人鄙弃熊镇，森林的子民更要自救！”

她已经习惯了这里的某些事物，但有些事物则是她永远都无法理解的。比如，在一个所有人都会钓鱼的地方，竟然连一间寿司店都没有；或者，为什么这些定居在连野生动物都难以承受的气候里的强硬人民竟能如此心直口快。蜜拉还记得，当她问彼得为什么住在这里的人们都如此痛恨大城市的居民的时候，他是这么回答的："大城市的人寡廉鲜耻。"彼得太过在意人们的想法——当他们受他人之邀去餐馆吃晚饭时，如果她点了一瓶太贵的葡萄酒，他是会气炸的。这正是他拒绝定居在位于高地、较为昂贵的别墅区的原因——即使蜜拉的薪水负担得起。他们住在镇中心的小房子里完全是出于礼貌，即便蜜拉试图用"住在高地就会有更多空间放你的密纹唱片"为理由游说彼得，他仍不为所动。

十多年了，蜜拉仍然未能学会在熊镇生活，她只是与它共存而已。沉默使她想买个小鼓，在街上来场嘉年华游行。她将汽车音响的音量调得更高，双手拇指放在方向盘上。她跟着每首歌曲狂野地高唱着，头发都甩进了后视镜边框，她因此几乎将车驶到道路外。

她为什么在意体育活动？她才不在意体育活动。她在意的是从事体育活动的人。因为她梦想着：有一年夏天，就那么一年的夏天，彼得能正眼看看自己生活的小镇，而不会对其中的一切视而不见。

当苏恩走向冰球馆入口时，他厚实的胸膛上下起伏着。这是他此生第一次真切感受到自己的实际年龄，软绵绵的身体移动着，就像将连身运动衫套在一袋水母身上。然而，当他推开门时，他的心中仍一如往常平静下来。放眼世界，这可是他唯一理解的地方。因此，他试图记住它所给予他的一切，而不是他们想从他手上夺走的一切。他一生都奉献给了运动，还见识了超出绝大多数人所能形容的事物：他有幸亲历的几个魔幻时刻，得以见证两名永恒不朽的巨星诞生。

大城市里那些高谈阔论的人永远理解不了这一点：一个这么小的冰球协会怎么能发掘出一个不世出的天才。这就像在一片冰封的庭园中看见一株盛开花朵的樱桃树。你得等上许多年，可能是一辈子，甚至是好几辈子，才能碰到一次这种情况。这种情况碰到一次就已经堪称奇迹了，更别说碰到两次，简直是不可能的——除了在这里以外。

第一次是彼得·安德森。那已经是四十多年前的事了。当时苏恩刚接任甲级联赛代表队的训练员，在溜冰学校里见到了彼得——一个瘦削、刚开始学溜冰的小男孩，戴着别人留下来的手套。他眼眶发青，他老爸是个酒鬼，大家都察觉到了，却无人过问。当所有人都没把彼得和冰球联系在一起时，苏恩注意到了。这怪兽般巨大的力量改变了他的人生。这个走路摇摇摆摆的小男孩终于长大成人，带领这个一直不被众人看好、处于破产边缘的球会差点赢得全国冠军，而后自己也打进 NHL。这是一条从森林通往巨星的道路，简直难如登天。但是，悲剧性的命运随后便从他手中夺走了一切。

在身处加拿大的蜜拉与彼得处理完葬礼之后，苏恩打来电话，告诉他们熊镇冰球协会需要一位体育总监。他说这座小镇及其冰球协会正急需协助，刚好彼得也需要挽救某些事物，于是安德森一家便搬回了故里。

第二次则是在十多年前。当时，苏恩意识到他们是在寻找一名冰球球员，而其他人则以为他们只是在找寻一个平凡的小男孩。于是，他和彼得便从森林里的搜索队中溜了出来。黎明时分，他们在湖面上发现了凯文，他双颊冻僵，眼神凶猛，像熊一般。彼得将这个七岁的小男孩扛回家，苏恩则安静地跟在一旁，沉重地呼吸着。隆冬之际，整座小镇再度弥漫着樱桃树的味道。

同一年，甲级联赛代表队伤病问题不断，人才缺乏。在停车场上，苏恩拦住一名个性沉默、心灰意懒且准备离队的二十二岁球员。当其他人只将他视为一名失败的球员时，苏恩却看到了他身上作为资质优秀的训练员的特质。那位二十二岁的年轻人名叫戴维，他不安地站在苏恩面前，小声道："我不是当训练员的料。"然而，苏恩对他吹了声口哨，说："那些自认为是好教练的人，永远不会成为好教练。"戴维领导的第一支球队由一群七岁的小球员组成，凯文正是其中一员。戴维命令他们赢。他们就赢。赢个不停。

现在凯文十七岁，戴维是青少年代表队的训练员，两人在下一季都将进入甲级联赛。加上彼得，他们构成夺取冠军的"三位一体"：在冰上奋战的双手，休息室里的精神喊话，办公室里运筹帷幄的大脑。苏恩的发现终将招致自己的毁灭。彼得会炒了他，戴维将抢走他的工作，凯文将对大家证明：这是正确的决定。

苏恩看见了未来。而现在，未来已经离他而去。他推开冰球馆的门，迎接着场馆里的所有声音。

为什么打冰球？亚马从未问过这个问题。打冰球可是很痛的，无论是在肉体上、心理上还是在精神上，它都需要非人的牺牲。它能折断他的双腿、撕裂他的韧带，逼迫他在天亮以前起床。它占用了所有时间，吞掉了一切精力。所以，为什么打冰球？因为他小时候曾听过一句话："冰球选手，是没有资历与长幼之分的。"他完全理解这句话的意思。当时，五岁的亚马还在溜冰学校就读。甲级联赛代表队训练员苏恩下到冰层上和孩子们说话。当时苏恩就已经是个胖老头了，但他两眼直视亚马，说："你们当中有人天赋异禀，有人不是。你们当中有人含着金汤匙出生，有人出生时一无所有。但是，记住！一旦站在冰球场上，你们就都是平等的。你们在这里还会知道一件事：意志力，可以战胜阶层。"

假如让孩子们知道，只要保持饥渴就能够成为某个领域的佼佼者，孩子们就能轻易地爱上这个领域。而在所有人当中，亚马最为饥渴。对他和母亲而言，冰球是进入这个社会的通道。他还想更进一步，想使它也成为离开这个社会的出口。

他全身每个部位都感到疼痛，每个细胞都在哀求他躺下休息，但他转了个弯，眨眨眼，甩掉汗水，将冰球杆握得更紧，冰球鞋踏在冰面上。他用最快的速度、最猛的力道冲刺，一次，一次，再一次。

到了一定的年纪，所有事物都不能再让我们感到惊讶，这一点适用于人，更适用于冰球。精明的专家对这种体育项目竭尽毕生心血，所有的理论在一本比一本厚的手册中都被分解为最小单位的分子。在绝大多数的日子里，任何人都能体会到，已经没有什么独特的主意了。教练们可是一个比一个有自信，他们已经想过、说过、写过一切理论了。有些日子则比较罕见——偶尔，冰上仍然会发生无法形容的事情，让人感到惊讶的事情，改变一切的事情。对此，你无法事先做准备，如果你全身心投入这项运动，你就只能相信：在目睹新奇的大事时，你能够认得出来。

工友走向看台，想在一根陈旧的栏杆上添几颗新的螺丝钉。看见苏恩打开大门，他惊讶不已，苏恩可从没这么早到过。

"你今天是闻鸡起舞啊，这么早到。"工友笑着说。

"在熄灯号响起之前，你总得卖力工作吧。"苏恩疲倦地笑道。

工友不胜悲戚地点点头。正如之前提过的，苏恩即将被炒的消息早已在全城不胫而走。苏恩走向看台，准备去自己的办公室，这时却停下脚步。工友扬起一边眉毛。苏恩的视力已大不如前，他眯着眼看，朝冰上那个小男孩点点头，问道："那是谁？"

"亚马，男童冰球队一个十五岁的小男生。"

"一大清早，他在这里干吗？"

"他每天早上都在这里。"

那小男孩把自己的手套、毛线帽与夹克放置于冰面上的直线之间，作为标识物。他全速冲刺，抵达这些标识物，并在不减速的情况下转换方向，急停，射门。橡皮圆盘从未离开过冰球杆。来回五次、十次，他还能保持同样的强度。每次滑行结束时的射门，都命中球门网的同一个位置。一次。又一次。

"每天早上？是有人因为某件事情处罚他，还是怎么回事？"苏恩继续问道。

工友咯咯笑了起来，回答说："他就是喜欢冰球。老先生，你记得那种感觉吧？"

苏恩没有答话，看着自己的手表，嘀咕一声，开始爬上看台。就在几乎来到最上方一排座位时，他停了下来。他试图再往上爬，但已经力不从心。

他在溜冰学校见过亚马，他在那里见过这些小男孩中的每个人，但当时的印象远没有现在深刻。冰球是一种熟能生巧的运动。同样的练习、同样的动作，直到成为深深烙印在脊髓里的本能。橡皮圆盘不只会滑动，还会弹跳，因此加速度比最高速度重要，手眼协调能力比蛮力重要。你能从冰球场上得到的奖励，取决于比别人更迅速变换方向、思绪的能力，这就是区分高下与胜负的关键。

这种游戏仍能让我们感到惊讶的日子早已屈指可数。这种情况发生时，我们事先不会得到提示，我们只能相信自己能够认出这种情况。因此，当冰刀鞋底的回声向上传到看台时，苏恩站着不动，迟疑了一下，然后才回首看了最后一眼。他看着那个十五岁的小男生转身，一手轻柔地握着冰球杆，摆好姿势，重新闪电般地加速。苏恩将会记得，这真是人生中的一大福气——第三次见证不可能的事正在熊镇发生。

工友将头从栏杆的螺丝钉旁抬起，察觉到那年老的训练员坐进看台顶层一排的座椅。起先，他看起来像是患了重病，然后工友意识到，这只是因为他以前从没看过那老人笑起来的样子。

苏恩以鼻呼吸，眼眶里满是泪水。整座冰球馆弥漫着樱桃树的气味。

为什么人们在乎体育活动？
因为它讲述历史。

6

亚马离开冰面，每寸衣料都被汗水浸湿，黏附在身上。坐在看台顶层的苏恩目光紧跟着他。这小男孩很走运，他没察觉到甲级联赛代表队的训练员就坐在这里，要是他察觉到了，肯定会紧张到在冰上跌个倒栽葱。

小男孩亚马消失时，苏恩还坐在原处。长期以来，他的衰老已相当明显，但今天这种感觉更加强烈。有两种事物最容易让我们意识到年华老去：小孩和运动。在冰球选手的职业生涯中，二十五岁是成为轮值主力的年龄，三十岁成为老将，三十五岁则是退休年龄。苏恩的年龄已经是球员退休年龄的双倍。年龄这种事就是这样。他越来越矮，越来越胖，需要越来越频繁地洗头，却已不再那么需要梳头，他也越来越常被太窄的椅子和劣质夹克拉链弄得气恼不已。

然而，当亚马关门离去时，苏恩从鼻孔吸入更多、更浓烈的樱桃树气味。十五岁。老天爷，简直是前途无量。苏恩对自己现在才注意到他而感到羞惭。近期以来，其他人关爱的眼神都聚集在青少年代表队上，但这个小男孩显然有了爆炸性的突破。而短短几年前，苏恩可是一眼就能辨识出这样的天才的。他可不能把这一切都归咎于自己的老眼昏花。毕竟，他的心也老了。

　　他知道自己留在这里的时间不多，没有机会训练这小男孩，但他希望不要有人想杀鸡取卵，毁掉他的天赋，或是让他过快地成长。很不幸地，他知道：当其他人了解到这个小男孩实际上有多么优秀，马上就想从他身上打造出最佳成绩时，自己的一厢情愿是毫无价值的。这支球队需要他，这座小镇会要求他。多年来，苏恩针对这种事情一次又一次地和理事会争吵，可每次都以他的失败而告终。

　　苏恩被熊镇冰球协会解聘的详细原因可能要花上好几天才能说清楚，但简短地说，就是因为一个名字——凯文·恩达尔。赞助商、理事会和球会总监要求苏恩直接让这位十七岁的神童进入甲级联赛代表队，而苏恩拒绝了。在他的世界里，小男生要想变成男人，除了荷尔蒙，还必须具备其他条件。在职业冰球联盟里，成熟度和天赋一样重要，他亲眼见过很多球员因为来得太快而非太迟的机会而遭遇失败。但是，已经不再有人听他的想法了。

　　熊镇居民以输不起的精神为傲。苏恩知道，对此他难辞其咎。每名球员和主管一来到这里，他就把"球队优先"这几个字烙印在他们心里。球队的最佳利益永远优先，我们的私利永远不能排在它之前。现在，他们就用这一招对付他。他大可以让凯文进入甲级联赛代表队，从而保住自己的工作。但他没有屈服，他希望自己确定这样做是对的。但其实他已经不知道了。也许赞助商们和理事会是对的，也许他只是个失去控制的老顽固罢了。

戴维躺在厨房的地板上。他三十二岁，红色的头发是如此凌乱，看起来像是要从他的头顶上逃离。小时候，他还因此而被霸凌过，其他小孩在教室里作势要烧他的头发，他也因此学会了打架。他没有什么朋友，因此能把所有时间都花在冰球上。他也从未培养过其他兴趣，因而能成为冰球界的佼佼者。

他卖力地在餐桌下狂做俯卧撑，汗水滴落在地板上。餐桌上摆着电脑，整夜播放着以往赛事和训练记录的视频。熊镇冰球协会青少年代表队教练的身份，让他成为一个易于理解却无法与他人共同生活的人。他的女朋友被他弄得气急败坏时，常说他是那种"在空荡荡的房间里也会觉得受到侮辱的人"。这也许是真的，他的脸色看起来像是时时都在"逆风而行"。他总是听到别人说他太严肃了，而这也正是冰球适合他的原因。球会的所有人都认为：再怎么严肃地看待冰球都不为过。

无论是对青少年代表队球员，还是对戴维的人生，明天的比赛都是最重要的一战。擅长煽情的教练也许会对他们说，这是他们作为儿童在冰上的最后六十分钟。他们之中绝大多数人今年将满十八岁，成为成年男性。但是戴维可不会煽情，因此他将一如往常地只和他们说一个字：赢。

他手下的球员绝对不是全国顶尖的，然而他们的纪律最为严明，也受过最佳的战术训练。他们一直都在一起打球，而且他们有凯文。

戴维坚信强硬的战略与凶悍的防守，最主要的是，他相信比赛结果。因此，他们打球的球风一点都不漂亮。虽然赞助商和家长们不断唠叨，要他"放手"让球员发挥，试着打"球风比较漂亮的冰球"，但戴维根本不知道什么是"球风比较漂亮的冰球"，他只知道一种无聊的冰球，即对手得分比我们多的那种冰球。他从来不讨好任何人，他曾经被交代在球队里为一家大型赞助商营销主任的儿子安插一个位子，但他并没有这样做。他从不妥协，他知道这不会为他带来多少朋友，却毫不在乎。你想被人喜欢吗？很简单，只要成为赢家就行了。因此，戴维不计一切代价要成为赢家。因此，他看待球队的方式和其他人都不一样，就算凯文是全队最好的球员，但他并不总是最重要的球员。

餐桌上的电脑正播放着一场本赛季稍早的比赛，对手的一名球员跟在凯文后方，明显打算从后方铲倒他，却在下一刻倒在冰上。熊镇冰球队 16 号球员站在他身边，早已摘掉手套与头盔，乱拳如雨下。

凯文也许是明星，但班杰明·欧维奇才是球队的心脏。班杰就像戴维一样，为了赢球不择手段。从小时候起，训练员就一直对他重复同样的话："甭管别人怎么说，班杰。我们赢球，他们就会喜欢我们了。"

班杰十七岁。清早，妈妈唤着他的名字将他叫醒。只有她会称他"班杰明"，而其他人都叫他"班杰"。他家就是熊镇最偏远处、进入洼地前的那座最小的联栋住宅。他窝在家里最小房间的床铺上，直到妈妈第三次或第四次进入房间。当她开始用自己的母语命令他时，他才会起床，因为这意味着事态已经变得严重。当妈妈和班杰明的三个姐姐要表达盛怒或永恒无尽的关爱时，她们会非常自然地转换到自己的母语。这个国家的语言语法不够灵活，无法确切形容班杰有多么软弱、多么颓废，或是她们对他的如井水般不竭的浓浓爱意。但他妈妈只用一句母语就可以表达这两层意思，从这方面来看，这种语言还真是独一无二。

她目送他骑车上路。她讨厌必须在天亮以前就逼他起床，但是她知道，要是她直接去上班而没有让班杰明出门上学，他就根本不会离开家门。她是个单亲妈妈，另育有三个女儿，但全世界最让她担心的则是十七岁的班杰明。他一点都不为未来担心，却饱受往事折磨，没有什么比这更能让一个母亲担心的了。熊镇的女孩都太过容易就爱上她的小班杰明。这个小男生拥有她们所见过的最俊美的脸庞、最哀伤的双眼，以及最狂野的心。他的妈妈对此心知肚明，因为她正是嫁给了这样一个男人，这种男人就是会造成这种问题。

戴维在厨房里煮着咖啡，每天早上他都会多煮一壶，将它倒在自己的保温瓶里。冰球馆里的咖啡太过劣质，如果有人拿它来请别人喝，简直应该以施暴的罪名被起诉。他的电脑正在播放去年的一场比赛，凯文被敌队一名狂怒攻心的后卫跟踪，直到班杰突然全速冲来，将冰球杆砸在那名后卫的脖子上，使他倒栽葱摔进敌队的板凳席。敌队半数球员冲向班杰，准备反击，而班杰早已摘下头盔，握紧双拳等在那里。裁判们花了十分钟才化解掉这场斗殴。同时，凯文则平静地坐回己方的板凳休息区，毫发无伤。

有人尝试着用艰辛的童年为班杰的脾气找理由——他的父亲在他还小时就过世了。戴维可从不这样做，他喜爱班杰的脾气。其他人都叫他"问题儿童"，但也正是这些让他在冰球场外问题重重的特质，使他在冰球场上独树一帜。假如你命令他杀入球门的一角，他才不管挡路的是毒蛇、妖术还是其他任何来自地狱的妖魔鬼怪，他都会推着橡皮圆盘上路。要是有人接近凯文，就算必须穿透一层水泥墙，班杰一样会穿过去，挡在两人之间。这种技能是无法传授的。大家都知道凯文有多棒，全国每个精英球会里的每个青少年代表队总监都试图邀请他加入，而这也意味着：其他任何一支敌方球队都养着一个打算弄伤他的疯狂打手。因此，戴维不接受班杰在每场比赛里"打架"的说法。他没打架，他只是在保护这座小镇有史以来最重要的投资品。

不过，戴维当然已经不再当着自己女朋友的面使用"投资品"一词。

她会问："你真的要用这种方式来讨论一个十七岁的孩子吗？"戴维已经学会：不要对此进行解释。关于冰球的这个方面，懂的人就是懂，不懂的人还是不懂。

　　在脱离妈妈的视线后，班杰便在那条连接联栋住宅区和城里其他区域的道路上停下自行车，点起一卷大麻烟，让烟填满他全身，感受那股甘甜的沉静上下起伏。他浓密的长发被风吹得干硬，但他对严寒从来不以为意。不管在哪个季节，他都骑着自行车到处转。在训练时，戴维常当着其他球员的面称赞他的腿部肌肉与平衡感。班杰从来不搭腔，因为他觉得，"如果你每天在大雪中抽大麻、狂骑自行车，就能练出肌肉"不是教练想要的答案。

　　他穿过整座熊镇，前往最要好朋友的家——那家工厂是全市最大的雇主，却连续三年"裁员"，说好听一点是"精简人力资源"；那家大型杂货与民生用品店淘汰了所有小店；一条渐趋衰败的商业街；一片越来越寂静的工业区；一家体育用品店，设有渔猎用品区与冰球装备区，除此以外便乏善可陈；再远一点就是"毛皮酒吧"，它的老主顾都是那种特定类型的男人，这使酒吧成为充满好奇心、想被当地人痛揍一顿的人的绝佳去处。

　　往西走，远处的森林里有一家汽车修理厂。班杰的大姐在更远处的森林间拥有一座养狗场，她在那里养狗，用以狩猎与承担警戒任务。现在，这一带再也没人需要它们的陪伴了。

　　除了冰球以外，这里真没什么让人喜欢的事物。但从另一方面来说，班杰也实在不怎么喜欢其他的事物。他吸入一口烟。其他男生老是警告他，要是戴维知道他吸大麻，他会被踢出球队。然而班杰只是一笑置之。他很平静，相信这种事永远不会发生。这倒不是因为他太厉害而不会被踢出球队，完全不是这样的。这是因为凯文太厉害了。如果凯文是珠宝，那么班杰就是保险公司。

苏恩最后一次看着冰球馆的天花板。他看着挂在那儿的旗帜和球衣，那是关于那些男子的记忆。随着老一辈的逝去，年青一代将不再记得这一切。它们旁边悬挂着一条破烂的横幅，上面是曾经作为球会座右铭的几个字：文化、价值、归属。苏恩是悬挂那条横幅的其中一人，然而他已经不再确定它到底代表什么。有时候，他甚至不确定自己当时是否知道它代表什么。

在体育世界中，"文化"是个诡异的字眼，大家都使用它，却没有人能解释它的含义。所有球会都爱夸夸其谈，说自己如何打造一种文化，但到最后，所有人只关注一种文化：赢家的文化。苏恩知道，世界各地的情况都是如此，但在这个小镇上，这种氛围也许格外明显。即使这些赢家极少是讨人喜欢的角色，我们还是喜欢他们。这些赢家几乎总是极端自私、自恋，毫无同理心。这没关系。我们原谅他们。当他们获胜时，我们就喜欢他们。

苏恩带着咯吱作响的背部与僵硬的心站起身来，走进自己的办公室，关上了门。他的私人物品早已打包完毕，装在一个小箱子里，藏在书桌底下。当他被炒的时候，他可不会大闹一场，也不会通过媒体放话，他只会安静地消失。这是他受到的教养，而他也以同样的方式教育他人。球队优先。永远是球队优先。

其实，谁都不知道这两人是怎么变成好朋友的，不过大家老早以前就放弃了拆散他俩的念头。班杰按了那栋比他所住街区一半面积还大的别墅的门铃。

凯文的妈妈开了门，她的微笑虽然友善，却显得备受压迫——她用脸将手机夹在耳边通话。凯文的老爸则在屋内转来转去，自顾自地高声说着什么。玄关墙壁上悬挂着全家福，唯有在这些相框里，班杰才会看到恩达尔家族的三个成员站在彼此身旁。现实中，其中一人似乎总是窝在厨房里，另一人在书房里，而凯文则在庭院里，砰——砰——砰——砰——砰。一扇门被关上，同时传来一声道歉："是的，对不起，是我儿子。冰球队选手，是的，没错。"

　　在这间屋子里，所有人的声音都不温不火、不升不降，一切沟通中的情绪都被剔除了。凯文是班杰所见过最受宠也最不被宠的小孩——冰箱里装满完全根据球会饮食规划表烹调、每三天就由外卖食品公司送上门的现成餐盒。虽然这栋别墅的厨房有班杰妈妈所住的联栋式住宅的三倍大，但没人在里面煮东西。凯文的房间里有十七岁青少年所能梦想的所有东西，而且从他三岁以后，除了女清洁工以外，就没有别的大人进过他的房间。熊镇没有人花这么多钱投资自己儿子的体育活动，没有人像他爸爸的公司那样为球会赞助这么多钱。然而，就算两根手指陷在车床里，班杰也还是能够用一只手数出凯文父母到看台上看球的次数。这个问题班杰只问过凯文一次，凯文回答："我父母对冰球不感兴趣。"班杰问："他们到底对什么感兴趣？"凯文回答："成功。"当时他们十岁。

　　当凯文历史考了全班最高分，回家说自己在五十分中拿到四十九分时，他老爸面无表情地问："你哪道题答错了？"在恩达尔家，完美不是一个目标，而是常态。

　　凯文家的整体色调是白色的，其中的装修摆设极尽规整，活像木工水平仪广告册里的范本。趁着没人看见，班杰无声无息地将鞋柜移离原来位置一厘米；动了一下墙上的两张照片，让它们变得有点歪斜；踏过客厅的地毯，同时迅速地用脚趾搅乱其中几条缘饰。当他走到露台门边时，他从玻璃的倒影中看到凯文妈妈的身影——她到处移动，一边打电话，一边机械地将一切重新摆好，没有遗漏一处。

班杰走进庭院。他取来椅子，坐在凯文旁边，合上双眼，听着撞击声。凯文暂停了一下，毛衣衣领被汗水弄湿了。

"你感到紧张吗？"

班杰没有睁开眼睛。

"凯文，你记得你第一次进森林打猎的事吗？你之前从来没有打过猎，你端着猎枪，好像它会咬你似的。"

凯文重重地叹了一口气，其中一半气体像是从身体另外一个开口喷出的。

"你这家伙，对人生就不能认真一点吗？"

班杰大笑，露出一排几乎无法察觉、略微变色的牙齿。如果你派遣他杀进球门，哪怕会赔上一颗牙齿，不管是他自己的牙齿，还是别人的牙齿，他一定会带着橡皮圆盘，勇往直前。

"你差点说中我的要害。我对人生可是非常认真的。"

"所以，对这场比赛，你真的不感到紧张？"

"凯文，只有在你端着猎枪窝在我的蛋蛋旁边时，我才会感到紧张。冰球不会让我紧张。"

凯文的爸妈高声喊再见，打断了他们的对话。爸爸的腔调像是在跟服务生说再见，妈妈则小心谨慎地在结尾加了一句"小朋友"。她仿佛很努力，却未能让这句话听起来真诚一点，仍然像是在说事先练好的台词。大门再度关上，两辆车发动后驶上车道。班杰又从夹克内侧口袋里掏出一卷大麻烟，点着了。

"凯文，你紧张吗？"

"没有，没有，没有……"

班杰哈哈大笑说："是吗？"他可从来骗不了他。

"好吧，班杰。我紧张到简直要拉屎了！这就是你想听的吗？"

班杰看起来已经睡着了。

"你今天已经抽多少啦？"凯文哼了一声。

"远远不够。"班杰喃喃说道，在椅子上缩成一团，仿佛想把它当成自己的冬季营地。

"你知道我们还有一小时就会去学校吧？"

"千载难逢的良机。"

"要是戴维发现了，你会被踢出球队……"

"不会。我才不会被踢出球队。"

凯文安静地倚着冰球杆，看着他。在这个世界上，他这位最要好的朋友有很多让人感到嫉妒的特质，而凯文最想拥有的就是这个：班杰总是有能力无视一切，天不怕地不怕，而且总能顺利脱身。凯文摇摇头，无可奈何地笑了起来。

"是的，你不会被踢出去的。"

班杰睡着了。凯文转身面向球门，眼神变得凌厉。砰——砰——砰——砰——砰。

一次，一次，再一次。

戴维做了最后一下俯卧撑，然后冲了个澡，穿衣，收拾自己的公文包，拿起汽车钥匙准备开车前往冰球馆，开始一天的工作。然而，这名三十二岁教练离家前做的最后一件事，是把咖啡杯放回屋内大门旁的小桌子上，狂奔进浴室。他锁上浴室的门，同时将洗手台的水龙头与莲蓬头转到最大，这样他的女朋友才不会听到他的呕吐声。

7

打球的人不时会听到"这只是一场游戏"这句话。许多人试着去相信这句话是真的。然而,你只需要知道一件事,就会了解这句话完全是胡说八道:如果这场游戏从未存在,那么这座小镇里的每个人都不会是现在这样。

在和班杰一起去学校之前,凯文总是会上卫生间。他并不喜欢上学校的卫生间,这倒不是因为它们很脏、很恶心,而是因为它们让他感到压力。它们带给他一种他始终无法向别人说明的、诡异的焦虑。只有在家里,在被报价过高的瓷砖与造型独特、看起来简直不实用的洗手台包围,他才能感到放松。这些摆设和材质都是由一个装潢设计师精心挑选的,他的工作时数报得甚至比施工人员还要多。在这个世界上,这座屋子是他学会与自己独处的唯一的地方。

除此之外,无论是在冰球馆、在学校还是上下学,他总是跟着团体行动。他总是排在中间,冰球队的其他球员则根据他们在冰上的球技水平,以他为中心依序排开。越优秀的球员离他越近,呈圆圈状向外依等级逐次排序。在家里,凯文很早就学会和自己独处,这显得自然而然。但现在,他在其他任何地方都已经无法忍受与自己独处。

班杰在别墅外等着。一如往常。换作一个自制力比凯文差的小男孩,早就拥抱他了。但他只是简短地点点头,说道:"我们走。"

玛雅快步离开父亲的车子,安娜必须小跑着才能跟在她身边。她掏出一个塑料杯气喘吁吁地说:"我现在正在使用思慕雪节食养生法!你要不要试试?"

玛雅放慢脚步，摇摇头说："你为什么要搞这些节食养生法？你为什么这么讨厌自己的味蕾？它们哪里得罪你了？"

"别闹了，很好吃的！尝尝看！"

玛雅的双唇犹疑地在塑料杯边缘动了动。她才吸了半口，就直接吐了出来。

"里面怎么一块一块的！"

安娜满意地点点头，说："是花生酱。"

玛雅不胜恶心地用手指揩了揩舌头，仿佛它上面长了肉眼看不见的一丛丛毛发。

"安娜，你病了，病得不轻。你需要帮助。"

过去熊镇有好几所学校，当时镇里的儿童还比较多。但是现在，这里只剩下两间校舍：其中一间是小学中低年级的校舍，另一间则是小学高年级与初中的校舍。所有人在同一间食堂吃午餐。现在，全镇的规模已经仅止于此。

停车场里，亚马跑步追上利法和札卡利亚。从学前班开始，他们一直都是同班同学，也一直是最好的朋友。这倒不是因为他们性格非常相近，他们的共同点在于，他们和其他人不一样。在熊镇这种地方，最受欢迎的孩子很早就成了小团体的头头。在游乐场上，大家就已经非常默契地站好队了。亚马、利法和札卡利亚就是那种没人理的小孩。从那之后，他们就窝在一起。利法比一棵树还要木讷寡言，札卡利亚比广播电台还要吵，亚马则只是希望有人陪。他们可是一个很棒的团队。

"……该死，彻底爆了他的头！他想装死，躲起来……喂，亚马，你有没有在听啊？"

札卡利亚穿着黑色牛仔裤、黑色连帽外套，戴着黑色棒球帽，从十岁以来，他似乎就一直是这身装扮。他本来正滔滔不绝地讲着显然是他前一晚在虚拟世界里担任重武装狙击手的显赫战绩，这时却停了下来，激动地推了推亚马的肩膀。

"什么？"

"你听到我讲什么了吗？"

亚马打了个哈欠说："听到了。爆头了，你好强啊。我只是肚子饿了。"

"你早上去训练了？"札卡利亚问道。

"是的。"

"你那么早起，头脑坏掉了。"

亚马笑了一下，问道："你昨天晚上几点上床睡觉的？"

札卡利亚耸耸肩，摩挲着拇指说："四……五点吧，也许。"

亚马点点头，说："阿札，你打电玩的时间简直就和我训练的时间一样久。我们来看看谁会先变成高手。"

札卡利亚想回话，但话还没说出口，他的脑袋就被一只张开的手掌狠狠往前推了一把。札卡利亚、亚马和利法不用转身就知道是波博。棒球帽旋转着朝地上坠落。青少年冰球代表队的球员们突然将他们团团围住，笑声震耳欲聋。亚马、札卡利亚和利法都是十五岁，青少年冰球代表队的球员才比他们大两岁，但体形已经占了压倒性的优势，让双方之间的年龄差距仿佛多达十岁。波博是这伙人当中最魁梧的，身材像牛棚的门一样厚实，脸则丑到连老鼠见了都会逃跑。他经过时，狠狠用肩膀撞了札卡利亚一下。札卡利亚一个踉跄，滑倒了。波博假装惊讶地咯咯笑着，他身旁那些青少年代表队球员也跟着大笑。

"阿札，你留胡子很帅哦，就像仲夏夜的天气预测：豪雨特报！"波博嘲笑着说。

青少年代表队的球员们朝学校走去，只消十秒钟他们就会忘了这件事。然而，他们的嘲笑声却深深烙印在他们背后那些小男孩心里。亚马扶札卡利亚起身时，看见他眼中无声的恨意。每天早上，那股恨意都会变得更加强烈。亚马担心：总有一天，这股恨意会以某种形式爆发出来。

让人喜欢作为团队一分子的事情有大有小。读小学低年级时，凯文有次和父亲一起去赫德镇的圣诞市集参观。父亲要开会，因此凯文便自己参观各项展览与摊位。他迷路了，到达父亲停车的地方时比预定时间晚了五分钟，那时父亲已经把车开走了。凯文必须摸黑独自走回熊镇。道路两旁的积雪厚度直达他的大腿，他花了大半个晚上才走回家。他跟跟跄跄走进沉静的家，全身湿透，疲劳不已。爸妈早就睡着了。父亲想教他守时的重要性。

六个月后，冰球队到另一座小镇参加一场锦标赛。小男生们从没见过这么巨大的冰球馆。在回客车停靠点与球队会合的途中，凯文走丢了。就在一两个小时前，凯文在比赛中羞辱了敌队，敌队三名选手的哥哥们找到了凯文，将他拖进卫生间，痛揍了一顿。在一阵拳打脚踢时，另一名小学生闯了进来，直接痛击那三个人。凯文永远忘不了那三个人脸上的疑惑与不解。凯文和班杰晚了近五十分钟才回到客车停靠点。他俩鼻青脸肿，全身满是血迹。戴维站在那儿，等着他们。他让全队其他球员先走，不必等他一起，因为他要留下来等班杰和凯文，然后和他们一起去赶火车。但是全队人都拒绝上车。虽然他们都还不够年长，还没有自己的日程表，但他们知道，如果你不能信赖其他人，一个团队就没有意义。知道有人永远不会丢下你不管，这事虽看似微不足道，实则意义重大。

凯文和班杰是单独来到学校的，但一踏上走廊，他们周围似乎就立刻产生了一股磁力，波博和青少年代表队其他球员立刻聚拢到他们身边，不出十步，他们就集结成一个十二人的团队。凯文和班杰对此完全不觉得怪异。如果你一直看着这种情况发生，你也不会觉得奇怪的。一种无以名状的事物吸引了凯文的注意力。通常在大战将临的前夕，任何事物都不可能让他分心，但就在他经过一排置物柜时，他和她眼神交会。他一个踉跄，撞到了班杰。班杰用脏话骂他，但凯文已经充耳不闻。

玛雅将提袋放进置物柜，就在转身之际，她和凯文眼神交会。她大力关上置物柜的门，不慎夹到了自己的手。这一下就过去了，走廊上人满为患，凯文隐没在人群里。但是，很显然地，你在十五岁时结交的朋友是不会错过这种情况的。

"噢噢……现在你突然就喜欢上冰球啦？"安娜逗弄着。

玛雅害羞地揉着自己的手说："闭嘴。你怎么……"

接着，她挤出一抹微笑，说："你不喜欢花生酱，并不必然表示你不能喜欢……花生。"

安娜笑得太过疯狂，手中的思慕雪洒满了置物柜。

"很好，不矛盾！但是，如果你真的能和凯文讲上话，你可不可以把我介绍给班杰。可以吗？他是……嗯……我可以把他一口吞掉，就像……奶油一样。"

玛雅不胜恶心地皱起眉头，随后将钥匙从置物柜上拔出，走开了。

安娜盯着她看，两手一摊道："怎么了？就你可以讲这种话，我就不能讲吗？"

"你知道吗，他的那些笑话可不是自己想到的，他才没那么聪明。那是他从网络上搜来的。"札卡利亚抖抖身上的雪，狼狈不堪地说道。

利法捡起他的帽子，吹掉上面的雪片。亚马伸出手，试图让自己的朋友冷静下来。

"我知道你痛恨波博，可是我们明年就会进青少年代表队了……那时候，情况就会变好了。"

札卡利亚没有搭腔。利法向他投去夹杂着愤怒与无奈的一瞥。在他们年纪更小的时候，利法就不再打冰球了。别人老是告诉他，要能够面对更衣室里的"玩笑话"，而这变成一个锋利的矛头，因为当利法放弃时，所有人就可以指责他："在冰球界，你必须能够处理玩笑话。"要不是札卡利亚的双亲喜欢冰球的程度和他们不相上下，他也不会继续待在冰球队；要不是亚马的资质太优异，他也不会有足够的热忱继续待在冰球队。

"等我们进入青少年代表队，一切都会好转！"亚马重复着。

札卡利亚一语不发。他非常清楚，自己不会在青少年代表队占有一席之地，这是他作为冰球球员的最后一年。他已经准备抛下自己最好的朋友了，对此浑然不觉的只有亚马一人。

亚马并不被沉默所困扰，他推开门，拐过走廊后，就只能听到一阵隐约的隆隆声响。

她避开他的目光。

"嗨，玛雅！"他叫道，音量稍微大了点。

她飞快地转过身，看到了他，但也只是这样。在你十五岁的时候，这种眼神是最伤人的。

"嗨，亚马。"她茫然地应道，等不及说完他的名字，她就已经消失了。

亚马站在原地，试图避开利法和札卡利亚的目光，同时也知道：他们会毫不留情地取笑他。

"嗨嗨嗨嗨，玛雅雅雅雅……"札卡利亚模仿着，利法咯咯笑个不停，笑到鼻涕都喷到毛衣上了。

"去你的，阿札。"亚马喃喃说道。

"抱歉，抱歉啦。可是啊，你从小学开始就一直这样做，在你爱上她的前八年，我对你已经很好了。所以，我想我已经有权利取笑你了。"阿札笑着道。

　　亚马朝自己的置物柜走去，心脏像一块铅，在胸中直直沉落。他对那女孩的爱意更胜于对溜冰的喜爱。

8

　　这只是一场比赛。它只是用来验证渺小、微不足道、无足轻重的事物。比如谁取得了认可，谁又获得了倾听。这几乎是肉眼很难发现的，让人能轻易地称之为"误会""夸大之词"而一笑置之。但是，比赛会将某些人变成大明星，而将其他人变成观众。它所做的一切，只是分配权力，划出界线。

　　就是这样。

　　戴维来到冰球馆，径直走进自己的办公室，那间位于走道尽头最小的办公室。他带上门，打开电脑，研究起明天的对手的赛事视频。那是一支实力雄厚的球队，团队配合度高，宛如一台精密的机器。而且，比较每个位置的球员实力，只有凯文能真正与他们一较高下。要想取胜，自己带领的这支球队必须使出全力才行。然而戴维知道：至少他是有机会的，而如果有需要，他手下的每名球员都会在冰上不要命般地奋战到底。让他感到不妙的倒不是这一点，而是自己带领的这支球队所欠缺的特质——速度。

　　多年来，青少年代表队的首发核心由三个人组成：凯文、班杰与另一名叫威廉·利特的球员。凯文是天才；班杰是斗士；但是，威廉步调缓慢。他魁梧而强壮，是优秀的传球型球员。因此，戴维就能针对技术比较差的对手找到战术性的解决方案，以隐藏他的缺陷。然而，他们即将面对的对手技术够好，假如其他球员动作都不够快，无法帮凯文清出空间，那么对手就能困住凯文。

戴维按揉着太阳穴，看着自己在电脑屏幕中的映影，红发凌乱，双眼疲倦。他起身走向卫生间，再次呕吐起来。

走廊上，隔着两个房间，苏恩坐在自己比较大的办公室里。他看的视频和戴维看的一模一样，他一看再看。这两名男子曾经见过冰上发生的同样的事情，对一切都有类似的看法。时间一年一年过去，戴维越来越成熟、野心越来越大；而苏恩则已老去，变得顽固。现在，他们无处不起冲突。戴维宣称，冰球场上的肢体冲突理应被允许，因为"如果男生们知道打球太脏会被毒打一顿，那么伤兵问题就会减少"。而苏恩则回答："这就像是相信假如取消汽车保险，人们就会更加爱护自己的汽车，交通事故就会减少一样。"当戴维要求青少年代表队球员"增加训练量"时，苏恩就说"质重于量"。戴维说"往上"，苏恩就尖叫着"往下"。当其他体育协会提议称将对赛事中身高较矮、年龄较小的球队不再计算比赛得分与积分时，苏恩觉得这听起来"很有道理"，而戴维却觉得这个提议简直是莫名其妙。戴维觉得苏恩应该放手让他做自己的工作，而苏恩却认为戴维误解了什么才是他的工作。两人活像躲在散兵坑里，都已埋得太深，再也看不见彼此。

苏恩将身体靠回椅背，按摩一下眼皮，听见叹息时承受身体重量的椅子咯吱作响。他多么想向戴维说明，甲级联赛代表队的教练是多么孤独，沉重的责任简直足以使人麻痹；你必须做出非常充分的准备才能睁开眼睛，去适应，去改变自己。但是戴维太年轻、太粗暴，已经不愿再聆听，不愿再理解。

苏恩闭上眼睛咒骂起自己。自己又是什么东西？还不是一模一样？进入老年后最难接受的一点，就是承认有些错误已经铸成，无法重新来过。掌握他人的生杀大权最恐怖的一点，就在于你有时候会犯错。

苏恩总是拒绝将年轻球员升到较高年龄的组别，这位老人总是坚守原则，宣称：人们和同龄人往来时学习得最快，来得太早的机会将扼杀天赋。但现在，就在他独坐办公室、看着这些视频之际，他不得不承认自己和戴维所见略同，而这几乎是其他人无法理解的：没有速度，青少年代表队明天将是死路一条。

因此，就连苏恩也必须扪心自问：要是没有获胜，原则又有什么价值？

熊镇够小，小到几乎能让所有人认出彼此；它刚好又够大，大到可以隐身其中，不引起别人的注意。罗宾·霍特四十多岁，胡须已经开始变得灰白。他抓挠着胡须，将身上旧军用夹克的衣领拉得更紧。一年当中的这个时节，当风从湖上吹来时，感觉整张脸似乎都要被撕裂。他走在街道的另一端，假装有重要的事情去处理，并说服自己：看见他的人都看不出来他只是在等毛皮酒吧开门营业。

他从这里能够看见冰球馆的屋顶。自从青少年代表队在四分之一决赛中奏捷后，他就和其他人一样，只要自己清醒，就无时无刻不谈论着代表队明天的比赛。只是自从工厂解聘了他和其他九个老头以后，现在他已经没有那么多的聊天对象了。也许已经没有人在乎他的过去，甚至就连他自己，现在似乎也已经不在乎那些过去了。

他看着时钟。毛皮酒吧一小时后才会开门。他假装毫不在意。走进超市时，他将双手插进口袋，这样别人才不会看见它们在颤抖。他将自己不需要也买不起的商品塞满购物篮，最后才塞进中等酒精浓度的啤酒，好让它看起来像是一时冲动之下买的。"哦，这个，嗯，我总得在家里摆上几罐啤酒吧。"在那家小杂货店里，他要求借用卫生间，然后将啤酒一扫而空，再出去和店员闲聊，买了几根特定规格的螺丝钉。他说得非常清楚，自己需要这些螺丝钉来组装一组不存在的家具。他回到街上，再度看向冰球馆的屋顶。他——罗宾·霍特，曾经是冰球馆之王。他曾经比现在的凯文·恩达尔还要有才华。他曾经比彼得·安德森还要优秀。

彼得在停车场上掉转车身，开上路面，手指打鼓般敲打着方向盘。现在孩子们已经下车，他重新找回了自己。这只是青少年代表队的一场比赛，只是一场比赛。他重复着这句话，但紧张感仍然纠缠着他，肺脏似乎要将氧气从眼眶里全部吸走。冰球是很简单的运动：当你获胜的意愿超出对失败的恐惧时，你就有机会了。害怕的人是不会赢的。

他希望明天青少年代表队的这些球员能够像初生牛犊，希望他们能够天真到不知道这背后的赌注有多大。冰球场的观众席上是没有"灰色地带"的：你不是上天堂，就是下地狱。从观众席上看，你如果不是天才，就是一文不名的废物，其间没有任何缓冲；越位就是越位，每次铲球不是干净利落地达到目的，就是会被判罚下场，无缘继续比赛。彼得二十岁时担任队长，带领球队几乎赢得全国最高级联赛的冠军。之后他回到熊镇时，听见父亲的声音从厨房里传来："几乎？没有'几乎上船'这种事。你不是在船上，就是在水里。当其他那些死白痴也全都掉到水里的时候，根本不会有人在乎你是最后一个掉到水里的。"

在彼得拿到NHL的合同、正要前往加拿大之际，父亲告诉他：不要以为"自己很行"。老人的用意可能没有听起来那么严厉，也许他想表达的是，谦卑与努力能让小男孩在自家出人头地，也能使他在异乡扬眉吐气。酒精很可能将这些话语磨得更加犀利，而彼得也许不是故意那么用力摔上门的。不过现在这都已经没有差别了。一个年轻人沉默地离开了熊镇，当他再度回家时，所有的言语都已经太迟。你是不能正眼看着墓碑乞求原谅的。

彼得记得：当他孤身一人在见证自己成长的所有狭小街道上走动时，察觉到那些他认识了一辈子的人用异样的眼神打量着他。他记得当他走进房间时，他们突然都停止了说话。起先他总是惊恐地盯着时钟，以为自己迟到了。他们终于把他当成体育总监，而非大明星。经过那个阶段后，他感到轻松不已。随后，球会在各级联赛体系的排名继续下落。当人们告诉体育总监他们真正的想法时，他感到自己内心某处还是希望他们能再度将他当成大明星看待。冰球场的观众席上是不存在"灰色地带"的。

所以，他为什么要继续呢？因为他从未考虑过其他选项。许多人很难记住自己为什么开始喜欢这项体育活动，但对彼得来说，这很简单。最初当他穿着冰球鞋站立时，他几乎沉溺于这项运动带来的寂静。冰球馆以外的一切都消失了——寒冷、黑暗、老妈生病、老爸在他回家时又喝醉了……当他站在冰上时，脑海里只是一片寂静。他第一次尝试时年仅四岁，但冰球马上告诉他：它需要他全神贯注。他喜欢的正是这一点。他仍然喜欢这一点。

一名和彼得同龄，但看起来比他老十五岁的男子目送他穿过镇中心。他抓挠着胡须，拉了拉身上的军用夹克。两人十七岁时，放眼整座熊镇，只有一个人认为彼得的冰球天赋胜过罗宾。臭老头苏恩总是说："天赋就像两只飞向天空的气球。有趣的是，关键不在于哪只气球飞得更快，而在于哪只气球的绳线更长。"当然，他是对的。即使教练坚称小男孩罗宾心理上还没做好准备，理事会与赞助商们仍逼他将罗宾升到甲级联赛队伍。罗宾在猛烈的铲球下崩盘，受了伤，害怕不已。在球季剩下的时间里，他宁愿把橡皮圆盘放在木板上，也不愿陷入近距离肉搏战。当观众第一次狂嘘他的时候，他径自回家，哭了起来。这种情况第二次发生时，他回家借酒浇愁。

十八岁时，他的球技反而不如十七岁时的水平。而在这段时间里，彼得已经发展成这座小镇前所未见的精英球员。在获得升上甲级联赛的机会时，彼得已经做好了准备。罗宾每次登上冰球场时总会犹豫，而彼得则是吓不倒的。就在罗宾进工厂上班的同一年，彼得杀进了NHL。冰球界是没有"几乎"的。一名球员实现了梦想，另一名球员则在酒吧的门终于敞开时，在雪地里跺脚。

半层楼下，只消走上五步，他就再也看不见冰球馆的屋顶了。

苏恩听见戴维离开了办公室。他等着，直到厕所的门打开又关上。随后，苏恩在一张黄色纸片上写了三个词，站起身来。他走进戴维的办公室，将纸片贴在他的电脑屏幕上。苏恩并没有什么宗教信仰，但就在此时，他向所有自己能叫得出名字的神灵祈求，希望自己不要犯错，祈求这三个词不要又毁掉一个小男孩的人生。

有那么一秒钟，他考虑过留下来，等戴维回来，正眼看着他，说出心里话："戴维，我希望你永远不要停止吵架。我希望你一直祈祷，祈祷让我们下地狱。这样，你就能够出人头地。"然而，他还是回到自己的办公室，关上了门。体育项目造就复杂的男人，他们自傲到拒绝承认自己的错误，却又谦卑到总是以球会的利益优先。

戴维从卫生间回来时，读着黄色纸片上的三个词：亚马、男童冰球队、快。

这只是一场游戏，但它会改变人生。

9

所有成人都经历过内心无力的日子。当我们不再知道自己一直努力奋斗究竟是为了什么，当现实和日常生活将我们埋葬时，我们纳闷着自己究竟还能挺多久。奇妙的是，我们在这种状态下撑过的时间比我们想象的要长，而且我们不会崩溃。只是可怕的一点在于：我们从来无法确切地知道自己能挺多久。

在全家人睡着时，蜜拉仍在屋子里到处走动，点着人数。她的妈妈每天晚上总会清点蜜拉和她的五个兄弟姐妹。妈妈总是说，她无法理解有子女的人怎么能不这样做，在生活中的每时每刻，他们怎么能不担心自己会失去他们。"一，二，三，四，五，六。"蜜拉听见她的声音从屋内传来，每个孩子都躺在那儿，安稳地闭着双眼，感到自己被看见，得到认可。这是她最美好的童年回忆之一。

她驾车从小小的熊镇起程，来到位于森林外那座较大的城市。路上花费的时间远远超过大多数正常上班族所能忍受的极限。但是，当你下车感受到自己仿佛穿越了整个宇宙时，你就会发现这个过程其实仍快得惊人。即使这些如湖泊般较大的城市比作为她出生地的首都小，但和森林相比，这里仍是另外一片天地。一片比较广大的天地。同事们会互相激励，讨论文学、艺术和政治，也可以追剿反对者，和他们斗争。

她常听到"不懂冰球的她却选择嫁给一名冰球选手，真是怪事"。然而这并不是真相，她不理解的只是冰球训练。她总觉得比赛充满逻辑性。肾上腺素和饥饿感逼近恐惧的界限，冲出悬崖，飘浮或被吞噬。这种感觉蜜拉理解。她在法院、在庭审室体验过这种感觉。法律是另外一种游戏，有另外一套规则，不过，你要么就是竞争心理强烈的那种人，要么不是。就像熊镇居民说的，"有些人就是吃了熊心豹子胆"。

直到十九岁时，蜜拉一直生活在人口不低于一百万的城市。也许，这就是她面对一切而仍能在这片森林子民的土地上建立家园的原因。她了解他们对奋斗的热爱，和他们一起分享这股热爱。只有天晓得，蜜拉可是在一群从来不用在家族经营的小餐馆里洗碗的富家子弟中通过奋斗才挺过法学课程、拿到法学学士学位的。她知道，关于为成功而奋斗相当有趣的一件事，就是你从来不会真正停止奋斗。你会一直担心从顶峰跌落，从而一直向上爬。每次闭上眼睛，你仍能感觉到身体的酸痛。

进入球会总监的办公室时，彼得已经感到胃痛不止。办公室里一团乱，旧照片与奖杯乱七八糟地摆放着，其中一张桌子的角落放着几只昂贵的酒瓶，还有高尔夫球杆，半开的衣柜里备着一件西装外套及干净的衬衫。它们都将派上用场。球会总监坐在书桌前，吃着三明治，吃相很猛，简直就像一条德国牧羊犬在尝试啃食一个填满美乃滋的气球。彼得试图阻止自己用餐巾纸擦拭球会总监和书桌的冲动，不过他只成功做到了前者。

"你可以把门关上吗？"球会总监边嚼边说。

彼得深吸了一口气，感到肠胃绞紧。他知道镇里每个人都以为他很天真，不知道事情的发展。其实，他只是心怀希望。他关上了门，暂时抛开脑中所想。

"我们会任命戴维担任甲级联赛代表队教练。"球会总监说着，就像教学视频一样不经思索、脱口而出。

彼得苦涩地点点头。

球会总监一边用手掸掉领带上的面包屑，一边说："大家都知道，你和苏恩的关系非比寻常……"他欲言又止，像是以此来表达歉意。

彼得没搭腔。球会总监用裤管擦干净手指。

"不要用那种眼神看我，好像我要把你家的小狗卖给餐馆做香肠似的。彼得！我们必须以球会的利益为重！"

彼得低头看着地板。他服从团队纪律，而这就是他的自我认同。其中的基础就在于了解自己的角色及其权限。今天，他将必须多次对自己重复这段话，迫使大脑操控自己的心。当初说服他担任体育总监的是苏恩；当他感觉责任太沉重时，苏恩的门总是对他敞开着。

"恕我直言，你们知道我不同意这个决定。我不认为戴维已经准备好了。"他低声说。

他避免和球会总监进行任何眼神接触，而是任由自己的目光扫过墙壁，像是在找寻什么东西。只有在觉得非常不自在时，他才会真正避免眼神接触。蜜拉说，只要一发现自己处于任何类型的冲突中，他就会开始"想象自己在进行不定向飞靶射击"，即便在超市里，当收银员找错零钱时，他都会紧张得全身冒冷汗，畏畏缩缩地指出零钱找错了。球会总监背后的墙壁上装饰着锦旗与照片，其中一面已经陈旧褪色的锦旗上写着"文化、价值、归属"。现在，他们正准备把那位一手打造他们周遭所有事物的男子炒掉，彼得真想问问球会总监，他对这句标语的意义作何感想。不过，他最终还是保持了沉默。

球会总监两手一摊，说："我们知道戴维带兵严厉，但是他打出了成绩。而且，赞助商们可是花了大笔投资……看在上帝的分上，彼得，是他们让我们免于破产。现在，我们得到了扬名立万的机会，用我们自己的产品——青少年代表队打出的成绩。"

彼得这才正视总监，咬牙切齿地回答："我们可不是要开发'产品'。我们又不是在量产钉子。我们是在培养人才。这些小男生都是血肉之躯，不是商务计划书，不是投资目标，球会的'新血培育计划'不应该是工厂，不管某些赞助商是怎么想的……"

他紧紧抿住嘴唇，就此打住。球会总监抓挠着自己的胡楂。两人看起来都累了。

彼得再次低头看着地板，喃喃道："苏恩认为，戴维对青少年代表队训练得太凶。要是被他说中了，我很担心接下来会发生什么事。"

总监露出微笑，耸耸肩说："彼得，你知道对煤炭施加足够的压力会发生什么事吗？它会变成钻石。"

安德森家从来不玩"地产大亨"游戏，这倒不是因为爸妈不想玩，而是因为孩子们拒绝玩这种游戏。他们最后一次玩这种游戏时，蜜拉把游戏盘悬在点燃的炉火上威胁说，要是彼得不承认自己作弊，她就要烧了游戏盘。爸妈的竞争力实在太强，导致玛雅和里欧拒绝玩这种游戏，以避免出糗。里欧喜欢冰球，因为他热爱身为团队一分子的感觉。不过，他担任器材管理员可能会和担任中锋一样快乐。玛雅选择了吉他。即使蜜拉真的尝试过，看能否比赛谁的吉他弹得比较好，但根本行不通。玛雅和运动有关的最后一点回忆是六岁时输掉一场桌球淘汰赛，当时一个女孩撞翻了她，害她输了。负责颁发奖牌、主持儿童组比赛的小组长不得不把自己锁在打扫用具柜里，这样蜜拉才找不到他。回家路上，玛雅必须一再安慰母亲。此后，玛雅就宣布打算学一种乐器。

蜜拉感到最骄傲也最嫉妒的时刻，莫过于第一次看到女儿搭上扬声器在车库里演奏大卫·鲍伊的音乐、彼得打鼓伴奏的情景。彼得的节奏感很好，能学会打鼓。为此，她对他又爱又恨。当玛雅爱上吉他时，他就能通过这种方式接近她。

彼得感到胸口憋闷，几乎无法从椅子上起身。

球会总监试图让自己看起来更有威严，并说："理事会希望你来告诉苏恩这一决定，并面对媒体的访谈。我们必须向大家展现，对这个决定我们是一致认同的。这很重要。"

彼得用指关节搓了搓眉毛，问道："什么时候？"

"在青少年代表队的总决赛后。"

彼得抬起头，惊讶道："你是说明天的半决赛以后吧？"

总监冷静地摇摇头说："假如他们输掉半决赛，戴维就得不到这份工作。理事会将另觅人选。假如是这种情况，我们会多花一两周时间。"

彼得的世界土崩瓦解。

"你是在说笑吗？你是认真的吗，把苏恩炒掉，找一个外人来顶替？"

球会总监再次将头从一边转向另一边，打开一包薯片，抓了一小把，吃完后在西装外套上把手上的盐粒擦掉。

"拜托，彼得，现在不要再天真下去了！假如青少年代表队夺冠，我们获得的关注是不可估量的。赞助商、区政府，大家都会想加入！但是，理事会对'几乎'是不感兴趣的，……看看我们，看看球会……"

球会总监略显急切地摊开双臂，嚼着薯片，碎屑落得满桌都是，但仍若无其事地继续说："彼得，不要再伪善下去了！你花在这个球会上的所有时间都不是为了'几乎'，你不是为了'几乎'才成为体育总监的。没人会在乎这些小男生如何努力奋斗，所有人只会记得计分板上的最终比分。戴维完全没有担任甲级联赛代表队教练的经验，如果他带队赢了这场比赛，我们可以忽略这一点。但是，如果他没有赢……老天爷……你知道人生的规则：你如果不是赢家，就只会和其他人一样。"

球会总监和体育总监凝视彼此许久，他们不再多说什么，但两人都心知肚明。假如彼得不遵照理事会和赞助商的指示去做，他也会被取代的。球会优先。永远是球会优先。

这个家庭中四个成员的个性差异大到不可思议。即使蜜拉已经不再提醒他们彼得其实承认过自己作弊，但她仍然不时会想到那个"地产大亨"的游戏盘，然后觉得……可耻。针对这一切，自从有了小孩以后，她时时刻刻都觉得自己是个不称职的妈妈。因为她并不善解人意，没有耐心，不是个万事通，不会准备精美的餐盒；因为她不只满足于当个妈妈，还想从人生中掘取更多事物。她听到熊镇其他女人在她背后叹息说："噢，她可是有全职工作的，你能想象吗？"就算再怎么努力去屏蔽这种话，总会有一部分陷在心里。

上班是一种解脱。虽然承认这一点让她感到很羞耻，但她非常清楚：自己对工作非常在行，也从来不觉得自己只是家长。即使在那些美好的日子里——度假期间孩子们那闪闪发亮的小眼睛，海滩上彼得和孩子们的高声嬉闹，一家人快乐地笑成一团，蜜拉还是感觉自己拥有的一切是如此不真实。这一切仿佛不是她应得的，她仿佛只是向全世界展示一张经过修饰、完美无缺的家庭照。

工作也许很艰难、使人精疲力竭，但它是明确果决的，充满逻辑性。当父母就从来不是这样。在工作时，如果她做对了所有事情，那么一切通常都会按照计划进行。但是，身为一个妈妈，即便把宇宙间应做的所有事情都做对，结果还是没有差别，糟糕的事情还是会发生。

成为体育总监时，彼得得到一个惨痛教训，就是他得很快习惯大家总是对他心存不满。对于一个总是想让大家服从的人来说，这是很难接受的。苏恩让他别害怕，他的妥协能力足以让他撑下来，而且他懂得聆听，能用大脑做出艰难的决定，不会意气用事。

苏恩这么说的时候，也许还不知道自己即将被解雇。也许苏恩年事已高，已经改变了想法；也可能是他自己发生了变化，彼得不知道。彼得走出球会总监的办公室，关上门。他站在走廊上，无奈地将额头抵着墙壁。他知道规则，大家都知道规则，你的球会如果不是独树一帜，就是和其他人一样。

苏恩的话并没有让他感到轻松。他觉得自己总是让大家失望。

蜜拉办公室的一角竖立着一排家庭合影，每张合影的间距越来越小。其中一张是全家搬到加拿大当天她和彼得的合照，当时他刚拿到加入 NHL 的合同。今天她一坐进扶手椅，就注意到了这张照片。她看着照片中自己那瘦削的身影，不禁笑出声来。老天爷，他们当时是那么年轻。她刚取得法学学士学位，并怀有身孕，而他正要成为超级巨星。在那样的场合、那样的时间点上，在那魔幻般的几个星期里，一切是如此简单。当她想起照片上的笑容是如何迅速地消逝时，笑容便迅速收敛起来。

彼得在季前训练营跌断了腿，归队后必须从小联盟起步。当他终于打入 NHL 赛场时，刚出赛四场就再度跌断了腿。他花了整整两年才再度归队，但是在第五场比赛才开始六分钟，就再次一摔不起。她直接尖叫出声。她可以赌咒，从小到大从来没有像这样为了哪个男人而抛下一切。她陪他经历了九次手术，陪他做了连她自己都记不清楚时数的复健，见过不知多少个物理治疗师和专科医生。这名男子的一切天赋、流过的所有汗水到最后只剩下泪水和不平。他虽有雄心壮志，却已经力不从心。她仍记得医生告诉她彼得永远无法再在精英联盟出赛时的情景——没有人敢直接将这件事告诉他。

他们已经有了一个儿子，而女儿也即将出世。当时蜜拉就已经决定要给她取名为玛雅。几个月以来，彼得虽然人在他们身边，心却不在。世界上是没有所谓的"前冰球选手"的，因为他们从来没能达到与我们其他人相同的高度。这就像是退乡的士兵。当没有了武器，也不再有任何值得奋战的事物时，他们只能漫无目的地漂泊。在此之前，彼得的整个人生已经被球队训练、日程和长途客场旅程占据，甚至连用餐时间、训练时长、睡眠时间都被规划好了。对那种人来说，最难理解的词就是"日常生活"。

有些时候，蜜拉想放弃，要求离婚。但她记得在彼得从小成长的房间里，各处散落着写有愚蠢的标语的碎纸，其中一条标语是："我们唯一撤退的时候，就是瞄准的时候。"

彼得孤身一人站在走廊上。苏恩办公室的门是紧闭的。二十年来，彼得第一次看见那扇门是紧闭的。对于无须正视苏恩，彼得觉得莫名地感激。他想着球会总监办公室墙壁上的那几个字：文化、价值、归属。他唯一能想到的是苏恩在某次季前训练营时对他说的话："文化是我们所鼓励、所容许的事物。"那感觉恍若隔世。对教练苏恩而言，他的标准是在森林里狂奔，直到呕吐为止；但若只是以纯粹的人来看待苏恩，他人生的标准也是如此。

彼得取来咖啡。咖啡的味道很臭，仿佛杯底有尸体，但他还是喝下去了。他在走道的墙壁前停下来。这里悬挂着球队夺得全国亚军时的团队照片，这是球队最伟大的回忆。罗宾·霍特和彼得在最中央一排，两人并肩而站。彼得回到熊镇以后，他们甚至从未交谈过。但每天彼得都会想，如果他们互换位置，人生会变成什么样子。假如罗宾更有才华，去了加拿大；假如彼得留在这里，去工厂上班；假如一切完全不同。

某天早上，在孩子们醒来以前，蜜拉将彼得从床上拉起来。她逼他坐下来，看着熟睡的孩子们。"现在，这才是你的球队。"她一而再，再而三地在他耳边说着，直到泪水从他眼里流出，滑落在她的脸颊上。

那一年，他们获得新生。他们留在加拿大，在人生的每个角落里奋斗着。蜜拉在律师事务所谋得一个职位，彼得则担任半时制的保险推销员。他们让生活稳定下来，顺利着陆。然而，就在蜜拉开始规划未来时，就在那几个晚上，他们察觉到有些事情不对劲。

在童年时，小男孩们一直被谆谆告诫：他们只需要拿出自己最好的表现。假如你付出了自己所有的一切，这就够了。彼得的双眼正视球队团体照中的自己，当时的他真是年轻得不可思议。就在他们在首都输掉决赛的那天晚上，他初次邂逅蜜拉。他们能一路杀进决赛真是奇迹。但对彼得来说，比一场比赛更重要的是，小镇少年有机会向大城市展示：钱不能买到一切。首都各大报纸用贬低的笔调把这场比赛形容为"来自荒野的嘶喊"。彼得用双眼盯着每个队友，号叫道："他们也许有钱，但冰球是我们的！"他们使尽全力，但仍功亏一篑。

当天晚上，球队外出庆祝夺得亚军。整个晚上，彼得独自坐在酒店旁一家小型家族经营式餐馆里。蜜拉站在酒吧里。彼得当着她的面哭了起来——这倒不是为了他自己，而是他无法再度正眼看着自己出生的小镇，因为他让他们所有人失望了。作为第一次约会，这是很奇怪的场合。事后他想到这件事不禁莞尔。她对他说了什么？"你都没有想过，不要一直这样自怜下去吗？"这让他笑出声来。接下来几天，他也是笑个不停。在那以后，他每天都为她倾倒。

那件事过后，蜜拉有一回喝了酒后大声说话。说话时，她的嘴紧贴着他的耳朵，他真的以为自己的耳朵会被震聋呢。当他低下头、贴近她的头时，她小声道："你这该死的、可爱的小白痴，你都不知道我就是在那时候爱上你的吗？你是个来自森林、迷失了方向的小镇少年。但我知道，一个拿到全国亚军却因为担心让所爱的人失望而哭个不停的人，会是一个好丈夫的。他也会成为一个好父亲，保护好自己的孩子。他永远不会让自己的家庭陷于任何麻烦。"

蜜拉清晰地感受到黑暗一点一点袭来，那是让所有父母感到最惊恐的事情，他们起身聆听那细小、幽微的呼吸声。每天晚上，当她一如往常听见他们的呼吸声时，都觉得自己很愚蠢，无事自扰。"我怎么会变成这种人？"她心想。她对自己承诺：她会放轻松，因为她知道，不会有事的。然而，第二天晚上，她仍然醒着，盯着天花板。她摇着头告诉自己："今晚再确认一次就好！"她溜下床，将手掌放在孩子们小小的胸腔上，感受胸口的起伏。然后，某天晚上，其中一人的胸口落下后，再也没有起来。

她崩溃了。在医院等候室里的那些时间，守在小男孩床边的那些夜晚，直到医生在那天早上告诉彼得这件事——因为没人敢告诉蜜拉。他们完全崩溃了。假如彼得没有告诉蜜拉，他们是否还能继续生活下去？有人能做到这一点吗？

当他们搬离熊镇时，蜜拉感到庆幸不已。她完全没有想到，自己会快乐地搬回这里。但是，他们能从这里再次出发。彼得、蜜拉，以及玛雅。然后，里欧加入了他们。他们很开心。或者可以说，作为一个承受过重大、无法被时间冲淡的悲痛的家庭，他们这样已经算是很开心了。

但蜜拉仍然不知道，她该怎么处理。

彼得将手放在边框的玻璃上。蜜拉仍能不断地使他心跳加速，他对她的爱仍像青春男女的那般纯洁。他总能感到自己的心脏在胸腔里鼓胀，让他无法呼吸。

蜜拉错了。彼得保护不了他的家庭。在过去的每一天里，彼得始终在想他当时是否能够采取不同的行动。他可以和上帝谈条件吗？如果他牺牲所有的才华，放弃一切成就，包括自己的生命，上帝会用什么来回报他？他是否能代替自己的大儿子躺在棺木里？

夜里，蜜拉仍然在房里逡巡着，数着他们的孩子。一个，两个，三个。

两个孩子躺在床上；另一个，已经进入天国。

10

对于熊镇，你可以恣意评价，但它能让你屏息凝神。太阳从湖面上升起时，天气依旧寒冷，好像连氧气都被冻得酥脆。当树木似乎恭敬地在冰层上屈身，好让多一些光线透射到在冰上玩耍的孩子们身上时，你会不禁惊异：怎么会有人愿意住在这种地方，举目所见净是建筑物与柏油碎石路，四岁的小孩们自顾自地在户外玩耍，仍然有人敞开着家门？在加拿大的经历之后，玛雅双亲对她的保护，即便在大城市也显得有点不寻常，在熊镇人看来那简直是有精神病。在已故兄长的阴影下成长是很诡异的一件事。在这种处境下长大的孩子，不是畏首畏尾，就是什么都不怕。玛雅属于第二类。

她和安娜用一种秘密的握手方式在走廊道别。两人读一年级时，安娜发明了这种握手方式：握拳向上——握拳向下——手掌互碰——花蝴蝶——手指交缠——手枪——爵士乐的手——迷你小火箭——屁股互碰爆炸——小婊子。这些名字都是安娜发明的。每次到最后用屁股互碰时，玛雅都会笑出声来。安娜用肩膀撞她，双手朝天一举，尖声叫道："……安娜是贱婊子！"然后就离开了。

但如今，在学校里当着其他人的面时，安娜的音量已不再高亢。她会收拢双臂，降低音量，试图融入群体。在孩童时，玛雅之所以喜欢安娜并和她成为最好的朋友，就是因为安娜和她遇见的其他女生都不一样。然而，青春期就像一张砂纸，将安娜磨平。她变得越来越平滑，越来越渺小。

有时候，玛雅为她感到悲伤。

蜜拉望了望时钟，将文件从公文包里掏出，赶着去开一场会，然后又直接去开另一场会。她一如往常地迟到了。她跑进办公室，行程表的进度已然落后。过去，她很喜爱"职业妇女"这个称呼。然而，经熊镇居民用熊镇方言说出时，她却感到嫌恶不已。彼得的朋友们都这么称呼她，一部分人是出于崇拜，另一部分人则出于厌恶。不过，没有人称彼得是"职业男人"。蜜拉知道人们含沙射影的是什么，她感到心如刀割：男人"工作"是为了养家糊口，但"职业"是自私的。你完全是出于自私才会有一份职业。因此，她此刻便在这之间摇摆着，无论是在家里，还是在办公室里，都一样感觉良心不安。

这一切全都成了妥协。年轻时，她梦想着见识大城市里的刑事案件与戏剧般迅即的审判流程；而现在，现实是合同、协议书、和解、会议、电子邮件、电子邮件、电子邮件。"你太大材小用了。"获得聘任时，老板这样告诉她，说得仿佛她还有别的选择。她的学历和才能足以让她在全球各地取得六位数的月薪，但这家公司是她能接受的通勤距离内唯一合适的选项。他们的客户是林业公司与公营企业，工作相当单调，绝少振奋人心，但永远充满压力。她常会想到在加拿大的时光，以及那里的冰球训练员唠叨不休的话：他们在找的是"正确的人"，不只能打球，还能在更衣室里与队友相处、不会制造麻烦、善尽自己的职责。乖乖打球，安安静静。

蜜拉的思绪被同事打断，这位同事是她最好的朋友，也是对付无聊症状的"盘尼西林":"我可从没烂醉成这样。我的嘴巴臭翻了。昨天晚上你有没有看到我在舔东西?"

"我昨晚没和你混在一起。"蜜拉微笑道。

"是吗?你确定吗?就是下班以后小酌一杯。什么?你没参加?不就是下班以后小酌一杯吗?"这位同事一边嘀咕着,一边跌坐进椅子。

她的身高接近一米九,每一厘米的身高仿佛都是理所当然的,她完全无意在办公室里那些焦虑的男人面前龟缩起身子,反而每次出现时都穿着鲜红如血的高跟鞋,鞋尖犀利犹如瑞士军刀,鞋跟细长宛如古巴雪茄。她是娱乐报刊插画家梦寐以求的模特儿,无论是在房间里,还是派对后的轻松社交活动中,她都是众人关注的焦点。

"你在干吗?"她问。

"工作。你在干吗?"蜜拉反问她,露出微笑。

这位同事挥动其中一只手,另一只手遮住双眼,仿佛它是一条冰凉的毛巾。

"我也要去工作。"

"我得在午餐以前把这个做完。"蜜拉对着文件叹了口气。

这位同事趋身向前,瞄了瞄那份文件,说:"一般人需要一个月才能做完这些。你在这家公司是大材小用了,你知道吧。"

这位同事总说她羡慕蜜拉的头脑,而蜜拉则羡慕这位同事的中指,它总能恰到好处地竖起。

蜜拉无奈地微笑了一下。"你通常都说些什么?"

"不要再抱怨,闭嘴,乖乖开账单。"同事笑着说道。

"闭嘴,乖乖开账单!"蜜拉重复道。

这两个女人趋身贴向办公桌,与对方轻击一掌。

一位老师站在教室里，试图让一群十七岁的男生安静下来。正是在这天早上，她真心诚意地扪心自问：为什么她要承受这一切，不仅仅是教师行业，还包括熊镇？她对着全班高喊，但最后排那些男生全然，甚至不经意地无视她的存在。她其实完全确定：他们根本就没察觉到她在这里。当然，教室里也有其他想多学一些东西的学生，但是他们不怎么出声，存在感太弱：他们只是低垂着头，努力闭上眼睛，希望球季赶快结束。

关于城市与人群最简单的真相之一就在于：通常，他们不会按照我们告诉他们的话行动，而是依照他们所听到的、跟他们有关的话来行动。这位老师总听到别人说：她太年轻了，处理不了这种事情；她太美丽了，他们不会尊敬她的。这群男生总是听到：他们有一堆不属于他们本身的特质，他们是熊，是赢家，拥有不坏金身。

冰球就是需要他们的这副德行，需要他们拿出这副德行来。是他们的教练把他们教成这样，好让他们能在冰层上的肉搏战中使出全力。没人想过，他们在离开更衣室以后，该怎么切换掉这种态度。怪罪她总是比较容易：是她太年轻、太美丽、太敏感、太容易受辱、太难以让人尊敬。

这位老师转向冰球队队长兼大明星，试图做最后努力将场面控制住。队长坐在角落，自顾自地玩着手机。她喊他的名字。他毫无反应。

"凯文！"她重复道。

他扬了扬其中一边眉毛，说："嗯？我的小美女，有什么是我可以为你效劳的吗？"

他周围那些青少年代表队队员像是收到命令一般，哄堂大笑。

"老师在这里教的，你有没有在听啊？这些考试会考。"她说。

"这些我早就会了。"凯文回答。

他没有说出任何具有攻击性或有挑衅意味的话，这真让她抓狂。他的声音就像海上天气预报一样冷漠。

"嗯？这些你已经会了？"她哼了一声。

"这本书我已经看过了。你只是照着书本内容念罢了。我的电话就可以取代你的工作。"

青少年代表队队员咧嘴大笑，声音大到窗玻璃都震颤不已。这下子波博可逮到机会了，他是全校最高大也最容易煽动的男生，总是做好准备，痛打落水狗一顿。

"冷静一点嘛，糖果小内裤！"他坏笑道。

"你叫我什么？！"她咆哮道，而后才发现上了当。

"我是在恭维你啊，我超级喜欢糖果的。"

大笑声再次向她袭来。

"给我坐好！"

"糖果小内裤，我说啊，你也冷静一点嘛。你应该感到骄傲才对。"

"对啊。一两个星期以后，你会跑来跑去，告诉所有你遇见的人，说你曾经是为熊镇夺得冠军的青少年冰球代表队的老师呢！"

班上大部分人欢呼起来，猛力用手掌拍打着暖气装置，双脚猛踏着地板。这时她知道，尝试拉高音量已经太迟了，她已经输了。波博站在自己的板凳上，活像啦啦队队长，高唱："我们是熊！我们是熊！我们是熊，来自熊镇的熊！"青少年代表队其他球员跳上自己的书桌，加入他的行列。当这位老师离开教室时，他们全数袒露上半身，高唱"来自熊镇的熊！"而凯文是唯一的例外，他只是静静地坐在那里，盯着手机。他非常沉静，沉静到仿佛独坐在暗室里。

办公室里，蜜拉的同事将舌头前后在齿间舔舐，面露恶心的神情。

"说真的，我好像吃进了某人的假发。你应该不会相信我会和会计部门的那个家伙调情吧？我的计划本来是和另外那个调情，他是什么部门来着……就是那个穿着紧身牛仔裤、小屁屁很翘、披头散发的家伙。"

蜜拉笑了起来。这位同事是坚定的单身主义者，而蜜拉则是狂热的一夫一妻主义者。一个是独行侠，一个是像母鸡一般谆谆教诲的母亲，两人注定会嫉妒彼此的。这位同事喃喃道："好吧。在这间办公室里，如果要你现在就选一个人出来，你会挑谁？"

"拜托，现在别再闹了……"

"我知道，我知道，你已经结婚了。但是，假如你丈夫过世……"

"什么？"

"拜托，老——天——爷，你有必要反应这么大吗？他也是会生病的。或者，陷入昏迷。这样感觉好一点没有？要是你丈夫陷入昏迷，你会想跟谁做爱？"

"我谁都不要！"蜜拉嘶吼道。

"假如这关系到全人类的生存问题呢？这样一来，你会找那个穿紧身牛仔裤、小屁屁很翘、披头散发的家伙，对不对？总之不是那头老獾就对了！"

"谁是老獾？"

这位同事模仿一名最近刚成为公司主管之一、有时脸部看起来活像一头獾的男子。蜜拉不得不承认，她模仿得好极了。蜜拉笑了起来，差点弄翻咖啡。

"不要这样攻击他啦，他人很好的。"

"还有母牛，不过我们办公室没有。"

这位同事非常痛恨老獾，倒不是讨厌他的为人，而是他整体上给人的感觉。虽然大家都知道，他接受的主管职务本来是蜜拉的囊中物，但最后却落到他手里。蜜拉始终努力避免谈论这个话题，因为她无法将真相告诉这位同事。公司授予蜜拉主管职务，但被她回绝了。一旦接受，她就得加班到很晚，经常出差。她不愿意为此而牺牲家庭。但是现在，她坐在这里，却不敢将真相告诉同事。她不愿看见同事眼中的失望：蜜拉得到了这个机会，却没有抓住它。

这位同事咬掉一片裂开的指甲，吐进废纸篓。

"你有没有看过那头老獾打量女人的表情？那两只狡猾的小眼睛，我跟你赌一千块，他就是那种希望别人把白板笔插进屁眼的……"

"我在工作！"蜜拉打断她。

这位同事看起来大惑不解，问道："怎么了？这可是很客观的观察。在白板笔领域，我的技能可是很高超的，不过没关系，你就继续高高在上，假装自己在丈夫陷入昏迷时还能守身如玉，假清高！"

"你是宿醉还没醒吗？"蜜拉微笑道。

"白板笔？彼得喜欢这种玩意儿吗？"

"才不！"

这位同事立刻心焦地道起歉来："抱歉，这很敏感吗？你们因为这种事吵过架吗？"

蜜拉将她撵出自己的办公室。她一天当中能够欢笑的时间就是这么稀少。一天开始时，她就有一份日程表，或者希望能有一份日程表。然后，一位主管走过来，问她能不能抽空来"瞧一瞧"一份合同，这花掉了一小时。里欧打来电话说，因为青少年代表队要求增加冰球场的使用时间，所以他的训练提前了半小时。这意味着她下午得早点回家。玛雅打来电话，让她在路上帮她买新的吉他弦。彼得给她发了一条短信，说他今晚会比较晚回家。接着主管又走进来，问她是否有时间来"开个小会"。她没有时间，但还是去开会了。

她努力试着成为那种"正确的人"——同时成为贤妻良母，即使这是不可能的。

玛雅对第一次遇见安娜时的情景记得一清二楚。她们还没看见彼此的脸就已经先握手了。那时玛雅六岁，独自到湖面上溜冰。她的父母永远不会允许这种事情发生，但当时他们在上班，而保姆在椅子上睡着了，玛雅便穿上冰球鞋溜了出去。也许，她就是想追逐危险；也许，她相信在出事以前，大人总会拦住她；也许，她像所有小孩一样，生来就是要探险的。夜幕比她预想的来得快，她没留意冰面上颜色的变化。她脚下的冰面裂开时，水迅速地让她陷入麻痹，她连感到恐惧的时间都没有。她才六岁，又没带防滑钉和钉子，看来毫无生还机会。她的双臂已经冻僵，难以支撑在冰面上，她觉得自己死定了。关于熊镇，你怎么说都行，但这种事真会让你"屏息凝神"。只消一秒钟的时间。

她先是看见安娜的手，过了许久才看见安娜。玛雅永难理解的是，一个六岁小女孩怎么能够拉起另一个年龄相同、体重相同、身上运动衫还被彻底浸湿的小女孩。然而，安娜就是办得到。在这件事情之后，这两个小女孩就形影不离了。安娜是属于大自然的孩子，习惯钓鱼打猎，但并不真正理解人情世故；而玛雅完全相反，两人成为彼此最好的朋友。

玛雅第一次到安娜家做客、听见她父母吵架时，她理解到：安娜或许很熟悉湖面，但在内心深处，这并不能保证她在其他方面不会感到如履薄冰。从此以后，安娜在玛雅家过夜的天数比睡在自己家的天数还多。她们发明了秘密的握手方式，好提醒彼此：她们永远都是"比对方男朋友还要好的好朋友[1]"——安娜像咒语般将这几个字反复念个不停，却不知

---

1 英文写作"sisters before misters"。

道它们的含义。每次一逮到机会，她就会对玛雅唠叨，说她们应该去钓鱼、打猎，或是爬树。玛雅只想窝在家里，缩在暖气片旁弹奏吉他，这种催促常常会把她逼疯。但是，上帝为证，她是多么喜爱安娜。

安娜就是一阵龙卷风。她像是一块有着一百面的积木，而在她身处的社会里，每个人都必须能被放进圆形的洞。她们十岁时，她就教玛雅如何用猎枪射击。玛雅记得，安娜的爸爸总是把猎枪枪柜的钥匙藏在那间散发着霉味的地下室后排一个橱柜的箱子里。除了钥匙和几个伏特加空瓶，那个箱子里还装满了色情报刊。玛雅震惊地盯着它们。安娜注意到这一点，只是耸耸肩道："我爸不会上网。"她们窝在森林里，直到弹药用罄为止。安娜总会随身带着一把刀，她为她们俩各弄出一把剑，两人便在树丛间击剑，直到天黑。

现在，玛雅瞧着自己的朋友走下走廊，看着她放下手臂，甚至不敢喊出"贱"字，仿佛害羞不已。因为她现在所梦想的一切就是尽可能看起来像个正常人。玛雅痛恨成为少女，痛恨青春期那张砂纸，痛恨那种平滑。她想念她，那个在森林里扮成骑士的小女孩。

别人说我们是什么我们就会变成什么。安娜总是被别人告诫：她做错了。

在校长办公室里，班杰瘫坐在椅子上，与其说是坐，倒不如说是躺。他们只是在虚应故事：校长必须针对他这学期经常迟到警告他；而他唯一想讲的就是冰球，就像其他人一样。因此，开除他，或是对他采取其他惩戒措施，都是不可能的。

班杰想到大姐爱德莉，她养了一群狗。随着青少年代表队不断在锦标赛中攻城略地，班杰意识到自己和那群狗有多么相似：要是你让自己有点用，绑在你身上的绳子就会比较长。

那名老师破门而入，而在那之前，他们老早就听见了她的声音。

"这些畜生……这些……我受不了了！"她还没进校长办公室，就尖叫起来。

"冷静一点嘛，糖果小内裤。"班杰微笑着，非常确定她会捶他一顿。

"再说一次！你只要再说一次，我保证让你打不了比赛！"她举起手来，朝他大吼。

校长不胜其烦地喊了一声，从椅子上跳了起来，抓住她的手臂，领着她来到走廊上。也许，抓住某人的手臂是正确的反应。但是班杰和这名老师都知道，被捉住的应该是班杰的手臂。

走道更远处的一间教室里，波博从桌子上跳下，落在地板上。他仍然赤裸着上半身，高声唱着"来自熊镇的熊……"他身边的这些十七岁青少年只能被分为两种：热爱冰球的和对冰球恨之入骨的。其中一方担心他弄伤自己，另一方则巴不得他弄伤自己。

11

一个经常被重复却又不时被忽略的真相是：假如你告诉一个小孩，他无所不能或一事无成，不管最后是哪个结果，你很有可能是对的。

班特毫无领导风格可言，他只会大吼大叫。亚马待在男童冰球队期间，班特一直是他的教练。如果戴维在下一季获得了甲级联赛代表队教练的职务，而班特刚好在亚马进入青少年代表队时成为青少年代表队的教练，亚马可是会担心不已的。他无法再忍受这名男子两年，就算为了冰球，他也做不到这一点。班特对策略或技术都毫不了解，他只认准一切都是战争，他在赛前做的唯一激励性喊话就是大吼，让他们"攻陷城堡！"或者高喊他们可"不能被打败！"要是这些十五岁球员手上拿的是斧头，而不是冰球杆，他的执教方式仍然会一模一样。

显然，这种情况对队上其他人而言更难接受。当你是球队一哥时，你能够避开大部分问题，而亚马在这一季已然成为球队一哥。当班特大喊"阿札，你做完变性手术的那些疤痕又在痒了是吗？！"或是"耶稣基督啊，你的动作比孕妇还要慢！"的时候，札卡利亚就得忍受班特那受到专利权保护的飞沫喷泉侵袭。然而，亚马已经挺过来了。一想到自己在十二个月前几乎要全盘放弃的情景，他就不确定对自己的继续努力是否感到快乐，或是对自己几乎放弃冰球是什么感觉。

他唯一能记得的就是自己累了。对战斗、对每个朝他大吼大叫的人、对承受这么多的羞辱与虐待、对更衣室感到疲倦。有那么一次，青少年代表队球员就在训练时偷溜进更衣室，把他的鞋子割烂，将他的衣服扔进淋浴间。他努力想证明自己不只是他们所称呼的那样：来自洼地、清洁工的儿子、太小、太软弱。但他对于证明自己也已感到疲倦。

有天傍晚，他在训练结束后回到家，足足四天没出房门一步。他的母亲很有耐心，让他独处。她只在第五天早晨准备去上班前打开他的房门，说："你可以和那群熊一起玩，但是，那并不代表你得忘记自己是一头狮子。"

就在她亲吻他的前额、将手放在他胸口时，他低声道："妈，我好辛苦。"

"要是你爸爸看见你打球的样子，他一定会引以为傲的。"她回答道。

"爸爸可能根本不知道冰球是什么……"他说。

"这就是为什么！"她提高音量。她是个女人，对从来不提高音量感到非常自傲。

那天早上，她顺利清扫完看台、走道和办公室，走进更衣室。就在那时，工友经过，温和地敲了敲门柱。她打开门，他朝冰球场扬了扬头，微笑了一下。亚马已经将手套、帽子和夹克放在边线之间。他也正是在那天早上领悟到，跟这群熊比赛时，要想打得更好，唯一的方法是：不能照着他们的方式打。

戴维坐在看台最上层，现年三十二岁的他，窝在冰球馆内的时间远超过待在冰球馆外的时间。他喜爱冰球的原因有很多，但最主要的是，这是就他所知最复杂的事物。弄懂它只需一秒钟，要想精通此道却得花上一辈子。

戴维成为教练时，一整季苏恩都逼迫他从看台最高处的这些座位上观看甲级联赛代表队的每场比赛。现在，他已经摆脱不掉这个习惯了。从这个角度看，冰球是很不一样的。事实上，苏恩和戴维对球队存在的问题看法完全一致，他们只是对答案有所争论。苏恩认为，应该尽可能地考虑球员们的年龄，让他们有时间弥补自己的弱点，建立一支没有任何缺点、全面、专注的球队。戴维认为，这种态度只会打造出一支没有优秀人才的球队。苏恩认为，获准和较年长球员打球的选手只会靠精力取胜，而戴维却不觉得这有什么问题，他不希望整支球队的球员都在做相同的事情，他要的是专家。

苏恩恰如熊镇的写照：坚持陈旧的信念，认为不应该让任何一棵树长得太高，天真到相信苦干足以弥补一切。这使得球会排名向下直坠的速度和小镇失业率向上攀升的速度一样快。光靠苦力是不行的，得有人出主意才行。唯有围绕着明星打造的团队才能发挥战斗力。

在这个球会里，许多人认为冰球中的所有事物应该"保持常态"。不管是何时听到这种话，戴维都感到想把自己卷进地毯尖叫到破音为止。说得好像冰球始终没发生过变化似的！冰球刚发明时，球员甚至不能将橡皮圆盘往前传；仅仅在两代人以前，所有球员都不得佩戴头盔。冰球就像其他任何活生生的有机体一样：必须求变、求新，否则将死路一条。

戴维已经记不得自己为了这一点和苏恩吵了多少年，但当他在那几个心情最差的晚上回到家时，女朋友常会嘲弄他，问他："又和老爹吵架啦？"一开始还挺有趣的，当戴维开始担任教练时，苏恩的地位可不仅仅是个教练，他可是一个楷模。在一个冰球球员职业生涯的尾声，一连串的门看似永久地关上，而他总是站在了错误的一边。戴维无法脱离团队生活，不能没有身为团体一分子的归属感。当伤势使他在二十二岁就不得不离开冰球场时，唯一理解他的人就是苏恩。

苏恩在教导戴维成为教练的同时，也教导彼得成为体育总监。从许多方面来看，他们都站在彼此的对立面。戴维可以对着一扇门吵架，而彼得对冲突畏惧得要命。苏恩希望他们俩能够互补，但他们俩只培养出对彼此的厌恶。

事实上，戴维多年来感到最可耻的是：他从来没能摆脱那种嫉妒感，当苏恩与彼得走进彼得的办公室而没有邀请他时。他对体育中同袍情谊的热爱建立于对被排挤的恐惧之上。所以，他最后做出了所有胸怀抱负的学生都会对老师做的事情：反叛。

他在二十二岁时开始执教这群七岁的小男生，凯文、班杰与波博也在其中。现在，他已经教了他们十年，将他们打造成全国最强的青少年代表队之一。他最后终于意识到，他已经无法保持对苏恩的忠诚了。球员更重要，球会的利益至上。因为这才是冰球的基础：团队胜于个体。戴维深信，这就是那些从来没踏进更衣室一步的学者不了解这种文化的原因。那些人日复一日地对媒体放炮，大谈"精英主义"的危害。他们太过于以自我为中心，也太神经质，看不见将团队利益置于个体之上的优势。

戴维知道，当自己取得苏恩的职务时，小镇里的人们会说些什么。他深知，他们当中很多人会很不爽。但是，他们会对比赛结果感到满意的。

班特鸣哨，示意训练结束。他的哨子太靠近札卡利亚的耳朵，惊得他跌在自己的球杆上。

班特不怀好意地露齿一笑，说道："就跟平常一样，今天训练表现最糟糕的是札小姐。所以，请你把橡皮圆盘和路锥都收好！"

班特走下冰球场，将其他小男生的团队训练抛在脑后。几个人对札卡利亚嘲笑起来，他试图对他们竖起中指，但戴着冰球手套很难做出这个动作。亚马已经开始在冰上兜圈子，收集橡皮圆盘。他们的友情始终如此：只要札卡利亚被留在冰上，亚马就不会离开。

一旦班特离开视线，札卡利亚便愤怒地站起身来，模仿他那夸张的向前倾的溜冰姿势，同时猛力抓挠着屁股："把橡皮圆盘捡回来！守住城堡！不要被打败！不准在我的冰上撒野！守住……什么？这是什么……"

他试着倒退并跌向亚马，但亚马灵巧地闪到一边，微笑着，放任札卡利亚摔在空荡荡的球队板凳席上，跌坐成一团。

"你想留下来看青少年代表队练球吗？"即使亚马知道阿札从来不会这样做，还是这样问道。

"你明明就是在说凯文，不要再讲什么'青少年代表队'了。我知道，他是你的偶像。亚马！其实，我有我的人生要过！人生苦短，要及时行乐啊！好好欢笑，好好爱！"

亚马叹息一声道："好吧。算了……"

"亚马，凯文·恩达尔怎么着你了吗？"札卡利亚喊道。

亚马烦躁不安地用冰球杆敲着冰面。"那你周末想不想找点事做？"

他真的努力让自己提问的口吻听起来毫不在乎，仿佛并没有整天都在想这个问题。

札卡利亚从板凳席上起身，样子很像刚被蘸了镇静剂的箭射中的小象。

"我刚买了两款新游戏！但是你得戴你自己的耳机，因为你上次把我的另一副耳机搞坏了！"

札卡利亚输掉游戏的时候勃然大怒，将耳机往亚马身上砸，亚马就是在这种情况下用前额弄坏了耳机。亚马看起来被朋友的这种说辞搞得很不痛快，收拾好最后几个橡皮圆盘后，便清了清喉咙道："我只是在想，我们可以……到城里晃晃。"

札卡利亚的表情看起来像是听到他的朋友建议在彼此耳朵里灌毒药。

"晃晃？去哪里晃？"

"就只是……去晃晃。大家都会去……晃晃。他们都这么做。"

"你是说玛雅会这么做？"

"我是说大家都这么做！"

札卡利亚整理好冰球鞋后起身，在冰上踮着脚跳起舞来，唱道："亚马和玛雅，坐在小树下……"

亚马将一块橡皮圆盘狠狠地砸在他身旁的木板上，但仍忍不住笑了起来。

戴维和班特站在更衣室外的走道上。

"这是一个错误！"班特坚持。

"就算这听起来再怎么不可能，我也已经听够你的回答了。把青少年代表队的人召集起来，准备练习。"戴维冷冷地回答。

班特拖着笨重的步伐离开。戴维按揉着太阳穴，班特并不是一个一无是处的助理教练。戴维可以容忍叫嚣与骂脏话，因为那就是更衣室文化的一部分，而且，亲爱的上帝，队上就是有些家伙真的需要在训练时让一个暴君压着，这样他们才能各就各位。假如由班特来接管青少年代表队的阵容，戴维还真不知道事情该怎么运作。他所掌握的冰球知识跟看台上吵闹的观众差不多。当你走在大街上，拿起石头随便一扔，被砸中的任何人只要还有脉搏，他知道的冰球知识都和看台上的观众一样多。

戴维走近时，亚马和阿札还笑闹不已，但一看见戴维，就突然沉默下来。他们俩拼命往墙边缩，这样才不会挡了他的路。戴维举起手时，亚马显然大吃一惊。

"你叫亚马，没错吧？"

亚马点点头，解释道："我们……我们只是在收齐橡皮圆盘……我们只是有点弄乱了……我是说，我知道阿札在模仿班特，可是这只是在开玩……"

戴维一脸困惑。

亚马大口吸气。"其实，如果你什么都没看见……那就……什么事也没有。"

戴维微笑起来："青少年代表队练球的时候，我看见你坐在看台上。你比其中一些球员还常在那里出现。"

亚马心虚地点了点头，说："我……对不起……我只是想学习。"

"这样很好。我知道你在研究凯文的动作，他是个好榜样。你应该仔细看看在任何一对一情况下，他是如何盯住后卫的冰球鞋的。只要他们的冰球鞋转向、重心转移，凯文就会轻敲橡皮圆盘，开始行动。"

亚马沉默地点点头。戴维直视他的双眼，这个小男孩并不习惯成年男子的这种目光。

"大家都看得出来你速度很快，但你需要练习射门。你要练习等待守门员移动，逆势射门。你觉得自己能学会这一点吗？"

亚马点点头。戴维重重地拍拍他的肩膀，说："很好。赶快学，因为十五分钟以后，你就会和青少年代表队一起练习。去更衣室，换件球衣出来。"

亚马的手本能地贴近其中一只耳朵，他仿佛想把耳朵清理干净，以确保自己没听错。戴维已经走远了。

等到教练从转角处消失，札卡利亚才用双臂扣住朋友的颈子。亚马的呼吸相当急促。札卡利亚清了清喉咙说："就算是这样，亚马，说真的……如果你可以选择，你是愿意和玛雅睡觉，还是和凯文睡觉？"

"不要乱说。"亚马笑道。

"我只是确定一下！"札卡利亚坏笑着，然后拍拍他的头盔，咆哮道，"给他们点颜色瞧瞧，我的朋友，给他们点颜色瞧瞧！"

亚马做了一次和冰球馆后方湖泊一样深的深呼吸，第一次走过男童冰球队的更衣室，踏进青少年冰球队更衣室的门槛。嘘声和咒骂声旋即像飓风般朝他扫来，他们齐声大骂："该死的蛆虫，给我滚出这里！"然而，就在戴维从厕所里走出来时，一切顿时归于沉静，甚至可以听到下体弹力护身掉在地上的声音。戴维朝班特点点头，班特不情愿地将一件球衣扔向亚马。它臭气熏天，但亚马却感到前所未有的快乐。

他最要好的朋友站在走道上，站在外面。

在冰球世界里，是没有"几乎"的。

12

一段漫长的婚姻是很复杂的。大多数身处一段漫长婚姻中的人不禁会扪心自问："我是因为爱而保持这段婚姻，还是因为我已经没办法让其他任何人如此深刻地认识我了？"

蜜拉知道，自己的牢骚让彼得抓狂。他有时候看起来会有点战战兢兢。有时候，她一天会喊他五次，只是想确保他已经做了自己承诺过要做的事情。

彼得的办公室规划得条理分明，桌面干净到你简直可以将掉在上面的食物拿起来一口吃掉。也就是说，假如有人胆敢在彼得办公桌旁吃东西，必须保证他不会对饼干碎屑产生恐慌。

架子上摆满了他不敢带回家的唱片光盘——他担心蜜拉会强迫他把它们扔掉，或是买一栋更大的房子。他在网上下单购买，指定他们把货送到冰球馆，从而有效地将柜台接待员变成了他的"经销商"。有些人对自己的配偶隐瞒自己抽烟的事实，而彼得隐瞒的则是自己线上购物的行为。

他买唱片的原因是它们能让他平静下来。它们能让他记得艾萨克。这一点，他可从来没告诉过她。

蜜拉已经不记得那场暴风雪来袭时孩子们究竟几岁，那时他们刚搬到熊镇不久，她还没有习惯大自然的力量。当时临近圣诞节，孩子们放假在家，然而由于公司出现突发情况，蜜拉必须去开一场重要的会议。彼得带着里欧与玛雅去滑雪，蜜拉则站在车旁，看着他们消失在让人感到眩晕的银白色大地上。那样的情景既美丽又充满了噩兆。他们一离开她的视线，她就感觉如丧考妣，在开车去办公室的路上始终哭个不停。

当彼得在加拿大受伤、蜜拉开始工作时，彼得在家陪伴艾萨克。有一天，艾萨克因肚子痛而尖叫不止，惊恐万分。彼得尝试了各种办法，他轻轻摇晃他，把他放进婴儿推车，还试了所有他听说过的居家疗法，但都不见效，直到他放了一张唱片。那台陈旧的唱片播放器功能也许有些失调，扬声器传出的碎裂声、音乐声弥漫着整个房间……但是，艾萨克完全安静了下来。然后，他露出微笑。随后，他就在彼得的臂弯里沉沉入睡。就彼得记忆所及，那是他真正觉得自己是个好爸爸的最后一个时刻。那也是他最后一次能够告诉自己：他真正知道自己在做什么。这件事他从没告诉蜜拉或任何人。但现在，他仍暗地里买着唱片，一直希望那种感觉能够回来，就算只有片刻也好。

　　圣诞节前的那天早上，蜜拉开完会后打电话给彼得。他没有接听。彼得平时可都是会接电话的。接着，她听到广播：暴风雪已经侵袭森林区，建议民众待在室内，避免外出。她打了一千次电话，吼叫着留言，但都没收到回电。她坐到车里，脚踩油门，一路疾驶，即使能见度差到她甚至看不清引擎罩前方一米外的情况。她开进他们当天早上离开她的那片树林，开始歇斯底里地呼喊着，随后陷入崩溃，绝望地徒手在雪地上挖掘着，仿佛能在那里找到孩子们。她的双耳与指尖都冻僵了。事后，她不知道该如何解释当时她心里究竟是怎么想的。直到数年后，她才领悟到：那是紧张导致的精神崩溃。

　　十分钟以后，她的电话响了。是彼得和孩子们，他们无忧无虑，毫无烦恼，纳闷着她究竟在哪里。"你们在哪里？"她大喊。"在家里。"他们应着，嘴里塞满冰激凌和肉桂卷。当蜜拉问起原因时，彼得大惑不解地回答道："有暴风雪，所以我们就回家了。"他忘记给电话充电了，电话就放在卧室的一个抽屉里。

　　这件事蜜拉从没告诉过彼得，也没有告诉过任何人。然而，她从未真正从那场暴风雪中恢复过来，从未从当时在车里感受到的那股失去他们的感觉中恢复过来。因此，现在她有时会在一天当中打好几次电话给丈夫和孩子们，只是为了向他们发发牢骚，只是为了让自己确定他们都还在。

彼得放起一张唱片，然而今天这招却不见效，他无法让自己不去想苏恩。几个小时以来，同样的想法一直在他的脑海中盘旋，他盯着昏暗的电脑屏幕，将一个橡皮球来回扔向墙壁，力道越来越强。

当电话响起时，他觉得这阵干扰来得真是时候，甚至忘记了对妻子总是认定他一定会忘记做到自己承诺的事所感到的烦躁。

"你把车停在修理厂了吗？"即使她已经能够听到答案，但还是这样问。

"是的！当然啦！"彼得带着那种只有在说谎时才会展现的自信回答道。

"那你是怎么到办公室的？"她问。

"你怎么知道我在办公室？"

"我可以听到，你在用那颗蠢球砸墙壁。"

他叹了一口气，说："你应该像个律师，或是别的什么一样工作。没人这样告诉过你吗？"

律师笑了："如果我不能在剪刀石头布的游戏上变得专业，我会考虑这一点。"

"你作弊。"

"你说谎。"

彼得突然间声音颤抖着小声说："我是如此爱你。"

蜜拉笑着，让自己忽略他的哭声，然后回答："我也爱你。"

他们挂了电话。蜜拉正吃着午餐，比预定时间晚了四个小时。她一直坐在电脑前忙着，这样就能将工作做完，还有时间在冲回家送里欧到球队训练以前，顺道替玛雅买新的吉他琴弦。彼得则完全没吃东西，他可不想给自己的身体再次呕吐的机会。

一段漫长的婚姻是很复杂的。

青少年代表队的更衣室显得异常寂静。明天比赛的重要性已经开始渗进他们的皮肤。威廉·利特才刚满十八岁，却留着像水獭皮一样厚重的胡须，体重如小轿车。他靠向凯文，用那种在监狱主题电影中某个角色索取牙刷柄小刀的口吻问道："你有嚼烟吗？"

上个球季，戴维向班特提过，一块嚼烟对一个人体能状态所造成的损害比一整个板条箱的啤酒还要严重。从那之后，只要哪个青少年代表队球员被发现牛仔裤口袋有圆盘状嚼烟盒摩擦过的痕迹，肯定会遭到班特和父母一阵臭骂，也因此，班特和他们父母的头发变得越来越稀疏。

"没有。"凯文回答道。

利特还是不胜感激地点点头，继续跟其他人要嚼烟。他们一同在第一列作战，但就算利特再怎么高大、强壮，凯文始终拥有绝对权威。班杰的行为或许可以被视为对权威角色有些意见，他躺在地板上，半睡半醒，但仍捞到一根冰球杆，用它敲敲凯文的腹部。

"干吗？"凯文咆哮道。

"给我一块嚼烟。"班杰要求。

"该死，你聋了吗？我不都说没有了吗？"

班杰沉静地躺在地板上，并未放过凯文的眼神。他只管继续用冰球杆敲着凯文的肚子，直到凯文将它拖开，在夹克里翻找着，抓起几乎满满一整盒的嚼烟。

"你什么时候才会学乖，不对我说谎？"班杰微笑道。

"你什么时候才会自己买嚼烟？"凯文回答。

"应该就是这时候吧，同时。"

利特回来了，并没要到嚼烟。他开心地对凯文点点头说："你爸妈明天会来看球赛吗？我老妈已经帮我们全家人买好票了！"

凯文安静下来，开始用胶布缠起自己的冰球杆。班杰从眼角瞄见这一幕，完全知道其中的意思，于是转向利特坏笑道："利特，我很遗憾要让你难过了。你那些亲戚来到你的比赛场子其实是来看凯文比赛的。"

更衣室里爆出一阵哄笑。凯文也省得回答关于自己父母是否会来看球的问题。班杰除了从来不带自己的嚼烟以外，实在是不可多得的好朋友。

亚马坐在角落里，竭力让自己不被人注意到。戴着面罩的他是更衣室里年纪最小的，他有充分的理由对吸引注意力感到害怕不已。他将视线抬高以避免眼神接触，但仍来得及发现：有人想朝他丢东西。挂钩上方的墙壁上贴满了写着标语的小纸片："努力练球，轻松赢球""团队胜于自我""我们是为了球衣正面的熊而战，不是为了背面的名字而战"。墙壁中央则贴了一张纸，上面用超大号字写着："我们输不起，因为输得起的人会一直输！"

有那么片刻，亚马恍了神，等看见波博穿过地板上的衣物朝他走来时，已经太迟了。当这名青少年代表队后卫以全身的重量压在他身上时，亚马便消失在了他的身体之下。他等着波博痛揍他一顿，但波博只是微笑着。当然，情况总会变得更糟。

"你得体谅这里的小伙子，他们可没什么教养，这你是知道的。"

亚马用力地眨眨眼，不知道自己该回答什么。波博对此显然沉醉不已，一脸严肃地转向其他球员。此刻，他们显得沉默，像是在期待着什么。

波博愤怒地指着散落一地的胶带："你看看，这里乱成一团！这样还像话吗？你们以为你们的老妈在这里工作，嗯？"

青少年代表队球员们哄笑起来。波博刻意地四处大步走动，捡起胶带碎片，直到它们塞满他弯曲、拱起的手掌为止。他将这些碎片高高举向天花板，像是在举起一个新生的婴儿，盯住新来者的目光，微笑着说明道："各位，是亚——马——的老妈在这里工作！"

胶带碎片先是在天花板边飘浮了一秒钟，然后才像炸开的火箭筒烟花般砸向那名龟缩在角落里的小男孩。

在对亚马下命令时，波博暖热的鼻息触及他的耳畔："面具人，行行好，去叫你妈过来，行吗？这里面真是乱透了。"

就在班特尖声大叫"各就各位！"之际，不到十秒钟的工夫，更衣室就空无一人。凯文拖得最久。他经过亚马身边时，亚马蹲坐在地板上，搅动着那些凌乱的胶带碎片，下唇有着咬痕。

"那只是个玩笑。"凯文告诉他，声音中不带有任何同情的意味。

"当然。那只是个玩笑。"亚马静静地重复。

"你认识她……玛雅……是吧？"凯文走到门口时喊出声来，仿佛突然才想起这件事。

亚马抬起头。整个球季，青少年代表队的每场练习他都看过了。凯文不只是突发奇想，他所做的一切都是经过缜密思考、详细规划的。

"认识。"亚马呢喃着。

"她有男朋友吗？"

亚马迟迟没有说出答案。凯文充满期待地用冰球杆的尖端打鼓般地敲着地板。亚马低头看着自己的双手许久，最后才不情愿地摇了摇头，动作轻微。凯文欣喜地点点头，而后朝冰球场走去。亚马站在原地，咬着下唇内侧，通过鼻子费劲地呼吸，将胶带扔进废纸篓，调整护具。他通过门口离开前在墙面上看见的最后一样东西——一张发黄、起皱的纸，上面用铅笔写着一行已经被刮擦殆尽的字："想怎么收获，就先怎么栽。"

他和青少年代表队球员们一起集合在中线圆圈处。圆圈中央画着一头充满威胁性的熊——球会的象征，代表力量、强壮、恫吓。亚马始终都是冰球场上那个个头最小的球员。从他八岁起，大家就一直说：他一定进不了下一级，他不够硬、不够强、不够壮。但是此刻，他环顾四周——这支球队将出战明天的半决赛，是全国最强的四支青少年代表队之一。而他在这里。他看着利特和波博，看着班特与戴维，看着班杰和凯文，他想向他们证明：他经得起一战。就算一死，也在所不惜。

　　几乎没有什么东西能像冰球那样让彼得情绪恶劣。更荒谬的是，也几乎没有什么东西能像冰球那样让他欢欣雀跃。他反复思考当前的情况，终于感觉有点喘不上气。当最后再也无法忍受挫败感与不适感时，他便起身走上看台。在那里，他的思绪通常会比较清楚。他坐在那儿，上下扔着那颗橡皮球，目光盯着地面许久，浑然不觉青少年代表队已经在冰球场上开始练习。

　　苏恩离开办公室取咖啡，在回到办公室的途中，看见彼得独自坐在看台上。虽然苏恩知道彼得已经是个成年人了，但还是很难不把他当成小男孩看待。

　　苏恩不曾对彼得说他喜爱他。无论是作为父辈般的榜样，还是作为亲生父亲，这都是难以启齿的话。但他很清楚，彼得很怕让所有人失望。所有男人都受到恐惧感的驱使，而彼得最大的恐惧就在于怕自己不够好，怕自己不是个好爸爸、好丈夫、好体育总监。他失去了自己的双亲和大儿子，每天早上都极度害怕自己会失去蜜拉、玛雅和里欧。对于失去球会的恐惧，他也无法承受。

　　最后，苏恩看见他抬起头，看着在冰球场上练习的青少年代表队球员。起先他只是饶有兴趣地看着，毕竟他已经习惯了追踪这支球队，他只管数着，而没有多想。苏恩仍站在阴影之中，只为了在队徽的光束反照下及时捕捉到他的面部表情。

十年来，彼得亲自参与并培训了这群男孩，他记得所有人的名字，更记得所有人父母的名字。他逐一在脑海中点阅每个人，确认是否有人缺席，是否有人受伤。不过，大家似乎都到齐了。其实，还多了一个人。他再数一次。数字还是对不上。直到他看见亚马。他是所有人当中个头最小、体重最轻的，穿戴在他身上的装备仍显得过大，就像在溜冰学校时一样。彼得只是凝望着。然后，他笑出声来。

他已经无数次听别人提过：这个小男孩早该停止竞技，他不会有任何机会的。而现在，他就站在冰上。没有人为了争取这个机会比他更拼命，而在这所有日子里，戴维选在今天给了他机会。简而言之，这是个小小的梦想。今天，彼得也需要一个梦想。

看见这一幕，苏恩既满意又哀伤地点了点头。他走回办公室，关上门。今晚，他将最后一次带领甲级联赛代表队练球。赛季结束后，他就会告老还乡。他内心最深处所希望的，正是所有离开某个事物的人心里所希望的：一切土崩瓦解。希望一旦没有了我们，事情就运转不下去。我们是不可或缺的。但是，什么事情都不会发生，冰球馆依然会存在，球会也会继续生存下去。

亚马扶正头盔，直直冲进一场近身肉搏战。他被狠狠地铲倒在冰上，却又弹跳起来。再度被铲倒在冰上，却再次弹跳起来。彼得靠回椅背，露出大大的笑容。就像蜜拉说的，只有在半杯红酒和两片温热的乳酪三明治下肚以后的昏昏欲睡之际，他才会露出这种笑容。他在看台上又沉迷地待了一刻钟，而后才走回办公室。他的心情稍微放松了些。

法提玛站在厕所里，缓慢而谨慎地伸展背部，这样才不会有人听见她痛苦的呻吟。有时，她早上还真的就从沙发床上滚落下来，因为她的身体难以立起来。她尽可能地掩饰这一点，总是让儿子亚马坐在巴士靠走道的座位，这样当他们起身下车时，他就会面向另外一侧，而不会看见她的面部表情。她在上班时，谨慎地让废纸篓里的塑料垃圾袋垂挂着，这样她在清空废纸篓时，就不用费力地弯下腰拾起垃圾袋。每天，她都能找到缓解痛楚的新方法。

她在溜进彼得的办公室时道了歉。如果她没道歉，他还真没听见她进来了。彼得从文件中抬起头，看看时间，面露惊讶之色："法提玛，你在这里做什么？"

她惊骇不已，退后两步，说："对不起！我不是有意要打扰你，我只是要把垃圾桶清干净，顺便给植物浇水。我可以在你回家以后再来！"

彼得抚摸了一下额头，笑着说："没人跟你说过吗？"

"说什么？"

"关于亚马的事。"

彼得意识到不能对一个母亲说这种话，但是已经太迟了。她马上就认定自己的儿子遭到了恐怖的意外，或是被警察逮捕了。当你对一个父亲或母亲说"你都没听说关于你家小孩的事吗"时，是没有模糊地带的。

彼得温柔而坚定地搭着她的肩膀，带着她穿过走廊，来到看台上。她花了三十秒钟才确定自己看到了什么。随后，她掩面而泣。一个小男孩和青少年代表队一起练球，他比其他人整整矮上一个头。那是她的儿子。

她的脊背从未如此挺直过，她似乎能够狂奔上万公里。

13

青少年代表队轻松练球。他们被告知，只需使出自己百分之七十五的实力。没人希望在大赛前夕受伤。亚马可没有这么奢侈的待遇，他全力以赴，使劲地压着自己的冰球鞋，仿佛想让它切开冰面。为此，他一无所获。青少年代表队球员们劈砍着将他绊倒，将他压在球场上，用冰球杆捶他的腰，在每片衬垫里寻找每处小弱点，就是要伤害他。他遭到来自后方的交叉拦截，跌了个四脚朝天。他看着利特的冰球鞋转向，还没来得及闭上双眼，冰片便如雨点般落在他脸颊上。他没听见戴维发出任何声音。四十五分钟以后，亚马汗流浃背，又累又怒，必须使出非人般的意志力，才能不尖声大叫："我为什么在这里？如果你不让我打球，为什么要把我带到这里？"他听见他们在他背后发出讥笑。他知道，要是他多说任何话，他们只会笑得更大声。

亚马不知第几次从冰上站起身时，班特轻蔑地哼了一声道："我已经说过很多次了，他太虚弱了。"

戴维看了看时间，宣布说："我们来做一对一练习。亚马和波博放单。"

"你是在开玩笑吗？亚马已经连续练习两节了，他已经快没气了！"

"让他们列队站好。"戴维不为所动地说。

班特耸耸肩，吹响哨子。戴维站在冰球场边缘。他深知自己对冰球的看法颇有受人非议之处；知道自己必须继续为球会赢球，才能按照自己的方式继续打下去。然而，这也是他唯一在意的事。没有输家，就没有赢家；没有其他人的集体牺牲，就不会造就明星。

戴维的一对一训练很简单：在冰球场上排上一列路锥，从冰球场这一端排到另一端，如此一来，这些路锥和边线护栏之间就出现了一条走道。一名后卫对一名前锋。要是橡皮圆盘离开了那条走道，就算后卫赢了。因此，这个练习强迫前锋在受限的空间内穿越。

班特在距离球门七八米的地方排列路锥，但戴维告诉他：让空间更狭窄一点。班特面露惊讶之色，但仍然照办。然而，戴维对他做手势，示意他再弄窄一点。青少年代表队的两名球员局促不安，但一语未发。最后，这条走道狭窄到只剩一两米宽，狭窄到亚马根本没机会利用速度穿越波博。他会走投无路，必须正面与他对决，用身体硬碰硬。亚马的体重比波博轻比四十公斤左右，这一点他也看得出来。当他推着橡皮圆盘出发时，他的大腿肌肉分泌出大量乳酸。这项练习通常会为攻击方与防御方预设一定的运动距离，但波博完全不为他预留任何距离。他直直地迎向他，使出全身重量攻击他。亚马像一袋面粉落在冰面上。板凳席那里爆发出大笑。戴维轻轻地比了个手势，示意他们再来一次。

"像个男人一样站起来！"班特吼道。

亚马调整了一下头盔，试图正常呼吸。这次波博接近的速度更快，一瞬间，亚马眼前一黑。在球门边睁开双眼时，他并不清楚自己是怎么落到那里的。他听不见板凳席上的哄笑声，耳里只剩一团低沉的回音。他站起身来，收起橡皮圆盘。波博用冰球杆猛击他的胸口，就像使劲击打一条低垂的树枝。

"起来！"班特高声吼道。

亚马屈膝跪下。鲜血从嘴角冒出来，他意识到自己一定是咬到了嘴唇或舌头，甚至可能两者都咬到了。波博贴在他身上，却不再残酷。这一次，他几乎面露关心之色，眼里掠过一丝同情，或至少是一丝人性。

"见鬼，亚马……别动，躺在那里。这就是戴维要的，你难道不懂吗？这就是你在这里的原因。"

亚马向板凳席投去一瞥。戴维站在那里，双手抱胸，沉静地等待着。现在，就连班特都面露关切的神色。直到这时，亚马才领会到波博的意思。戴维只在乎赢球，只有充满自信的球队才会赢得大赛。所以，在最关键的大赛前夕，你该怎么做呢？你会让他们欺凌一个弱者。在这里，亚马不是一名选手，而是一个牺牲品。

"你只管躺着就好。"波博告诉他。

亚马违背了他的话。"再来一次。"他小声道，大腿颤抖着。

波博不说话。亚马用他的冰球杆敲着冰面，吼叫道："再来一次！！！"

他不应该这样做的。整个板凳席的人都听到了他的话。他没给波博任何选择。这名后卫的眼神阴沉下来。

"很好，你想怎么样就怎么样。骄傲的死白痴。"

亚马再次发起进攻，波博面朝中心点等着，把他逼向球门处。就在亚马滑动之际，波博完全无视橡皮圆盘，径直冲向他。亚马的头撞上球门框，他瘫倒在冰上，花了整整十秒钟才跪坐起来。

"再来一次？"波博咬牙切齿地咆哮道。

亚马没有回答。就在他走向远处的蓝线时，一道血痕在他后方拖曳着，他收起橡皮圆盘，站直了身体。他看着波博的身体渐趋紧绷，充满威胁性地绕着中线圆圈处的熊转了一圈，然后杀进走道状的空间，准备一战定江山。"像个男人一样。"亚马想着。像个男人一样。

他加快速度，但他其实不应该还有力气加速的。在他被痛打了这么多次以后，不应该还有胆子直接冲向波博。然而，在人生中，总会有某个时刻你会不进则退。现在，一切都不重要了。他们还能拿他怎么样呢？去他们的。波博全速冲来，但就在最后一秒，亚马并没有像个男人一样站得直挺挺的，他弯腰，让身体几乎对折起来。当他看见波博的冰球鞋角度转动时，便将橡皮圆盘推向它们之间，灵巧地转动身体，躲过了铲断的动作。

他的第一个动作甩开了波博，第二个动作跟上了橡皮圆盘，并在第三个动作时进入了攻击区。他听见波博在后方栽进护栏的轰然巨响，但现在，他眼中所见的只有守门员。他快速地向右带球，向左，向右，再向左，不断地进行侧面移动，等待，等待，再等待。当他终于看见守门员的冰球鞋旋转了两毫米时，他便将球射向对角。逆流而上。当橡皮圆盘射进球门时，球网震颤不已。

熊群中的狮子。

波博在盛怒中奋起，从冰球场的另一端一路直冲回来。全队当中他的溜冰技术算是最差的，但就在他追上亚马、高举冰球杆时，他的速度与体重优势仍足以将这个小男孩送进医院。他并没有听见从斜后方传来的迅速而细微的移动声，因此，当他的肩膀分担了这一击时，他的下巴简直痛不可忍。

亚马虚弱地躺在远处，一动不动。波博仰面朝天躺在冰面上，朝着灯光眨眨眼。这时，班杰的头探了过来。

"够了，波博。"他说。

波博全身震颤着，点了点头。班杰扶他起身，恼怒不已地摆了摆肩膀。

对一个十五岁的人而言，橡皮圆盘破网入门的声音可能是全世界最动听的声音。对一个三十二岁的人来说，这也可能是最悦耳的声音。

"把他放到明天的出赛名单上。"戴维说完就离开了板凳席。

青少年代表队球员走向更衣室时，亚马仍然躺在冰面上。班特的声音穿透厚如酸奶的雾气，朝他而来："把橡皮圆盘和路锥收拾好。我通常会告诉这些小伙子，比赛前一晚是禁欲的。反正你还不能和女人做爱，但还是奉劝你今晚就别手淫了。因为你明天要上场比赛。"

小男孩半爬半走、摇摇晃晃地回到更衣室，这花了他一个小时。更衣室里空空如也，暖气已经关闭。他的鞋子被割得稀烂，衣服都已经湿透，铺在淋浴间的地板上。这是他生命中最美好的一天。

14

这天是星期六，一切都将在今天发生。最好和最坏的一切都将在今天发生。

早上五点四十五分，玛雅翻遍了厨房的橱柜找止痛药。她爬回床上，在安娜身旁缩成一团。玛雅发着高烧，流着鼻涕。就在安娜踢她、带着睡意呢喃时，她几乎快入睡了。

"弹吉他给我听。"

"闭嘴。"

"弹吉他给我听！"安娜咕哝着。

"我要问你一个问题：你是希望每次一提出要求，我就弹吉他给你听，还是希望我用这把吉他打死你？"

安娜生了很长一阵子的闷气。随后，她用自己始终冰冷的脚趾谨慎地触碰玛雅的大腿。

"拜托啦。"

于是玛雅便弹起吉他。安娜喜欢在这把吉他的乐声中入睡，而玛雅爱她。入睡前，玛雅在头痛与咳嗽中想到的最后一件事情是：从身体的感觉来看，她今天真该整天都在床上休息。

最后她将会希望，自己曾选择这样做了。

当彼得将那辆小轿车停在厂房外时，庭院里一片漆黑。这座厂房是标示小镇界线的最后一座房屋，森林随后接手，掌管了城市以西的地域。他睡了三个小时，相当焦虑，感觉受到压迫一样。

他孩提时代的好友戈登站在一座照明不良的车库内，正屈身查看一辆福特车的引擎。那辆车非常老旧，看起来需要魔法，而不是螺丝扳手。他以"雄猪[1]"的名号著称，因为他打球的架势活像一头雄猪。他的身高和彼得相仿，却比他胖了一倍。自从他们不再是冰球选手以后，他的腹部

---

[1] 戈登（Galten）在瑞典语中意为"雄猪"。

或许变得比较松软，但他的双臂与肩膀看起来仍然非常坚硬，硬到像是用铁打出来的。即使车库的门敞开着，他仍然只穿着一件 T 恤。他握了握彼得的手，对彼得没有任何东西来擦拭留在他皮肤上那黏稠、由油污和灰尘构成的混合物的不适感视而不见。他非常清楚，那黏稠的污渍会让他的朋友抓狂。

"我刚才在想，米亚说过你昨天会把车开过来。"他朝那辆车露齿一笑。

"我本来是想这样做的。"彼得承认，尽可能地控制表情，以免流露出对手指上污渍的恐慌情绪。

戈登干笑一声，递给他一块抹布，抓挠着胡须。他的胡须浓密，又未经梳理，已经变得像一顶毛茸茸的巴拉克拉法帽。

"不开心吗？"

"她并不怎么快乐，我们姑且这么说吧。"彼得承认道。

"要来点咖啡吗？"

"你有现煮的吗？"

戈登轻声笑了起来："现煮的咖啡。你现在已经加入上流社会了啊？角落有些即溶咖啡，还有开水壶。"

"我看还是算了。"

戈登经过时刻意轻轻拍了拍他的手，彼得脸上露出恼怒的微笑，将手拭净。四十年的朋友，一模一样的笑话。戈登拾起一个手电筒走进院子，彼得站在他身边颤抖着。他深切地感觉到一种不充足感，一种只会在他看着另一名同辈男子修理他妻子的车时，折磨某一辈人的不充足感。戈登挺直脊背，避免用艰涩的技术词汇和彼得说话。

"这太容易了，波博醒来就能弄好。你可以在九点钟回来取车。"

他走回车库，心不在焉地拾起福特车的其中一个车轮，让这个动作在彼得眼里看起来就像将宽纸板塞进窄口资源回收箱一样富有挑战性。

很不幸地，波博传承了父亲的蛮力与平庸的溜冰能力。戈登在球员时代是令人望而生畏的防守员，但苏恩总是叹息不已："那小子竟然能在蓝线上滑倒。"

"也许你今天应该让波博稍微睡久一点，今天下午有重要的比赛。"彼得说。

戈登扬起一侧眉毛，没有正眼看他。他用手擦了擦脸，拭去汗水，却在胡须上留下了光滑的油痕。

"要将你的车修好，需要两个小时。假如你九点钟来取车，波博就可以等到七点再开工。这样算是睡懒觉了吧。"

彼得张开嘴，但一语未发。冰球比赛就是冰球比赛，但明天这家人仍然必须再度起床，挣口饭吃。波博是个可靠的后卫，但还远远达不到职业标准。这家还有两个更年幼的孩子，而全球经济可是不等人的。熊鄙弃森林，其他人鄙弃熊镇。

戈登主动提出送他回家，但他宁愿步行。他需要平静下来。他走过工厂，这家工厂提供的工作机会越来越少。他经过那家大型超市，它打垮了所有的小型商店。他转向那条通往镇中心的路，而后走上主购物街。随着每个季节过去，购物街变得越来越短。

拉蒙娜撑得够久才领到她的退休金，但是自己开酒吧的一个好处是，没有人能够强迫你停止工作。她从母亲手里接过毛皮酒吧，而在此之前，这家酒吧由她的外公掌管。酒吧看起来仍然跟以前一样，但外公过去习惯在室内吸烟；而现在，拉蒙娜则在户外吸烟。她会在早餐前抽上三根烟，并在第二根烟将熄灭的烟蒂上点燃最后一根烟。那些每晚在这里赊账喝啤酒、打撞球的小伙子都多情地称她"万宝路妈咪"。她没有子女，霍格无法生儿育女，可能他也不需要子女。他常说："除了拉蒙娜以外，他唯一想要的家人就是来自体育界的'家人'。"有人曾经问他，是否有什么不喜欢的运动。他答道："政治，他们应该停止在电视上播放政治。"假如家里失火，他会优先救拉蒙娜出来，但她被救出来时，必须抓住他们的熊镇冰球协会季票才行。这项荒谬的运动是属于他们的。看台曾见证他最响亮的欢笑声，以及他拥抱着她的那最暖热的双臂。抽烟的人是她，得了癌症的人却是他。"我受到一种讽刺的疾病困扰。"他愉悦地宣称。拉蒙娜拒绝同别人说他已经死了。她说他离开了她，因为这就是她看待这件事的方式。就像背叛。现在他已经不在了，她就像一截裸露在雪中、没有任何树皮的树干，毫无保护。

她已经学会如何打发时间。她只能这样做。当工厂的中班下班时，毛皮酒吧里就挤满了被她称为"小男孩"的年轻男性，而警察和球会则用更难听、更不堪的话称呼这些人。他们很能作怪、搞破坏，但他们对拉蒙娜的爱唯有霍格对她的爱可以比拟，而她也知道，她有时候太过保护他们了。熊镇孕育出了一批批强悍的人，生活的条件并没有使她的小男孩们变得比较温柔，但他们是唯一能使她忆起霍格的人，而这也是她记忆能达到的极限。

死亡与充满关爱的灵魂会让人做出怪异、使人难以理解的事情。她仍住在酒吧楼上的公寓里。在对街那家小超市破产以后，在较远处那家民生用品量贩店库房开货车的几个年轻人便帮她买食品，而她的活动范围就以门口的烟灰缸为界限。霍格离她已经十一年了，甲级联赛代表队的每场比赛，就算门票售罄，看台上总是有两个座位是空着的。

彼得从远处就看到她了。她迎接他进入酒吧。

"先生在找些什么吗？"拉蒙娜问道。

她日渐老迈，但就像她的酒吧一样：一如往常。那些不喜欢毛皮酒吧为城里混混们提供一处乐园的人把她说成一个使人不快、有着社交恐惧症、即将失去理解能力的老太婆。但现在，即使彼得极少见到她，但每回见到她，他仍然感觉像是在一趟漫长的旅途后回到家里一样。

"还不知道。"他微笑着。

"因为比赛紧张吗？"

他无须回答。她用鞋底蹑熄第三根香烟，将那根烟的残余部分塞进包装盒，向他提议："来杯威士忌？"

他朝天望去。这座小镇很快就将醒来，太阳似乎预示着：它今天将会较早起来。所有人醒来时都抱着一个梦想：这场青少年代表队的比赛将使一切完全改观。它是否能让区政府再次将关爱的眼神投向森林间，为这里招来冰球高中，或许还一并迎来购物中心；可以把路标改成"请遵循路标，略过赫德镇"，而不是现在的"假如你要到熊镇来，那你已经开得太远了"？彼得已经花了很多时间说服别人，已经不知道自己对此是否还抱有信心。

"我想来杯咖啡。"他说。

拉蒙娜声音嘶哑地咯咯笑着，挪下楼梯，进入酒吧。

"你就像那些老爸有点过于喜欢威士忌的儿子一样：要不就是喝得和父亲一样多，要不就是完全不喝。有些家庭里，这是完全没有中间地带的。"

彼得满十八岁前来到毛皮酒吧的次数多于他满十八岁以后光临的次数。他常得把父亲扛回家，当父亲喝醉时，有时他还得协助他赶走来自赫德镇的催债者。现在，这里的情景看起来和当时一模一样。现在这里的烟味稍微没那么重了，考虑到一间地窖酒吧里烟味应有的强度，这样的变化可不怎么正面。当然，它现在是空荡荡的。彼得从来不在晚上到这里来，这对表现不如预期的甲级联赛代表队体育总监来说，不是什么合适的好地方。酒吧里面的老头们始终有许多话可说，但现在，年轻男子们的嘴里只会冒出一堆狠话。这座小镇的表面之下，存在着某种始终挥之不去的暴力。在成长过程中，彼得从来没有察觉到这种暴力，但自他从加拿大回来后，便越发强烈地注意到了这一点。那些在经济上、冰球上与学业上的失败者散发出一种沉默的愤怒，而这些领域也不在意为他们寻找出路。现在，他们被称为"那群人"——虽然没人听过他们这样称呼自己。

冰球队的球迷后援会的名称始终叫"棕熊"。就官方意义而言，它只属于在毛皮酒吧里鬼混的男人，地位就像老年人、学前班教师和婴幼儿的父母在看台的座位一样稳固。"那群人"无须会员卡与T恤即得以存在。这座小镇够小，足以隐瞒大秘密，但彼得仍然知道，这帮人即使在如日中天之际，人数也不过三十到四十人。即便如此，这样的人数已经足够促使警方加派针对甲级联赛代表队比赛的监控人力，以确保安全。从其他城市招募而来，但在冰球场上表现得和薪资不成正比的球员们忽然出现在彼得的办公室，要求解除合同，搬离此地。地方新闻报的记者们前一天才提出关键问题，隔天早上却又不明就里地对这些问题毫无兴趣。"那群人"使反对者们怕到不敢来熊镇，但很不幸地，也吓跑了赞助商。二十来岁、窝在毛皮酒吧的男性已经成为这个社区里最保守的分子，他们不想要一座现代化的熊镇，因为他们深知：一座现代化的熊镇不会乐见他们存在。

拉蒙娜将咖啡杯推过吧台，敲了敲木质的吧台。

"你想说些什么吗？"

彼得挠挠头发。"万宝路妈咪"始终是熊镇最出色的心理学家。哪怕她开的药方最常是"你冷静一点，有人过得比你还糟"。

"有很多要想清楚的，就这样。"

他瞄着墙壁，墙上挂着比赛球衣、球员照片、锦旗与围巾。

"拉蒙娜，你最近一次看比赛是什么时候的事？"

"自从霍格离开我以后，我就没再看球。那时你还是个小孩。"

彼得一只手转着咖啡杯，另一只手伸向皮夹。拉蒙娜摇手示意不收钱，而他仍然把钱放在吧台上。

"如果你不想收这杯咖啡的钱，你可以把这些钱存入基金。"

她赞赏地点点头，收下那些纸钞。"基金"就是她卧室里的保险柜，一旦其中一个"小男孩"失了业、付不起账单，她就会动用基金里的钱。

"现在，你昔日同一阵线的老战友罗宾·霍特需要基金的帮助。他被工厂解雇了，经常窝在这里。"

"哎呀。"彼得咕哝道，因为他也不知道自己该说些什么。

在加拿大时，他曾想过打电话给罗宾；当他回到家乡时，他再度想过打电话给他。然而，想法是不算数的。二十年的时间已经太过久远，他不知道自己现在该怎样开启这段对话。他该道歉吗？为了什么道歉？要怎么道歉？他的目光再次飘向墙壁。

"冰球，都是因为冰球。拉蒙娜，你可曾想过，它真是一种奇怪的运动，那些规则、冰球场……是谁想到的？"

"总有人需要给持枪男性一种不太会对大众造成危险的嗜好吧？"老迈的拉蒙娜回应道。

"我只是说……这个阶段……这听起来也许很疯狂，但你偶尔会不会觉得，我们对它实在太过认真了。你是否想过，我们训练青少年代表队球员太过厉害了。他们都还只是……小孩子。"

拉蒙娜给自己斟满一杯威士忌。无论如何，早餐可是一天当中最重要的一餐。

"那取决于我们对孩子们要求什么，以及孩子们想从冰球之中得到什么。"

彼得将杯子握得更紧。"那么，拉蒙娜，我们要的是什么？体育活动能带给我们什么？我们将一辈子赌在体育活动上，在最好的情况下，我们能希冀什么？几个片刻……几场胜仗，我们在几秒钟的时间内感到自己比实际上的自己要更伟大，我们在几个片刻里幻想自己是……所向无敌、打不死的。当然，这只是谎言。当然，这并不重要。"

随后，沉默便在他们之间蔓延开来。当彼得将空空如也的咖啡杯推过吧台、起身准备离开时，拉蒙娜将杯中剩酒一扫而空，嘀咕道："体育带给我们的只有片刻。但是，彼得，人生除了片刻还剩下些什么？"

拉蒙娜是全镇最优秀的心理学家。

蜜拉收齐里欧的护具，将他的干净衣物折好，收拾好他的运动短裤，并放在玄关。她知道，他十二岁了，该自己收拾了。但她也知道，如果让他自己收拾，她就得在送他到训练场地以后，再回来收拾他落下的一半物品送过去。做完这些后，她还可以在电脑前坐半个小时。上小学低年级时，老师曾经在家长会上转述里欧在被问到双亲职业时的回答："我爸爸从事冰球工作，我妈妈负责写电子邮件。"

她给自己倒了杯咖啡，核对自己清单和日程表上的各个事项，深呼吸，感到胸中似乎压着大石块。六个月前，心理学家表示这是"恐慌焦虑"。在那次之后，蜜拉再未去过那里。她感到可耻。仿佛这一生还不够快乐似的，仿佛她还不满意。她该怎么向家人解释这些字眼？"恐慌焦虑"，那到底是什么？律师、体育总监的太太、冰球妈咪，苍天可以永久见证：她是多么喜爱这三个角色。但有时候，她在驱车前往某个地方的时候，会将车子停在森林里，坐在黑暗中哭起来。那时，她想起她的妈妈，她是如何擦拭孩子们脸颊上的泪水，低语道："没有人说过，人生会很轻松。"作为父母，总会觉得自己像一条过小的毛毯，不管怎么努力想照顾所有人，总会有人着凉。

她在八点钟叫醒里欧，他的早餐已经摆在桌上，她要在半小时以后送他去练球。之后，她要回家接安娜和玛雅，如此一来，她们三人就能在青少年代表队赛事进行时，无偿地在自助餐馆里工作。之后，她要送里欧去他朋友家，而玛雅肯定会去她朋友家。之后，蜜拉希望彼得来得及从办公室赶回家，这样他们或许就能在他因疲劳沉沉睡去、她熬夜检查从来不曾清空过的电子邮箱并回信以前，共饮一杯葡萄酒，也许还能来上一份解冻的意大利千层面。明天是星期天，有待洗的冰球球衣，有待收拾、打包的运动短裤，还有等着被人叫醒的青少年。星期一是回到工作岗位的日子。老实说，她最近的工作状况简直是烂透了。讽刺的是，自从她谢绝了主管职务以后，加诸她身上的要求变得越发严厉。她知道，大家容许她在早上最晚到，下午最早下班，只是因为她是专家。但她感到自己处于最佳状态已经是很久以前的事了。她没时间，深感时间不够用。

孩子还小时，她见过许多其他家长在冰球馆看台上失控，她当时并不理解他们。但现在，她理解他们的处境了。孩子们的嗜好已经不仅仅是孩子们的嗜好。年复一年，父母在这些嗜好上耗费了无数光阴，做出这么多的牺牲，付了这么多的钱，这层意义也逐渐常驻成年人的脑海。它开始象征其他事物，对我们自身的失败有着补偿或加强的作用。蜜拉知道这听起来很荒谬，知道这只是这项荒谬体育活动中一场荒谬的比赛，但在内心最深处，她也很紧张，为彼得、青少年代表队球员、球会以及这座小镇而感到不安。在内心最深处，她也需要赢得一点什么。

她经过玛雅的房间，拾起地板上的衣物。当女儿在睡梦中发牢骚时，她将手放在她的额头上：依旧发热。一两个小时以后，蜜拉将会感到惊讶不已：女儿仍旧自愿甚至近乎急切地想一同到冰球馆去，而且态度十分坚决。她平常都会把自己装成殉道者，甚至可以让分叉的发梢听起来像是足以逃避去冰球馆的理由。

此后，这位母亲将无数次希望，她当时曾强迫女儿留在家里。

15

人的内心深处存在着许多使人隐隐作痛的因子，而我们却不清楚为什么。焦虑或许符合内心的重力法则，它压缩灵魂。班杰总是能轻易入睡，但睡眠质量却很糟。他在比赛日当天很早就醒来，却不是因为紧张。他内心容不下紧张。他在妈妈醒来以前就骑着自行车离开家，将自行车停在森林的入口处，再走上最后几公里路来到爱德莉的犬舍。他坐在庄园里，拍着小狗们，直到他另外两个姐姐——凯特雅和佳比出现。她们亲吻了小弟的头发。随后大姐走了出来，在他的脖子上狠狠赏了一巴掌，问他是否真的称老师为"糖果小内裤"。他从来不对爱德莉撒谎。她又对他的脖子赏了一巴掌，然后同样用力地亲吻他，小声道：她爱他，不会让他出任何事、遭到任何痛苦，但要是再让她听说他这样称呼老师，她就会宰了他。

姐弟四个吃着早餐，没再多说什么，小狗围绕着他们转。他们每年都会这么做一次，在妈妈还来不及察觉的大清早进行这项沉默的追思仪式。她从未原谅自己的丈夫。事发时班杰年纪还太小，还没学会恨，但三姐妹则陷在其中。大家都各自奋斗着。起身时，班杰要求她们不要跟着他，而她们也不问他要去哪里。她们只是一个接一个地亲吻他的头发，告诉他：他是个白痴，但她们以他为傲。

他走过雪地，来到自行车前，将车推进墓园，身体缩成一团背对着亚伦·欧维奇的墓碑坐着。他抽着大麻烟，直到痛楚减缓到足以使泪水开始滴落。班杰的指尖在墓碑上磨损的姓名上摩挲着。十五年前的这一天，三月的一个清晨，亚伦在全家人起床以前，取来自己的猎枪。然后，他做了一切足以让他感到疼痛的事情，随后直接走进森林。不管你针对这种事向一个小孩说明多少次，都是没有用的。大人们都会说"这不是你的错"——然而，每个失去父母的人都知道，这是谎言。

人们心中有痛，灵魂正在收缩。

分针悄悄地溜近午餐时间。凯文站在庭院里，以复杂的技术和控制得当的柔顺动作，盘球穿越摆放在冰上的四十个玻璃瓶。在其他人眼中，这速度快得令人难以置信，但他却觉得手腕的每个动作都很迟钝。他的时间过得比其他人都要缓慢，他不知道为什么。小时候，他因为太过优秀而被年纪较大的孩子们痛揍，直到班杰不知从哪里冒出来，出现在训练场上。几个月以来，他们每天睡在彼此家中，在毛毯下用手电筒读着班杰的姐姐们留下的旧超人系列画报，两人的人生都变得充满逻辑。他们各自的超能力将他们整合起来。

"凯文？"凯文的妈妈在阳台门口打断了他，指着时钟。

凯文走近时，她谨慎地伸出手拂掉他肩膀上的雪，手在他肩膀上比平时多停留了一会儿，用比他所习惯的还要温柔的方式触碰他。

她抿着下唇，然后问道："你感到紧张吗？"

凯文摇摇头。

她骄傲地点点头，说："我们得上路了，你爸订到一班时间较早、飞往马德里的班机。我们会在冰球馆让你下车。"

"你们也许来得及看完第一节比赛吧？"

他能从她的眼中看出来，她崩溃了。她只是永远不承认而已。

"凯文，我们在赶时间。你爸爸要跟客户开一场很重要的会议。"

"只不过是打一轮高尔夫球而已。"凯文嘶吼着。这是他最接近顶撞她的一次。

妈妈没有回答。凯文知道，继续顶撞并没有任何好处，这个家庭的主线并不是冰球，对情绪只能避而不谈。要是你提高音量，你就输了。这样一来，你只会得到一句简短的"你在吼叫，我没办法跟你讨论这个"，然后屋内某处的房门随之关上。

他走向玄关。妈妈心生犹豫。她将手再次伸向他的肩膀，却中途停住，随后温柔地触碰了他的颈部。她是一家大企业的主管，因为善于倾听与富有同理心而受到所有职员喜爱——人跟人之间若是存在头衔，似乎反而比较容易展现同理心，比较能倾听。这么多年来，她每天晚上就寝时总会梦想着自己年老、有空时会做的所有事情；而现在，她会在深夜里彷徨、困惑地醒来，因为她再也记不得自己想做的是哪些事情。她想把自己孩提时代所不曾拥有的一切给凯文，总想着她应该有时间做其他事情——交谈、倾听。时间一年一年地飞逝，凯文就在她的上班时间与冰球训练营之间茁壮成长了。当她必须将头向后仰以便能够正眼看着他时，她却从没来得及学会如何与自己的孩子沟通。

"我们会去看决赛的！"她用母亲独有的口吻允诺。这位母亲仿佛活在一个决赛没有她儿子的参与就活不下去的世界里。

自助餐厅里仍然是空荡荡的，即使人们已经开始拥入冰球馆。蜜拉煮着咖啡，将装着热狗面包的袋子从冷冻库里拿出来。玛雅朝窗外探视着。

"你在看谁啊？"安娜嘲弄道。

玛雅狠狠地瞪了她一眼，安娜则将双手手掌做成喇叭状放在嘴前，模仿从驾驶舱传出的破裂般的广播声音："先生们，女士们，由于机上有对坚果过敏的旅客，在飞行期间，请勿将您的零食包装袋打开。"

玛雅朝她的小腿踢了一脚。安娜跳开，用同样的声音继续说："最后，我们允许您将花生上的盐分舔干……"

蜜拉看到了一切、听到了一切，也几乎了解一切，却沉默不语。要让自己的女儿停止成长是不可能的，问题就在于：你别无选择。蜜拉也曾是十五岁的少女，不幸的是，她仍然记得当时穿越她脑海的想法。

"我去车上拿牛奶。"蜜拉找了个借口离开，因为她发现自己和女儿都没准备好在当下一起去听安娜即将说出的话。

爸爸已经坐在车里，他要求凯文向前坐，他要抽问关于星期一英语考试的问题。老爸毕生都在追求完美，他的人生就是一块棋盘，他若没能领先别人两步，就绝不满意。"成功从来就不是偶然，运气会带给你金钱，但从来不会带给你成功。"他总是这么说。他在商场上的无情使人胆寒，但凯文从没看过他对某人举起手，甚至没听过他大叫。当他愿意时，甚至可以很有魅力，而其实从不需要谈到关于自己的事情。他从来不会丧失理智，从不表现出激动。假如你一直活在未来，你就不会感到激动。今天是冰球比赛，但星期一是英语考试。要领先别人两手。

"我的职责是当你的爸爸，而不是当你的好朋友。"多年前，凯文提过那么一次，说每次他们比赛，班杰的妈妈几乎都会来看球，然后爸爸就是这样回应他的。他不需要生气就能让凯文了解他的论点：班杰的妈妈可没有每年赞助球会几百万，她也不负责确保冰球馆里的灯都能点亮。这样一来，她或许就比较有时间来看比赛。

班杰离开湖边，这样才不会有人看见他在抽大麻，这样利特的妈妈才不会又来搞什么联合签名。利特和班杰上学前班时，曾经在每周除周六外的其他日子吃甜食，当时利特的妈妈就搞过联合签名。利特的妈妈非常坚持正义与平等，只要是合乎她对这些字眼精确理解的意义，她都坚持。几乎所有的家长都是如此。班杰总是这样想：必须在这座小镇里扮演成人的角色一定很悲惨。他将烟蒂埋进雪地，闭上双眼在树丛间站着，思考着是否要转身，到别的地方去，远离这一切。去偷一辆车，将熊镇留在后视镜里。他心想，如果这样做，他是否会更快乐。

　　冰球馆外的停车场已经人满为患。凯文的爸爸将车停在一段距离之外。

　　"我们今天来不及多谈。"他边说边朝停车场上的其他家长与赞助商点了点头。他们对恩达尔家族金钱的敬佩程度，和他们子女对凯文冰球球技的敬佩程度，是完全一样的。

　　当你在一个从来不讨论情绪的家庭中成长时，你学会了听出与这些词语意思相近，但有些微差异的字眼。他本不需要为没有将凯文直接送到门口而道歉，但还是这样做了。两人互相拍了拍肩膀，凯文便下了车。

　　"我们之后再聊。"爸爸说。

　　每次比赛结束以后，凯文都会直接打电话给他。别人的爸爸会问："你们赢了吗？"但凯文的爸爸则问："你们赢了多少？"凯文总是听到他在做笔记，房子地下室的一块区域堆叠着码得整整齐齐的箱子，里面装满厚重的笔记簿，上面写着凯文从小鬼头时代加入冰球队以来打过的每场比赛的精确数据。肯定会有人认为问儿子"你进了几球"，而不是问"你有没有进球"是错误的，但凯文的爸爸和凯文自己在这方面观点一致："进了几球？"

　　凯文不问爸爸他们是否有空看完第一节比赛，只是关上门，将运动短裤搭在肩上，仿佛今天只是一个稀松平常的星期六。但是，就在汽车转弯时，他还是转过身来，看着那辆车，直到它消失。他周围的家长比选手还要多。对他们而言，这可不是一个稀松平常的星期六。

出于某种理由，凯文的妈妈转过身，视线越过后座看向后方。在正常情况下，她是不会这样做的。她对于丈夫没有流露情感、让凯文学会独立是非常重视的。他们曾经目睹高地社区邻居们那些被宠坏了的小孩平庸至极的成长，那些被彻底惯坏、抱怨个不停的懒屁股一辈子都必须被捧在手掌心。他们可不会让这种事情发生在凯文身上，即使她内心会痛；即使凯文在小学低年级时必须一路从赫德镇走回家，因为爸爸要让他了解迟到的后果；即使当凯文回到家时，她被迫假装已经睡着；即使她静静地窝在枕头里哭泣。对家长最舒适的子女教育并不符合子女的最佳利益，这就是她的信念。而正是他们让凯文变得坚强，他才能长得这么刚强。

但是，妈妈将会永远记住在那个星期六越过汽车后座看见的情景，她的儿子站在停车场，在他人生最重要的一天，是地球上最孤单的小男孩。

亚马试图假装自己只是刚好路过自助餐厅，这种假装大致上就像刚好吃掉自己最要好的朋友的冰激凌一样成功。蜜拉正往别的地方走去，这时却开心地止步，用有点过高的音量说道："嗨，亚马！你在找玛雅吗？"

亚马在那一刻的感觉与詹姆斯·邦德的相去不远。蜜拉开朗地朝自助餐厅打了个手势，下了楼梯，消失无踪。然而，在消失前，她转头并喊道："今天加油！"随后，她肌肉紧绷，极富戏剧性地吼出她听过的小镇青少年们祝彼此好运时的口号："打趴他们吧！"

亚马羞赧地笑了。远处的自助餐厅里，安娜与玛雅越来越大声地热切讨论着。在她们对这些在妈妈们看来必须用清水、肥皂与极大量雷司令[1]洗净的小男生说三道四以前，蜜拉便抢先下楼了。

班杰站在凯文身边，而凯文却没听见他的到来。他的手搭在凯文的肩膀上，对他闪闪发光的双眼不置一词。同样，凯文对周年纪念日和墓园也只字不提。他们从来不需要这样做。每场比赛前，他们只需要注视着彼此的眼睛，说出他们唯一总会说的话："凯文，全世界第二好玩的事情是什么？"

凯文没有马上回答，班杰就用手肘轻击他的肚子。

"大明星，全世界第二好玩的事情是什么？"

"打炮……"凯文微笑起来。

"可是，第一，你得先跟我进冰球馆，我们来做全世界第一好玩的事情！"班杰喊道，并用身体做出一个姿势，凯文不得不低头。

当他们走向更衣室时，凯文扬了扬眉毛，问道："班杰，你去过卫生间没有？"

小时候，在他们最初并肩作战的其中一场比赛里，班杰在板凳席上尿湿了裤子。这倒不是因为他来不及去卫生间，而是因为敌队的一名球员在整场比赛中一直尝试对凯文铲球，班杰生怕错过换人的时机，以确保凯文能够毫发无伤，便一直忍着不离开板凳席。

班杰张嘴大笑，凯文也咧嘴大笑。然后，他们拾起自己的冰球杆，去做全世界第一好玩的事情。

"喂，你听过最新的加油歌吗？那简直太疯狂了！光听听就觉得很兴

1　Riesling，葡萄品种，被视为最优质、最重要的酿造白葡萄酒之葡萄品种。

奋！"安娜张嘴大喊。

"你有什么问题吗？我不喜欢铁克诺音乐[1]！"玛雅咆哮道。

"那不是铁克诺！那是浩室音乐[2]！"安娜觉得受到侮辱，反咬一口。

"管他呢。我喜欢至少可以演奏一种乐器、歌词至少有五个字的音乐。"

"可是，老天爷，当你在听那些不是自杀原声音乐的时候，"安娜叫道，让头发散落在脸上，模仿玛雅喜欢的音乐类型，哼唱着无尽、缓慢的空气吉他和弦音，以及呻吟似的歌词，"我好难过，好想死，因为我的音乐好——烂——"

玛雅高声大笑，一只手握拳伸向空中，另一只手则摆在一部隐形的笔记本电脑上，不甘示弱地反击道："很好，这就是你的音乐品位：呜嗞，呜嗞，呜嗞！耶！呜嗞！呜嗞！呜嗞！呜嗞！"

亚马在她们身边清清喉咙。差不多在这个时候，她们在自助餐厅里疯狂地跳着，安娜弄翻了一整个装着硬邦邦的小熊糖果的纸箱。玛雅停了下来，张嘴大笑。

"你们还……好吗？"亚马问道。

"我们只是对音乐非常、非常有兴趣。"玛雅大笑道。

"好……我……只是刚好经过，我……也许今天可以上场了。"亚马说。

玛雅点点头说："我听说了。恭喜。"

"或者，我会陪坐在板凳席上。可是我……成了……球队的一员，我……可是，如果你晚上没有什么计划，我是说，今晚，或者，假如你想做些什么……我只是想问一下，我们……或者说，如果你愿意……跟我……"

自助餐厅里，安娜踩到两袋硬邦邦的小熊糖果而滑倒，几乎弄翻了

1　Techno music，又译"高科技舞曲"，是一种电子音乐。

2　House music，一种电子音乐类型。

装着碳酸饮料的冰柜。玛雅笑个不停，甚至几近呕吐。

"不好意思，亚马。不好意思，你说什么？"

亚马想答话，却来不及了。凯文就站在他身旁，完全不假装自己只是刚好路过。他正是为玛雅而来的。她看见他时，便止住了笑声。

"嗨。"他说。

"嗨。"她说。

"你叫玛雅，对不对？"

她警惕地点点头，从头到脚将他打量一遍。"对。你叫什么名字？"

凯文愣了一两秒，而后才反应过来她在跟他开玩笑。全熊镇都知道他叫什么名字。他笑了起来，回答道："埃弗拉辛·冯·屎蛋磁铁，特此为您效劳。"

他做作地弯腰。平时他可是从不开玩笑的。她笑了起来。亚马站在一旁，心生怨恨：这是就他所知最美妙的声音，却不是为他而发出的。凯文入迷地打量着玛雅。

"今天晚上，我们球队在我家里举行庆功宴，庆祝胜利。我爸妈不在家。"

玛雅狐疑地扬起一边眉毛，说："你好像非常确定你们会赢。"

凯文的表情，看起来像是不理解这个问题。

"我总是会赢。"

"噢，是啊，你的确总是赢。埃弗拉辛·欧夫·屎蛋磁铁？"玛雅笑道。

"我想斗胆纠正您，是冯·屎蛋磁铁。"凯文微笑着说。

玛雅咧嘴笑了。安娜从地板上爬起来，羞赧不已地理了理头发。

"班杰……会去庆功宴吗？"

玛雅踢了她的小腿一下。凯文不胜满意地对玛雅点点头说："你看吧，带你的朋友一起来。会很好玩的。"

然后他才转过身，面向亚马，喊道："你也来吗？现在，你是球队的一分子了！"

亚马努力使自己看起来很镇定。凯文大他两岁，当他们肩并肩站在一起时，这个差距真是太明显了。

"我也可以带朋友来吗？"他低声问道。

"抱歉哦，阿赫梅！只有球队的人才可以参加，这你懂吧？嗯？"凯文边回答边拍了拍他的背。

"我叫亚马。"亚马说。但是，凯文已经离开。

玛雅与安娜一路笑着，走进自助餐厅，消失无踪。亚马孤零零一人站在走道上。

今天，就算影响比赛结果的机会渺茫，他也会拼尽全力。

16

对一支球队的骄傲感可以出于不同原因。对一个地方或一个团体的骄傲感或许只是因为某个人。我们关注体育，因为它提醒我们自己的渺小，也使我们变得更伟大。

蜜拉将小女生们留在自助餐厅里，不情愿地笑了起来。要是彼得在她十五岁时亲耳听到她对朋友说的话，他可能会直接昏厥。一开始，他们对彼此感到分外惊讶，她称他是"唯一内向害羞的冰球员"，而她和其他酒保谈笑时，他则用手堵住耳朵。在职场上，无论是在律师事务所还是在酒吧，她非常习惯自己是唯一的女孩。男性的睾酮素，对她而言从来不是个问题。在那个球会职员家眷仍受邀出席参加活动的年代，在某次团队晚宴上，一名掉了门牙的甲级联赛球员骄傲地告诉蜜拉，他"喝干了这里该死的每一杯酒"，希望体育总监的妻子会感到恶心，结果却是彼得必须套着纸袋呼吸。蜜拉淡然回应，细数这种情况下，如她一般的女性会做何反应。这让那名缺了门牙的选手后来都不敢再抬头看着她。当时彼得觉得很可耻，非常可耻。他是最后一个心生羞耻的尼安德特人。过了这么多年，他俩仍能让彼此感到惊讶。这倒并不失明智。

她穿过冰球馆朝停车场走去，却在冰层旁边停下来，凝视着它。在这样一个天地里，不管她再怎么努力，她从来就只是彼得的眷属。她料想到，所有成年人不时会想象着远处某个地方的人生，想着他们曾经可能过的其他生活，而不是眼前的生活。你多这样想，也许就会多些快乐。她的妈妈总是说，女儿既是无可救药的浪漫主义者，同时又是无可救药的竞争者。蜜拉心想，这是真的，证据就在于她和彼得一起打过三次保龄球，竟然还能保持婚姻关系。他们第三次打保龄球后，晚上十一点在谷歌上搜索"婚姻问题咨询值班室"。老天爷，她有时对他感到如此烦躁；老天爷，她又是多么爱他，那并不是一种逐渐发展而出的爱情，那是一种持续性的紧急状态、一种不断折腾她的苦恼。她渴望一天能有四十八个小时，甚至不那么贪心，只要有三十六个小时就心满意足了。拜托，行行好，她只是想有时间喝上一杯咖啡，看完一部电视剧。这点祈求很过分吗？她只是希望有时间织出一条够大的"毯子"。

她过多地臆想着别人的生活。但那始终是别人的生活。当彼得拿到职业球会的合同时，她为他感到高兴；但当他结束职业生涯时，她却为自己感到高兴。她又能在他的生活中享有一席之地了。她是否该对他承认这一点呢？在他既非球员又非体育总监的那段为时甚短的时间里，他担任保险推销员，只是试着让日子过得心满意足，这就是她记忆里最美好的时光吗？为了你所爱的人，你该怎么做呢？

艾萨克死时，大家也都死了。一切都死了。当他们的肺脏崩溃时，他们需要一种人工量产的爱情，让他们能以人工的方式呼吸。因此，蜜拉做了她做过的最艰难的决定：她被迫将冰球还给彼得。

生活与存活之间仅有单薄的一线之隔。然而，兼具浪漫主义和极强竞争心理的人会受一种正面的副作用影响：从不放弃。蜜拉从车内取出牛奶，静静地站着，为自己笑了起来。她意识到自己已经学会经常这样做了。随后她戴上一条绣有"熊镇冰球队"的绿色围巾，将它绕着脖子绑紧。在回到冰球馆的途中，她停下脚步，和其他穿着相同颜色衣服的人相拥。有那么一会儿的工夫，其他一切都不再重要了。你并不需要知道关于冰球的一切就会爱上它。你可以为这座小镇感到骄傲，却不必喜爱它。

彼得像是被锁在外围的幽灵般兜着圈子。他这一整天，完全是由进入一个房间却马上忘记自己该拿什么东西的一系列片刻构成的。在办公室外的走道上，心不在焉的他撞见了"尾巴"弗拉克。这也不是什么了不起的事，因为像"尾巴"这样的人太多了，你根本不会注意到。他的身高近两米，现在的腰部比起当年他们杀进全国冠军赛时，已经显得浑圆、厚实得多。他总属于那种试图通过尽可能吸引注意力来弥补自信心不足的那种人，他像个戴着耳机的小孩那样大声说话。当他们还是青少年时，其他人穿着牛仔裤出席派对，他却穿着西装出席，因为他在一本杂志上读到，女生都很吃这一套。他们的高中时代进入尾声时，球会的其中一名赞助商过世了，全队被要求穿西装、礼服出席丧礼。他一听到这件事，就穿着一套燕尾服出席。这就是他绰号的由来。

现在，他拥有一家大型连锁超市，其中一家店位于本镇，另一家分店位于赫德镇，还有另外一两家分店位于彼得在"尾巴"谈到时从来懒得用心去注意的地方。但是，由于就连在森林里都无法保持安静，这位仁兄仍然被镇上每个狩猎协会逐出门外。当他们在一起打球的时候，每次一受到吹判，他就用修长的双臂比着手势，情绪迅速地在欢笑、哭泣、绝望与暴怒之间转换。难怪苏恩会说，这就像是在尝试指导"一个从来不闭上嘴的模仿秀演员"。作为球员，"尾巴"的技艺普通，但他好胜心强。冰球生涯告一段落以后，这样的态度使他成为一个相当有成就的销售员。现在，他每年都会更换新车，戴着和手臂上血压计一样大的劳力士名表。那是在另一种体育活动中的奖杯。

"这是怎样的一天啊，嗯？"这位体格壮硕的民生用品店商人大笑着，低下双眼，盯着他。

他们站在那张陈旧的球队团体照前。照片中，他们并肩而站。

"现在呢，你是体育总监，我则成了总赞助商。""尾巴"大笑的方式使彼得懒得指出：他只是赞助商之一，并不是"总"赞助商。

"是啊……真是大日子啊。"彼得应道。

"我们照顾彼此，对不对？来自熊镇的熊！""尾巴"大声喊道，并且在彼得来得及回话以前继续说了下去，"我昨天见到了凯文·恩达尔。我问他会不会紧张。你知道他怎么回答吗？'不会。'因此我问他，他对比赛有什么战术。你知道他怎么回答吗？'赢。'然后，他直直地盯住我的双眼，说：'这就是你赞助球会的原因吧？你想从投资中获益。'他才十七岁啊！我们十七岁的时候会用这种方式说话吗？"

彼得没有回答。他不知道自己是否记得自己也曾年轻，曾是十七岁少年。他走向远处的咖啡贩卖机——那台机器又坏掉了，咝咝作响，发出咔嚓咔嚓声，而后才不情愿地吐出有着使用过嚼烟的颜色、浓稠如黏胶的物体。彼得还是将它喝了下去。"尾巴"抓挠着下巴，压低声音说：

"我们见过了区议会的政客们，其中包括我们几个赞助商，还有几个理事会成员，而……对……你知道的，有点非正式的啦。"

彼得翻找着奶油球，努力摆出一副不想听这种事情的样子。"尾巴"对此视而不见。

"青少年代表队赢得决赛的时候，他们就会把冰球高中设在熊镇。你知道的，从拉公关的角度来看，如果事情没照这样进行，那就太该死了。然后我们还针对整修冰球馆的事，讨论了一下……"

"我想那也是非正式的吧。"彼得哼了一声，因为他知道，在这个小镇的政治语言中，"非正式"意味着：你用一只手挠着背部，另一只手则将纸钞塞进口袋。

"尾巴"敲了敲他的背部，朝办公室点了点头说："谁知道呢，彼得，我们也许甚至有钱帮你弄一台浓缩咖啡机呢！"

"噢，谢谢啊。"彼得嘀咕着。

"我想，你这里应该没有藏酒吧？""尾巴"张大了嘴，朝彼得的办公室点点头。

"大战当前，觉得紧张啦？"彼得微笑着。

"达·芬奇画《蒙娜丽莎》的时候，烈酒有没有打折啊？"

彼得笑了起来，朝着隔壁那间办公室扬了扬下巴。

"球会总监肯定有一瓶。"

"尾巴"精神一振。

彼得喊道："尾巴，你今天会穿上你的应援T恤，对不对？不会像四分之一决赛那样吧？否则那些家长会很不爽的！"

"保证会穿！""尾巴"说着谎，没有转过身，装得完全无意似的迅速补上一句，"让我们在赛前喝上一小杯吧，嗯？我是说，我猜想你应该可以喝水的。或是复活节的麦根沙士，或是你常喝的别的什么玩意儿。我还顺便邀了另外几个赞助商。我想，我们可以稍微聊一下。你知道……非正式的。"

他带着一瓶酒回来，跟他一起过来的还有球会总监。球会总监的前额晶亮发光，像是刚刚才擦拭过的冰块，腋下有着黑斑。直到这时，彼得才知道自己陷入了一场伏击。

法提玛从来没在这么多人到场的时候来过冰球馆。她通常会观看亚马出赛的男童冰球队赛事，但只有选手们的家长和被强拉来的年幼弟妹才会来看这种比赛。今天，成年男子们站在停车场上，央求着以高出正常票价四倍的价格购买门票。亚马老早就买了两张票，她曾经好奇：他怎么没有像平常那样希望和札卡利亚一起来看球？但亚马说过，他想让她瞧瞧他希望有朝一日能够与之并肩作战的男孩子们。那只是大约一个星期以前的事，从当时的角度来看，这一天来得很快，看起来真是美妙极了。她紧紧握着手中的票，努力使自己不在人群中挡住任何人的去路，但她显然失败了，因为有人突然抓住她，说道："你！能不能过来帮忙处理这个？"

玛格·利特朝她挥舞着手臂，然后指着某人掉在地上的玻璃瓶。

"能不能请你拿把清洁刷过来？你应该知道，有人可能会踩到！小朋友会踩到！"

法提玛认出来了，将瓶子扔在地上的女人是球队里另外一名球员的妈妈，她完全无意自己将瓶子捡起来。她已经朝看台属于自己的座位走去。

"怎么啦？你有没有听到我在叫你？"

法提玛点点头，将票塞进裤袋，向前屈身迎向玻璃瓶。这时，另一只手搭在她的肩膀上，阻止了她。

"法提玛？"蜜拉友善地说。随后，她转身面向玛格·利特，用显然比较不友善的口吻说："你有什么问题？"

"我有问题？她在这里工作！"玛格咆哮道。

"不是今天。"蜜拉说。

"你这是什么意思，不是今天？那她在这里干吗？"

法提玛挺直脊背，向前跨出一小步，这一步小到只有她自己才能注意到。然后她瞪着玛格回应道："我不是'她'。其实我就站在这里。我在这里的理由和你的完全一样。我要看我的儿子出场比赛。"

蜜拉从未见过比她更骄傲的人。她也从未见过玛格如此语塞。当利特太太消失在人潮中时，蜜拉将那个玻璃瓶从地板上捡了起来。法提玛平静地问道："抱歉，蜜拉，可是……我不习惯……我想……你是否介意，今天我坐在你旁边？"

蜜拉抿抿嘴唇，紧紧握住法提玛的手说："噢，法提玛，我才要问你是否介意我坐在你旁边呢。"

苏恩坐在看台顶层。那些男性赞助商上阶梯时经过他身边都假装没看见他，因此他完全知道，他们进了办公室会讲些什么话。诡异的是，他已经不再感到生气或难过。他只是觉得自己累了。对政治斗争、金钱，以及其他扯上球会却和体育完全无关的一切感到疲倦。他只是觉得累了。因此，到最后他们或许还是对的。他已经不再适合这里。

他的视线越过冰层，又做了几次深呼吸。对手的几名球员早已换装完毕，开始热身，宛如惊弓之鸟，想提早做好准备。不管时代经历了怎样的变化，人们的神经仍是一样的。苏恩对此感到怡然自得。无论办公室里那些人尝试将它变成什么，它仍然只是一项体育活动。一枚橡皮圆盘、两座球门以及燃烧的心。有些人说冰球像一种宗教，但他们错了。冰球就像一种信仰。宗教是你和其他人之间的事，充满各种诠释、理论与意见。但信仰……就只是你和上帝之间的事。它是当裁判滑出双方中场之间中点圆圈之际、当你听见冰球杆互相敲击、看见橡皮圆盘在冰球杆之间落下之际，你内心的感觉。这就是你和冰球之间的关系。因为，樱桃树总会散发出樱桃树的气味，而钱是没有任何气味的。

戴维站在球员进场的通道上，看着那些赞助商上楼，走向办公室。他知道他们怎么评论他、怎么谈论他的成就。但他也知道，甲级联赛代表队明年要是没能达到相同的高度，他们可是会很快翻脸的。而且，老天爷，这座小镇里难道没有人察觉到这支球队有多么不可思议吗？冰球界已经没有任何灰姑娘传奇了，大型球会在选手们甚至还不到青春期时就将他们从小球会挖走了。就算在熊镇，所有男生都奇迹般地留了下来，但只有一个人达到了真正的精英水平。其他人和全国最佳冰球选手对阵一百次，绝对会败阵一百次。可是，他们仍然在这里。这是一支由熊组成的球队。

人们一直问戴维，他有哪些"秘密战术"。他不能叙述，因为他们不会理解。秘密战术在于关爱。当时凯文还是个畏首畏尾的七岁小男孩，要不是班杰出手保护他，他会在冰球场外被其他年长的孩子活活打死。他就是在那时候成了凯文的教练。当时班杰就已经是戴维见过的最勇敢的家伙了，而凯文则是他见过的最优秀的球员。戴维教他们溜冰，包括向后滑动与向前滑动。他告诉他们接球和射门一样重要；他让班杰打完整段练习赛，逼迫凯文连续几个星期用一根角度不对的冰球杆打球。但他也教他们：他们只能依靠彼此，他们在世界上唯一真正能够依靠的，只有冰球场上待在他们身旁的那些男生，那些男生在他们回来以前拒绝登上巴士，这就是一支团队。

教小男孩们将胶带缠在冰球杆上、擦亮冰球鞋的人是戴维。然而，教他们打领带、刮胡子的人也是他。或者说……是的，至少是把下巴上的胡子刮干净。他们自己学会了剩下的部分。波博这个迷失自己、多动的小胖子在十三岁时，在更衣室里转过身来问班杰："当你把屁眼刮干净的时候，是否也要一并把阴囊周边的毛给刮干净？妞儿们会不会觉得，这两边相配是很重要的？"每次想到这件事，他总会笑个不停。当戴维还是青少年代表队球员的时候，介绍新生入队的仪式中，就包括将较年轻的球员抓住，强制刮掉他们的阴毛。当时大家认为这是很羞辱人的行为。现在，他不知道有哪些仪式，但他怀疑，现在的青少年一被威胁要将他们固定在一张椅子上刮掉他们的阴毛，肯定会吓得要死。

冰球是随时变化的，因为从事冰球运动的人随时在变。戴维还是青少年代表队球员的时候，教练通常要求更衣室里保持绝对安静，但戴维所执教球队的更衣室里总是充满欢笑。他始终都知道，幽默能够凝聚人。当那些年轻小伙子在比赛前感到紧张时，他总是说笑话给他们听。他们小时候最喜欢的笑话是："你要怎么击沉来自赫德镇的潜水艇？你游到水下，敲敲他们的舱门。你要怎么将它击沉第二次？你游到水下，敲敲舱门，因为这样一来，他们就会打开舱门，说：'噢，不，我们不会再上当了！'"当这些小伙子长大后，最喜欢的笑话是："你怎么知道赫德镇有人在办婚礼？因为所有人都坐在教堂的同一边。"之后他们长大到足以自己说笑话了，而戴维则越来越频繁地离开更衣室。因为有时教练的缺席也能够凝聚一支球队。

戴维看着时钟，离比赛开始还剩下几分钟。看台上那些赞助商永远不会理解他的战术，因为他们永难理解：球队的球员为了彼此已经准备做出多大的牺牲。赞助商们总是对戴维叫嚣"让球队放手去进攻"，而戴维很有耐心地将自己手下球员的角色分配清楚，针对在哪里传球、精确的位置分配、指挥动作、射门角度、风险评估与排除，训练他们。他已经教他们如何化解对手在技术上或速度上所占的优势，该怎样使对手降低到与他们相同的水平，该怎样使对手感到挫折、恼怒。能做到这几点，他们就会赢，因为他们有着别人所没有的法宝——凯文。他要是得到机会，就会攻进两球，而只要班杰待在他身边，他就至少会得到一次机会。

"不要管观众席，不要管人们说什么。"戴维一再重复。他的战术要求服从、谦卑与信赖。历经十年来的苦功与训练，就算熊镇代表队在每项数据上都输给对手、只在分数上赢过对手，戴维就会告诉更衣室里每名球员：他们已经尽了自己的职责。而他们都相信他。他们爱他。他们七岁时，在其他所有人的嘲笑声中，他就告诉过他们，他会带领他们一路打到这里来。而他信守了诺言。

在转身走向更衣室之前，他看见苏恩孤独地坐在看台的最高处。他们的目光短暂交会，他们向彼此点点头。即使他们之间吵得很凶，但戴维知道，这顽固的老家伙是整个球会里唯一真正理解他的人。

17

有些人会说：冰球是黑白的。他们可真不聪明。法提玛和蜜拉坐在座位上。这时，蜜拉突然说了声抱歉，站起身来，走到看台前，拦住一名法提玛认识、在工厂担任中层主管的中年男子。蜜拉恼怒地抓着他的红色围巾。

"克利斯特，看在上帝的分上，把它摘下来！"

那名男子显然并不习惯被责骂，尤其不习惯被一个女人责骂。他瞪着她说："你是认真的吗？"

"你是认真的吗？"蜜拉喊道，声音大到足以让看台上其他人看向他们。

男子四下张望，脸颊上带着明显的不确定感。每个人都看着他，他听到有人在他后方嘀咕："看在上帝的分上，克利斯特，她是对的！"他却不知道是谁。其他声音很快加入。克利斯特缓缓摘下他的围巾，将它收进口袋。他的太太带着歉意贴向蜜拉，小声道："我试着劝阻他。但你知道男人都是怎么一回事。有时候，他们就是不了解冰球。"

蜜拉笑着离开，坐回法提玛身边。

"一条红色围巾。他肯定是疯了！抱歉，我们刚才聊到什么？"

在熊镇，事情不是以黑白区分的。事情是以红和绿区分的。红色，是赫德镇的颜色。

亚马的指尖沿着自己球衣的缝线处摸索。深绿色球衣、银色的背号，还有那头绣在胸口的棕熊。那是熊镇的颜色：森林、冰原、土地。他的球衣号码是81号。他在男童冰球队的号码是9号，但在这里，它是凯文的号码。他所在的更衣室一片混乱。当然了，16号的班杰一如往常躺在角落熟睡着。而青少年代表队的其他球员都蜷缩着坐在自己的板凳上，被开赛时间越近就越大声、越兴奋地给建议的家长们逼了回去。所有体育项目中都存在这种趋势：家长总是认为，子女对某件事情越是在行，其父母的专业知识就会自动增加。他们仿佛觉得相反的情况是完全不可能发生的。

噪声的音量大到使人无法忍受，其中最吵的人非玛格·利特莫属——当你的儿子是首发阵容的一员时，这就是一种特权。班杰的妈妈从未涉足过更衣室，凯文的妈妈几乎从不到冰球馆来。因此，多年来玛格在这座巢穴里可谓呼风唤雨。在小威廉满十三岁以前，每场比赛后她都会到这里来，解下他的冰球鞋。她和丈夫牺牲了购买第二辆车和到国外度假的计划，就是为了搬到恩达尔家旁边的那栋别墅，这样两家的儿子才能变成最好的朋友。她对威廉未能取代班杰成为凯文最要好朋友的事实所感到的挫败已经开始转变为直截了当的敌对情绪。

当戴维走进来时，所有在更衣室里的大人爆出一阵乱流般的指责、质疑与询问。他直接从他们之中穿过，仿佛他们不存在。班特跟在他的后方，将这些家长朝着门边赶去。玛格·利特感到自己受到了侮辱，一把挥开他的手。

"我们在这里是为了支持这支球队！"

"那就请你到看台上去。"戴维说着，看都不看她一眼。

这让她失控了："看看你，戴维！有那么多场比赛，可你偏偏要在这场比赛改变阵容，你这算什么领导风格？"

戴维不解地朝着她扬起眉毛。威廉·利特看起来一副想死的样子。

"他在这里干吗？"玛格直指亚马质问道。

亚马的表情像是和威廉有着共同的想法。戴维刻意使自己的声音保持平静，迫使其他成年人闭嘴。

"我不会向任何人证明我选择的球队阵容是对的。"

玛格前额的血管像教堂的钟铃一样震动着。

"你得向我证明！这些孩子为你卖命了十年，在他们一生中最重要的比赛前，你竟然从男童冰球队拉了一个人上来。"

她夸张地朝着房间里的其他成年人比着手势，成功地迫使他们点头，发出同意的咕哝声，而后再瞪着戴维，逼问着："你知不知道这场比赛对我们有多重要？对我们大家有多重要？你知道我们为了这项运动做出了多少牺牲吗？"

亚马局促不安，像是要直接冲出走廊，离开冰球馆，再也不回来。戴维的脸迅速变得通红，就连玛格也直接退向墙边，但这无助于解除亚马的不安。

"你想跟我谈牺牲？"戴维嘶吼着，直接走向她，完全不给她回答的机会。

"看看他！"他指着亚马，并在玛格做出反应之前，一把抓住她的手臂，将她拖到小男孩面前。

"看看他！你竟然站在这里说你的儿子比他更值得在这场比赛中出战，你是认真的吗？你敢说他们是踏着同一条路来到这里的？你再告诉我，你们全家人比他还要努力？看看他！"

他放手时，玛格·利特的手臂颤抖不已。戴维只是简短地拍了拍亚马的肩膀，他的拇指轻推了一下小男孩的颈部，正视他的双眼，一语不发。只是这样。

随后，戴维穿过更衣室，将手搭在威廉·利特的脸颊上，小声道："威廉，我们是为了自己打球，不是为了任何人。你和我，我们是为了自己而战。因为是我们领导自己打到这里的。不是其他任何人。"

威廉点点头，擦了擦眼睛。

波博的双脚不断地踏着地板。他发现自己完全无法安静地坐着。当班特将包括玛格在内的所有家长撵走时，那股沉默强烈到足以让人窒息。在这种情况下，波博无法保持安静，他从来就做不到这一点。他不是凯文，也不是班杰，他总是必须努力奋斗才能成为众人注意的焦点，成为更衣室的中心。就他记忆所及，他对角落感到恐惧不已，对被遗忘、不被承认感到恐惧。现在，看见自己所有朋友的头低垂在胸口，他是多么乐于站起来发表一篇振奋人心的演讲，那种你在电影里可以看见的演讲。然而，他却没有言辞，也没有能力发表这种演讲。他只想打破这股沉寂。因此他站了起来，清了清喉咙，说："嘿，小子们，你们知道女同性恋吸血鬼对其他的女同性恋吸血鬼都说些什么吗？"

青少年代表队球员惊讶地看着他。波博坏笑着说："一个月以后见！"

队上有些人笑了起来，这就足以鼓励波博继续搞笑下去："你们知道女同性恋通常都是怎么死的吗？"

又有几个人笑了起来。

"毛球！"波博喊道，然后发表自己重要的终极笑话，"你们知道女同性恋为什么这么容易感冒吗？缺少维生素 D！"

现在，整间更衣室里的人笑成一团。他才不管他们是跟着他笑，还是在笑他。只要他们在笑就好了。骄傲之际，他转向面不改色的戴维，喊道："教头，你有没有什么好听的笑话啊？"

更衣室再度陷入沉寂。戴维纹丝不动，坐在那儿。波博的脸先是变得通红，然后转白。最后班特出手解救了他，也毁灭了他。他清了清喉咙，站起身来，说道："你们各位可知道，为什么波博每次性交之后都会哭，耳朵还会痛？"

波博局促不安地挪动着，有些家伙开始不胜期待地咯咯笑着。

班特脸上爆出灿烂得惊人的坏笑："因为防狼辣椒喷雾器和警铃！"

所有青少年代表队球员的爆笑声像一阵风暴，使整个更衣室震动起来。最后连戴维都露出了微笑。事后，他会多次回想起那一刻：一个笑话是否总只是一个笑话，某个特定笑话是否太过分，更衣室里面和外面的规则是否不同，为了在比赛前缓和紧张情绪、摆脱焦灼的心情而逾越界限是否属于可接受范围，或者他应该介入，制止班特，对这些小伙子说些什么。但是，他什么都没做，只是让他们尽情欢笑。当他回到家、凝视着女朋友的眼睛时，他会想起这件事。他将永难忘怀。

与此同时，亚马坐在角落里，听着自己的笑声。因为这是一种放松方式，因为这能让他感觉到自己是球队的一分子，因为和周围所有人发出一样的噪声自有其美妙之处。对此，他将永远感到羞耻。

班杰醒来时，发现是凯文摇醒了他。能够在玛格·利特的战术性谈话与班特的幽默感中保持沉睡，是他最主要的天赋之一。而能得到这样做的机会，就更绝对是一项特权了。有些家长总会质疑班杰在冰球场上与球场外的行为，但是戴维总是这么说："如果其他球员在冰上时能为我发挥出班杰的一小部分威力，我才不管他们是不是在球队板凳上睡觉。"

波博坐回位置上时，活像个在自己最要好朋友面前被一个大人摧毁的青少年。另一个成年人坐在他旁边，手搭在他的肩膀上，拇指抵着他的脖子。波博抬起头来，戴维对他微笑。

"在队上，你是我见过的最无私的球员，你知道吗？"

波博抿着双唇，戴维更贴近他了。

"今晚，你会被排在第三组后卫出赛。我知道，对此你会很失望。"

波博努力忍住泪水。在童年早期，他凭借自己的体格与力量成为队上最优秀的后卫；但最近这几年来，他糟糕的溜冰技巧使他开始走下坡路。一开始他被降到第二组后卫，现在则被降到第三组。戴维温和地将手搭在他的脖子上，专注地盯着他说："但是，我需要你。你的球队需要你。你举足轻重。因此，今晚我要你竭尽所能，在每次攻守转换上全力以赴。我需要每一滴血。要是你能为我提供这一点，要是你信赖我，我承诺：我不会让你失望的。"

戴维站起身时，波博的双脚再度踏着地板。要是戴维在那一刻命令他出去把某个人杀掉，他也会毫不犹豫地照做。当戴维站在更衣室中央时，经过十年共处，每个男孩都有着相同的感受。他的眼神依序扫过每一个人。

"我不准备多说。你们知道对手是谁。我知道，你们比他们强。因此，我只期待一件事情。我只接受一件事情。除非你们将它带给我，否则别回到这间更衣室来。"

他挑上凯文的目光，像老虎钳一样地盯住它。

"赢。"

"赢！"凯文目光阴沉地重复。

"赢！"戴维重复着，握紧双拳挥向空中。

"赢！"整间更衣室的人同声吼道。

他们从板凳上蹦起来，喘息着，跺着脚，猛击着，准备在队长的带领下出场。戴维走了过去，在每个人的头盔上重重拍了一下。在走到门口、手指已经搭上门把时，他用只有身穿9号球衣的小男孩才能听到的声音说："我为你感到骄傲，凯文。我爱你。不管今晚发生什么事，如果你打出有史以来最好或最糟糕的比赛，在这个世界上，我还是会选你，不会选其他球员。"

大门开启。凯文并没有走上冰球场。

他如风暴般席卷了冰球场。

18

寂寞是一种隐形的疾病。自从霍格离开以后，拉蒙娜就像安眠药不起作用的那几个晚上，独自看着自然频道播放的野生动物纪录片里的那些动物。那些动物已经被禁锢得太久，甚至在所有栅栏都被移除后，都根本不会尝试脱逃。任何被关在笼子里够久的生物，对未知事物的害怕程度反而更甚于监禁。一开始，她还只是待在室内，因为她仍能在室内听见他的笑声；当脚趾踢到吧台后方低处的台阶时，他会发出惨叫，用惯常的方式咒骂着。他们在这栋建筑物里共同生活了一辈子，而他却仍然没搞懂那道该死的台阶在哪里。然而，你隔离自己的速度远超过自己的想象。当你在室内生活的时间超过室外时，那些日子变得模糊起来。时间在街道另一边一年一年地过去，而她却仍绝望地尝试让毛皮酒吧和楼上公寓的一切，以与他死时完全相同的方式继续运作下去。她害怕走进大千世界后就会忘记他。她走进超市，回家时可能会发现，他的笑声已经消失。十一年转瞬即逝，除了她儿子以外，所有人都认为她已经疯了。她成了被困在自己的时光机器里的时空旅人。

人们有时会说：悲伤是心理上的，思念是肉体的、有形的。一个是伤口，另一个是被截断的四肢，一如用枯萎的花瓣来比较被折断的茎。任何长得离它所爱的事物够近的东西，最后都会共享相同的根。我们可以谈论损失，可以治疗它、给它时间痊愈，但生物学仍迫使我们依据某些规则过生活：从中间被折断的植物是不会痊愈的，它们会死。

她就站在门外的雪中抽着烟。连续抽三根。她从那里就可以看见冰球馆的屋顶，熊镇青少年冰球队以一比零领先时的吼叫声像是要将主街道上的每栋建筑物掀垮，仿佛要将整座森林连根拔起，再塞到湖里。拉蒙娜试着朝街上跨出一步，向人行道跨出一步。她的手摸索着背后的墙，她全身不由自主地颤抖着，即使户外是零下的低温，汗水仍然浸湿了她的衣服。她走回温暖的屋子，关上门，关上灯，躺在吧台的地板上，手上拿着霍格的照片。就在那道台阶旁边。

人们说她疯了。只有对寂寞一无所知的人才会这么说。

即使连一秒钟都还没上场，亚马就已经怕得要命。当他跟着凯文和其他球员登上冰层时，观众起身高声吼叫。他的耳朵砰然作响，他直接走向板凳区，非常坚信：他快吐了。总有一天，他将会回顾这一刻，察觉到：这种感觉从未消失，不管他多有成就。

开赛一分钟内，凯文就抢先得分，这绝非巧合。每场比赛中，在对方后卫群意识到他有多厉害以前，他似乎就能获得一扇狭小的视窗，他的腕关节动作流畅，轻捷地在他们周围溜来溜去，射门精确到必须以厘米为单位。对方不会再犯那种错误了，在比赛的剩余时间里，他们会将他封死，贴身防守，贴近到像是跟他穿着同一双冰球鞋。敌队将比分反超为二比一。他们并非侥幸，不仅资质好得出奇，而且兼具力量与谋略，轮番进攻。每次抬头看着计分板，看到他们只领先一分，亚马都会觉得惊讶不已。他们是他见过的技术最精湛、能力最强大的球队，他相当确信：他们能够打败熊镇冰球协会的甲级联赛代表队。大家都能看到这一点。每次攻防线转换时，亚马身旁的选手们更加沉重地栽在板凳席上，他们的球杆越来越不常敲击着界线，杀气也越来越淡薄，就连班特的咒骂声也越来越沉寂。第二节与第三节之间的休息时间，亚马在走向更衣室的路上听见看台上一些成年人凄凉地笑着说："只是半决赛，没什么好可耻的，我们只能希望球队在下一季变得更强。"这让他很生气，连他自己都觉得惊讶，他内心的某个东西被挑起了。进入更衣室时，他已经准备好要捣烂某个物体。唯一注意到这一点的就是戴维。

罗宾·霍特独自站在街上，恨着自己。要不是他家里的酒又喝完了，他也不愿意到外面来。他看着冰球馆的屋顶，在脑海中估计现在比赛已经进行到了什么时段。这是一种很奇怪的关心，而他与它共存，他心里知道：十七岁时，你拥有生命中最美好的时刻。每个人都说他长大后会加入职业球会。他全心全意地相信他们，因此在没能达成目标时，他打心底里认定，其他人都让他失望了，仿佛这不是他的错。每天早上醒来时，他都觉得有人从他身上偷走了更美好的人生，在他本来可能获得的成就与他实际得到的结果之间存在着一种让人无法承受、挥之不去的痛楚。痛苦是很有腐蚀性的，能毁灭你的记忆，像是要把一幕犯罪的景象擦拭干净。最后，你只会记得它的成因中于你有利的那些部分。

罗宾走下台阶，来到毛皮酒吧，却在惊讶中止步。室内的灯是熄灭的。拉蒙娜喝下最后一杯威士忌，猛力披上自己的外衣。

"你来得正好。"她小声道。

"怎么啦？你要去哪儿吗？"他困惑不已地问道。他就像其他人一样，知道这疯疯癫癫的老太婆十年来都没走出酒吧门口一两步。

"我要去看一场冰球比赛。"她说。

罗宾笑了起来，他别无选择。

"所以，你希望我帮你看着酒吧，还是有其他什么事？"

"我要你一起去。"

他停止了笑。在她承诺将他四个月以来所积欠的酒钱一笔勾销时，他才答应她的提议。

即使拥有坐票，"尾巴"仍然站着。坐在他后面一排的人已经懒得再对此开骂了。

"那个该死的威廉·利特，证人保护节目上的那些人都比他能在冰上找对路！"他朝其他赞助商咆哮道。

"抱歉，你说什么？"玛格从下方两排处喊道。

"我是说证人保护节目，玛格！""尾巴"回应道。

所有坐在他们之间的人都希望他们能够申请加入。冰球在熊镇并不是那么重要。它只不过是一切而已。

第三节开赛时，波博仍一言不发地坐在板凳席上，他上场的分钟数用一只手就能数出来。他不明白，当你不再属于比赛的一部分时，你怎么还能是这伙人中的一分子。他试图控制自己，但他热爱他的球队、他的球衣、他的背号。因此，当看见某件他不相信其他人看不出的事情时，他便抓住威廉·利特，吼道："他们的后卫希望你切到他们里面去，你没看见吗？他们希望中路挤成一团，这样凯文就没有任何空间了。你要假装前进，然后朝外围飞奔。只要一次，我可以保证，你……"

威廉用手套堵住波博的嘴："波博，闭嘴！你以为你是谁？你是第三组后卫，首发球员该做什么，不是你说了算。去把我的水壶拿来！"

他的眼神分外冷酷，充满权威，让波博几乎忽略了来自其他球员的嘲笑声。最让人感到痛苦的情况就是在阶层中的地位滑落。从出生以来，波博就认识利特，现在，他朋友盯着他的方式会留下印记，给某些男人带来永远无法摆脱的充满腐蚀性的痛苦，它足以让你在夜阑人静时醒来，想到某人偷走了你本该享有的人生。波博取来水壶，利特一把接过水壶，一语未发。波博是全队块头最大的球员，但当他坐下时，他却是板凳席上最渺小的球员。

拉蒙娜在冰球馆外止步。她站在雪中，颤抖着小声道："我……抱歉，罗宾，我不能……我不能……再走下去了。"

罗宾握着她的手。她从未想过以这种方式生活，霍格应该坐在那里，这本该是属于他们的时刻。罗宾以一种唯有曾经遭窃的受害者才能做出的方式抱住她。

"我们回家吧，拉蒙娜。没关系的。"

她摇摇头，眼神坚定地注视着他。

"我们来做笔交易，我一笔勾销你欠的酒钱，你去看比赛。我要在赛后立刻知道发生了什么事。我会站在这里等的。"

罗宾拥有许多特质，但并不具备与她争论的勇气。

在一名选手的生命中，总有一个发现自己确切资质的明确时刻。威廉·利特出赛了第三节一半的时间。在他的水平上，他的速度始终不够快，但现在，事实已经很明显：他也缺少那种耐力。他无法赶上对手，也没有那股精力，对手可以将他要得团团转，而完全无须接近他。凯文受到双人联防，始终有四只手臂贴在他的胸口。班杰像龙卷风一样全场飞奔，但熊镇代表队需要更多空间。利特已经耗尽气力，顶不住了。

在整个不可思议的球季里，戴维将球队的哲学建立在不相信命运之上。他们从不只是希望事情会往最好的方向发展；他们可不只是将橡皮圆盘一扔就奋力向前，他们的每组模式、每个动作都是有计划、有战略、有目的的。但正如臭老头苏恩常说的，"橡皮圆盘不仅会滑动，也会弹跳"。

利特朝板凳区行进时遭到了铲球，摔在冰面上，瞥见橡皮圆盘从敌方球员的冰刀上弹过，出于反射动作，便用手肘推了它一下。它跳过三根冰球杆，凯文冲向它，却被对方狠狠铲断，跌倒在地。没有人能从这些跌倒的身躯上绕过，但也许是天意，班杰明·欧维奇不是那种会绕道的人。他是那种会直接穿越的人。当橡皮圆盘奔到网中时，班杰就在后方不远处——他的脖子砸在一根冰球杆上。即使那是一把中世纪的腰刀，你还是无法迫使他承认疼痛。

二比二。玛格·利特已经冲到下方，敲击着记分员隔间的房门，一心想确定：这个助攻记在了威廉身上。

戴维沉静地对自己点点头，拍拍亚马的头盔。当班特意识到正在发生的事情时，他的瞳孔因压力而变大了。

"看在上帝的分上，戴维，你是玩真的吗？"

戴维就像一颗射偏的子弹那样认真。

"下一次攻防转换时，利特就该喘不上气了；再下一次转换时，我们就需要请牧师了。我们需要速度。"

"利特才刚传出一次助攻！"

"那是他走运。我们不能靠运气打球。亚马！"

亚马只是瞪着教练。戴维抓住他的头盔："下一次攻防时，我要你出动。我才不管你是否拿到了橡皮圆盘，我只是要让他们知道你有多快。"

他指着对方的板凳席。亚马迟疑地点点头。戴维并未移开目光。

"亚马，你想出人头地吗？你真的想向整个小镇证明，你能出人头地吗？现在，你表现的机会来了。"

下一轮防守转换时，班杰和凯文配置在其中一边，亚马则配置在另一边。现在，玛格·利特站了起来，双手顶着球队板凳席的玻璃窗尖叫说，只要有人胆敢把她儿子从半决赛中换下场，他一定会受到处罚。

班特看着戴维说："要是我们输了这场球，她一定会把你阉了。"

戴维不以为意地靠着台阶。

"在这座小镇里，赢家都是会被原谅的。"

在冰上，班杰按照命令行动。他接过橡皮圆盘，将它推出界外，让它滑向敌队的一端。亚马按照命令行动，他出发了。他才刚开始滑动，就遭到对方后卫的袭击，而在他挣脱、真正滑动起来时，已经追不上滑行的橡皮圆盘。但他仍跟着它。那些了解冰球的观众倒吸一口凉气，那些看不懂冰球的观众则一声长叹。敌队的守门员沉静地滑出，将橡皮圆盘推开，最后反而造成了对熊镇代表队球门的一次射门。当裁判在底线吹响另一次攻防转换时，亚马独自站在六十米开外、敌队的区域内。其他赞助商嘀咕道："那家伙是需要罗盘，还是怎么回事？"然而，"尾巴"看得出戴维现在看到的事实，也就是苏恩过去看到的事实。

"活像一头屁眼上涂了芥末的狼獾！他们逮不住他的！"他微笑着。

戴维趋身贴向台阶，在亚马踏上回程时抓住他的肩膀。

"再来一次！"

亚马点点头。攻防转换开始，班杰没能将橡皮圆盘推出发球区外，但亚马仍然全速直冲敌方球门，直到抵达另一端的台阶才停下来。他可以听见观众席上传来的嘘声与嘲笑声："走丢了吗？橡皮圆盘根本不在你身边！"然而，他只是看着戴维。熊镇冰球队的守门员挡下橡皮圆盘，造成另一次攻防转换。戴维在空中简短地画了个圆圈："再一次。"

亚马第三次滑过冰上时，橡皮圆盘在哪里已经无关紧要，因为冰球馆里有个人已经注意到了他的速度，也察觉到正在发生的事情。敌队教练从助理教练手上抓来一沓文件，吼叫道："搞什么鬼？那个见鬼的 81 号是谁？"

亚马抬头看着观众席，玛雅就在自助餐厅下方的台阶上，她看见了他。自从进小学第一天起，他就一直渴望着这一刻。现在，她看见他了。他恍神了，直到冲到板凳席旁边时，才听见波博喊他。

"亚马！"

波博靠在台阶上，抓住他的衣领："假装往里面切，向外滑！"

有那么半秒钟的工夫，两人四目相对。波博不需要多说其他话，就能证明他多么喜欢待在冰上。亚马会意地点点头，他们敲了敲彼此的头盔。玛雅仍然站在看台的台阶上。下一次攻防转换时，班杰和凯文在区域内绕行，在亚马前面停下，趋身靠向他。

"你那小鸡爪腿还有力气吗？"凯文坏笑着。

"把橡皮圆盘给我，你就知道了。"亚马瞪着充血的双眼回答。

在下一次攻防转换时，就算双手被反绑在背后，还有一把枪抵着头，凯文也不会失手。班杰将橡皮圆盘沿着侧边推进，在后面追逐着。明天，他的大腿会酸痛到让他下不了床，但现在他仍毫无感觉，还在同一次抢断中撂倒了两名对手。亚马假装往里面切，却将橡皮圆盘推得老远，然后迅疾甩开外围的后卫，动作快到凯文的两名防守者之一必须放开 9 号，转而追逐 81 号。这就是熊镇所需要的一切。一根冰球杆狠狠打中亚马的下臂，他觉得自己的腕关节似乎断了，但仍顺利地将橡皮圆盘从边线处拉回，绕着球门滑行。他还剩下一口气，足以抬头等着凯文球杆的冰刀触及冰面，而后在被铲倒在地的同时松开橡皮圆盘。凯文在冰上获得两厘米的缝隙，其实他只需要一半的空间。

球网后方的红灯亮起时，观众席上的人们纷纷跌在彼此身上。赞助商们试图与彼此击掌庆贺，手中的咖啡杯脱手飞过座位席。两名十五岁少女在自助餐厅里蹦来跳去，看台上层的后排座位上坐着一名年老的甲级联赛代表队训练员，他从来不笑，但此刻大笑起来。法提玛和蜜拉紧紧拥抱着彼此，直到两人都躺在地板上。她们不确定自己是在庆祝，还是在哭泣。

冰球馆外，拉蒙娜独自站在雪地里，感觉到了那股声波。"我爱你。"她对霍格耳语。随后她转身，独自走回家，满怀着喜悦。那一刻，它存在于人们与冰球之间，存在于想相信的全镇居民与经年累月要他们放弃希望的世界之间。整栋建筑里没有一个无神论者。

凯文转过身，直接朝教练走去，甩开每个想要拥抱他的队友，跳上台阶，投入戴维的怀抱。

"献给你！"他小声道。戴维将他抱紧，仿佛抱着自己的亲生儿子。

二十米开外，亚马在冰上爬动着，如同置身于另一座冰球馆，没有任何人看着他。他传完球的下一刻，那名后卫的手肘和冰球杆击中亚马的颈部，随后而来的是那名后卫全身的重量。亚马的头砸在冰层上，像是撞在一座干涸的游泳池里，他甚至没看见球门。当他爬起来时，熊镇代表队的每名球员都已跟着凯文走向板凳区，观众席上每个人的双眼都盯着 9 号球员，包括玛雅在内。

亚马因为母亲出生的年份而选了 81 号。他独自站在台阶旁边，看着计分板。这是他在这座冰球场上所体验过的最美好也最糟糕的时刻。他调整了一下头盔，踏出两大步，孤独地滑向板凳席。但有人在他背后滑来滑去，还敲了他头盔两下。

"等我们夺冠，她就会注意到你了。"班杰微笑着。

亚马还没来得及回答，他就已经滑开，站在半场中线旁。利特正在滑向边线的台阶，但戴维拦住他，喊着亚马，要他待在冰上。就在凯文滑向中场圆圈时，背号 9 号和 81 号球员简短地朝彼此点了点头。现在，不管观众席上有多少人真正意识到了这一点，亚马已经是他们中的一分子了。

比赛结束的哨音响起以后，彼得失去了自制力。前一秒钟他还在与人相拥，大声吼叫着，下一秒钟就头朝前栽在看台的座位区。站起来时，他的双耳嗡嗡作响，因为所有人对着它们吼叫，在它们周围大喊。是那些喜欢这种比赛的人，以及那些不在乎的人，不分老幼。他完全不知道这一切是怎么发生的，但突然间，他发现自己和一个陌生人兴奋地、如跳舞般地拥抱在一起。当他抬头看时，发现那名和他在阶梯上跳着舞的男子是罗宾·霍特，他们停了下来，看着彼此，然后笑了起来，并一发不可收。就在那天晚上，他们再度成为十七岁的青少年。

冰球只是一种渺小的、愚蠢的运动。我们年复一年地为它付出，却从不真正希望从它身上得到任何回报。我们献上自己的一切，燃烧自己，付出血泪。我们完全意识到：在最理想的情节里，这种运动最多能给予我们的，其实是无以名状的、微薄且毫无价值的几个片段，零散的时刻。

仅此而已。

但是，该死的，什么才是人生？

19

肾上腺素能对人体产生奇特的作用。比赛结束的哨音响起时，它使家长们越过边线围栏；让备受尊敬、鞋底晶亮生光的企业家与工厂主管在冰面上滑倒，像过度疲倦、仍穿戴着尿布的小孩一样拥抱着彼此。当凯文将一面绿色大旗披在自己和班杰身上、开始凯旋式地绕场时，他们面前的看台早已空空如也。全镇的人都聚集在冰面上。到处是人，孩提时代的好友、同班同学、家长、手足、亲戚、邻居，他们跳跃着、笑着、狂欢着、哭泣着，滑倒或跌跤。这座小镇会记住这一刻多久？不会太久。只是永远。

当你输掉冰球比赛时，你感觉内心在哭泣。当你赢了冰球比赛的时候，你简直可以一步登天，直上云端。今夜，熊镇宛如天堂。

彼得待在边线围栏的角落。他孤独地坐在冰上，自顾自地笑着。花在办公室里所有的时间、所有的会议、所有的争吵、失眠的夜晚，以及满腹焦虑的早晨，在这一刻都变得值得了，每个部分都值得了。就在全镇其他居民陆续离开冰面时，他仍然坐在那里。罗宾·霍特在他旁边坐了下来，他们只是开心地笑着。

肾上腺素能对人体产生奇特的作用，当它离开人体时，尤其会如此。当彼得还是球员时，别人总是告诉他，"控制肾上腺素"有多么重要，但他从来不理解。对他来说，在冰上全神贯注、专心致志，以及完全活在当下的能力，是再自然不过的。当他第一次从看台上观看比赛时，他才了解到肾上腺素与恐慌有多么接近。从生物学上唤醒身体使其投入战斗，勇于表现的本能和大脑对死亡的恐惧是相同的。

在彼得的赛事生涯中，在一场如停在半空中的云霄飞车般的比赛结束时，彼得想起终场哨音：一部分人心想"太好了，终于结束了"，另一部分人则想"再来一场"。每场比赛之后，他的第一个心愿就是再比一场。现在他身为体育总监，必须服用抗偏头疼的药片才能在比赛后保持正常。

一个多小时以后，当最后一批庆功的球迷、家长与赞助商终于全数离开冰球馆，他们拥入停车场，高声唱着："我们是熊！我们是熊！我们是熊，来自熊镇的熊！"冰球场中，现在只剩下彼得、罗宾与回忆。

"你要不要跟我到办公室坐坐？"彼得问道。

罗宾大笑起来："拜托，彼得，这可是我们的第一次约会，我才不是那种小女生。"

彼得也笑了，说："你确定？我们可以喝茶，看看那些旧照片！"

罗宾伸出手道："代我问候你底下那些小男生，好吗？你就说，这里有一头骄傲的老狐狸，今晚看了他们的比赛。"

彼得按着那只手说："哪天来我家吃晚餐吧。蜜拉要是见到你，一定会很高兴的！"

"那是一定要的！"罗宾说着谎。这一点，两人都心知肚明。

他们就此告别。

我们得到的，只有浮光掠影。

更衣室已经空无一人。刚刚更衣室里还充斥着暴冲的肾上腺素，歌声，狂舞、在板凳上跳上跳下、敲击墙壁的声音；还满是赤裸着上半身、头发上淋着啤酒的年轻男子与老年男子。现在，一切都已过去，只剩一股令人震耳欲聋的沉默。亚马孤身一人走来走去，捡拾着地板上的胶带。彼得在走道上走过，惊讶地停了下来。

"亚马，你留在这里做什么？"

小男孩脸红了，请求道："关于我负责收拾这件事，请你什么都别说，好吗？我只想承担最坏的结果。"

彼得的喉咙被耻辱感堵塞了。他记得，小男孩八岁或九岁时，他曾看见他在看台上捡空罐换押瓶费，好让法提玛出得起钱给他买第一套冰球装备。他们太过骄傲，不愿意接受救济。因此，彼得和蜜拉被迫在地方报纸上刊登假广告，这样一来，每年才刚好会有适合亚马尺寸的二手装备出现。蜜拉建立了一个人脉网络，大家轮流扮演卖方，这个网络甚至一路直达赫德镇。

"不会……不会的，亚马，我从来不会告诉其他球员。"他吞吞吐吐地说。

亚马不解地抬起头来，哼了一声道："球员？我才不管你跟其他球员说什么。不要跟我妈说！要是我做了她的工作，她会气到发疯的！"

当时，彼得多么希望他能对小男孩说些什么，例如，他今晚在冰球场上的表现让他为他感到无比骄傲。但他当时却找不到言语，不知道该怎么做。当他尝试时，就觉得自己是个演技奇烂无比的演员。有时，他对戴维能赢得这些小男生的爱戴的能力感到嫉妒，嫉妒到快发疯了。他们信任戴维，追随他，膜拜他。彼得对此的嫉妒，就像儿童游乐场上一名笨拙的家长对远处能让所有子女笑个不停、幽默风趣的爸爸与妈妈而产生的嫉妒。

因此，他没有把想对亚马说的话说出来。他只是微笑着点点头，挤出一句："你想必是全世界唯一会因为太努力打扫而被妈妈教训的青

141

少年。"

亚马将一件成年男性尺寸的衬衫递给他，说："可能是某个赞助商落下了这个。"

它散发出酒精味。彼得缓缓地摇摇头说："你……亚马……我……"他语无伦次。最后他说道："我觉得，你应该到停车场去。你从来没有在这样一场比赛以后到外面看看。我觉得你应该……你应该去体验一下……这一点都不过分。你会像个……赢家一样，走出门外。"

直到亚马真正收拾好自己的东西、来到走廊上、穿过大门，他才了解到这是什么意思。大人们看见他，又是欢呼，又是鼓掌；学校里几个比较年长的女孩尖叫着喊出他的名字；波博拥抱他，班杰伸手弄乱他的头发，每个人都想碰碰他的手。他看见凯文在一段距离外接受地方媒体的专访。之后，他为一大群孩子签名，这些孩子的妈妈们急切地唠叨着，要求两张合照：一张是她们的孩子和凯文的合照，一张是她们自己和凯文的合照。

亚马在拥抱与鼓励的拍背声之间弹跳着，听见自己跟着众人嘶吼着这首战歌："我们是来自熊镇的熊！"胸口如燃烧着熊熊烈火。他听见其他人因为他跟着唱而唱得更大声，因为他们想参与他现在所代表的一切。

群众的激动情绪使他亢奋起来，大脑沸腾着。事后，他将会记得自己当时心里之所想："体验过这一切的人怎么会怀疑自己有着不死之身呢？"

蜜拉清扫着自助餐厅。玛雅与安娜从卫生间里出来。她们已经换装完毕，化好新妆，脸上充满欢笑与期待。

"我……今晚在安娜家过夜。我们要……学习。"玛雅微笑着说。

当然了，女儿在说谎。当妈妈假装自己没看破这个谎言时，也是在

142

说谎。当她们对彼此担心的程度相同时，她们就在这道人生的缝隙上求取了平衡点。在童年之后，青少年会享有一段短时间的平等。而后，这种平衡会出现变化，玛雅将会年长到足以担心她的父母，超过他们担心她的程度。很快地，她将不再是蜜拉的小女儿，而会成为她的小老妈子。对子女放手不只需要花费工夫，更需要付出一切。

彼得走进球会总监的办公室，整个房间里满是已经喝得酩酊大醉、步履摇晃不稳的成年男性。

"我一直在找的就是这个！""尾巴"喊道，摇摇晃晃地接近彼得。他袒胸露背，从彼得手上抓来自己的衬衫。

彼得瞪着他，说："不要再让我听到，你又夹带酒精饮料进入球员更衣室。尾巴，他们还是孩子。"

"呸，彼得，他们可不是孩子，现在你少来这套！让这些年轻人庆祝一下！"

"我会让年轻人庆祝。我只是觉得，成年人应该要有点分寸。"

"尾巴"摆摆手，仿佛他的话只是不断飞舞的小昆虫。他背后的两名男子手上抓着捏扁的啤酒罐，激烈地谈论着球会甲级联赛代表队的球员。其中一名前锋被形容为"胖得要死，得有人搀扶他的手才能去买面包"；一名守门员被形容为"你可以看得出来，他性格懦弱，因为众人皆知，他老婆在结婚以前已经和全队一半男人上过床，婚后很可能又和另外一半男人上床"。彼得不确定那些男子是赞助商，还是只是"尾巴"的狐朋狗友。但他已经听过这种评语无数次，仍然不习惯这些房间里的等级划分。球员可以说关于裁判的坏话，但绝不能说关于教练的坏话；教练可以批评球员，但绝不能批评体育总监；体育总监不能批评球会总监，球会总监不能批评理事会，理事会不能批评赞助商。位于金字塔顶的人，就是这间办公室里身穿西装的男子们，他们肆无忌惮地用谈论赛马般的口吻谈论着球员。

"尾巴"充满怜爱地拧了彼得的耳朵一下，缓和一下气氛。

"别生闷气啦，彼得，今晚可是属于你的！你是否记得你十年前说过你要发展我们的青少年培训计划？那时你说，我们将拥有一支足以和全国最强精英一较高下的青少年代表队。当时，我们嘲笑你。每个人都嘲笑你。现在，我们已经走到了这一步！彼得，今夜是属于你的。你造就了这一切。"

酩酊大醉、快乐不已的"尾巴"试图用手臂箍住彼得的头，但彼得挣脱了。其他赞助商则开始高声地比较起伤疤与脱落的牙齿，那可是他们昔日作为冰球选手时所获得的奖杯。没有人问及彼得，他是否有伤疤或断过牙齿。他没有伤疤，也没断过牙。他从未卷入任何斗殴事件。他从来就不是暴力男。

一名年届六十、全身淋着啤酒的理事会成员是一家通风设备公司的首席执行官，他跳来跳去，拍着彼得的背，大笑道："'尾巴'和我见过区政府的那些政客了！他们今晚就在这里！我可以比较非正式地说，你的新浓缩咖啡机指日可待哟！"

彼得叹了一口气，说了声失陪便退到走廊上。当他看见戴维时，即使这位青少年代表队教练持续的优越感在一般情况下会让他发疯，他的心里仍感到轻松。因为此刻，他是这一带唯一清醒的人。

"戴维！"他喊道。

戴维看都没看他一眼，继续向前走着。彼得小跑着在后面追赶。

"戴维！你要上哪儿去？"

"看今晚比赛的视频。"这名教练机械地回答。

彼得笑了起来："你不庆祝吗？"

"等我们赢了决赛，再庆祝。这是你们雇用我的原因。要夺冠。"

他的自大甚至比平时还要强烈。彼得叹了一口气，笨拙地将双手插进裤袋。

"戴维……现在，你不必避开。我知道，你和我之间常常意见不合，可这是你的胜利。你当之无愧。"

戴维眯起双眼，朝着赞助商们所在的那间办公室点点头，说："不，彼得，这就像里面所有人说的：今夜是属于你的。你才是这个球会的明星，不是吗？一直都是如此。"

彼得兀自站着，胃里像堵了什么东西。他并不确切地知道这种感觉更多的是耻辱还是愤怒。他此刻的声音听起来比刚才喊住戴维时的还要生硬："我只是想说声恭喜而已！"

戴维转过身来，无可奈何地笑了笑。

"你应该跟苏恩说声恭喜。事先预见你我能办到这一点的人，就是他。"

彼得清了清喉咙说："我……他……我在看台上没找着他……"

戴维迎视彼得的目光，直到彼得低下头去。戴维气馁地点点头说："他就坐在老位子上，你是知道的。我知道你知道这一点。因为你从办公室出来时，一定绕路了，所以才不会直接撞见他。"

彼得无声地咒骂了一句，转过身去。戴维的话从他背后飘过来："彼得，我知道我们在这里做些什么，我可不是什么天真的死小鬼。我会接苏恩的工作，因为时候到了，因为这是我应得的。而我知道，这让我成了一个大坏蛋。但是别忘记是谁为他开了这扇门。请不要蒙骗自己，这不是你做的决定。"

彼得转过身来，紧握双拳。

"戴维，你说话放尊重点！"

戴维毫不退让。

"不然你想怎么样？揍我？"

彼得的下巴颤抖着，而戴维纹丝不动。最后，戴维嘲弄般地轻哼一声，他的下巴上有一道长长的疤痕，另一道疤痕则位于下巴与脸颊相接处。

"不，我正是这样想的。因为你是彼得·安德森。你总是让别人代替你被禁赛。"

戴维走进自己办公室时，甚至没有摔门，而只是无声地将门带上。在这一切当中，彼得最恨他的就是这一点。因为：他是对的。

凯文接受当地媒体采访时，看起来完全无动于衷。和他同龄的其他人早就紧张到崩溃了，但他沉静不已，展现出职业风范。他凝视着新闻记者的脸，却不看着记者的双眼，将眼神固定在她的额头或鼻梁上。他放松而不冷漠，虽不高傲，但无法亲近。他回答了所有问题，但其实什么都没说。当记者问及这场比赛时，他喃喃低语道："关键在于多滑动，多射门，制造机会。"当她问及在决赛中奏捷对这座小镇及其居民有何意义时，他就像一台机器般重复道："我们一场一场来，我们只管专心打球。"当她指出，一名在比赛最后阶段遭到他队友班杰明·欧维奇铲断的敌队球员被诊断出有脑震荡时，凯文眼睛眨都不眨一下："我没看到。"

他才十七岁，面对媒体的应对进退却已经老练如政客。在记者提出更多问题以前，人群早已簇拥着他离开了。

亚马在拥挤的人潮中找到妈妈，亲吻了她的额头。她只是双眼带着泪水，小声说："走吧，走吧！"他笑着拥抱她，向她保证会准时回到家。她知道他在说谎。这让她感到快乐。

札卡利亚站在停车场的最远处，站在庆祝热度最低的最外圈，而他最要好的朋友则首度挤进了最内圈。大人们坐到车内扬长而去，留下青少年们庆祝自己最重大的一夜。当由选手与女孩们构成的人流开始向几乎大家都要参加的庆功宴会场移动时，情况变得明朗而令人困窘：哪些人属于这个团体、哪些人被弃而不顾，一目了然。

札卡利亚永远不会问亚马，亚马是抛弃了他，还是只是完全无视他的存在。但事实是，一人离开，一人留了下来。而一切都截然不同了。

彼得在前往自助餐厅的路上遇见了安娜和玛雅。让他惊讶的是，女儿竟然搂住他的脖子。在她五岁时，他每天回到家，她都会这样做。

"爸爸，我真为你感到骄傲。"她小声道。

他极不情愿地放开她。当小女生们笑着奔下楼时，整座冰球馆陷入一片沉寂。只有他自己的呼吸声，以及随后他太太的声音，打破了这片沉默。

"现在，超级明星，该我了吧？"蜜拉喊道。

彼得沉郁地微笑一下，朝她走去。两人轻柔地握住彼此的手，缓缓地转着小圈，翩翩起舞。而后，蜜拉将他的脸捧在手中，用力地吻他，使他感到难为情。她仍然能这样做。

"你应该很开心的，但你看起来却不开心。"她小声道。

"嗯，嗯。"他咕哝着。

"是因为苏恩吗？"

他将脸埋在她的颈间。

"赞助商希望在总决赛后公开，让戴维接手。他们希望逼迫苏恩主动辞职。他们认为，如果苏恩是被解聘的，在媒体上会闹得很难看。"

"亲爱的，这不是你的错。你救不了所有人。你是扛不动全世界的。"

他没有搭腔。她抓挠着他的头发，微笑道："见到你女儿没有？她要在安娜家里'学习'呢。"

"算数学等式哪里用得着那么浓的妆，不是吗？"他喃喃道。

"要相信青少年，最困难的一点就是，我们曾经也是青少年。我还记得，自己和一个男生想……"

"我不想听这个！"

"亲爱的，你给我听好了，在遇见你以前，我也是有自己的人生的。"

"不要！"

他将她举起来，她上气不接下气。他仍能做到这一点。两人像年轻人一般咯咯笑着。

他们通过自助餐厅的玻璃窗，看见玛雅、安娜和那群冰球选手及学校同学一同消失在路边。气温在黑暗中迅速降低，雪片在小女生们身边飞舞着。

现在还没有人知道。但是，一股风暴正在形成。

20

肾上腺素能产生奇特的作用。恩达尔家别墅的窗棂因扬声器的巨大声响震动着，一楼瞬间挤满了人，速度快到仿佛这些人是从屋顶的洞里被扔下来的。大多数球员早已喝得烂醉如泥，大多数其他来宾的情况也相去不远。对于家里没大人的情况，他们很能见机行事。所有人都用免洗杯喝酒，墙壁上的所有装饰画都被取了下来，脆弱的贵重物品都被移开了，家具也都用胶带包装好、固定住了。两名青少年代表队球员整夜在楼梯间轮流看守，确保没人会去楼上。关于凯文，你想怎么说就怎么说。但他就和他的教练一样，相信事先准备与计划，不相信机遇。女清洁工明天一大早会来，她常说，凯文绝对有能力在这栋屋子里杀掉一个人，事后还不留下蛛丝马迹。她收了很多贿赂，因此压根儿不会告诉他的父母。凯文知道，像这样的晚上，邻居们会戴着耳塞睡觉，要是有人问起，他们还会假装不在家。

对于他似乎是唯一不看重自己庆功宴的人的事实，已经没人敢再质疑。青少年们在客厅里高歌纵饮，开始宽衣解带。但在隔音效果良好的厚实墙壁外，庭院里几乎是一片死寂。汗水从凯文脸上滴落，他仍然对着目标射门，一次，一次，再一次。在一场比赛结束后，他总会练个没完，停不下来。但他们赢球时，他的动作至少不会很粗暴。要是他们输了球，户外露台和小小的冰球场上会遍布折断的冰球杆和玻璃碎片。班杰一如往常，全然漠不关心地坐在一张塑料桌旁，用指尖敏捷地卷着烟，试图把烟草弄出来，而不把纸弄坏。他在纸筒里填满大麻，将顶端卷起来，小心地用牙齿提起滤嘴，拉出，并用一块单薄、折叠好的纸板代替。熊镇烟草店的老板娘是学校校长的姐妹，如果他只买成卷的烟草纸，却不买对应分量的烟草，肯定会被追问。因此，他必须这样做。在线订购是不可能的，班杰的母亲可是会像一条警犬般仔细检查所有寄到家里的信件。虽然人们从未见过凯文抽烟，但他从几年前就开始向所有参加他派对的人收取两根香烟作为入场费，这样班杰手卷大麻烟时就有材料了。诡异的是，凯文觉得，看着自己最要好、白痴似的死党对毒品如此专注，很能让他放松心情。

"我要把你卖到亚洲当童工，这么灵活的手指，缝起足球球皮肯定比其他小屁孩都快。"凯文坏笑着。

"你希不希望我替你缝一张更大的网，这样你就能时时破门？"班杰问道。

凯文拾起一枚橡皮圆盘扔向他，他无须抬头就敏捷地躲开了。圆盘从他头上一米处掠过，击中他背后的篱笆，使它摇晃了数分钟。

"别忘了多为清洁工卷几支烟。"凯文提醒着。

班杰并未忘记。这不是他们第一次开派对了。

亚马走进屋,嘴巴张得老大。

"什么,这是真的吗?这里只住了一家人?"

波博与利特笑了起来,将他推向厨房。利特已经醉到无法将一块磁铁贴在冰箱门上。他们正在喝"烈酒淘汰赛"。亚马不知道里面的成分是什么,它们闻起来像是私酿酒与喉糖的混合物,每次扫进一杯,就得握拳击打彼此的胸口,咆哮着:"灌烈酒!"当你喝了五六杯时,这样感觉比较合逻辑,至少大部分内容比较合逻辑。

"今天晚上,女孩们随你挑,现在我们赢了,所有女生都是我们冰球队的粉丝!"利特含糊地说,朝屋内的人群比了个手势。而在下一刻,他狂暴地抓住亚马的毛线衣,咆哮道:"除非凯文、班杰或我先看上。首发球员优先选择!"

事后,亚马记得,当利特说这句话的时候,波博的表情看起来就和他的一样不自在。这是他第一次见到波博对某件事感到不确定。利特拖着摇晃不稳的脚步离开,大吼"我今晚有一次助攻!谁想跟我一起玩"时,亚马和波博只是面面相觑,站在厨房里。他们越喝越多,击打着彼此的胸膛,咆哮着"灌烈酒"以避免交谈。因为两人都相信,一个人是否有过性经验,从他的声音里就可以听出来。

最后一批进入别墅的访客中包括玛雅和安娜,这是因为安娜总是停下来检查自己化的新妆,检查的次数多达24次。她每个月都对人体的一个部位感到痴迷不已。现在,她对颧骨感到痴迷。不久以前,她对自己的发际线感到痴迷。那时候,她非常严肃地请玛雅协助她判断是否有可能做整形手术,让发际线变低一点。

在她们进入屋子以前，玛雅在路上驻足，对周围的景致赞叹不已。从恩达尔家所在的那条道路上，你的视线可以穿越湖泊，一路直达另一端的森林。那里更像是一片荒野，树木更加茂密，就连飘雪似乎也更加密实。在那范围以外，但见一片广袤的银白大地，你能够像个孩子一样站在那里，相信整个地球上只剩你一人。熊镇的孩子们很早就学到：假如你想搞怪，而又不想被大人发现，你就该到这里来。玛雅记得，在她们还小的时候，安娜差点让她们在那里丧命。十二岁时，她偷了一台雪地摩托车，载着玛雅整夜到处晃。那是玛雅感到最舒服、彻底解脱的时候——即使她从来没有承认过这一点。

一年之后，安娜不再用谷歌搜寻如何发动雪地摩托车，转而以谷歌搜寻节食法。因此，玛雅在出席这场派对以前用了片刻在心中哀悼这位过去曾在湖泊另一端玩耍的女孩。要是她事先知道自己会在短短几个小时以后离开那栋房子时变成截然不同的另一个人，此时此地她就会越过冰层，逃之夭夭了。

凯文站在露台上，通过巨大的窗户看见玛雅走进玄关。他直直地盯着她，而没有察觉到班杰同时也在仔细打量着他，解读着他的反应。当凯文急切地走向露台门口时，班杰恼怒地收拾好自己的东西，紧随其后。他们一语不发，硬挤过客厅空间，但目标有所不同。凯文停在玛雅面前，努力克制自己，使心跳不至于太快；玛雅则尽力对他隐藏她有多么快乐，或是她对厨房里一整票比较年长的女生目睹这一切、恨她恨得牙根痒痒有多么沾沾自喜。

"夫人好。"凯文夸张地微笑，深深一鞠躬。

"屎蛋磁铁先生，幸会！"她边笑边回鞠一躬。

凯文张开嘴准备说话，但瞥见班杰的身影消失在大门口时，便打住了。他脸上透出的失望简直和安娜与厨房里其他女孩表现出的一样。脸上要出现和安娜一样失望的表情，而又不至于万念俱灰，简直是不可能的。

街上，班杰将背包背上肩头，保护打火机使火焰不被风吹熄，等着缭绕的烟下到他的肺部。他听见凯文的叫喊，却没有转身。

"班杰，你这家伙，少来这一套！别再耍笨了！"

"凯文，你是知道的，我不和小女生搞派对。她们多大？十五岁吗？"

凯文双手一摊道："别闹了，她们可不是我邀来的！"

班杰转过身，直视着自己最要好朋友的双眼。等了将近十秒钟，凯文才笑了起来。这只是白费工夫罢了。

"凯文，你骗不了我的。"

"你就留下来吧。"凯文笑着央求道。

班杰平静地摇摇头。凯文悲伤地眨了眨眼。

"那你要做什么？"

"给自己办派对。"

凯文看着那个背包。

"不要吸太多烟，好吗，不然你又会在森林里看见身上带着刀的小精灵和一堆幻象。要是你坐在某棵该死的树上又叫又哭，我可没力气回头来找你。"

班杰张嘴大笑道："那种事发生过一次。那时我抽的不是大麻。"

"那一次你打电话给我，尖叫'我忘记怎么眨眼了'，你记得吗？"

"别再拿这件事说笑了，那根本不可理喻。"

凯文似乎想触碰他，但并未这样做。

"假如你要偷一辆轿车，拜托别在这条街上偷，行吗？我老爸会气疯的！"

班杰点点头，没有口头承诺。随后，他从口袋里掏出一根大麻烟，轻柔地将它塞到凯文耳后。

"今晚，给你的。里面有一点烟草，希望你会喜欢。"

这时，凯文拥抱了他，动作迅速到其他人都来不及看见，但力道仍强到足以意味着一切。比赛后，他从来无法安然入睡，而他只会在这种时候抽烟。只有最要好的朋友才会知道彼此的这种秘密，只有两个曾经躺在彼此身边、在毛毯下用手电筒看漫画书、理解到自己总是觉得与人有隔阂的原因在于他们是大英雄的小男孩，才能做到这一点。

就在班杰步入黑暗之际，凯文嫉妒地凝视他的身影许久。他知道，女生们爱他是因为他冰球打得好，如果没有这项技能，他只不过是个平庸无奇的十七岁少年。但班杰就不一样了。她们为了截然不同的原因爱上他。他有大家都想拥有的某种特质，某种和他在冰球场上的表现完全无关的特质。他的双眼总是告诉你：要是他感觉自己会在顷刻间离开你，他就会离开你，甚至不会回首一瞥。他不受任何事物束缚，永远毫不在意。凯文对孤独有莫名的惊恐，班杰却拥抱孤独，视之为一种自然状态。在整个成长过程中，凯文总是担心得要命，生怕某天早上醒来发现另一个超级英雄不见了。这对班杰从来没有任何意义。

班杰体内所流的血和其他人有所不同。他走在向下通往湖滨的路上，消失在森林间。凯文心想，这个男生是他所知唯一自由自在的存在。

这是他们在少年时期的最后一次见面。今夜，他们的少年时代将画上句号。

21

凯文回到屋里时，玛雅仔细关注着他的一举一动。起先，他看起来像是一只被遗弃在雨中的小猫咪。即使他是她所见过的最受众人关注的人，他看起来还是一副被抛弃、被遗忘的样子。然后，他在厨房里一口气灌下两杯酒，和亚马与波博喊着"灌烈酒"，环抱着利特，跳上跳下，力道大到使地板震动不已，高唱着："我们是熊！"

她不确定他是什么时候给她第一杯酒的，但第二杯酒就不再那么令人反感了。他不断地和利特打赌，看谁能先把自己的酒喝完，而凯文每赌必赢。玛雅放纵地笑了起来，说道："老实说吧！你们这些冰球球员连喝酒都要比赛！"

凯文直直看着她，仿佛这里只有他们两个人，似乎把她的评论当成一种挑战。

"去多拿点酒来。"他吩咐利特。

"对啊！利特，跑快一点，我会给你计时！"玛雅嘲讽地笑着，拍拍手。

利特直直地撞上一面墙。凯文大声笑着，笑得都快岔气了。玛雅深受他看似总能活在当下的神态吸引。在冰球场上，他除了冰球以外似乎什么都不想，而下了冰球场以后，他似乎就什么事情都不去想。他凭着天性过生活。她希望，她也能做到这一点。

她不知道他们喝了多少，只记得自己一连喝下三杯烈酒，打败了利特，然后站在一张椅子上，高举双手，摆出胜利的姿势，像是正高举着一座大型奖杯。

凯文喜欢她与众不同的样子。她的双眼从不停止转动，她总是在观察。她似乎深知自己是谁。他希望，他也能做到这一点。

安娜喝完第一杯烈酒以后，就不再碰酒精饮料了。她并不知道确切的原因，但班杰消失了，而她正是因为他才来到这里的。她和玛雅站在厨房里，但总是有人插到两人中间。每当玛雅说了些什么，而凯文笑逐颜开时，安娜就可以看见那些较为年长女孩的表情，那种介于嘲弄与死亡威胁之间的表情。她感受到利特的双手搭在她的臀上，逐渐朝下摸索着。不管她如何努力用砂纸磨去自己的棱角，不管她将自己变得多么渺小，她都永远与这里格格不入。

　　班杰穿越冰面，直到抵达湖中心。他站在那儿抽烟，看着整座小镇的灯火一户一户地熄灭。他双脚下的坚硬冰壳正轻微地晃动着。就算在熊镇，一年当中的这个时节在夜间独自待在这里，也已经太晚了。从小时候起，他就经常漫不经心地考虑着摔落下去、消失在下方冰冷的黑暗中。他想知道，在冰层之下，一切痛苦是否能够减轻。相当诡异的是，他的父亲竟让他对死亡毫无畏惧。班杰唯一无法理解的是，这座小镇提供无数种自然的死亡方式——森林、冰层、湖泊、严寒——而他父亲为什么感觉有必要使用来复枪？

　　他站在那里，直到烟气和零摄氏度以下的低温将他从里到外彻底麻痹，然后才走回城里，转向其中一座规模较小的别墅区，偷了一辆摩托车，朝赫德镇骑去。

　　"为什么你不喜欢冰球员？"凯文问。

　　"你们都不怎么聪明。"玛雅笑了起来。

　　"你这是什么意思？"他真心诚意地问。

　　"你们先发明了下体护具，直到七十年后才发明头盔。"她说。

　　"我们会分先后顺序嘛！"他微笑着说。

　　他们又多喝了一点酒。他们打赌时，他总是赢家。他从来没输过。

　　"谷仓"这个名字非常不适合一家酒吧，要是这栋建筑事实上是一座谷仓，那可能就更不适合了。然而，正如凯特雅的老板常说的，赫德镇的镇民们可从来不会盯着彼此，说："你知道吗，你的想象力太丰富了！"舞台上一支乐队正在演奏，台前是一小群兴味索然的中年男子，他们的醉意只会越来越浓。凯特雅站在吧台后方。这时，保安人员朝她走来。

"你弟弟有摩托车吗？"

"没有。"

保安咯咯笑了起来。

"这样的话，我会让他把车停在后面。"

凯特雅是那个总有一天会让所有人都陷入绝境的小男孩的二姐。班杰走进门时，她只能发出一声叹息。她不知道，是他在找麻烦，还是麻烦在找他。她只是知道，这种事情一定是互相的。她心想，他真走运，大姐不在这里。因为她如果在场，早就拧断了他的脖子。但凯特雅没办法对他生气，她从来就做不到这一点。

"冷静点嘛，我来把那辆摩托车弄回去。"班杰承诺道，努力露出微笑。但她看得出来，他整个晚上心情一直在向下沉。

"听说你们今天赢了。你在这里做什么？"姐姐问他。

"你看得出来吧，我在庆祝啊。"他苦涩地回答道。

她趋身向前，用力地亲吻了他的头发。

"你去看过爸爸了吗？"

他点点头。她知道为什么所有女生会被她挚爱的小弟迷倒了。"忧郁的眼神、狂野的心，这种人只会碰上一堆麻烦。"他们的母亲这样说。这是她的经验之谈。凯特雅从来没去过父亲的坟前，一次都没有。但她有时会想到他，想到不开心却不能告诉任何人是什么样的心情。要对你所爱的人们隐藏一个大秘密，是很恐怖的事情。

班杰对某件事情感到不高兴时，会到三姐佳比家和她的子女们玩，直到他不再生气为止。当他想安静地思考时，会去探望大姐爱德莉，去她的犬舍。但当他觉得自己受了挫折与委屈时，会来这里找凯特雅。她会温柔地拍拍他的脸颊，而不是大声吼他。

"假如你能代我照看一下吧台，我就能去处理办公室里的事情。之后，你可以跟我去我家。那些家伙会把摩托车处理好的。"她朝那些保安人员点点头。

明天早上的第一件事就是：两名你无论如何都不想与其发生冲突的男子会将那辆摩托车物归原主，向他说明，他一定是不小心将它留在赫德镇了。当它被拖进车库修理时，车库将免费执行维修工作。人们针对这件事所需要知道的就是这么多。

"对了，不要碰那些该死的啤酒！"凯特雅命令道。

班杰在酒吧里绕了绕，等到二姐进入办公室，他才开了一瓶啤酒。台上的乐队正在演奏陈年的摇滚乐主打歌，因为如果你想在赫德镇演奏，你就得这样演奏。他们的外表完全符合你的想象：体重超标、缺乏才能、水平一般。贝斯演奏者除外，他可是非比寻常的，黑发、黑衣，但仍闪亮抢眼。其他人像是拼了老命在演出，而他看起来只是在玩乐器。他就站在那儿，挤进一台电吉他与一座香烟贩卖机之间那一点五平方米的缝隙。他正在自己的小王国里翩翩起舞，仿佛这座"谷仓"不是世界的尽头，而是开端。

在两首歌曲之间的沉静中，那名贝斯手注意到那名头发凌乱的年轻酒保。而后，整个酒吧除了他似乎早已空空如也。

安娜走出卫生间，而利特就等在门外。他庞大的躯体压向她，试图将她挤回卫生间。要是没喝醉，他可能早就成功了。但安娜敏捷地闪开，飞奔向玄关，而他抓着水槽边缘，使自己保持直立。

"拜托！我今天传出了一个助攻啊，都没有奖励吗？"

安娜退开，眼神警觉地扫过狭窄玄关通道的两侧，就像在森林中评估逃脱路线的动物。利特双手一摊，用含混不清、沉重的声音说："我看到你盯着班杰看的样子了。但是，没有关系。他今晚不会再回这里了，他是毒虫，你懂……懂不懂！今天晚上，他不会再回到这个地球上了！所以不要管他了，你应该多……注意我！该死的，我今天传出了一次……助……助攻，而且我们赢了！"

安娜当着他的面甩上了门，奔向厨房。她找寻着玛雅。玛雅完全不见人影。

班杰在吧台倒酒。乐队已经停止演奏。凯特雅在唱机里塞了一张乡村音乐的唱片。班杰是如此迅速地转向下一个酒客，杯子几乎砸在他的脸上。贝斯手微笑着，班杰扬起眉毛。

"天啊，我的酒吧来了一位音乐家。我可以为您效劳吗？"

贝斯手的头一偏，说："一杯威士忌酸酒？"

班杰脸上露出一抹大大的笑容，说："你以为这里是哪里？好莱坞吗？你可以领到一杯杰克丹尼威士忌加可口可乐。"

他边说话边调酒，熟练地让酒杯滑过吧台。贝斯手凝视酒杯许久，却一口都没喝，然后才承认道："噢，对不起，我其实不喜欢威士忌，我只是想尽量装得像个该死的摇滚乐手。"

"你啊，威士忌酸酒和该死的摇滚乐不是很配。"班杰提醒他。

贝斯手的手插进头发。"我曾经见过一位酒保，他说，要是你在吧台的这一端站得够久，你会开始将所有人看成是各种不同的酒，就像占卜的灵媒所玩的'图腾动物'。你知道我的意思吧？"

班杰大笑出声。他并不常大笑。

"嗯,你的图腾动物绝对不是威士忌。这一点我可以跟你保证。"

贝斯手点点头,谨慎地趋身向前。

"其实,我对燃烧的东西比流动的东西更有兴趣。我听别人提过,也许你能够帮我一点忙?"

班杰将贝斯手的酒一饮而尽,点点头。

"你在想什么?"

事实上,亚马和波博并未真的打算去庭院。但最后结果就是这样。两人在派对上都不善于应对,不知道该做些什么。因此,他们就自然而然地寻找某个自己了解的事物,某件他们知道该怎么做的事情。因此,他们站在庭院里,各自抓着凯文的其中一根冰球杆,轮流将橡皮圆盘射向球门。

"要怎么做才能变得跟你一样快?"波博醉醺醺地问。

"在学校里花上许多时间逃离你这种人。"亚马半打趣、半认真地回答道。

波博咧嘴大笑,一半出于真心,一半则并非如此。亚马发现,当波博静静站着、能够冷静瞄准的时候,他射门的力道远超想象。

"不好意思……我……你知道这只是在开玩笑,这你知道吧?你知道……这种事情……甲级联赛的人欺负我们,我们就欺负你们……"

"对,对,只是一场玩笑。"亚马说着谎。

波博更加用力地射门,全身充满罪恶感。

"现在,你是首发球员了。从现在起,你得把我的衣服丢进淋浴间,而不是我丢你的。"

亚马摇摇头,说:"波博,你的味道臭到让我不想碰你的衣服。"

波博的笑声在屋舍间回响着，这次听起来真诚多了。亚马对他微笑。波博突然降低音量："秋天以前，我的动作必须变得更快才行。要不然，他们不会让我继续打球的。"

这是波博的年龄允许他留在青少年代表队的最后一季。其他某些城市里，青少年代表队的年龄上限可达到二十一岁。但在熊镇，高中毕业后还留在家乡的年轻人寥寥无几，因此这种规定并不可行。有些人到外地学习，有些人到外地工作。最优秀的球员会晋升到职业冰球联盟，其他人则会退出冰球队。

"可是，之后还有甲级联赛代表队啊！"亚马开朗地说。但波博只是冷冷地哼了一声，说："我永远打不进甲级联赛代表队。要是我的动作不能加快，这就是我最后一个球季。然后，我一辈子就只能跟我老爸修车了。"

亚马没再多说什么。他不需要再多说什么。

任何在孩提时代上场打过冰球的人都知道：你在宇宙间所希冀的一切，就是继续打球。你就是想继续打球，因为比赛包含了体育中所有最优质的成分：速度与力量，技术的精准度与全面的战斗力，你得百分之百地用心、用脑。没有比这更好的运动了。没有比这更能引人入胜的了。它是一种使人无法抗拒的迷幻剂。

亚马深吸了一口气，说了一件他永远不会对其他任何人承认的事情："波博，我今天怕得要命。整场比赛下来，我怕得要命。当我们赢球的时候，我甚至还开心不起来，只是觉得解脱了。我……该死，你还记得小时候在冰上打球的情景吗？那时候真是太好玩了。你甚至不需要用心去想，它就是你唯一想做的事情。直到现在，它仍然是我唯一想做的事情。如果我不能做这件事情，我还真不知道自己该做什么，冰球是我唯一在行的事情。可是现在……这感觉就像是……"

160

"工作。"波博看都不看他一眼，就说出了结论。

亚马点点头，说："我从头到尾都怕得要死。这样听起来是不是有病？"

波博摇摇头。对此，他们都不再多说。他们只是射击着橡皮圆盘。砰，砰，砰，砰，砰。

波博清了清喉咙，换了个话题。

"我可以问你一件事吗？"

"可以。"

"你要怎么知道自己的阴茎好不好看？"

亚马瞪着波博，看他是不是在开玩笑。他看起来不像是开玩笑。

"你喝醉了？"

波博满脸通红地说："我……有时候只是在纳闷这一点，就只是这样。毕竟所有男人都在讨论女孩们的乳头嘛。我只是好奇，她们是不是用同样的方式讨论我们的阴茎。你要怎么知道，自己的阴茎好不好看？你觉得它好看与否对女生是否有影响？"

亚马快速地连射了三次橡皮圆盘。波博站在他旁边，身材魁梧如一棵大树，却仍像一条在兽医候诊室里的小狗那样焦虑不安。亚马露出微笑，拍拍他的肩膀。

"波博，你知道吗，我觉得啊，你应该试着不要想太多。我觉得，这样对大家都好。"

波博点点头，露齿一笑。他们一个是十五岁，一个是十七岁。十年后，他们仍会记得这一夜，当其他人在屋里大开派对的时候，他们站在室外，结为好友。

夜色清朗，星辰遍布，树影沉静，而他们站在"谷仓"后面，抽着烟。班杰从来没有在陌生人面前如此兴奋过，因为在大多数时间里，这

161

对他来说，是一种私密、单独的行为。而他并不确切地知道，为何他今天晚上会破例。或许是因为那名贝斯手在台上挪出属于自己空间的方式。他仿佛是在某个其他次元里移动着。班杰认出了这一点。或者说，他向往这一点。

"你的脸是怎么回事？"贝斯手问着，指着他下巴的伤疤。

"冰球。"班杰回答。

"所以，你是个战士？"

他的方言腔背弃了他，暴露出一个事实：他并非本地人。他提出的问题说明，这恐怕是他第一次造访此地。

"如果你想知道这一点，你就不应该在别人脸上找伤疤。你应该在他们手指关节上找伤疤。"班杰回答。

贝斯手深深地抽了几口烟，将刘海从眼前吹开。

"在所有我弄不懂人们为什么付出那么多的运动项目里，我尤其弄不懂冰球。"

班杰哼了一声，说："贝斯不就是让连吉他都弹不好的人弹的吗？"

贝斯手高声大笑，笑声如歌般在树丛间回荡，很快就冲击到班杰的胸口与脑海。能产生这种效果的人寥寥无几。能同时兼具龙舌兰酒与香槟酒特质的人屈指可数。

"你一直住在赫德镇吗？住在这么小的城镇里，不会得幽闭恐惧症吗？"贝斯手微笑着。

他的目光在班杰的双唇边逡巡，在害羞与贪婪之间游移。班杰任由烟圈飘过面颊。

"我住在熊镇。相比之下，赫德镇算大城市。你在这里做什么？"

贝斯手耸耸肩，努力使自己的声音听起来毫不在乎，但内心的所有伤痛蠢蠢欲动。

162

"我的堂兄弟是这个乐队的主唱，他们的贝斯手到别的城镇上学去了，他们问我要不要搬到这里来，代班一两个月。他们真的很差劲，我们演奏的报酬也不过就是一箱啤酒，可是我就是……我之前有一段很失败的感情。我必须逃走。"

"逃到这里已经够远的了。"班杰说。

贝斯手倾听着树丛所发出的声音，感觉到踌躇、羞怯的雪片落在他的手上。他的声音在黑暗中颤抖。

"这里比我想的还要美丽。"

班杰闭上双眼，继续抽着烟。他多么希望能再多抽些烟，或是喝得烂醉。这样一来，也许他就会有胆量。但现在，他只是淡淡地说："不像你所来的地方那样。"

贝斯手吸入班杰喷吐出的烟圈，深深地点着头。

"下个星期天，我们还会在这里演奏。如果你想来的话，那会很……我想在这里多认识些人。"

他的黑衣温柔地在他清瘦的身躯上飘动着。他的动作柔和而轻盈，完全没有使劲的痕迹，这让他看起来毫无重量。在一座充满掠食者的森林中，他站在雪堆之上，宛如某种鸟。他冰冷的鼻息触及班杰的肌肤。班杰弄熄手中的烟，向后退了两步。

"我得进去了，不然我老姐会发现我站在这里。"

"好一个强壮、坚挺的冰球员，竟然会怕自己的姐姐？"贝斯手露出微笑。

班杰轻轻地耸耸肩说："换作你，也会怕的。天杀的，你觉得最初是谁教我打架的？"

"我们下个星期天见？"贝斯手喊道。

他没有得到回答。

站在厨房里时，玛雅突然意识到：安娜不见了。她去找安娜。那群男生看见她靠着墙壁、试图保持平衡。酒精在她体内搅动、翻滚着，她活像一只站在一块漂浮不定的冰上的企鹅。利特贴近凯文的耳边，小声道："体育总监的女儿，凯文，你永远别想占有她！"

"要不要打赌？"凯文笑道。

"一百克朗。"利特点点头。

两人握了握手。

事后，玛雅会记起这些奇怪的细节：凯文将一点酒淋在自己的毛线衣上，污渍的形状看起来像是一只蝴蝶。没人想听她提起这件事情。关于那天晚上，他们唯一会问起的，就是她喝了多少酒，以及她是不是喝醉了；她是否牵了他的手，是否给了他信号，是不是自愿上楼的。

"迷路啦？"他在楼梯旁发现她时，露出微笑。

当时，她已经在一楼转了三圈还没找到卫生间。她笑了起来，双手一摊。她将安娜抛到了脑后。

"这栋屋子太神奇了，简直就像霍格沃茨魔法学校！我想问，你爸妈到底有多少钱？"

"你想到楼上看看吗？"

事后，她后悔地想：要是自己当初没跟他上楼就好了。

在第八次或第九次尝试时，凯特雅的车终于不情愿地发动了。

"今晚你可以睡在爱德莉的犬舍里。"

"不要，送我回家。"班杰睡眼惺忪地说。

她拍拍他的脸颊，说："不行。因为你看，小甜心，虽然我和爱德莉都爱你，但你要是再次浑身烟酒味地回到妈妈家，我们可能就会失去你这个小弟了。"

他咕哝着，抖开自己的夹克，折成枕头状，靠在车窗边。她戏谑地戳戳他的手臂，就在他T恤袖口下方、那颗熊头刺青所在的位置，说道："那个贝斯手还蛮可爱的啊。不过我想，你会告诉我，他不是你的菜。对所有人，你都是这么做的吧？"

班杰闭上双眼回答："他不喜欢冰球。"

凯特雅对此一笑置之，但当弟弟入睡时，她眨了眨眼，甩脱眼里的泪水。在他的整个成长过程中，从荡秋千和堆沙堡开始，她就注意到，女生会盯着他瞧。她们痴迷地看着他，梦想着一件连自己都备感怀疑的事：驾驭他。但她们从来不知道为什么。

随着时间一年一年过去，班杰逐渐长大，凯特雅多么希望他有个不一样的人生。在不一样的地方、另一个时代，也许他会长成一个不一样的男孩子，比较温和、比较沉稳。但在熊镇是不可能的。在这里，他承受了太多没人看见的负担；在这里，他有冰球。球队，小男生们，凯文。他们是他的一切，他因而成了他们所希望他成为的一切。那是很恐怖的。

必须对你所爱的人隐藏一个秘密。

每个人都谈过，这种事是怎么一回事。校医谈过，学校里那些可怜的负责性教育的老师们谈过，焦虑的家长、道貌岸然的电视节目、整个网络都谈过。每个人都谈过。一直以来，人们一再告诉你会发生什么事，但是没人告诉你事情会这样发生。

玛雅躺在凯文的床上，这是她第一次抽大麻。这和她之前想象的感觉很不一样，那股暖热感似乎有某种味道，烟气似乎直通她的脑门，而不是停留在她的喉头。凯文卧室的墙壁上贴着冰球选手的海报，所有书架上都摆着奖杯，但其中一角却躺着一台奇怪的唱机。因为那台机器和周边氛围格格不入，她记得它。

"这是我老爸的旧唱机，我喜欢它的声音……当你打开它时，那阵爆裂声和刮擦声……"他用抱歉似的口吻说着。

他放起音乐。她想不起来是哪些音乐，只记得爆裂声和刮擦声。十年后，她会在地球另一端的酒吧角落里或服饰店里的唱机里听见相同的爆裂声和刮擦声，那声音会立即将她带回此时此地。她感到他的身躯压在她身上时的重量。她笑了起来。她会记得这一切。他们互吻着。她往后被问到下列两个问题的次数，将远超过她这辈子被问过的其他任何问题：是谁先亲吻的谁？你回吻他了吗？是他亲吻她的。是的，她回吻他了。但是当他强脱她裤子的时候，她阻止了他。他似乎以为这只是一场游戏，因此她更加用力地抓住他的手。

"我不要，今晚不要，我从来没……"她小声道。

"你明明就要。"他坚持着。

她生气了："你聋了吗？我说了，不要！"

他更加用力地抓住她的手腕。一开始她还毫无感觉，然后，感到疼痛。

在驶过"欢迎来到熊镇"的路牌以后，凯特雅将车拐入那条向上通往森林的小路。她驶向犬舍。车外毫无灯光可言，因此当班杰睡眼惺忪地向车窗外张望时，直到车子驶过，他才反应过来自己看到了什么。

"停车。"他呢喃着。

"什么？"凯特雅问。

"停车！"班杰尖叫。

她在震惊中猛然停车，他早已打开车门，冲进黑暗。

大家都在谈论这是什么情况。终其一生，你会知道精确的细节：你在慢跑时遭到袭击，在由旅行社包揽全部行程的旅行中被打昏、拖进一条小巷，在酒吧里被人下药迷昏，在大城市的贫民区里被陌生成年男子反锁起来。每个人都一而再，再而三地警告你，警告所有女孩：这种事是会发生的！是这样发生的！

只是没人说过会是这种情况：被某个她认识、信任、一同欢笑的人侵犯。在他从小长大的房间里，在冰球选手的海报下，而且整个一楼还塞满着同学。凯文亲吻她的脖子，将她的手移开。她永远记得他触碰她身体的方式，仿佛她的身体并不属于她。那仿佛是一件值得他享受的物品，仿佛她的头部和身体其他部分是完全分开的两件物品，彼此间毫无关系。没人会问她这一点。他们只会问她做了多少抵抗。他们只会问她是否"清楚"地表了态。

"不要再假装了，你都跟我上楼了，对不对？"他笑着说。

她试图推开他的手，但他远比她强壮得多。她努力将自己的身体从他的掌控中扭开，从床上起身，但他的膝盖像一把大锁，锁住她的腰肢。

"住手，凯文，我不要……"

他的鼻息在她耳道里回荡着。

"我保证，我会很小心的。我相信，你是喜欢我的。"

"我是喜欢你……可是我从来没……住手，拜托！"

她绝望地拽开他的手，指甲在他皮肤上烙下两道深深的伤口。她将会记得，自己是如何看着血缓缓、缓缓地渗出，而他甚至浑然不觉。他只用自己的重量牢牢压制住她，甚至不需要使劲。他的腔调马上就变了："该死的，拜托！不要再假装圣洁了！我可以到楼下去，想挑哪个女生就挑哪个女生，然后占有她！"

玛雅使出最后一点力气，抽出其中一只手，使尽全力，抽了他一耳光。

"那你去找她们啊！去找她们啊！放开我！"

他没放手。他的眼神变得阴沉。他似乎已经不再身处房间里，那个一整晚和她谈笑风生的男生仿佛消失了。当她试图阻止他的手时，他的另一只手像一把铁锁般锁住她的喉咙。当她试图尖叫时，他用手堵住她的嘴。缺氧使她在失去意识的边缘挣扎。就在这一切当中，她将会记得一些诡异却没人问起的细节，例如，当他撕开她的衬衫时，一颗纽扣崩落，她听见它掉在地板上、在房间某处反弹的声音。她心想："我之后该怎么把它找回来？"

他们会问她关于大麻和酒精的事。他们不会问那股她永远无法摆脱、无边无际的恐惧感；不会问到这个摆着唱机、贴着海报、她永远无法真正离开的房间；不会问到那颗衬衫纽扣，以及那股将会跟随她一辈子的恐慌。她在他的身躯下无声地哭泣着，在他的手掌下空洞地尖叫着。

对施暴者来说，强暴只不过持续了几分钟；对受害者来说，伤害从未停止。

22

星期六的夜里，一切都已经发生了。只不过，安娜还不知道。她唯一知道的是，当她问起玛雅时，厨房里那些比较年长的女生对她嘲笑不已："她？她跟凯文跑了。不过小甜心，不用担心！等到他占有她以后，他就会把她扔掉的，球队里没人会和小鱼交往的！"

她们的笑声在安娜的肺脏撕出孔来，她的喉咙一阵揪紧。当然，她大可以直接去找自己最要好的朋友。她站在原地，将手机握在手上数分钟，却没有打电话。是的，她已经被怒火冲昏头了。当你最要好的朋友第一次抛弃你、投入男生的怀抱时，你所感到的失落是无法比拟的；在你十五岁时，派对结束后你独自走回家的路是最为沉默的一段路。

当安娜和玛雅在孩提时代拯救了彼此的性命时，她们也找到了彼此：其中一人将另一人从冰洞中拉出，而另一人则让其中一人免受孤独的折磨。她们在许多方面都处于彼此的对立面，但都非常喜欢跳舞、高歌、狂飙雪地摩托车。那是一段相当长的路。最要好的朋友。比对方男朋友还要好的好朋友。在她们对彼此承诺过的所有事情中，最重要的就是：永远不会抛下彼此。

厨房里的那些女生还在嘲笑安娜。她们正在对她的衣着和身材品头论足，但她早就不在意了，她早已在学校走廊上和网上论坛里看过这类评论。利特在一个角落里，步伐不稳，他瞥见了她。安娜吼道："下地狱去。"因为他们都可以下地狱去。全都可以下地狱去。

走出大门时，她最后一次停了下来，考虑要不要打电话给玛雅，也许上楼转一圈去找她。但是，她可不会寻求、祈求别人的关注。就算身处一座一年当中有九个月被白雪覆盖的小镇，待在某个比你稍微还受欢迎的人的阴影下，仍让人感到无以名状的凄冷。安娜将手机调到无声模式，扔到袋子里。人性有许多缺点，但最强烈的缺点莫过于骄傲。

她瞥见亚马，抓住他的肩膀。他已经喝得烂醉，恐怕连视力表最上层的一排大字都看不清楚。安娜叹息一声道："如果你看到玛雅，告诉她我没时间等她决定自己喜不喜欢花生。"

亚马困惑不已，口吃起来："哪里……我说……什么……我是指……谁？"

安娜朝天翻了个白眼，说："告诉玛雅，我要闪人了。"

"哪里……她在哪里？"这个问题让他清醒过来，他的声音变得严肃多了。

安娜几乎为他感到难过起来，说道："噢，亚马，你还搞不清楚吗？试着到凯文卧室找找看！"

亚马全身裂成无数隐形的碎片，但安娜无法再停留。在要崩溃的时候，她可不想留在这栋屋子里。她在身后甩上了大门，夜间的寒冷抚摸着她的双颊。她的呼吸顿时变得轻松起来，心跳也减缓下来。她更适合在户外活动，要她待在被窗户封锁的室内，就像是被关在监狱里。人际关系、努力交朋友、被别人接纳、挨饿、用砂纸将自己的本性越磨越渺小，这些让她感觉像患了幽闭恐怖症。她在黑暗中取道穿越森林，她觉得在那里远比在一栋人满为患的屋子里来得安全。大自然从来不会让她感到不舒服。

玛雅永远不会向自己最要好的朋友透露的唯一秘密，就停留在恩达尔家别墅楼上，一扇关上的门后。直到最后一刻，当她在凯文身体下方已经无法呼吸时，她仍坚信："别怕。安娜会找到我的。安娜从来不会丢下我不管的。"

亚马将永远无法说明自己的理由，也许是出于嫉妒心，也许是出于骄傲，也可能和自卑情结有关。但绝对和爱慕有关。两名青少年代表队球员坐在楼梯口负责看守，当他们告诉亚马不准上楼时，他朝他们咆哮道："你们该死的是几线的替补？"这不只让他们大惊失色，也吓了他自己一跳。

待在小联盟和男童冰球队的这些年里，人们一直说他的双腿确实高人一等，但这不是他能够撑到今天的关键。关键是他的眼神。他的眼睛总是动得比别人快，他看到的总是比其他任何人多，记得每次攻击的每个小细节。后卫群的位置、守门员的动作、某个队友将冰球杆放在冰面上时最细微的动静，都逃不出他的眼角。

受到惊吓的青少年代表队球员让路了。楼梯可区分为三个部分，下一层楼的玄关处悬挂着恩达尔一家的照片，旁边则是凯文的个人照，各个年龄的个人照——五岁时穿着冰球装的照片、六岁时的照片、七岁时的照片。每年不变的微笑。相同的眼神。

他们将会问亚马，他究竟听到了什么、在哪里。他将永远无法说明，自己听见的究竟是"不要"还是"停"，或只是一声从手掌后方传出的绝望、被压制住的尖叫声，让他有所反应。也许，上述几项无一符合。也许他只是出于直觉打开了门。他们会问他，当时是否喝醉了。他们将会指控般地对他咆哮："但是你不是已经暗恋那个女生很多年了吗？你现在还是喜欢她，不就是这样吗？"亚马对此唯一能够回答的是，他的眼神的确高人一等，甚至比他的双脚还要快。

他压下门把手，站在凯文房间的门口，看到了施暴行为、被扯烂的衣裳、泪水，以及小男孩掐在小女孩脖子上、殷红色的指印。一具躯体压在另一具躯体上，违反它的自由意愿。他看见了一切，而且会在事后梦到最荒诞、最诡异的细节：究竟是哪些 NHL 球员的海报挂在墙上。亚马出于最简单的理由记得这个细节：他床铺上方的墙壁上也挂着一模一样的海报。

当亚马破门而入时，在两秒钟的时间里，凯文失去了专注力。而玛雅只需要一半的时间。就她记忆所及，那并不是一个反应，而是一场你死我活的搏斗——生存的本能。她顺利地用膝盖顶开凯文，挤出一道狭小的缝隙，将他从身上推开。她使尽全力猛打他的脖子，而后跑开。她并不知道自己是如何逃出那个房间的，在路上经过哪些人的身边，是否对把守楼梯的青少年代表队球员拳打脚踢。也许派对上的每个人都已经喝得烂醉如泥，没有注意到她；也许他们只是假装视而不见。她踉踉跄跄地跑出门，只管没命地飞奔。

时序已进入三月中旬，但当她在黑暗中沿着路边行进时，双足仍被厚重的积雪包覆。她的泪水流出眼眶时仍是暖热的，但当它们流到脸颊上时，已经结冰了。"你无法在这座小镇里生活，你只能设法生存下来。"妈妈这么说过。这句话放在今晚，再真实不过了。

玛雅将身上的夹克裹得更紧，她不知道自己是怎么将它穿上的。她的衬衫已经被撕成了碎片，脖子和手腕的皮肤早已满布指尖状的瘀伤。她听见亚马的声音从背后传来，却未放慢脚步。那个小男孩上气不接下气地跨了最后几步，而后跌倒在雪地上。他喊着她的名字，他已经喝得烂醉，被彻底打垮了。最后，她停了下来，双手握拳，转过身来，凝视着他。现在，她因为脆弱和狂怒而流下泪来。

"发生了什么事？"亚马低语着。

"见鬼去，你觉得发生了什么事？"她回答道。

"我们得……你得……"

"什么？亚马，我还得做什么？去你的，我还得做什么？"

"跟某个人说……告诉警察……任何人，你得……"

"亚马，那都已经不重要了。不管我说什么都不重要了，反正没人会相信我的。"

"为什么不相信？"

她用手背擦擦双眼，手套被睫毛膏染黑了。现在，亚马也哭了起来。两人都是十五岁，整个世界在一夜之间崩塌。一辆孤独行驶的轿车经过他们，玛雅的双眼被车头灯的反射光照亮。当那辆车离开时，她的双眼和心里的某个事物同时熄灭了。

"因为这是一座该死的冰球小镇。"她小声道。

她消失在路旁，留下跪在雪地上的亚马。在夜色吞没她的身影以前，她所经过的最后一个物体，是那块写着"欢迎来到熊镇"的路标。

很快地，熊镇将不再欢迎她。

安娜打开房子的门，铰链才刚上过油，门一甩而开，没发出一点声响。爸爸正在熟睡，妈妈已经不住在这里。她穿过厨房，走向储藏室，猎犬们用冰冷的鼻尖与暖热的心脏迎接她。她现在所做的，正是在她还小、满屋酒臭、双亲对彼此大吼时，做过无数次的事情：和动物睡在一起。因为那些动物从来没有伤害过她。

对那些从来没在寒冷与黑暗属于常态、其他任何事物均属例外的地方生活过的人来说，看见有人敞着夹克，甚至赤裸着身体冻死，或许会感到极难理解。但是，当你真的冻僵时，你的血管会收缩，心脏会竭尽所能防止血液传输到身体被冻僵的部位，而后再冰冷地回到心脏。这和一支在比赛中陷入犯规麻烦、人数还居劣势的冰球队并没有什么差别：对资源进行优先次序分配，采取防守，保护心脏、肺脏和大脑。当防线最后仍旧崩溃时，也就是当你被冻得差不多时，你的铁桶阵防线会崩溃，守门员会犯愚蠢的错误，后卫不再与彼此沟通，先前已经被隔离于血液循环之外的身体部位突然间醒转过来。然后，当来自心脏的温热血液回流到你冰冷的手脚时，你会感受到一股激烈的暖热。这就是你会突然想象自己全身发热、开始脱掉身上衣物的原因。然后，冰冷的血液流回心脏，一切就结束了。每隔一两年，熊镇总会有人参加派对，喝得烂醉，在回家路上抄捷径而穿越冰面，或是在森林里迷路，或是坐下来休息一会儿，然后就在隔天早上被人发现倒在风吹而成的雪堆里，已经没有生命迹象。

玛雅小时候常会想：对他们过度保护到宇宙间无人能出其右的双亲竟会在所有地方中选择定居于此，真是够奇怪的。这可是一个就连大自然每天都在试图谋杀他们女儿的地方。她逐渐长大时便体会到，"不要独自走在冰上"，以及"不要独自进入森林"的警语，几乎就是针对促进团队运动的目的所设计的。熊镇的每个孩童在成长过程中总是不断被警告：当你独自一人时，死亡的威胁是始终存在的。

她试图打电话给安娜，但无人接听。她无法迫使自己走在那条贯穿全镇的主街道上。因此，她将自己的夹克裹得更紧，选择穿越森林的狭窄小径。

当那辆车在暗夜中驶过她身边，并在她前方五十米处猛然停住时，她的内心感到莫名、巨大的恐慌。她体内的肾上腺素迅速做出反应，说服她相信：有人即将冲出来，抓住她，再对她做一次她刚已经遭遇的事。

那天晚上，从那名小女孩身上剥夺的众多事物之一，就是一个她从来不需要感到害怕的地方。每个人内心都有着这么一个地方，直到被剥夺。此后，你再也无力夺回它。从现在开始，玛雅在任何地方都会感到恐惧。

班杰刚醒，睡眼惺忪，但仍透过车窗看见了玛雅。大半夜里，没有人会出于自己的意愿选择走这条路，而且他看出她正跟跟跄跄跛行着。他让凯特雅停车，车子尚未停稳就已奔入黑暗。玛雅躲在一棵树后面。在零摄氏度以下的低温里，你无法在树后躲藏一分钟以上，不管你想或不想，严寒会驱使你移动，确保循环持续。班杰自从年纪大到足以拿得动来复枪时，就在这片森林里和姐姐们一同打猎，因此他看见了她。玛雅知道，他看见她了。

凯特雅在车内叫喊着，但让玛雅惊讶的是，班杰喊了回去："没事，老姐。对不起。我看……我想我……噢，我应该只是抽了太多烟！"

当时，玛雅直视着他。他就站在十步远的地方，她的脚趾冻僵的速

174

度和他的一致。但在黑暗中，他只是点了点头，转过身去，消失了。

他太过了解躲起来的感觉，因而不愿意去揭穿另外一个躲起来的人。

当那辆车的红色尾灯闪进夜色消失时，玛雅仍旧站着，额头贴在树干上，歇斯底里、无声地啜泣着，却没有流下任何泪水。她并没有跌到地上，但心脏停止了跳动。

熊镇提供无数种死法，尤其是在内心深处。

23

蜜拉和彼得开心地醒来。这将是他们对这一天的深刻记忆，为此他们将会对自己感到嫌恶、不齿。人生中最糟糕的事情能对一个家庭产生这种效果：我们对一切土崩瓦解以前的最后快乐时光的记忆总是最为鲜明的。撞车前一秒，事故前在加油站所买的冰激凌，假期结束返校及接到诊断通知书前的最后一次游泳。我们的记忆总是强迫我们回到那最美好的时刻，一夜又一夜，催问着相同的问题："我当时是否能够采取不同的行动？当时我为什么只顾着开心？要是我知道接下来将会发生什么事情，我是否能阻止它发生？"

在一场悲剧前，每个人都有无数个愿望；而在悲剧发生以后，人们就只剩下一个愿望。孩子出生时，父母梦想着这孩子将会与众不同，直到他开始生病，直到他们突然间只希望一切能够正常。艾萨克死后的数年来，蜜拉和彼得每次笑逐颜开时，都会感到一股恐怖的、撕裂般的罪恶感。当他们感到开心时，耻辱感仍然可能将他们逮个正着，使他们纳闷：当他离他们而去的时候，他们却没有崩溃，这样算不算是一种背弃？悲痛的恐怖效果之一在于，我们会将它的缺席解读成以自我为中心。

你该怎么做才能在一场葬礼后继续生活、该怎样才能重新组起支离破碎的家庭、该怎样才能与裂缝共存，这都是不可能说清楚的。所以，到最后你能要求什么？你能要的，就是美好的一天，几个小时的健忘。

那场冰球比赛已是昨日事。今天早晨，彼得与蜜拉快乐地起床，笑逐颜开。他在厨房里吹着口哨，当她走出淋浴间时，他们以那种忘记自己已为人父母的方式忘情地接吻。十二岁的里欧面露恶心的表情，从桌前跑开。他的爸妈舌吻着，一路笑进彼此的唇瓣。这是美好的一天。

玛雅在房间里听见了他们的动静。她把毛毯当成茧，将自己深深地包在里面。他们甚至还没有发现她已经回家了，他们以为她在安娜家过夜。当他们打开门、面露惊讶之色时，她会向他们说明她不太舒服。在床单下，她套着两件连身慢跑服，以确保额头是暖热的。她不能告诉父母这个事实，她狠不下心对他们做这种事，她知道，他们将会活不下去。她唯一的念头就是永远不能让任何人知道，必须湮灭所有证据。这让她不像是某个刑事案件的受害者，反而更像是犯案者。当爸爸送里欧去练球、妈妈去超市后，玛雅便爬上床，清洗她昨天穿过的衣服，这样一来就没人会看见那些污渍。她把被撕烂的衬衫装在一个塑料袋里，走向门口。但她在门口停下来，在那里站了很久，双腿因恐惧而颤抖着，无力走向垃圾桶。

昨天的无数心愿，今天只剩下一个。

班杰的三位姐姐总是以不同的方式进行沟通。三姐佳比爱说话，二姐凯特雅擅长倾听，大姐爱德莉则大喊大叫。假如你有三个弟弟妹妹，而老爸又拿着猎枪到森林里去了，你的成长速度会超过一般正常人的成长速度，而你心志的坚毅程度也会超过你实际上希望的程度。

爱德莉没有让班杰睡懒觉，反而逼他起床，整个早上都在命令他帮她照顾小狗们。等到他们工作完成，她将他拉到储藏室，那里已被改建为小健身房，她强迫他举重，一直举到他呕吐。他不会抱怨。他从来不会抱怨。就在一两年以前，爱德莉举起的重量都还比他重。但是，当他所举的重量超过她时，便一发不可收了。她见过，当三名成年男性在"谷仓"酒吧调戏凯特雅时，他凭一己之力打倒了他们所有人。当他不在场时，姐姐们常常聊起这一点。也就是小弟真正发怒时，她们从他双眼中看到的事物。她们的母亲总是说："要不是这小子发现了冰球，我真不知道他会变成什么德行。"但姐姐们知道，一旦如此，会发生什么事。她们见过这样的男子，在"谷仓"、在健身房，以及在其他无数个地方。眼里的瞳孔消失在黑暗中。

冰球给了班杰脉络、结构与规则。但最重要的是，它奖励了他最良善的一面：他胆大无惧的心，以及不可动摇的忠诚。它为他的精力提供了焦点，将它导引向富有建设性，而非毁灭性的事物。在他的整个童年中，他习惯睡在自己的冰球杆旁边。有时候，爱德莉相当确信：他现在仍然会这样做。

当她的弟弟放下杠铃，从长凳上滑下、第三次呕吐时，她给了他一瓶水，然后坐在旁边的一张高脚凳上。

"所以，你有什么问题吗？"

"只是宿醉而已。"他呻吟道。

他的手机响起。他的手机响了一整天，但他拒绝接听。

"不是，你这头蠢驴，我不是说你的肠胃有问题，是那里有什么问题？"她叹道，指了指他的太阳穴。

他用手背擦干嘴角，小口地喝着水。

"只是一件……小事。跟凯文有关。"

"吵架啦？"

"差不多。"

"所以是……"

"糟透了，就这样。"

手机继续响着。爱德莉耸了耸肩，向后躺回长凳上。班杰站在她后方，当她举起杠铃时，标示出她所举杠铃的位置。他总是希望她能多打几年冰球，她肯定能打败青少年代表队那一票人。年轻时，她在赫德镇的青少年女子冰球队效过几年力，直到他们的母亲再也承受不了每周数晚往返赫德镇的车程。熊镇没有设置青少年女子冰球队，从来就没有设置过。班杰有时候会想，自己的姐姐本来可以成为多么好的球员。她看得懂比赛，会因为他犯下戴维对他耳提面命的技术性错误而对他大声咆哮。她热爱这一点。就像她的弟弟一样，热爱这一点。

她做完以后，拍了拍他的脸颊，说道："你们这些打冰球的男生就像小狗一样，只要一有机会，就会干蠢事；只需要一个理由，就可以做好事。"

"所以呢？"他呢喃着。

她露出微笑，指着他的手机。

"所以，小弟，不要再像个扭扭捏捏的老太婆一样，去跟凯文讲讲话。要是我再听见你的手机铃声响一次，我就把杠铃扔在你脸上。"

亚马打了玛雅的手机十次、一百次。她不接。他仔细地思考着每个细节，不由得开始尝试说服自己：这也许是错觉，一场误会。老天爷，要是他相信自己所看见的一切实际上并不存在，那就真是太好了。他当时的确是烂醉如泥、妒火中烧。他拨打玛雅的手机，一而再，再而三地拨打，但没在她的语音信箱里留言，也没发一条短信。他奔入森林，直到再次呕吐，直到累到无法思考。这样跑上一整天，那么他当天晚上就可以疲劳到崩溃。

凯文站在庭院里。所有的冰球选手都习惯于带着伤痛出赛。你在某处总会有小伤口。鼠蹊部拉伤、扭伤，手指骨折。在青少年代表队里，每个星期总会有人聊到他已经等不及摘掉自己头盔上的护栅，上场比赛。"我要甩掉一切包袱！"即使他们见过所有脸部被橡皮圆盘和冰球杆击中的甲级联赛代表队球员，他们还是毫不畏惧，甚至满怀期待。当他们还小时，都见过一名球员在赛后站在场上，嘴唇上整整缝了二十针才使脸颊免于裂开。但是，当被问到"痛不痛"的时候，他只是露出狞笑："跟嚼烟草时咬到脸颊差不多。"

这是星期天下午，恩达尔家的别墅早已被彻底地清洁过，无懈可击，一片空寂。凯文站在庭院里，不断地射击着橡皮圆盘。他在男童冰球队时就已经学会忍受任何痛苦出赛，甚至享受痛苦。血疤、骨折、割伤、脑震荡从来都不会影响他参加比赛。但是，现在的情况可不一样了。其中一只手上的两条抓伤使他射出的橡皮圆盘飞过了球门网。

大门并未上锁。班杰走进别墅，发现除了显然是某个烂醉的酒鬼跌跌撞撞、在通往地下室的门板上留下的一块脏迹以外，整栋屋子看起来一如往常，没有一丝人气。他站在露台的入口处，看着凯文将橡皮圆盘射在邻居家的花床上，像是盲目地乱射。凯文看见他时，双眼透出疯狂，眼睛像是要被血丝撑开似的。

"我打你手机至少打了一千次！"

"我这不就来了嘛。"班杰回答道。

"我打手机，你就得回！"凯文嘶吼道。

班杰说话的速度很慢，但他的眉毛充满威胁意味地沉了下来。

"我看，你把我跟波博和利特混在一起了。我可不是你的奴才。当我感觉对了，我才会回。"

凯文用冰球杆的尖端指着他，冰球杆因愤怒而颤抖着。

"你现在嗑药嗑够了没？我们一周后打冠军赛，而大家都已经是一副志得意满、自以为打到这里表现已经够好的样子。我们必须将所有人集结起来，让所有人搞懂我这星期对他们的要求！你必须在场！球队最需要你的时候，我绝对不会容忍你开溜去过烟瘾！"

班杰不知道，凯文用"过烟瘾"只是说笑，还是笨到不知道其中的讽刺意味。凯文永远是高深莫测的。他是班杰所知最精明，也最不精明的人。

"我为什么离开派对，你是知道的。"

凯文哼了一声，说："是啊，因为你是个该死的圣人，不是吗？"

班杰仔细打量着他，目光专注，毫不犹疑。当凯文最后回避他的眼神、望向别处的时候，班杰问道："凯文，昨天发生了什么事？"

凯文短促地笑了一声，双臂一摊道："什么事也没发生。大家都醉了。你知道那是怎样的场合。"

"你的手是怎么回事？"

"没事！"

"我看见玛雅在森林里，她看起来可不像没事。"

凯文转了一圈，像是要用冰球杆打班杰。

他的双唇颤抖着，瞳孔中的怒火灼烧着："所以你现在在乎啦？这跟你有什么关系呢？你甚至都不在那里！你宁愿到赫德镇去嗑药，也不愿跟你最要好的朋友待在这里！这可是你的球队！"

班杰的目光紧紧跟踪着凯文的眼睫毛，一语未发。凯文再度将目光转开，射出一枚橡皮圆盘。它偏离球门的程度那么明显，几乎可以被认定为狩猎用的武器了。他呢喃着："我昨天需要你。"

班杰不搭腔。

他的这个态度总会让凯文失去理智，于是他一如往常地高声咆哮道："你当时不在这里，班杰！当我需要你的时候，你从来不曾在这里！利特在厨房里吐了一地，有人还直接溜向地下室的门，留下一大块痕迹！当我老爸回家看到它时会发生什么事，你知道吗？你到底知不知道？你就只会嗑药……"

"我才懒得管你老爸。我只想知道昨天发生了什么事。"班杰打断他的话。

凯文迅速地跨了五步，将冰球杆砸烂在球门的横杆上，冰球杆裂成两截尖锐如炮弹的碎片，其中一片从距离班杰脸部一个手掌宽处飞过，而他连眼睛都不眨一下。

"你敢？你才懒得管我老爸……你这个天杀的、忘恩负义的……是谁十年来出钱帮你买冰球鞋、冰球杆，还有护具？你懒得管？你以为你老妈买得起这些东西？我爸对你的评语是对的。他对你的评语总是对的！你是病毒，班杰，天杀的病毒。你只能依附寄主生存！"

班杰向前跨出两步，仅仅两步，一脸的波澜不惊。

"凯文，昨天发生了什么事？"

"什么？你想怎么样？你以为你是警察，敢审问我？你有什么问题？"

"凯文，别像个懦夫一样。"

"你好意思说我是懦夫？你敢讲'懦夫'这两个字？你才是该死的……该死的……"

班杰移动得太快，凯文说的最后几个字宛如鼻息般窜上他的脸。两人的双眼相距两厘米。班杰睁大着双眼。

"什么？我是什么，凯文？说啊。"

凯文的皮肤搏动着，眼神闪烁，脖子一侧的皮肤泛红，有着瘀伤，像是被一个手掌比较小的人狠狠打了一拳。他向后退，捡起已经被捣烂的冰球杆的一块碎片，用它猛击球门，让金属发出如歌唱般的声响。

"欧维奇，滚出我的屋子。你已经将我家吃干舔净了。"

凯文并未转身看着班杰离开。即使听到大门被重重甩上的声音，他也没有回头。

凯文的父母很晚才回到家。整栋房子看上去就和他们离家前一模一样。他们的儿子正在装睡，他们并未敲他的房门。凯文的父亲在厨房的流理台上发现两张 A4 纸，凯文在纸上详细注明了这场比赛中每节的所有数据——出赛的分钟数、射门次数、助攻、进球数、数据上的优势与劣势、持球比、犯规数、失误次数。他的父亲花了几分钟，只点着一盏灯，以一种他再也不会让任何人见到的方式微笑着。这样的骄傲程度足以使一个比较缺乏自制力的人狂奔上楼，亲吻熟睡中儿子的额头。

他的母亲注意到父亲没注意到的事情。她注意到清洁工弄混、顺序挂错的那些照片。客厅里的茶几有点歪斜。沙发其中一角下遗留着一块塑料包装的碎片。最主要的是，她看到了通往地下室门上的污渍。

当她丈夫坐在厨房里时，她深吸了一口气，尽可能用力将自己的手提包摔在地上。他跑了过来，她道着歉，表示她绊了一跤，手提包掉在地上。他扶她起来，拥抱她，小声道："不要那么不开心嘛，只是通往地下室的门，亲爱的，而且只是一小块污渍而已。"

然后，他将 A4 纸拿给她看，说道："他们赢了！"

她窝在他的怀里，笑了起来。

24

当学校的防盗警报器在周一大清早响起时，保安人员并未打电话报警，毕竟警方要花上好几个小时才能赶到。他们打电话给学校的一名老师。这绝非偶然，因为他们当中刚好有个老师的弟弟在保安公司上班，这样一来，弟弟就不用大费周章地到老师那里拿钥匙。老师在荒废的停车场下了车，拉了拉自己大衣的领口，疲倦地眨了眨眼："有时候你真是懒得出奇，我甚至觉得你最好把小孩送给别人领养。"

弟弟咧嘴大笑道："拜托，老姐，现在不要再抱怨了，你老是说我不常打电话给你！"

她咯咯笑着，从他手上拿过手电筒，打开学校大门的锁。

"肯定又是屋顶上掉落的积雪砸到了后方的警报感应器。"

他们走在长廊上，没有打手电筒——只要有人进来，这个区域的感应灯就会自动亮起。但是，哪个白痴会在星期一早晨闯进学校打劫？

即使天花板上的灯泡已经亮起，班杰仍然被一道强烈的灯光惊醒。他感到背痛，嘴里满是私酿酒与廉价辣椒仁的味道。他不记得自己吃过辣椒仁，因此感到很不安。他眨了眨惺忪的睡眼，举起手，试图眯着眼睛看着那个用手电筒照他的人。当然，她无须这样做，但他身上的味道实在太难闻，她根本不想动手摇醒他。

"你不会是在开玩笑吧！"老师叹息道。

班杰本来睡在教室里的两张书桌上方，这时双手一撑，坐了起来。他两手一摊，仿佛自己是全世界最疲倦的魔术师："校长严肃告诫过我，要我准时到学校来。所以……当当！等一下……现在几点了？"

他摸向自己的口袋，找不到手表。前一晚断断续续的记忆暗示着，他应该是醉到将手表弄丢了。事后看来，究竟是哪条思绪让他闯进学校、为自己小小的禁药天地历险记画上句号，也显得有点模糊不清。但当这一切发生时，他很确信：这是个好主意。

老师一语不发地离开，他看见她在走廊上和一名保安谈话。保安会将这次警报注销，注明为误报，因为无论弟弟们的年纪多大，他们总是会照着老姐说的去做。老师回到教室，打开两扇窗户，给教室通风。她闻了闻班杰的夹克，露出一副恶心的表情。

"请别告诉我，你带了毒品到学校来。"

班杰企图用手指指着她，却没有成功。

"这种事永远不会发生、发生、发生在我身上！在学校藏毒品一点好处都没有。我把毒品藏在身上。你想跳舞吗？"

他咯咯傻笑一声，从桌上跳下来，仰面朝天躺在地板上。老师蹲伏在他旁边，脸色阴沉地盯着他，直到他安静下来。然后，她说："要是我将这件事情报告给校长，他就必须让你退学，甚至直接开除你的学籍。班杰，要不要让我告诉你一件事情？有时候我觉得，你这是求仁得仁。你似乎努力向全世界证明，你太会搞破坏了，足以将你人生中所有的事物都毁掉。"

班杰没搭腔。

她将夹克递给他，然后说："我会去把警报器关掉，然后带你去体操室，这样你就能冲个澡。老实说，你全身臭得要命，我正在考虑是否也需要打电话给害虫防治中心。你柜子里有没有干净的衣服？"

当她扶他站起身时，他试图微笑。

"这样，校长来的时候，我看起来会比较体面。"

她叹了一口气，说："我不会检举你。你要毁掉自己的人生，但我不会帮你。"

他迎向她的目光，感激地点点头。然后，他的声音突然变得如大人般成熟，目光看起来也像成人的，而非小男孩的。

"很抱歉，我叫你'糖果小内裤'。这样非常不尊重人。我不会再这样做了。球队里的所有人都不会再这样做了。"他说着，揉了揉脖子。

当她在赫德镇的酒吧里见到爱德莉时，爱德莉曾问她班杰在学校里的表现，而她据实相告，现在她有点后悔了。但当他说球队里所有人都不会再这样称呼她时，她知道他是在说实话。她很纳闷，他是怎么在那些人中树立威信的。班杰说一个字，就能让全校的冰球选手开始或停止做某件事情。其实，这让她几乎开始想念那种游戏。她和爱德莉是发小，常一起在赫德镇玩。她有时候觉得，自己和爱德莉都太早退出了冰球队。她很好奇，如果熊镇有一支女子冰球队，会发生什么。

"去洗澡。"她边说边拍拍班杰的手。

"是的，小姐。"他微笑着，目光又变回小男孩的。

"我也不怎么喜欢被称为'小姐'。"她咕哝道。

"那你想让别人怎么称呼你？"

"珍妮。叫我珍妮就好了。"

她从自己车上的运动用品袋里给他取来一条毛巾，他跟随她进入体操室。在她关闭警报器、帮他开完锁以后，他站在门口，说道："珍妮，你是个好老师。只是你选的时间点不好，当我们球队最强大的时候，我们刚好在你班上。"

就在那一刻，她体会到为什么全队都服从他的领导。这和女生们为他倾倒的原因是一样的。当他直视着你的双眼说某句话的时候，不管他前一刻做了什么厚颜无耻的事情，你都会相信他。

凯文的父亲打好领带，调整好袖扣，拿起公文包。一开始，他考虑像往常一样在门口跟儿子说再见，但随后改变了主意。他穿过露台的门，走到户外，放下公文包，拾起一根冰球杆。他们并肩站着，轮流射门。上次他们一起这样做时，肯定已经是十年前的事情了。

"我打赌你射不到门柱。"他爸爸说。

凯文扬起一边眉毛，仿佛以为这是笑话。当他发现这不是开玩笑时，

185

他将橡皮圆盘向后推了两厘米，轻柔地弯了一下手腕，将橡皮圆盘射向门柱。父亲赞赏地用冰球杆敲了敲地面。

"好运气？"

"好球员注定该走好运。"凯文回答道。

从小他就学会了这一点。即使是在车库里打桌球，老爸都不会让他取胜的。

"你看过比赛的数据没有？"儿子满怀希望地问。

父亲点点头，看着手表，走向公文包。

"我希望你不要把冰球决赛当作你这周不尽全力对待学业的理由。"

凯文摇摇头。父亲几乎要触及他的脸颊，几乎要问起他脖子上的红色印记。然而，他只是清了清喉咙，说道："现在，凯文，这座小镇里的人们会比往常更加依附你。所以，你必须记住：这些病毒会让你生病。你必须对他们保持免疫。决赛，不仅仅和冰球有关。这事关乎你想成为什么样的男人——你想成为一个挺身而出、夺取自己应得一切的男人，还是个龟缩在角落、等着别人来施舍的人。"

父亲不等回答就离开了。凯文站在原地，手上有着抓伤，一颗心直上喉头、歇斯底里地搏动着。

他的母亲在厨房里等着。凯文不安地凝视着她。现做的早餐摆在桌上，散发出诱人的香气。

"我……嗯，这听起来是有点蠢，但我今天上午请了假。"她说。

"为什么呢？"凯文问道。

"我想我们可以……共处一下。就我们两个。我想我们可以……聊聊天。"

他避开她的注视。她看起来显得有点急切，他不知该怎么和她保持目光接触。

"妈，我得上学。"

她咬着下唇，点点头。

"是的，是的。当然……真傻。我真傻。"

她好想跟在他后面，追问他无数个问题。昨天深夜，她在烘干机里发现了几条床单，而他平常可是连袜子都不会自己洗的。里面还有一件 T恤，上面有着不甚明显的血痕。今早，当他在庭院里射击橡皮圆盘的时候，她进了他的房间，在地板上找到一颗衬衫纽扣。

她想追问他，却不知道该如何穿过紧闭的浴室门与一名几乎成年的男子谈话。她收拾好公文包，上了车，半小时后进入森林区，然后停车。整个上午，她就坐在那儿，这样同事们就不会问她为什么大清早就待在办公室。因为她已经告诉他们，她要和儿子共享早上的时光。

蜜拉站在玛雅的房前，手抵在门板上，却没有敲门。女儿已经说她生病了，蜜拉可不想成为那种唠叨、焦虑、过度宠爱、一点都不酷的妈妈。她并不想再次敲门，问是不是有什么事情。你不能这样做，"你想聊聊吗"这几个字只会让一个十五岁的小女生更加沉默。你不能直接开门问她，为什么她突然间主动清洗自己的衣服。追根究底，她是什么？特务？

因此，蜜拉成了不唠叨、不焦虑、很酷的妈妈。她上了车，驾车离去。她花了四十五分钟开到森林区，停了下来。独自一人坐在黑暗中，等着胸口的郁闷消散。

利特打开门，表情好似看到一块蛋糕。

"嗨！凯文！嗯……有什么事？"

凯文不耐烦地对他点点头："准备好了吗？"

"准备……什么？去学校？现在？跟你去？你是问……我想不想走去学校？跟你去？"

"你准备好了没有？"

"班杰在哪儿？"

"去他的班杰。"凯文厉声说。

利特站在原地，嘴巴惊讶地张开着，不知道该说什么。凯文不耐烦地朝天翻着白眼。

"你是在等圣餐礼还是怎么样？去你的，闭嘴吧。我们走。"

利特步伐踉跄，忙着确定鞋子是否穿反、户外服是否错位。一路上，凯文一语不发，直到他那体形庞大的队友露出坏笑，掏出一张百元钞票。

"这是不是我欠你的？"

凯文接下纸钞时，他无法克制地咯咯笑着。凯文开口时，努力摆出一副漠不关心的表情："请你保密，行吗？告密是女人的行径，你是知道的。"

当利特和球队队长共享一个秘密时，他看起来真是前所未有地愉悦。

玛雅的手机响了，她真心希望是安娜，但又是亚马打来的。她将手机塞在枕头下，像是想让它窒息。她不知道该对他说什么，而她知道，亚马最希望的莫过于自己当初什么都没看到。要是她不接手机，也许他们两人就能找到某种方法，假装什么事都没发生。一切都是误会。

她拆下所有消防警报器的电池，打开所有窗户，然后才将她的衬衫放在淋浴间的地板上，将它点燃。她又点燃一个酸奶盒，让纸盒上端烧起来，再将火弄熄，把纸盒留在厨房的流理台上。当她那嗅觉像一头饥饿的灰熊般敏锐的妈妈回家、纳闷怎么会闻到烟味时，就可以解释为：玛雅不小心将纸盒装的酸奶弄翻在开启的电炉上了。

她细心地将衬衫燃烧后的残留从浴室地板上清理掉，直到这时才意识到：纽扣已经熔化、凝固在排水孔中，合成纤维的衬衫并未如她所愿化成灰烬。要是安娜在这里，她想必会说："该死，玛雅，假如我要杀人，请提醒我，不要找你帮忙！"她想念她。天哪，她真的想念她。整整数分钟的时间，小女孩坐在浴室的地板上哭泣着，试图说服自己打电话给最要好的朋友。但是，她不能对她做这种事，不能将她扯进这种事，不能逼她来承担这个秘密。

清理衬衫燃烧后的残留，并清理浴室，花了一个多小时。她将衬衫燃烧后的残留收进一个塑料袋。她站在大门的门槛上，颤抖着，凝视着十米以外的垃圾桶。外面天色明亮，但这已经无关紧要。即使是日正当中，她仍对黑暗感到恐惧。

25

安娜独自去了学校。她将手机像武器一样拿在手上，屏幕上是玛雅的号码，她的手指放在拨号键上，却没有按下去。她们对彼此做过最重要的承诺是永远不抛下对方，这始终和安全毫无关系。重点在于，这个承诺使她们处于平等的地位。她们始终以这样的方式相处。安娜所擅长的一切，是人们在野外所从事的活动。在这一点上，玛雅需要她，但只要她们一从森林里回到家，安娜就会一再被耳提面命：玛雅的人生比她的好得多。玛雅仍然有双亲的关爱，有个弟弟，有个没有烟味和伏特加酒味的家。她聪明、有趣、受人欢迎。她的成绩比较好。她有音乐天分、勇敢，可以交到比较好的朋友。而且，男人们会追求她。

要是安娜将玛雅留在野外，她就会死去。她只是不理解，她将安娜留在派对上时，同样的事也会发生。她们承诺永不抛弃彼此，这是让两人处于对等地位的唯一因素。

安娜将手指放在拨号键上，但没有打电话。多年以后，她将会读到报上关于某项研究的一篇文章。研究指出，大脑以同一块区域记录肉体疼痛和嫉妒心理。那时，安娜才会理解：为什么嫉妒让她感到如此疼痛。

亚马和法提玛一如往常地站在公交车站，但一切都变了。昨天，当法提玛进入超市时，所有人都和她打招呼。当她要付账时，店主"尾巴"走到收银机前，试着说服她，让她接受由他代付所有商品的费用。无论他怎样苦口婆心，她当然不会同意，直到这名体形壮硕的男子双手一摊，咯咯笑道："你和冬天一样顽固，我能看出来，亚马得到了你的真传。"

现在，他的白色轿车正沿路驶来，离公交车发车时间还有一两分钟。他停下车，表示他刚去过自己的一个店面，只是顺路经过这里。法提玛不知道这话是真是假。她先是婉拒了他顺道送他们去冰球馆的提议，但看到亚马看着那辆车的表情时，她就后悔了。"尾巴"开车，法提玛坐在前座，她从后视镜里看见：这使她的儿子感到多么骄傲。他所办到、达成的一切。

这天早上，小男孩独自在冰上训练时，赞助商坐在看台上，身旁是甲级联赛代表队教练和体育总监。当法提玛进入球会总监办公室准备清理废纸篓时，球会总监站起身来，从地板上拿起废纸篓，握了握她的手。

当这群小男孩走进学校时，学校走道上早已人满为患。每个人都争相目睹他们，而班杰不在场时，利特从未如此快乐过。人们因为他成为凯文最要好的朋友而关注他，这使他感到陶醉不已。这就是当凯文咕哝"我得去拉屎"闪进其中一间卫生间并关上门时，他没有反应的原因。凯文的前任好友知道：只要能忍住，凯文从不使用学校卫生间。

凯文在黑暗的卫生间里将那张百元钞票撕成小碎片，扔进马桶冲走。他并未开灯，没有看自己在镜中的身影。

亚马在更衣室前方追上了札卡利亚。自从比赛后，他们就再没碰过面，而亚马直到现在才想到，他本该打个电话。在瞥见札卡利亚眼中的失望和愤怒时，他就意识到，他本该做的还不只是打一通电话。

"嗨……周六真是对不起，一切发生得太快，我……"

札卡利亚猛力关上置物柜的门，摇摇头，说："我知道。球队的派对，你的新球队。"

"听着，我不是这个意思……"亚马试图辩解，但札卡利亚根本不打算让他道完歉。

"没事，亚马。你现在是大明星了。我懂。"

"拜托，阿札，我……"

"我老爸向你说恭喜。"

最后这句评语对札卡利亚的伤害最重。他的父亲在工厂上班。在那里，因为球会最初是由工厂的工人创立的，他们至今仍然认为这是属于他们的球会，每个人也都因此喜爱冰球。他的父亲曾是男童冰球队的一员。因此，札卡利亚得准备做出许多荒唐事才能让他父亲乖乖去上班。他儿子是其中一名球员的朋友的事实，就足以让他在工厂里随时笑逐颜开。

亚马将本来想说的几句话咽下肚，试图说点其他的话，却想不到要说什么。这时，札卡利亚的棒球帽被人从头顶掀飞，他的身体砰的一声撞在置物柜上。那是两名亚马不记得名字的准毕业生，他们高声大笑。

"噢噢！没看到你！"其中一个人嘲笑道。

"胖子，这想必是第一次有人没看到你吧？你吃了什么？吃了另外一个胖子吗？"另一个人嘲笑着，狠狠拧着札卡利亚的肚子。

这种事情太常发生在札卡利亚身上，他简直已经习以为常。因此，当他突然向前冲、使尽全力用头撞向其中一人的胸口时，所有人都吓了一大跳。

那名准毕业生向后踉跄着，像是被一个沙袋回击了一下，愣了一秒钟才恢复神志。他的重拳随之轮番轰向札卡利亚的嘴。亚马尖叫起来，挺身拦在他们之间，那两名准毕业生想必是不看冰球比赛的，因为他们毫不犹豫地直接将他打倒在地。

"现在这是怎么回事，小恐怖分子？你是从洼地来的，嗯？"

亚马一语不发。

准毕业生继续说下去："洼地只有恐怖分子和穷人。你是从那里来的吗？"

亚马不搭腔。他知道，搭腔只会让事情变得更糟。其中一名准毕业生揪住他的毛线衣，咆哮道："我说：你——是——从——哪——里——来——的？"

没听到有人回答，就只听到一声巨大的后脑勺撞上置物柜的声响，亚马一度以为是自己的头撞上的。波博将其中一名准毕业生腾空抓起——即便对方比波博大一岁，体重却至少比他轻十公斤。波博回答时，声音中冒着火："熊镇。他叫亚马，他来自熊镇。"

那名较年长男生的眼神飘移着。波博放开他，但是立刻再次将他的后脑勺砸向置物柜。他的脸紧贴着对方的脸，问道："他是从哪里来的？"

"熊镇！熊镇！！！见鬼……波博，这只是在开玩笑！"

波博放开他，他和朋友拔腿就跑。波博扶起亚马，同时伸手打算扶起札卡利亚，但被他推开了。波博对此不置可否。

"谢谢。"亚马说。

"现在，你是我们的一分子了，没人能动我们。"波博微笑着。

亚马看看札卡利亚，血从他朋友的鼻子里冒出来。

"我……还是……我们……"

"我得去上课了。但是我们午餐见，全队通常会坐同桌吃饭。来找我们吧！"波博打断他，走向出口。

亚马在他后方点点头。当他转身时，札卡利亚已经从置物柜取出夹克与提袋，走向出口。

"阿札！等等！拜托，他刚才帮了你啊！"

札卡利亚止步，但并未转身，以避免让亚马看见自己眼中的泪水。他开口道："不，他是在帮你。所以，大明星，赶快去吧。你的新球队在等着你。"

门关上了。良知、罪恶感与不公不义贯穿亚马全身。要不是害怕弄伤自己而可能耽误决赛，他肯定会一拳砸向其中一个置物柜的门。他从地板上捡起手机，没有拨任何电话。

班杰正前往教室，这时凯文正好从卫生间出来，从他身边经过。班杰像是被从暗处伸出的手肘顶了一下，失去平衡。因为他知道，凯文从来不用学校的卫生间。凯文快步离开，但班杰迅疾止步。要让他受惊并不容易，但他只是站着，嘴巴半张着，双眼半阖着。凯文避开他的目光，对他视而不见。

在这两个朋友的记忆中，所有看过他们打球的人都说：两人似乎有着相同的"波长"，那是一种只有他们才能达到的秘密频率；在冰上，他们无须看见对方就能知道对方在哪里。两人始终无法用言语解释这一切，但现在，一切都静止下来。凯文在利特的护卫下掠过墙壁，其他青少年代表队球员自动从各个方向将他围住。如果班杰没了自己的球队，他可从来不知道自己是谁；但现在他察觉到，自己正在了解这种感觉。

当凯文、利特、波博和其他人进入教室时，班杰仍然站在外面，试着不要向世界证明，他的人生中，什么能够被他毁灭的事物都不剩了。他是真的尽力尝试了。

点名时，珍妮看向窗外，看见班杰在操场上点燃一根烟，跨上自行车，朝路边骑去。她犹豫了许久，最后仍然将他标示为出席。

安娜将手机屏幕亮度调到最大，开启所有应用程序，打开一段视频，然后才将手机留在置物柜里。她活像一个将家里藏酒全数清空的酒鬼，她知道，这天早上结束以前，她将会忍不住给玛雅打电话。她要确保那时手机电池毫无电力，这样就不可能打电话给她。

那天是哪些人坐在一起已经无关紧要。大家只是孤独地吃着午餐。

26

彼得坐在空荡荡的青少年代表队更衣室里的一条长凳上。一张写着充满激励人心字句的纸条掉落在地上，它已经起皱，被踩上了鞋印。彼得一次又一次地读着它。他记得苏恩是什么时候将它贴上去的。当时，彼得刚学会阅读。

他是个直直朝黑暗坠落的孩子，而冰球找到了他。苏恩将他拉到水面，而这个球会让他浮了起来。妈妈在他上小学时过世，而爸爸总是在欢乐的醉汉与邪恶的酒鬼之间摆荡。要是一个小男孩找到能够抓握的东西，他就会一直握住，直到关节发白。苏恩总是在那里，无论输赢，无论是在熊镇，还是在地球的另一端，甚至当伤病来袭，当职业生涯画上句号。当时，彼得在同一年埋葬了父亲与儿子，是苏恩打电话给他，说这里有个球会需要协助。而彼得需要体会这种感觉：他在人生中能够掌握某个东西。

他知道当冰球告诉你"你已经玩完"时的那种寂静感——你会很快开始想念冰球场、更衣室、队友们、巴士旅行和加油站卖的三明治。他知道自己十七岁时是如何看待那些在冰球场外转来转去、成天唠叨着自己的丰功伟业、充满悲剧性的冰球选手的，而随着每个球季过去，他们的听众越来越少。体育总监的工作给了他延续团队生活的机会——打造更伟大的事物，能够活得比他本人更长久的事物。但是，这是伴随着责任的：做出困难的决定。与痛苦共存。

他拾起那张掉到地上的纸片，最后一次读着它："想怎么收获，就先怎么栽。"

今天，他要说服那名当初将他拉到水面上的男子主动辞职。赞助商与理事会不想主动把苏恩炒掉，因为不愿意给他遣散费。彼得被派去告诉他，只管安安静静地离开，因为这样对球会是最好的。

苏恩始终独自住在那栋小小的房子里，很少有访客，但来过的访客都对屋内的井然有序感到惊讶。有些人可能会觉得，一个终生打光棍的老男人家里可能会乱七八糟，摆着成堆的报纸、啤酒罐和比萨纸盒。但是，他的家并非如此。干净、整齐、清爽，墙上甚至没有挂着冰球海报，书架上更没有堆着奖杯。苏恩对任何纪念品都不感兴趣，他在窗边摆着盆栽，夏天休赛期间，他就在屋后那座小小的花园里种花。一年中剩下的时间里，他有冰球相伴。

苏恩喝下即溶咖啡，喝完后马上就清洗杯子。有一次他被问到，如果想成为成功的冰球教练，最重要的条件是什么。他回答道："要能喝下非常劣质的咖啡。"在所有的日子里早出晚归、待在冰球馆里、烧焦的咖啡壶、廉价咖啡机、随队出征、路边与世隔绝的小咖啡店、借用学校餐厅场地举行的训练和竞赛，家里有着昂贵浓缩咖啡机的人怎么能够忍受这一切呢？你得习惯没有别人所拥有的东西——休闲时间、家庭生活、好喝的咖啡。只有最刚强的男人才能忍受这种运动——那些在需要时能够喝下冷咖啡的男人。

他步行穿过这座小镇，跟几乎每个年过三十的人打招呼。这么多年来，在某些时刻，他甚至当过每个人的教练。然而，青少年就是另外一回事了，因为他每年能够认出的熟面孔越来越少。他和城里的孩子之间已经失去了共通的语言，这让他像传真机一样遭到淘汰。当越来越多的青少年选择不打冰球时，他其实并不理解为什么人们认定他会相信"孩子就是我们的未来"。哪有孩子不打冰球的？

他走在通往森林的路上，就在拐进接近犬舍的弯道时，他见到了班杰。小男孩太晚捻熄香烟，被他发现了，但他装作没看到。当他还是球员的时候，队友们常在各节间的休息时间抽烟，有些人会喝烈性啤酒。时代变了，但他并不确定，比赛是否正如某些教练所想的那样也发生了变化。

他在篱笆前方停下来，看着奔来跑去的小狗们。那名长发小男生站在他身边，面露不解之色，但并没有询问他的来意。苏恩轻轻地拍拍他的肩膀。

"上周六的比赛打得真好，班杰。打得漂亮。"

班杰低垂着头，沉默地点点头。苏恩不知道这是出于害羞还是谦卑。因此，他指向篱笆，补充道："你知道，当戴维刚成为教练的时候，我总是告诉他，最好的冰球员就像是最好的猎犬。他们生来就很自我，他们总是为了自己而狩猎。因此，你需要栽培他们、训练他们，直到他们也开始为你、为他们的队友狩猎。直到那时，他们才能够成为非常非常好的球员。"

班杰将眼睛旁边的刘海拨开，问道："那你想要一只吗？"

"我已经想了很多年了。但过去我总认为，我没有时间养一条小狗。"

班杰将双手插进夹克的口袋，用脚踩地，将鞋子上的一点雪甩掉。

"现在呢？"

苏恩笑了起来："我感觉，我很快就会比平常有更多一点的休闲时间了。"

班杰点点头，在这段对话中第一次看着他的眼睛。

"我们都喜欢戴维，但这并不代表我们不是为你而战。"

"我知道。"老人应道，再次拍拍小男孩的肩膀。

苏恩并没有说出自己的想法，因为他不确定这是否对班杰有任何帮助。但就在苏恩与戴维一直争论十七岁球员是否该加入甲级联赛球队时，他们对此其实意见完全一致。他们意见不一致的，是该让哪个十七岁球员加入甲级联赛队伍。凯文或许有才华，但班杰具备其他所有条件。苏恩总是比较关心绳线的长度，而非气球的大小。

爱德莉从屋内走出来，用手弄乱弟弟的头发，握了握苏恩的手。

"我是苏恩。"苏恩说。

"我知道你是谁。"爱德莉说，随即问道，"你觉得下个球季会是什么情况？我们还有机会提升排名吗？你得吸收一两个溜冰好手入队，没错吧？把那些第二线、第三线的蠢驴甩掉吧。"

苏恩花了一两秒钟才察觉，她说的是甲级联赛代表队，而不是青少年代表队。他已经非常习惯，青少年代表队球员的家属老拿这支青少年代表队说事，这让他有点措手不及。

"我们总是有机会的。但是，橡皮圆盘不只会滑动……"

"它也会弹跳！"爱德莉笑道。

苏恩面露惊讶之色，班杰友善地解释道："爱德莉在赫德镇打过球。她是个强硬的队员，被赶出场的次数比我还多。"

苏恩赞赏地笑了。

爱德莉朝篱笆比了个手势，说："有什么是我们可以为你效劳的吗？"

"我想买一条狗。"苏恩说。

爱德莉伸出手，按了按他的肩膀，面容严肃，却带着友善的笑容。

"很抱歉，我不能让你买狗，苏恩。但是，我可以送你一条。因为你建立了这个球会，挽救了我弟弟的人生。"

班杰深吸了一口气，将眼神聚焦在小狗身上。苏恩的嘴唇缓缓地颤抖着。等平静下来时，他说："那么……你会将哪条小狗推荐给一位退休的老伯父呢？"

"这一条。"班杰毫不犹豫地指着其中一条。

"为什么？"

现在，换小男孩拍了拍老人的肩膀。

"因为，它是一项挑战。"

戴维独自坐在冰球馆的看台上。仅此一次，他向上看着天花板，而非低头看着冰面。

他的偏头痛又犯了，他承受着超乎往常的压力，已经不记得自己上次一觉睡到天亮是什么时候的事了。由于始终无法从他身上获得任何回答，他的女朋友已经放弃与他沟通的尝试。他活在自己的脑海里，他的脑海二十四小时都被冰球场占据着。即便如此（或者说，这就是原因），他仍然无法将目光从那面挂在他上方，写着"文化、价值、归属"的破

烂的旧旗帜上移开。

　　今天他将向当地媒体发表一篇谈话，是赞助商安排的。戴维抗议，但球会总监只是哼笑一声："你想让媒体少写些关于你的事吗？告诉你的球队，不要那么认真比赛！"他已经能够想象所有问题。"为什么凯文·恩达尔这么优秀？"他们会问。戴维会一如往常给出教科书式的回答："天赋和训练。对于无数件小事情，他已经重复了无数次。"但是，那并非实情。

　　他将永难恰当地向媒体说明这一点。但若是追根究底，一个教练永远无法创造出这么一名球员。让凯文登峰造极的原因是他不可动摇的求胜心，不是因为他讨厌输球，而是因为在他的认知世界里压根儿不存在没能赢球的概念。他残忍无情。这是任何人都教不来的。

　　这是一项美妙的运动，但它也是很艰难的。上帝啊，这群小男生花费了多少时间？戴维自己又做出了多少牺牲？从二十岁到二十五岁，这一辈子就只是训练、训练、训练。而当事实证明你不够好的时候，你还剩下什么？什么都不剩了。没有教育，没有社会支援网络。像凯文那样优秀的球员，也许可以成为职业选手，也许赚了几百万元。至于那些几乎和他一样好的选手呢？他们会到冰球馆外行道树另一边的工厂去上班。

　　戴维看着那面旗帜。只要他的球队继续战无不胜，他就能保住这里的工作。但要是他们输了呢？自己与工厂的距离又剩下多少步呢？除了冰球，他还懂什么？他别的什么都不懂。

　　在二十二岁心怀完全相同的想法时，他刚好就坐在这里。当时，苏恩坐在他身旁。戴维问起那面旗帜，问起它对苏恩有什么意义，苏恩回答道："归属就是指，我们针对同一个目标努力，我们各司其职，借此达到目标。价值在于我们热爱彼此，信赖彼此。"戴维沉思许久，而后问道："那文化呢？"苏恩看起来变得严肃许多，最后字斟句酌地说："对我来说，文化就是我们所鼓励的事物，也是我们所容忍的事物。"

戴维问他是什么意思，苏恩回答道："大多数人不会只做我们让他们做的事情，而是会做我们允许他们逃脱的事情。"

戴维闭上双眼，清了清喉咙，而后站起身来，朝下方的冰球场走去。他没有再抬头看天花板。这个星期，那些旗帜将不具任何意义。只有比赛结果才有意义。

彼得经过球会总监的办公室，即使现在是下午，里面也已挤满了人。赞助商和理事会成员热情高涨、情绪沸腾，只有一种比赛才能让成年男子有这种情绪。其中一名理事会成员有六十多岁，他将自己的钱投给了三家不同的建筑公司。他疯狂地扭臀，借此描绘他觉得熊镇冰球队在半决赛对对手成的影响。他说："整个第三节就是高潮！他们到这里来以为可以拿下我们！他们会一连好几个星期都恢复不过来！"

其中一部分男子笑着，有几个没笑。他们当中也许有人有什么想法，但至少没人说出来。毕竟这只是开玩笑，理事会成员会像队友一样表现出宽宏大量。

那天稍晚，彼得将会开车前往"尾巴"所拥有的那家大型超市，将会坐在童年好友的办公室里，闲聊着昔日的比赛，说着他们五岁在溜冰学校相遇时就一直在说的笑话。"尾巴"会请他共饮威士忌，而他会婉拒。但在离开前，他会问："你的库房有没有什么职位？"

"尾巴"将会犹疑地抓挠着胡楂，问道："给谁的职位？"

"罗宾。"

"我们库房职位的候补名单上排了一百个人，你究竟说的是哪个罗宾？"

彼得起身，穿越"尾巴"的办公室，走到墙上挂的一张旧照片前，那是一支来自森林间的小镇、夺得全国亚军的冰球队的照片。首先，彼得会指着照片中的自己，然后指着"尾巴"，而罗宾·霍特就站在他们之间。

"尾巴，'我们要照顾彼此'，这不就是你说的话吗？'来自熊镇的熊。'"

"尾巴"盯着那张照片，羞愧地点头同意："我会去和人事部门研究一下。"

两名四十多岁的男子在自己二十岁左右的照片前握握手。不管是好是坏，这总是一场比赛。而这又不仅仅是一场比赛，并不总只是一场比赛。

更衣室里满是青少年代表队球员，却未被声音淹没。他们没有交谈，只是穿戴上护具。班杰并未现身。大家都察觉到了，却没有人说话。

利特兴味索然地试图打破沉默，说到凯文派对上的一位女孩为自己口交。但当他不愿意说出那女孩是谁时，他的谎言就变得非常明显。利特不能保密是尽人皆知的。利特看起来似乎想说些别的，但他惊恐地望了望凯文，没再多说什么。他们走向冰面。利特用胶带固定好自己的护腿，挫折不已地将胶带尾段撕开，扔在地板上。波博等到所有人都离开更衣室时，才趋身向前，将它们捡起来扔进了废纸篓。他和亚马从未谈过这件事。

训练进行到一半，凯文才找准一个间隙接近亚马，和他私聊几句。亚马倚着自己的冰球杆，趋身站着，凝视着自己的冰球鞋。

"你觉得你看见的那件事……"凯文开口。

他没有威胁的意图，口吻也不严厉，或含有命令的意味。他几乎是在耳语："你知道，妞儿都是怎么一回事。"

亚马多么希望知道自己该说些什么，并勇敢地说出来。然而，他的双唇仍然紧闭。凯文轻轻拍了拍他的背部。

"我们，我和你，会在甲级联赛代表队成为非常好的搭档的。"

当班特吹响哨音时，他便滑回板凳席。亚马跟在后面，目光不离自己的冰球鞋，不敢直接看着冰面。他害怕看见冰面上自己的倒影。

27

蜜拉始终没能放下心头的负担。当然，她说服自己：玛雅没有什么问题，只是个正常的青春期少女，这只是一个阶段。她说服自己当个酷妈，但效果糟透了。

因此，当同事闯进门时，蜜拉感激不已，而非恼怒。即使自己的工作量和海一样大，足以将她淹死，但当同事站在那儿，张嘴大喊"帮我打烂这些死鬼"的时候，她反而感到解脱。

"我以为这个客户已经同意和解了。"蜜拉读着这位同事甩到书桌上的文件时，说道。

"那就是问题！他们要我放弃！像个该死的懦夫一样！而且你知道老獾说什么吗？"

"照着客户说的做……"蜜拉建议道。

"照着客户说的做！他就是这样说的！他居然是主管，你能理解吗？主管？男人是怎么回事，他们跟女人的密度不一样，还是怎样？男人在每个阶层体系总是能浮到最高层，为什么？"

"好吧……可是你的客户已经接受了这些条件，所以……"

"……所以这就是我的工作？见鬼去吧！照顾客户的最佳利益，不就是我的工作吗？"

同事愤怒地跳上跳下，鞋跟在地板上刮擦出印痕。

蜜拉摩挲着额头，说："是，对，可是当客户不希望你这样做，也许这就不是……"

"我的客户不知道自己要什么！"

蜜拉看着那些文件，看见为反方辩护的律师事务所名称，笑了起来。这位同事曾经到那里求职，但没被聘用。

"对，可是你就是想打赢这个案子……这跟你对这家律师事务所有多痛恨刚好没有关系……"蜜拉咕哝着。

那位同事隔着办公桌一把抓住她，双眼圆睁。

"不，蜜拉，我不想打赢他们。我要打烂他们！我要让他们混不下去，我要让他们直接离开谈判桌，让他们感觉自己想搬到海边去，装修一间旧学校，开一家提供早餐的民宿。我要让这些家伙心神不宁，让他们开始冥想，找到自己！当我解决他们的时候，他们全都会变成素食者，会把袜子套在凉鞋外面！"

蜜拉叹了一口气，咧嘴大笑道："行，行，行……把文件的剩余部分给我，让我看看……"

"把袜子套在凉鞋外面，蜜拉！我要让他们自己种起西红柿，我要毁掉他们的自我感觉，直到他们不再担任律师，试着让自己快乐起来，这些该死的家伙！好吗？"

蜜拉做出承诺。她们关上门。她们会赢的。她们总是会赢。

彼得关上门，坐在书桌前凝视着那些正待苏恩签字的解聘文件。在体育圈这么多年，如果彼得对人性真的学到些什么东西，那就是：几乎所有人都自认能够配合团队运作，但绝少有人意识到，这实际上意味着什么。大家总说人类是群体动物，这样的印象已经深植人心，几乎没有人愿意承认，我们当中许多人非常不适应团队的运作。我们不能合作，我们很自私，或者，最糟糕的是，别人并不喜欢我们。因此我们重复这句话："我很能配合团队。"直到我们相信这一点，而不愿意付出代价。

彼得总是在团队中生活，他知道这实际上需要做出哪些牺牲。对那些不懂得体育的人来说，"牺牲小我，完成大我"只是陈词滥调；对其他人来说，这是一个痛苦的真相，因为要依据这句话过生活可是很痛苦的。对你不想扮演的角色屈服，沉默地做着糟透了的工作，进行防守，而不是射门得分、成为大明星。当你为了团队而接受队友最糟糕的一面时，你就真正能配合团队了。这正是苏恩教他的。

他凝视着解聘文件上需要由苏恩签字的部分，深陷在自己的思绪之中，直到电话响起。他不禁被吓了一跳，但在看到来电显示是一组加拿大的号码时，他不由得感到一阵轻松。他微笑着接通电话道："'屠夫'布莱恩！你这老混账，近来可好？"

"彼得！"他的老队友从话筒另一端喊道。

他们在小联盟并肩作战，布莱恩始终未能一路杀到NHL。然而，他另寻出路，成了球探。现在，他是为NHL中一支强队发掘最有天赋青少年球员的主管之一。每年夏天在NHL选秀会（职业球会挑选球员）前交出报告时，他或实现或摧毁了世界各地许多人一辈子的梦想。所以，他可不只是为了彼得才打电话来的。

"你的家人都好吗？"

"很好，布莱恩，很好！你好吗？"

"哎呀，不就是那样子。上个月才办完离婚手续。"

"我很难过。"

"不必这样，彼得。现在我有更多时间打高尔夫了！"

彼得不情不愿地笑着。在加拿大的那几年，布莱恩是他最要好的朋友。他的太太和蜜拉非常要好，两家的孩子是玩伴。他们还是会打电话给对方，但从某个时间点开始，他们越来越少聊到彼此的生活。最后，他们只剩下冰球。彼得正要问"你没事吧"，但还没来得及开口，布莱恩就已经喊道："你们家的小男生怎么样？"

彼得深吸了一口气，点点头："凯文？非常好，非常好，他们赢了半决赛。他真是无人能敌。"

"所以，要是我要我们的人在选秀会上挑走他，我不会后悔吧？"

彼得心跳开始加速："你是认真的吗？你们考虑在选秀会上挑他？"

"假如你向我们保证，我们这步棋没下错。彼得，我信任你！"

彼得回答时，从未如此认真："我可以跟你保证，你们会挑到一个非常优秀的球员。"

"他是那种……行为检点的男生吧？"

彼得急切地点点头，知道这意味着什么。在选秀会上挑走某个球员，而放弃另一个球员，对一支 NHL 球队来说，是一笔庞大的经济投资。他们会详细调查每一毫米，在冰球场上能征惯战已经不够了；他们也不希望面对来自球员私生活及任何使人感到不快的突发状况。彼得知道情况不应如此，但现今的游戏规则就是这样。几年前，他听闻一名天赋异禀的球员在选秀会上的顺位暴跌，原因在于球探群发现他的老爸是烟毒犯。这把他们吓跑了，他们不知道，要是这么一个青少年一夕之间靠冰球成了百万富翁，他会如何应对。因此彼得说了实话，他知道这正是布莱恩乐于听到的："凯文是行为检点的男生。他在校成绩首屈一指。他的家庭稳定，教养很好。他绝对没有那种'冰球场下的问题'。"

布莱恩在话筒另一端满意地哼起歌来，说道："很好，很好。他的背号跟你的一样，对吧？9 号？"

"对。"

"我以为他们会把它高挂在天花板上，让它退休呢。"

彼得大笑起来："他们一定会让它退休的。但是，球衣上将会写着凯文的名字。"

布莱恩高声大笑。在结束通话以前，他们向彼此承诺会很快再联系，彼得会带着家人去加拿大，孩子们也都能再聚一聚。两人都知道对方在撒谎。现在，他们之间只剩下冰球。

亚马收齐路锥和橡皮圆盘，倒不是因为有人命令他，这对他而言非常自然，这给了他避免和其他人接触的机会。他原本以为当他到更衣室的时候，里面将会空空如也，但他遇上了凯文和波博。这两个十七岁的青少年一道捡起地板上的胶带碎片，将它们扔进废纸篓。

亚马站在门口，为其后而来的一切是如此轻易而感到惊异不已。凯文的口吻像是在说全世界最天经地义的事情："利特借了他老爸的车，我们到赫德镇看电影去！"

波博快乐地拍拍亚马的背部，说："我不是说了嘛，你现在是我们的一分子了！"

二十分钟后，他们坐到车里。亚马知道他坐的是班杰的位子，但什么都没问。利特再次炫耀有个女生为他口交。凯文要波博"说个好听的笑话"，波博对这个问题感到十分亢奋，咳到连汽水都从鼻孔里流出来，洒到汽车座椅上，把利特给气疯了。他们高声大笑。聊到决赛，聊到通往比赛城市的漫长旅程、女孩们和派对，以及当他们所有人都在甲级联赛代表队打球时会是什么情景。一开始，亚马是不情愿地加入对话的，但随后感受到一种属于某个群体的可爱、温暖感觉。因为这样比较简单。

就算在赫德镇，人们也能认出他们。在那儿，有人甚至会拍拍他们的背，恭喜他们。看完电影，就在亚马认为他们要回家的时候，利特在驶过熊镇的欢迎路标后不久，将车拐出大路。直到凯文打开后座的行李箱，亚马才明白过来。行李箱里装着啤酒、手电筒、冰球鞋和冰球杆。他们摆上毛线帽作为门柱，但随着啤酒越来越少，他们聊天的时间也逐渐多过打球的时间。

波博清了清喉咙，问道："该怎么知道包皮长到哪里啊？我一直在想这件事情……总之，当男生接受割礼的时候，他们怎么知道该割哪里？我超级仔细地检查过了，好像没有什么界限啊！"

"提醒我不要让你在更衣室里拿剪胶带的剪刀。"利特说。这让他们所有人笑了起来，他们的夹克上闪动着啤酒泡沫。

那天晚上，这四个男生就在冰面上打着冰球，一切感觉是如此简单。他们仿佛是小孩子。对于一切是如此容易，亚马感到惊异不已。安安静静，就能加入他们的行列。

彼得再次将橡胶球丢向墙壁。他努力不去看桌上的解聘文件，努力不把苏恩当成一个普通人，而只当他是个教练。他知道，这是苏恩本人的意愿。球会优先。

理事会成员和赞助商们是浑蛋，彼得比任何人都清楚这一点。但他们所要的和彼得与苏恩一样，那就是球会的成功。成功要求我们将眼界放宽，不要以自我为中心。有时候，当理事会要求进行就他所知白痴至极的球员招募时，他得闭上嘴。然后，当事态发展证明他是对的，他还得再闭嘴一次。有时候，他们要他只和某些球员签下七个月的合同，如此一来，球会就可以免付暑期的薪资。这样的球员将在一年中剩余时间内被贴上"失业者"的标签，从区政府领取补助金，"尾巴"不时还得开出假证明，表明他们在超市里"实习"，而实际上他们一整个夏天都跟球队一起训练，这样一来，开季时他们就能再度签署新的七个月合同。有时候你必须绕过一部分道德规范，才能确保小球会在经济上能够存活下去。彼得必须接受，这就是工作的一部分。蜜拉有次说："彼得，这个球会有种让人不悦的沉默文化，就像军方和犯罪圈一样。"但这有时或许就是必要条件，沉默的文化才能造就赢家的文化。

出了事情，球会里的人总是说："我们内部解决。"因为无论是在冰球场上或场下，你都得信任彼此。"无话不谈，大肚能容"，有好有坏。与其他任何一任体育总监相比，彼得花了更多时间减少"那群人"在观众席上的暴力行径及他们施加在社会上那股充满威胁性的权力，这让他在毛皮酒吧里备受痛恨。但有时候，就连他都难以判定谁才是熊镇冰球协会最危险的暴民：是那些在颈间刺青的人，还是那群打着领带的人。

他搁下那颗橡胶球。从书桌抽屉中一个井然有序的盒子里掏出一支笔，在解聘文书中标明"球会代表"的那条线上签名。当苏恩在旁边签下自己的名字时，从官方角度来看，他是主动请辞的。但彼得知道自己做了什么。他炒掉了自己的偶像。

班特站在戴维的办公室里，直到最后一刻还在犹豫，但终于清了清喉咙，问道："你要怎么处分班杰？"

戴维并未从电脑屏幕上转移注意力。

"我们不会处分他。"

班特用手指甲敲着门框的木板条，忍住自己的挫折感。

"离决赛不到一个星期，他缺席了训练。换作别人，你不会坐视不管的。"

戴维抬起头来，直接盯着他，动作迅速到让班特向后退。

"你想打赢决赛吗？"

"当然！"班特喘着气。

"那就别再管这件事啦。我或许不能保证有了班杰我们就会赢，但是，我可以担保，我们没了他就不会赢。"

班特没有抗议，离开了办公室。戴维一人独处时，关上了电脑，深深地叹了一口气，掏出一根粗签字笔，取来一枚橡皮圆盘，在上面写下四个大写字母。

然后，他起身前往墓园。

玛雅躺在床上，无眠地穿梭在意识层的内外，有时甚至觉得自己陷入了幻觉。她从浴室柜子里偷了妈妈的几片安眠药。昨晚，她独自看着整整齐齐摆放在洗涤槽上的安眠药片，试着弄清楚，她到底需要吞下多少片才能长眠不醒。现在，她朝天花板眨眨眼，仿佛仍然希望这一切都只是一场梦，仿佛在房间里环顾一阵就会发现自己重回现实：还是星期五，什么事情都没发生。当恢复知觉时，她仿佛得重新活一次，经历这一切。他掐住她的喉咙，她感到无止境的恐惧，并完全深信：他准备杀了她。

一次，一次，再一次。

安娜正和父亲吃着晚餐，两人处在自己十五年来不断练习的一种特殊的沉默中。她妈妈非常讨厌这种沉默，让她离开的就是这种沉默。安娜本来可以随她一起离开，但是她撒谎说，她无法想象自己住在任何没有树的地方，而她妈妈住的地方唯一的树木就是购物中心外面作为装饰品的盆栽。其实，她留下的真正原因是不能抛弃父亲，即使她不知道这主要是为了她自己，还是为了他。他们从未讨论过这件事。但至少，他现在的喝酒量已经比她妈妈住在这里时要少。安娜也因此更爱爸妈。

她提议带小狗出去散步。很显然，她爸爸觉得非常奇怪，因为她通常只会在他喋喋不休的催促下才这样做。但是她和他什么都没说。

他们住在高地里比较旧的城区，住在一栋在较昂贵别墅开始兴建以前就已经落成的别墅内。他们借由联盟成为熊镇的上层阶级。她绕上远路，走上那条区议会斥资兴建并由于"本区的女性可以安全地运动"而对其感到骄傲不已的、照明充足的慢跑小径。出于纯粹的巧合，最初的照明当然是安装在高地旁边，而不是在洼地以外的森林里。由于另一个幸运的巧合，那两家从区议会得标的企业所有人都住在慢跑小径旁边的别墅里。

在灯光下，她松开小狗们的项圈，放任它们玩耍。这总是有帮助的。树木和动物从来不会给她带来任何痛苦。

凯文回到家、经过厨房和客厅，略过他的父母，而无须和他们正眼相视。他上楼，关上自己房间的门，做起俯卧撑，直到视线发黑。当屋子陷入寂静、他父母卧室的房门关上以后，他便穿上慢跑服，偷溜了出去。他跑过森林，直到再也没有精力多想。

安娜跟着小狗们呈"之"字形走在慢跑小径上。凯文在十五米外急匆匆地停下。起先，她几乎没有什么特别反应，只是认为他想必是被小狗吓到了。但她随后便意识到，是她促使他停了下来。短短一两天以前，他还不能从一张班级团体照里认出她来，即便照片中只有她一人。但现在，他知道她是谁了。就她所见，学校里的男生如果周末和一个女生上了床，他的脸部表情只有两种，骄傲或害羞。但他看起来既不骄傲，也不害羞。

他很害怕。她从没见过看起来比他还要害怕的男人。

玛雅试图弹奏吉他，但她的手指颤抖得太厉害了。她在那顶灰色大套头帽下冒着汗，但当父母问起时，她说她是因为发烧而颤抖。她将帽套沿着脖子拉得更紧，想遮住瘀伤。她将袖口拉到掌心，想隐藏手腕上蓝黑色的伤痕。

她听见门铃响了。时间太晚，不可能是里欧的朋友。她听见妈妈在外面说话，口吻既解脱又焦虑，只有她的妈妈才能做到这一点。门口传来敲门声，玛雅装睡，直到发现站在门口的是谁。

安娜轻柔地掩上房门。她等待着，直到听见蜜拉的脚步声转向厨房。安娜上气不接下气。她是从高地一路跑来的，心中夹杂着狂怒与恐慌。无论玛雅再怎么努力遮掩，安娜仍然看到了她手腕上和脖子上的伤痕。当她终于正眼看着玛雅时，泪水涌上她们的眼眶，顺着她们的下巴滴落下来。

安娜小声道："我看到他了。他很害怕。那个狗杂种很害怕。他对你做了什么？"

直到玛雅高声说出这些话以前，这起事件对她本人来说仿佛并不存在。当她这样做时，她就回到了那个男生摆满奖杯、贴满冰球海报的卧室。她啜泣着，双手在帽套顶部摸索着，搜寻着一颗从未存在过的衬衫纽扣。

她在安娜的臂弯里崩溃，安娜像是要抱住她的生命一般紧紧地抱住她。她全心全意地希望她俩能够互换位置。

你在十五岁时有过的朋友，往后将再也找不到了。

28

安娜和玛雅的童年感觉上仿佛仍只是昨天的事，那时她们总是幻想着纽约。当她们有钱、出名以后，要如何住在那里。想有钱的是玛雅，想出名的是安娜。对看过其中一个女孩只想弹吉他、另一个女孩只想刻木剑的任何人而言，这都是无法理解的。当玛雅说出"在外头的森林里"，而安娜说出"在森林里面"时，这两个女生之间的差异再明显不过了：城市生活对玛雅来说是常态，而对安娜来说，情况正好相反。两人心怀的梦想也截然不同：玛雅梦想着一组沉默的音响设备，安娜则梦想着人潮。安娜想出名，作为一种形式的肯定；玛雅想有钱，这样她就不必在乎其他人是怎么看待她的。两人的复杂程度都可谓深不可测。她们两人都无比复杂，这也正是她们了解彼此的原因。

当她们年纪还很小的时候，安娜想成为职业冰球球员，她在赫德镇的女子冰球队打过一年，但她太过躁动而做不到教练所嘱咐的事情，也一直卷入斗殴事件。到最后，父亲保证：只要她不再要求他开车送她去训练场地，他就教她用来复枪打猎。她可以看出他对她过度与众不同的事实感到可耻，而事实上，学习射击的建议好到让她无法拒绝。

当年龄稍大时，她想成为电视上的体育评论员；而后她开始上初中，并且了解到：熊镇非常欢迎喜爱体育活动的女孩，但不是以她的那种方式去喜欢。不要那么投入，投入到对男生们授课说明冰球规则和战术的地步。在他们看来，女孩们最主要应该对冰球选手感兴趣，而非冰球运动本身。

因此她低下头来，将自己奉献给熊镇真正的传统体育活动：耻辱和沉默。正是这两点将她妈妈给逼疯了。当妈妈搬走时，安娜几乎就要跟她一起走，但最终改变心意，留了下来。因为玛雅，因为爸爸，或许也因为她对树木的喜爱，这种喜爱有时和她痛恨它们的程度一样剧烈。

她总认为，是树木教导熊镇居民闭嘴，原因在于：当你打猎和钓鱼时，你必须保持沉默才不会把动物吓跑。要是你从人们一出生就教导他们这一点，它将会影响他们所有的沟通。因此，安娜总是在放声尖叫的冲动与完全默不作声之间折腾着、撕裂着。

两人并肩躺在玛雅床上。安娜小声道："你得说出来。"

"跟谁说？"玛雅呼吸着。

"每个人。"

"为什么？"

"因为不这样做的话，他会再做一次。对别人做。"

她们一再进行着这沉默的争执，和自己争执，也和对方争执。因为安娜知道，对另外一个人提出这种要求是不合理的。在所有人当中，玛雅在此刻应该对其他人承担某种责任。在所有人当中，竟然要她挺身而出，在这座最寂静的城镇里高声大叫。吓跑动物。安娜将脸埋在手掌里，这样一来，玛雅的双亲才不会听到有人在里面哭。

"玛雅，这都是我的错，我不应该把你留在派对上的。我本该知道的。我本该去找你的。我真是弱，弱，弱，弱到爆了。这是我的错。这都是我的错……"

玛雅温和地将朋友的脸捧在自己的手心里。

"安娜，这不是你的错。这不是我们的错。"

"你得说出来。"安娜绝望地啜泣着，但玛雅严厉地摇摇头。

"你能保密吗？"

安娜点点头，抽噎着承诺道："我以我的生命发誓。"

"那不够，你要用铁克诺发誓！"

安娜笑了起来。对一个在这种时候还能让你开怀大笑的人，你又怎能够不喜爱呢？

"我以所有形式的电子音乐发誓。除了那些来自二十世纪九十年代、真的烂爆了的欧系铁克诺音乐。"

玛雅微笑着，擦干安娜的泪水，然后双眼直视她，小声道："现在，凯文只是伤害我。但要是我说出去，我就会让他伤害所有我关爱的人。我应付不了这一点。"

她们握住对方的手，坐在床上，贴在彼此身旁，开始数起安眠药，琢磨着究竟需要几片安眠药才够夺去她们的性命。当她们还是小孩子的时候，事情是多么不同。那感觉只是昨天的事。因为那的确是昨天的事。

班杰从一段距离外看见了它，石碑上方的黑色物体。它被放在那里已经有一两个小时。他将上面的雪摇掉，读着上面所写的文字。只有一个字。

当凯文、利特、波博、班杰和其他球员年纪还小时，戴维通常会在比赛前给他们橡皮圆盘，上面写着提醒他们注意的简短信息："更努力回防""多用你的冰球鞋"或"耐心点"。有时候，他写些只是要让他们发笑的东西。他可以把一枚橡皮圆盘交到整辆巴士上最紧张的球员手里，脸色严肃得要命，直到那名球员低头一瞧，发现上面写着："拉链没拉。小鸡鸡晃出来了。"他有一种只允许自己手下球员见到的幽默感，这让他们感到自己很特别。笑话就是这般强大，它们可以很包容，也可以很排外。它们可以创造出"我们"和"他们"。

更加重要的是，戴维能让他的球员们感觉到，他认真看待他们当中的每一个人。他邀请全队人吃晚餐，把他们介绍给他的朋友，但当球会针对各级男子冰球队举办"父子对抗赛"的主题比赛时，戴维是唯一没有现身的教练。他先去凯文家的庭院接凯文，再到墓地去接班杰，将他们带到湖边，开始打球。

从字面上说，他为了他们而战。当班杰九岁或十岁时，他的打球风格已经让对手球员的家长狂怒不已。在一场做客赫德镇的小联盟比赛中，班杰铲倒了某个球员，那人高声喊着，说会叫他老爸来算账。班杰本来不以为意，直到赛后一名体形高大的男子出现在昏暗的选手通道里。那名男子抓住他的颈背，将他从地板上提起来，狠狠地摔向墙壁，并吼道："你这死吉卜赛小鬼，再耍狠啊？嗯？"班杰并不害怕，不过他坚信：他在那一刻是死定了。在场许多大人目睹了这起事件，却没人干预。班杰永远无法得知，这是因为他们害怕干预，还是因为他们觉得他活该。他只记得戴维一拳将那名父亲打倒在地板上。

"要是我在这个冰球馆里看见哪个大人对一个小孩动粗，我就宰了他。"他不只是特别针对那名父亲而说，更是对所有沉默地站在现场的大人说的。

然后他靠向班杰，在他耳边低语："假如你看见有个来自赫德镇的人快淹死了，你知道怎么救他吗？"

班杰摇摇头，戴维露出笑容。

"很好。"

更衣室里，戴维在一枚橡皮圆盘上写了一个词，塞在班杰的袋子里。"骄傲"。班杰仍保留着那枚橡皮圆盘。在当天晚上回家的巴士上，他的所有队友都在讲笑话。笑声越来越高昂，笑点越来越粗俗。班杰只记得其中一个由班特说的笑话："小朋友们，你们知道怎么让四个男同志坐在一张椅子上吗？把椅子倒过来！"

每个人都笑了。班杰记得自己偷偷瞄着戴维，看见他也笑了。排外与包容，是一样容易的；创造出"我们"和"他们"，也是一样容易的。要是有人发现了关于他的真相，班杰从来不怕自己会被痛打一顿，或是被痛恨。从他孩提时代起，每支交战过的敌队都已经对他恨之入骨。唯一让他害怕的事情是：有一天，当他在休息室时，他的队友和教练将不会说起某些笑话。那是有排他性的欢笑。

他站在父亲坟前，掂量着手中橡皮圆盘的重量。戴维在上面只写了一个字。

"赢"。

次日，班杰并未到校，但他参加了训练。所有人当中，就属他的球衣最湿。因为当他再也不知道世界上任何事物有何意义时，这是唯一别人无法从他身上夺去的东西。他作为赢家的事实。戴维两度拍拍他的头盔，无须再多说什么。

更衣室里，利特坐在凯文旁边，班杰的位置上。班杰并未说话，他只是站在利特面前，直到利特打包行李，不开心且犹犹豫豫地朝对面的板凳走去。凯文面无表情，但他的双眼背叛了他的感觉。他们从未能对彼此撒谎。

戴维从未见过自己手下两名最好的球员在练习时表现得如此优异。

星期六来临了。青少年代表队的决赛日。每个成年男性和女性一早醒来就穿上绿色球衣，围上绿色丝巾。一辆巴士停在冰球馆前方的停车场上，缀饰着骄傲的旗帜，准备好将一支球队送到首都，还为即将随他们回城的奖杯预留了一个座位。

大清早，三个读小学的小女孩在镇中心一条街道上玩耍。她们追逐着彼此，用棍棒打斗着，扔着这漫长严冬仅剩的最后几颗雪球。玛雅站在卧室窗边，看着她们。她和安娜在几年前看护过这几个小女孩，当玛雅的吉他演奏使安娜感到无趣时，她有时仍会冲出去，和她们玩起雪球大战，让她们笑倒在地，四脚朝天。玛雅用双手抱紧自己的身躯。她彻夜未眠，这一夜的每分每秒都让她确信，她永远都不会说出发生过的事情。然而，三个在她窗外大街上玩耍的小女孩竟足以使她改变心意。

安娜疲倦地睡在玛雅的床上，紧闭着双眼。她躺在厚重的毛毯下，如此渺小、如此脆弱。这一天，关于这座小镇，后来的人们将说着一个悲惨的故事。玛雅最终下定决心说出关于凯文的真相，这倒不是为了自保，而是想保护其他人。那天清晨，当她站在窗边时，就已经知道这座小镇将会对她做出什么样的事情。

29

冰面上最危险的事情，莫过于在猝不及防时遭到抢断。因此，冰球教导你的最初几件事情之一，就是抬头挺胸。否则会"砰"的一声，大祸临头。

整个早上，彼得的电话响个不停：赞助商、理事会成员、球员家长。整座小镇的神经都紧张起来。虽然他痛恨旅行，但再过几个小时，他就要搭乘青少年代表队的巴士前往比赛地点。这本是他家庭生活中自然而然的一部分，每个球季他会有三分之一的夜晚不在家。他对此羞于承认，但有时候几乎觉得，这样真是舒服。但自从艾萨克在其中一个这样的夜晚生病以后，他就再也无法安睡在酒店的床铺上。

里欧聒噪不已，在车上硬是弄出一个座位来。彼得先是抗议，但这其实使这一切感觉更加容易。他们将会在首都过夜，这对一名十二岁男童来说是巨大的冒险，里欧乐于参与。彼得默默地地盼望着玛雅也能加入。他站在她的房门外，使出全身上下的自制力，才没有敲门。

他有次曾听闻，要做好为人父母心理准备的最佳方法，就是和一群吸哈希什[1]的肥胖朋友住在摇滚音乐节的帐篷里。你在极度缺乏睡眠的状态下跌跌撞撞；你的衣服上覆盖着根本不是你造成的食物污渍；你饱受耳鸣所苦；你一接近水坑就会有咯咯笑的白痴跳到里面；你在卫生间时总会有人站在外面猛力撞门；因为某人"只是在想事情"，你会在半夜被吵醒；隔天早上你醒来时，发现有人在你身上尿尿。

这可能是真的，却帮不了任何人。当你有小孩时，你永远无法准备好的，就是敏感度。不仅仅是感觉，更是过敏症。他并不知道自己可以感受到这么多，已经到了皮肤要爆裂的程度。艾萨克出生以后，最细微的声音都变得震耳欲聋，最微小的忧虑都变成了惊骇，所有车辆都开得更快，每次看新闻都看得肝肠寸断。艾萨克死时，彼得本来以为自己会变得麻木，但他的所有毛孔似乎都张开了，连空气都使他感到疼痛。他其中一个子女（尤其是女儿）投来不快乐的一瞥，他的肺腑就像要被撕开一样。当他年幼时，他唯一的心愿就是让时间加快。而现在，他唯一希望的是让它慢下来。让时钟停止，让玛雅永远不要长大。

他是如此爱她，因为她总是让他感到自己有点蠢。自从她上小学以来，他就没能指导她写家庭作业。但有时候，她出于善心，还是会问问。小时候，她总会在车后座装睡，好让他能抱她进屋子。当他抱着她、手提购物袋，同时还要操控里欧的折叠式婴儿车时，总会抱怨不止。但暗地里，他喜欢被女儿用力搂住脖子。他就是借此知道她在装睡，因为要是她真的睡着，感觉就像是抱着一袋水；但当她装睡时，她会将鼻子深深埋进他的颈间，用手臂环抱他，仿佛害怕失去他。当她长到他再也不能随意搂抱她时，他每天都会怀念此情此景。一年前，她在一次野外郊游中扭伤脚踝，他必须再度将她从车内抱进屋子。当意识到自己多么希

1　一种迷幻剂，从大麻中提取精炼而成。

望她能更常扭伤脚踝时，他觉得自己真是最坏心的父亲。

他站在她的房间门口，手搭在门上，但没有敲门。他的电话响起。他神思恍惚，在离开屋子走到车前时，手上依然抓着陶瓷咖啡杯。

蜜拉在超市里转来转去，紧盯着购物清单，清单上待购物品的顺序和各条走道上货品的顺序正好完全一致。彼得写的清单则毫无章法，弄到最后，他购物的样子就像是要在世界末日以前，将避难所塞满必需品似的。

店里每个人都跟她打招呼，有些人从店内的另一边对她招手。职员对她微笑。"尾巴"从办公室里小跑步出来，身穿一件印着"恩达尔"名字的熊镇冰球队9号球衣。他正要赶去冰球馆，却仍喋喋不休。她一边耐心地听他说话，一边看着时间，希望能在彼得与里欧离开前赶回家。

当她正将购物袋塞到车里时，其中一个购物袋的底部破掉了。停车场里的人们为了帮她捡起掉落的牛油果，争相打了起来，他们都知道她的丈夫是体育总监。然而，他们可完全不认识他。

"他一定很想去这场比赛！"有人说。即使蜜拉知道他很讨厌旅行，她还是点点头。自从艾萨克最后一次入睡以后，他就绝少离开玛雅和里欧，在别的地方过夜了。蜜拉因为工作经常出差，某段时间，她总会在玄关的橱柜里摆上一个打包好所有物品的登机用行李箱。过去，彼得老爱拿这一点说笑，表示他很担心她藏了个"秘密保险箱，里面装着染发剂、假护照与手枪"。她从没告诉过他，这话多么伤她的心。她知道她很自私，为此而痛恨自己，但她几乎希望：里欧这次不能跟着一起去旅行。彼得现在所做的事就是一个父亲会做的事，这不只是出差，这可不只是填补数据而已。这并不会让她看起来稍微不那么自私。

她从地上捡起几颗牛油果，将它们装进另一个袋子。艾萨克生病时，全家人陷入一种近乎军事化的规律中：医生看诊、手术日期、转院、等候室、治疗、清单与议定书。葬礼过后，彼得悲伤得无法自拔，那种痛苦是如此深重，几乎让他动弹不得。蜜拉继续带着玛雅到公园里玩，继续打扫卫生、准备晚饭，继续带着购物清单上超市。她曾经读过一本书，书中写道：在一次诸如谋杀或绑架的重度创伤事件以后，一切都结束后，受害者往往要过很久才会在救护车或警车里崩溃。艾萨克死后数个月，蜜拉突然发现自己坐在超市地板上，两手各拿着一颗牛油果，无法自制、歇斯底里地哭了起来。彼得来载她回家。那件事情过后数周，他就像机器一样：清扫、煮饭、照顾玛雅。蜜拉了解到，也许他们就是这样存活下来的，这要归功于他们能不同时崩溃。

回家路上，她在车内露出微笑。播放起那让孩子喊着"大声点！大声点！"的音乐曲目。她将和女儿共度一整个周末，这是多么大的幸福啊。她成长迅速，真是让人惊异。玛雅当初只是一颗包在毛毯里的小红葡萄干，当医院里的护士们告知她可以回家时，她盯着她们，仿佛她们要将她和小婴孩抛弃在印度洋上一条由啤酒罐制成、邮票大小的木筏上。才一眨眼的工夫，那褓褓中啼哭的小婴儿竟突然就长成了一个完整的人，发展出自己的看法、特质、穿着品位，以及对泡沫饮料的厌恶。哪种小孩会不喜欢泡沫饮料？甜食？用糖是贿赂不了她的，而且，上帝啊，当你的小孩无法被收买时，你父母的角色怎么扮演得下去呢？

就在不久前，她连打嗝都需要别人帮忙；现在，她弹起吉他来了。亲爱的上帝啊，这份无法承受的关爱是否会永无止境呢？

太阳已然登上了树冠，空气洁净而清爽，这是美好的一天。就是美好的一天。就在彼得和里欧坐上一辆车时，蜜拉从另一辆车上下来。彼得亲吻她，简直要让她失去呼吸。她拧了他一下，让他感到害臊不已。他手上仍然抓着咖啡杯，她提起购物袋，疲惫地摇摇头，伸手要从他手上接过咖啡杯。就在这时，玛雅走下台阶。双亲转身面向她，他们将会记住这一刻。那是快乐、安全的最后一刻。

这名十五岁的女孩闭上眼睛，开口说话。将一切告诉他们。

当这些话语停止时，那些牛油果与那只咖啡杯的碎片散落在地。在其中最大的碎片上，你仍能看出咖啡杯上的一部分图案。一头熊。

30

话语是很渺小的。我们总是听到"没有人是带着恶意说话的""大家只是做自己的工作"。警员们总是说："我只是在这里干活。"就是没人问那男生做了什么事。小女孩刚开始描述，他们就打断她，问她做了什么。她是在他前面，还是跟在他后面上楼的？她是自愿躺在床上，还是被迫的？她是自己解开衬衣纽扣的吗？她吻他了吗？没有吗？那么，她回吻他了吗？她喝酒了吗？她吸大麻了吗？她说不了吗？她说得很清楚吗？她叫得够大声吗？她奋力挣扎了吗？她为什么不马上对那些瘀伤照相存证？她为什么从派对上逃离，而没有告诉其他来宾？

当他们以不同方式问了相同的问题十次、测试她是否改变说法时，他们解释，他们必须收集所有信息。他们提醒她，这项指控是很严重的，仿佛这项指控本身才是问题。她做了所有别人告诉她不该做的事情：她不应该等上整整一个星期才报警；她不应该扔掉自己当时穿过的衣服；不应该淋浴；当初不应该喝酒，将自己置于这种情况；当初不该上楼，到房间去，给了他那种印象。仿佛假如她不存在，这一切就不会发生了。她怎么没想过这一点呢？

她十五岁，他十七岁。但在每段对话中，他仍然是那个"小男孩"，而她已经是"少女"了。

221

言语是很强大的。

蜜拉吼叫着，打起电话，制造了麻烦，别人要她冷静下来。其实，每个人不过就是在这里干活，混口饭吃。彼得的手放在玛雅的手指尖上，坐在赫德镇警察局讯问室的小桌前，不知道女儿是否会因为他没有跟着大吼大叫而痛恨他。因为他没受过法律知识的训练，他不知道该吼叫些什么；因为他并没有尝试杀人，杀什么人都好；因为他手无缚鸡之力。当他将手从她手边抽开时，两人都打着寒战。

玛雅从双亲的眼中分别看见了无名的怒火与永恒的空洞。她跟着母亲到医院去，父亲则朝另一个方向，去往熊镇。

接下来的日子里，玛雅将被询问，她是否真的理解到警局报案、说出真相会有什么后果。她将会点头。有时，她甚至觉得，她其实是唯一真正理解的人。再晚一些，十年后，她将会想：这里最大的问题其实是，她并不像所有成年人那样受到惊吓。他们比她单纯，当时她十五岁，使用互联网，已经知道：如果你是女生，世界可是很残酷的。她的父母不能理解，这种事怎么会发生，但玛雅只是没有预见到这竟会发生在自己身上。也许，这稍微降低了她灵魂摔落的程度。

"理解这么一件事是多么恐怖。"十年后，她将会这么想。那时，她将会记起最光怪陆离的细节。例如，其中一名警官戴着一枚过大的结婚戒指，它老是滑落下来，砸在桌面上；他总是避免正眼看她，只顾将目光聚焦在她前额或嘴上。

她坐在那里，想到读高中时一堂关于液体和温度的物理课。水在结冰时，体积会膨胀。要是你想在熊镇盖房子，就得知道这一点。夏天时，雨水渗入砖块的缝隙间；当温度降到零摄氏度以下时，水将会结冰，砖石就会裂开。她将会记得，作为一个已死去哥哥的小妹的成长过程是什么样的感觉。这样的童年是一种漫长、绝望、努力不要变成液态的过程，不要去探寻父母心中的裂缝。

当你在成长时如此接近死亡，你会知道，这对许多不同的人来说会是不同的事情，但对一个家长来说，死亡最主要就意味着寂静。它在厨房里、玄关里、电话中、轿车后座、星期五晚上、星期一早上，包覆在枕头套里和皱巴巴的床单中、在顶楼玩具箱的底部、在厨房流理台的小板凳上、在已经不再扔在浴缸旁边地板上的潮湿毛巾里。子女死后，在各处留下的，就是寂静。

玛雅非常清楚，这种寂静可以和水一样。要是你让它渗透到体内，它会结冰，将我们的心炸开。在赫德镇的警察局里，她就已经知道：她能够挺住这一切。她当时就已经知道：她的爸妈是挺不住的。双亲的伤痛是不会痊愈的。

受害者通常对其他人有着最显著的同理心。对这个世界来说，这真是一件无比可耻的事情。在某些日子里，玛雅将被询问，她是否真正理解这些后果。她将会点点头。在她心里的所有感觉当中，就属罪恶感最为明显。为了她对最爱她的人们所展现的无以名状的残酷而感到罪恶。

他们坐在警局里。她和盘托出。她从双亲的眼中能够看出，这个故事让那恐怖的句子在他们心中一而再，再而三地回响着。那是每个爸爸和妈妈在内心深处最害怕承认的事实——

"我们保护不了自己的孩子。"

冰球馆外面停着一辆漆成绿色的巴士。大批群众已经聚集起来，包括家长、球员、赞助商和理事会成员。他们都在挥着手、互拥着。

凯文的父亲一路直驶到前方。他下车和人们握手，慢条斯理地说话。凯文的妈妈犹豫许久，才将手臂搭在儿子的肩膀上。他任由她这样做。

她没说出，她感到骄傲；他也未说出，他知道她感到骄傲。

法提玛不开心地站在大厅里，问亚马哪里出了错。他保证一点问题都没有。他独自走出家门，手中提着冰球鞋。利法就等在门外，看起来像是已经等了一段时间。

亚马虚弱地微笑道："你是想借钱，还是怎样？你通常不会等我的。"

利法笑着，伸出握紧的拳头，亚马用拳头和他互碰。

"痛宰他们吧！"利法要求道。

亚马点点头。他停顿了一下，也许打算说些什么，但最终还是决定不说，转而问道："阿札在哪里？"

利法面露惊讶之色。

"在练球。"

亚马满脸羞愧。他居然这么快就忘记了，男童冰球队总会在这个时间点练球，而他现在已经被晋升到青少年代表队了。利法再度伸出拳头，随后又改变心意，紧紧拥抱自己的童年好友。

"你是第一个进入青少年代表队的洼地人。"

"班杰也算是洼地人吧……"亚马说道，但利法坚决地摇头。

"班杰住在独栋住宅，跟我们不一样。"

亚马想到，他从自家阳台就能看见班杰的家，但那不够。利法在亚马落籍熊镇以后来到此地，他的家人起先住在赫德镇，但这里的公寓房比较便宜。他和亚马、札卡利亚一同打了一两年冰球，直到哥哥叫他停止。根据他哥哥的说法，那是该死的上流社会人在玩的游戏，只有富家子弟才会打冰球。"利法，他们会痛恨你，他们憎恨我们，不会希望来自我们这里的人在任何方面超越他们。"他是对的。他们小时候在更衣室、在冰上一再听到这种话，熊镇的任何人都不会让你忘记自己的出身。亚马和札卡利亚忍了下来，但利法受够了。他们读小学中高年级时，几个比较年长的球员带着签字笔溜进更衣室，将他们连身训练服上的"熊镇冰球协会"字样涂掉，改成"贫民窟冰球协会"。

所有男生都知道这是谁干的，却没人吭声。但是，利法从此以后不再打冰球。现在，他站在洼地一座租赁式公寓外，热泪盈眶地拥抱亚马，低语道："昨天我看见六七个小男孩在我家大门外拿着冰球杆玩耍。他们假装是自己的偶像。其中一个是帕维尔·达丘克[1]，一个是辛尼·克罗斯比[2]，一个是帕特里克·凯恩[3]……你知道最后一个喊了什么吗？他喊'我是亚马！'"

"你别胡说……"亚马微笑着。

但利法摇摇头，抱紧自己的朋友，说："兄弟，你要痛宰他们。拿下总冠军，成为职业选手，把他们全都杀光。向他们证明，你是我们的一分子。"

"你可以告诉这些男生，更衣室里有惊喜。"凯文的爸爸神秘兮兮地在小男孩的耳边说。

"谢谢。"小男孩回答。

他们握握手，但就在他握手时，爸爸将一只手搭在小男孩肩膀后方，几乎成了一个拥抱。

凯文走进更衣室时，那里已经回响着充满喜悦的咒骂声，他的队友们就像跨年夜那快乐的小型冲天炮一样，跳来跳去。波博拍拍凯文的背，兴奋地用另一只手握着新的冰球杆，吼叫道："你知道这要花多少钱吗？你老爸真是个天杀的传奇！"

1　Pavel Datsyuk（1978—)，俄罗斯籍冰球明星，曾效力于底特律红翼队。

2　Sidney Crosby（1987—)，加拿大籍冰球明星，效力于匹兹堡企鹅队。

3　Patrick Kane（1988—)，美籍冰球明星，效力于芝加哥黑鹰队。

凯文当然知道这些冰球杆要花多少钱。在地板上的箱子里，球队里每名球员都分得一根。

在男童冰球队的训练时间结束后，札卡利亚是最后离开冰面的，他独自收拾了橡皮圆盘和路锥。他无意间低头，正好躲过一枚飞来的橡皮圆盘。它最后狠狠砸上亚克力玻璃，使之震颤不已。他疯狂地四处张望，橡皮圆盘呼啸着朝他扑来，但方向却错了：它从走道上扑来，而不是在冰面上。

"胖子，小心！"利特嘲笑着，挥动他的新球杆。

札卡利亚完全知道这根球杆的价格——青少年只会知道自己买不起的东西的价格。

"滚开。"他说道。

"你说什么？"利特随即号叫起来，脸色阴沉下来。

"我说滚——开。"

走道上，波博站在利特后方，仿佛在说"这只是在开玩笑"，试着阻止他。他说着"想想总冠军赛吧"之类的话。利特在表面上克制住自己，嘲弄地对着札卡利亚哼了一声。

"好漂亮的球杆！是社会局给你妈买的，还是怎么回事？"

札卡利亚非但没有低头，还抬起头来。

"小威利，你老妈是不是又到更衣室里把你的下体护具捡起来啦？她有没有小心翼翼地把你的蛋蛋拱起来啊？你不是最喜欢这样吗？她是不是还买太大的……"

这句话还没说完，利特就将冰球杆高举过头，直直冲向他。要不是波博挡住，他会把这个小他两岁的球员送进医院。亚马在他们后方狂奔，恐慌不已，站在他们中间，同时对利特和札卡利亚说话："天杀的……别闹了！我说，拜托，别闹了！"

利特用双臂推挤着，迫使波博放开他，然后迅速地审视了亚马一眼，才冲向札卡利亚，从他手上抽走冰球杆，使尽全力将它砸在墙面上，将它捣烂。他捡起落在札卡利亚面前地板上的碎片，咆哮道："告诉社会局下次买根好一点的，不然有人会受伤！"

利特转身走进更衣室，他的队友高声欢呼着迎接他，高唱着"来自熊镇的熊"，还将每个人的名字都传唱了一遍。

亚马捡起被捣烂的冰球杆的碎片。札卡利亚袖手旁观。

"你这白痴，它毁了……"

亚马失去理智，飞跳起来，大声吼道："阿札，你究竟有什么问题？嗯？你想怎么样？为什么你总是非要挑衅每个人不可？"

札卡利亚恶狠狠地回瞪他，多年的友情从他眼中消逝。

"祝你今天好运，大明星。"

他走开了。亚马站在原地许久。当他走进更衣室、将一根旧冰球杆的残骸扔进废纸篓时，一根新的冰球杆正在他的位置上等着他。这可是他这辈子第一次拥有全新的冰球杆。

波博坐进巴士，坐在利特前方两排的座位上。他听见利特描述关于札卡利亚球杆的故事，伴随着"小乞丐"和"臭杂种"的笑闹声。阿札的母亲目前正请着可领补贴的病假，在这之前，她和波博的妈妈在医院同一个部门上班。亚马上巴士时，波博在身旁为他挪出座位。

"我试着阻止他了……"波博说道。

"我知道。"亚马短促地点点头。

两人都记得那两件被签字笔涂写着"贫民窟冰球协会"的连身训练装。那是利特的主意，波博写了那几个字。利特住在高地，波博家离洼地只有一分钟的步行距离。针对那件事，波博想向亚马说些什么，却来不及想清楚。因为下一刻有人高喊"警察来这里干吗"。一辆警车开进停车场，堵住巴士的出口。

戴维迟到了。其实，这是他有生以来第一次迟到。他昨天呕吐了三次，甚至试图说服女友跟他共饮一杯葡萄酒，好让自己冷静下来。他平常可是滴酒不沾的。在他效力过的每支球队，他总觉得自己是个外人。这正是因为，每年有一两次喝得烂醉仿佛是每个人遵循的成规。就因为戴维并不准备在队友身旁往酒吧的拼花地板上吐个痛快，所以他在他们眼中似乎就不那么可靠了。

他的女友看起来非常惊讶。戴维耸耸肩。

"大家总是说，喝酒能让神经放松下来。"

她笑了起来。然后，她开始哭泣。随后，她用前额抵着他的前额，小声道："小白痴，我什么都不想说，可是我不能喝葡萄酒。"

"什么？"

"我想在决赛后再告诉你。我不想……让你分心。可是我……我不能喝酒。"

"你在说什么？"

她在他的唇间咯咯笑了起来："你真是够迟钝的，你知道吗？拜托，亲爱的，我怀孕了。"

戴维感到既困惑又高兴，因此今天迟到了。他直接进入停车场上那团狂暴的混乱，差点被一辆警车撞倒。这是他一生中最快乐、最不快乐，同时更是最光怪陆离的一天。

假如是主场比赛，他们说不定会让凯文出赛。然而，总决赛在另一座城市举行，中间隔着数小时的车程，他们用上了"安全性"与"逃亡风险"之类的字眼。他们只是在做自己的工作。警察们从停车场上惊骇的家长们之间挤出一条路，登上巴士。当他们要求凯文下车时，所有男生都吼叫起来。一名身穿制服、身材结实的男警员抓住他的手臂将他从座位上拉起，这引爆了整车球员的狂怒。波博和利特试图挡住警员们的去路，他们体形壮硕，四名警员经过一番苦斗才勉强将凯文拖下车。在这一团混乱中，凯文看起来是如此渺小、脆弱、毫无防备。也许这就是旁边所有成人做出这种反应的原因；又或许，他们有其他无数理由做出这种反应。

凯文的父亲逮住抓着他儿子的那名警员，当另一名警官将他推开时，"尾巴"将那名警员的头夹在腋下。一名理事会成员使尽全力，狠狠在警车的引擎罩上擂了一拳。玛格·利特从不到半米的距离对所有警察摄影，向他们之中每一个人保证：他们会丢掉工作。

只有亚马和班杰两人沉默地坐在座位上。言语，是很困难的。

彼得站在停车场的最远端，那正是沥青路面和森林的交界处。他对自己开车到这里来感到憎恨不已。他来这里做什么？暴力就像威士忌，在过度暴力家庭中成长的小孩不是浑身充满暴力气息，就是完全没有暴力倾向。彼得的老爸杀人不眨眼，而他的儿子却连打架都不会。在冰面上，甚至是现在，对凯文，他都不会打架。彼得没法伤害任何人，但他仍站在这里，因为他在内心深处热切地希望有人能替他动手。

所有人当中，只有戴维注意到了他。两人的目光交会。彼得并未退避。

31

体育和科学，观点并不总是一致。当然，体育喜欢和半月板与韧带有关的研究，但比较不喜欢关于压迫行为与暴力相关的研究。而科学界则对与体育犯错有关的一切感兴趣，对体育言之成理的部分则兴趣寥寥。

体育界说，科学界只会寻找问题；而科学界宣称，体育界戴上眼罩，对问题视而不见。

然而，两者只对一场追寻的意见一致。几个世纪以来，两者只对唯一的问题感到同等着迷：何谓领袖？

在医院里，玛雅接受了所有必须进行的检查，回答了所有问题，没哭、没抱怨、没拌嘴，非常配合，非常顺从。然而，蜜拉有点魂不守舍，有时看起来甚至像是无法在房间里待下去了。她的手机一刻不停地响着。现在，妈妈已经启动了整个律师事务所，女儿则躺在阴冷房间里一道冰冷的衬垫上，知道自己已经引起了一场战争。这场战争必须由妈妈来指挥，骑着马向敌人冲锋，否则，她将永远无法忍受。因此，玛雅拿起手机给安娜发了一条短信："现在开战了。"几秒钟后，她就收到回复："你和我对抗全世界！"

在自己的冰球职业生涯中，戴维见过数以百计的领袖。他见过形式上的领袖，见过天生就独具一格的领袖，见过高声叫喊的领袖和沉默的领袖。直到苏恩交给他一只哨子，派给他一群七岁小孩，将他送上冰球场以前，他都不知道自己可以成为一名领袖。"我不是个好教练。"戴维说。苏恩伸手将他的头发弄乱，回答道："那些自认为是好教练的人，永远不会成为好教练。"这糟老头的话，有对有错。

警车将凯文带走后，戴维花了整整一小时才将所有球员再度赶回巴士，让所有家长了解到：他们站在那里尖声叫喊不会让任何事情有所好转。巴士上路已经三小时，却仍然因为手机铃声而震颤不已。当青少年代表队球员来回奔跑、争相阅读彼此的屏幕时，车身便像秋千一样摆荡着。看来，熊镇似乎仍然没有人知道凯文为何被带走。警方拒绝透露任何信息，岩浆般的谣言便在座位间流传，力道越来越狂野、猛烈，甚至连成人都牵扯其中。班特太过激愤，不住地猛吞着口水。

然而，戴维孤独、沉默地坐在最前座，盯着自己手机屏幕上的短信。那是凯文的父亲发来的。他刚刚才知道凯文被指控做了什么事情。不管你是主动取得领袖的位置，还是被动接受，作为领袖，你学到的第一件事情是：领导力是由你说的话，以及你没有说出口的话共同决定的。

蜜拉坐在衬垫旁边，紧紧地握住女儿的双手，那四只手颤抖不已。女儿用额头紧贴着妈妈的额头。

"妈妈，我们能挺过去的。"

"亲爱的孩子，不应该由你来安慰我，应该是我来安慰你……"

"妈，你有安慰我。你有。"

蜜拉的手机再次响起。玛雅知道，那是从律师事务所打来的。她朝妈妈点点头，用手摩挲着她的脸颊。妈妈亲吻她，低声道："我就在外面的走廊上。我不会离开你的。"

那四只手，仍然不住地颤抖。

戴维对这批球员整整十年的调教就是为了这一刻。他使他们牺牲了一切，燃烧自己，教导他们在肩膀痛得呻吟、脖子痛得号叫之际顶住压力。现在，如果他们不能在决赛中取胜，这还有什么价值？如果你不能成为冠军，比赛还有什么意义？

戴维对冰球最强烈的信念始终在于：冰球馆以外的世界永远不能侵犯冰球馆里的世界，它们必须是界限分明的两个领域。外在现实里，生活是复杂的、恐怖的、艰难的，但冰球馆里的生活是直接易懂的。要是戴维当初没把这两个世界区分清楚，这些小男生在孩童时代早就因为外在现实生活中一切乱七八糟的问题而被扼杀了。然而，冰球馆是他们的避风港，是他们唯一感到快乐的地方。任何人都不能从他们手上夺去这一点：在那里，他们是赢家。

这一点并不只适用于小男生们。当戴维走在沥青路面上时，总感觉相当怪异、不适应，但到了冰上就从来没有这种感觉。那是团体生活还能正常运作的最后圣地。在那里，球队重于自我，球会远比个人重要。因此，为了保护自己的场域，你能努力到什么程度呢？你说出口的话，以及没说出口的话，又在领导力中占有多少比重呢？

助理护士非常清楚玛雅是谁，但她努力假装不知道这一点。这位助理护士的丈夫，"雄猪"戈登，是彼得最要好的朋友之一，大半辈子和他一起打冰球。但刚才在走道上，彼得和蜜拉看起来像是完全不认识她。他们和她说话的方式像是隔着玻璃般冷漠，她并不以为忤。她过去就见过这种事，创伤会造成这种影响。这是因为他们和她说话时只看着她身穿的制服，而不是看着她的脸。这位助理护士已经习惯被人当成某种功能看待，那些患者及其家属甚至忘了她也是个人。她对此不以为意。真要说这对她有什么影响，那就是让她对自己的工作更感骄傲。

当她和玛雅在房间里独处时，她趋身向前，说道："我知道，这是非常不自在、不舒服的。我们会尽快为你提供一切协助的。"

那女孩正视她的双眼点头，牙齿紧咬着嘴唇内侧。一如往常，助理护士非常谨慎地保持一点职业性的距离，这正是她教导年轻同事的内容："你们认识的人会到这里来看病，你必须将他们当成病患来对待，这是攸关领导力的问题。"然而，现在这段话却塞在她的喉咙里，像是快要爆裂了。

"我叫安－卡琳，我丈夫和你的爸爸是老朋友。"

"我叫玛雅。"玛雅小声道。

安－卡琳温柔地将手贴在孩子的脸颊上。

"玛雅，我觉得你非常勇敢。"

彼得从熊镇开车回到赫德镇。他在医院前下车，准备要用凯旋般的口吻告诉玛雅，凯文已经被警方带走。正义将得到伸张。然后，他走进病房，看着她。当你的子女躺在医院病床的衬垫上时，他们看起来真是再渺小不过了。在那里，正义是无法得到伸张的。他坐在女儿身旁，为了他无法杀人而哭了起来。最后，他问道："玛雅，我该怎么做？告诉我，我该怎么做……"

女儿摩挲着爸爸的胡楂。

"爱我。"

"永远爱你。"

"你会像爱冰球和大卫·鲍伊那样爱我？"

"小南瓜，我更爱你。我对你的爱，比那些要多得多。"

她笑了起来。好玩的是，"小南瓜"这个已有十年历史的昵称，居然能让她笑出来。九岁时，她曾要求他别再这样称呼她。但从此之后，她一直想念这个昵称。

"我需要两样东西。"她小声道。

"让我猜猜看，安娜和吉他？"他说。

她点点头。蜜拉回到房间，父母的手飞快地碰触了一下。当彼得走到门口时，女儿喊道："爸，你跟里欧好好说一下，不然他会怕得要命。"

爸妈看着彼此。当他们想到这一刻时，在多少年的岁月里，他们胸口的刺痛感觉将会像是心脏病发呢？这一天，在所有人当中，没有忘记玛雅弟弟的人，正是他的姐姐。

安－卡琳坐在职员休息室里，凝视着墙壁。就像其他所有人一样，她听说警方将凯文带走，但她是知道玛雅为什么在医院且了解其中关联性的少数几个人之一。凯文认不出安－卡琳，而就算她自从凯文还是个小鬼头以来，几乎每场冰球赛都坐在观众席上，凯文也还是认不出她来。对孩子们来说，一部分家长是没有面孔的。

她给儿子发了一条文字短信："今天加油。"波博马上就回道："凯文呢？有消息吗？"妈妈撒谎道："没有，什么消息都没有。小子，你只管专心打球就好！"几分钟以后，他才回道："我们会帮凯文赢球！！"她重重地吞了一口口水，写道："我爱你。"波博的回答是典型青少年的回答："OK。"

安－卡琳靠回到坚硬的椅子上，抬头看着职员休息室的天花板，想到所有遭受病痛折磨的孩子。她在这家医院已经看过太多了。这正是她许多同事请病假的原因。看病不像冰球比赛，护士与医生没有夏季休赛期，没有最后决赛，没有暂停。时间日复一日过去，这里只剩下始终存在的季节，这足以使最强硬的人崩溃，甚至是来自熊镇的人。

当连最强硬的人都受不了的时候，谁来领导他们呢？

戴维半站起身，清了清喉咙，准备唤起这群小子的注意力，但当看见他们已经坐定时，他就停了下来。这倒不是因为戴维，而是因为班杰。小男孩站在巴士的中央，轮番、依序看着每个人的眼睛，最终在菲利普面前停了下来——他是个沉默寡言的男孩，比队上大多数球员小一岁，住在高地，他家离凯文家有三栋房子的距离。

"菲利普，小时候，你甚至都没法将球射过底边的黄线。一开始你是队上最矮小、技术最差的球员，你觉得很难过。那时，戴维对你说了什么？"

菲利普害臊地低头看着膝盖，但班杰用手掌托住他的下巴，使他的眼神朝上。菲利普不仅是小他们一岁而已。单就体形而论，他和波博这种球员的差距能达到好几岁，因而甚至没人注意到他对其他一切是如此在行。他是那种会在更衣室里消失、从不说话、永远不惹麻烦、只是跟从的男生。在过去的三年里，在没人注意之时，他已经以平常那种胆怯的方式成为全队最优秀的后卫。

"甭管其他人，专心把你能做的做好。"菲利普沉着地回答。

班杰点点头，拍了拍他的头。然后，他转身面向威廉·利特。

"利特，当其他人都比你早学会向后溜冰，你觉得自己可能没机会继续打球的时候，戴维对你说了什么？"

利特沉重地眨眨眼，恼怒地擦干脸颊。

"专心把你能做的做好。"

班杰将手搭在利特肩膀上，注视着他的双眼，同时再次引用他们教练的话："我们是一个团队。我们给予彼此力量。有人倒下时，另一人就要挺身而出。"

利特用袖口擦擦眼睛，接口道："团队重于自我。球会重于个人。"

班杰用别人听不见的音量，低声对他说："利特，我们现在全靠你了。今天，你是我们的明星。你要领导我们。"

要是班杰在那一刻要求利特去杀人，这小男孩将会毫不犹豫地照办。科学和体育从来无法确切知道我们所追随的领袖究竟是谁。只不过，当我们见到他们时，我们会毫不犹豫地追随他们。

班杰在波博面前停下，这名壮汉在溜冰技术被全队其他人超越以前，可是全队最强的后卫。

"波博，全世界第二好玩的事情是什么？"

波博片刻后才犹豫地回答："打炮？"

几个青少年代表队球员咯咯笑了起来。班杰垂下头，对准波博那张大脸。

"可是呢，波博，首先，我们正要去做全世界第一好玩的事情。你可知道，现在，我要求你做几件事情？"

波博站起身来，说："就一件？"

"赢。"班杰说。

"赢！"波博喊道。

"赢！"整车的人齐声怒吼。

戴维坐进座位。全队正在高呼"赢！赢！赢！"戴维将凯文父亲所传的短信删掉。班特走来，问他是否听说了任何关于凯文为什么被警方带走的消息，戴维摇摇头，回答："没有，没有消息。现在，班特，我们要专心处理我们能够改变的事情。"

班杰走到巴士后排，躺了下来，一直睡到他们抵达目的地。

32

森林是个适合玩一种游戏的地方。一个女孩坐在床上，为自己最好的朋友弹着吉他。一名年轻男子正待在警察局里。一家医院的走道上，一名护士经过一名律师身边。首都的一座看台上，成年男女站了起来，与赞助商、理事会成员齐声高喊，他们是"来自熊镇的熊"。十年前，这些赞助商和理事会成员曾对一名说过他们有朝一日将会拥有全国最强青少年代表队的体育总监冷嘲热讽；而现在，除了这名体育总监，所有在球会工作的人都来到了这里。

更衣室里，一支球队的成员正手握冰球杆，等着比赛开打。里欧坐在板凳上等着，手机放在膝盖上，等着看他的朋友们发现发生了什么事情以后，会在互联网上针对他姐姐写些什么。一家律师事务所接到一位有钱客户的来电，而另一家律师事务所里，一名母亲正在挑起一场战争。那女孩不断地弹着吉他，直到她的朋友入睡。而她的父亲站在门口，心想：小女孩们会挺过这一切的。她们办得到的。而这正是他所害怕的：全世界其他人都会因此认为，一切都很好。

　　自从那名 16 号球员学会溜冰以后，他就得学习怎么做才能获胜。他知道，比赛是在脑海中、在冰面上赢下来的。他的教练教过他，体育活动是很有音乐性的：每个球队都有他们比赛时喜欢的韵律与节奏。要是你扰乱了他们的韵律，你就扰乱了他们的音乐，而就连全世界最棒的音乐家也很讨厌被迫以不合节拍的方式演奏。事物一旦开始，就很难停止。一个运动中的物体会想保持相同方向前进；一颗雪球越滚越大时，你越挡住它的路，就越是显得愚蠢。这就是体育界人士所指的"气势"，而学校的体育老师会提到"惰性定律"。过去当戴维和班杰说话时，他总是比较直率："当一支球队在某件事情上顺心如意，一切都感觉很简单时，它会自动变得更好。然而，如果你能够对他们造成一点麻烦，即使只是一丁点麻烦，你很快就会看见，他们会为自己创造出更多的麻烦。"这事关平衡。一阵最轻微的风就足以改变战局。

　　一支球队抵达冰球馆，它将和熊镇冰球队比赛，但球队每个人都轻蔑地称他们是"恩达尔冰球队"。在赛前，他们老早就知道自己比那些从森林里来的农夫要强太多了，但现在他们才发现：凯文甚至没来比赛。没了他，熊镇根本不值一提。真是个笑话。就像高速公路旁被碾死的动物一样。这些选手抵达冰球馆时显得自信、沉静，他们知道：赢球之道，就在于打出自己的比赛。平心静气，保持平衡。

　　他们的教练还在外面，但选手们已经自傲不已，他们想看看对手，因此便在教练之前进入冰球馆。通往更衣室走道上的灯坏了，有人打趣道："搞不好是那些穷光蛋农夫偷了灯泡。"另一人接口："为什么？熊镇根本没电！"起先他们认为更衣室外面那纹丝不动的身形只是个阴影，他们的眼睛还没适应昏暗，因此第一个选手便直接走过去。班杰上身直挺，他的眼白轮流转向那二十名球员。要是他们有时间做出反应，他们或许会紧张地笑起来。但现在，他们只是沉默地站在黑暗中，双眼逡巡着。

班杰一动也不动，只管等在门口，强迫他们必须走向他，如此才能进入更衣室。他们本该等他们的教练，或是去找裁判来，但他们太过骄傲，没有这样做。当他们情绪失控时，情况就很容易预测了：班杰已经辨识出了那两个人，其中一个撞了他一下，另一个则挥拳打了他的肩膀。班杰先是吸收了第一击，再迅速出拳打中第二个人的耳朵，对方哀号一声，倒在地上。班杰再度转向第一个人，揍了他的肋骨两拳，力道不足以打断肋骨，却让他痛得弯下腰来，然后班杰又在他颈后赏了一肘，使他倒在队友的身上。第三名球员冲来的时候，班杰闪开，并推了他的背部一下，让他直接飞进毫无照明的更衣室。第四个人犯了个错误，他用双手抓住班杰的衣服。班杰头捶他的脸颊，使他向后倒下，但没有人接住他。

很显然，他绝对不可能在一个照明良好的房间内单挑一整支球队，但在一条狭窄、黑暗的走道上，每次只有一到两人能攻击他时，他们所有人都不禁自问：谁先上？

答案是：没有人先上。来自一整群人的犹豫，只消一秒钟就已经足够。班杰对他们狞笑，而后在任何人想到该说什么话以前冷静地走开。当他打开己方更衣室的门时，由两打人所发出的"我们是熊！"的疯狂吼声在走道上回荡着，而灯光照明的时间恰好足以让敌队的每个人看到他们的队友突然间变得如此不平衡。

他们不会把这件事告诉自己的教练。毕竟，他们能说什么呢？说他们让一个小子干掉自己队上最强的四个壮汉，而其他人袖手旁观吗？"那是什么人？"有人喃喃道。"神经病。"另一人说。当他们打开自己更衣室的灯时，试图对此一笑置之。他们试图说服彼此：等一下他们就会逮到那个16号的，没关系的，他们实力强大到不需要在乎这种事情。比赛开始时，很明显，他们没能做到这一点。韵律、节奏、平衡。一阵风吹来。

班杰穿上16号球衣。戴维双手放在背后，双眼看着地板，站在自己的球队面前。他整趟旅程中都在想着领导力对他到底有什么意义，最后得到了单一、闪耀的结论：苏恩曾经是他的导师，而苏恩最大的特长始终在于，他培育出领导者。他的问题是：他始终没有让他们领导。

球员们正屏息凝神，然而当戴维抬头看着他们时，几乎面带微笑。

"小伙子们，你们听到真相了吗？真相是，没有人相信你们能打到这里来。你们的对手、联盟、国家队教练都不相信，坐在看台上的那些人更不可能相信。这对他们来说是一场梦，这对你们来说是一个目标。没有人替你们做到这一点。所以，这场比赛，这一刻……是属于你们的。不要让任何人告诉你们该怎么做。"

他还有许多话想说，但现在，他们已经进决赛了。他已经尽力了。因此他转身，走出更衣室。几秒钟以后，迷惑不已的班杰跟在后方。球员们坐在那里，起先只是惊讶地互望着。然后他们一个接一个站起身来，拍了彼此的头盔两下。他们当中最沉默的人，此时竟率先拉高音量。

"我们从哪里来？"菲利普问道。

"熊镇！"所有人一起应道。

利特爬上一张板凳，吼叫道："为了凯文！"

"为了凯文！"所有人一起应道。

他们出来时，班杰已经站在冰球场上。那名16号球员站在中场圆圈上，向后看着。最后从熊镇冰球队更衣室里走出来的，是全队体格最魁梧的球员和年纪最小的球员。波博拍拍亚马的肩膀，问道："亚马，你从哪里来？"

亚马抬起头来，下巴颤抖着说："洼地。"

波博点点头，举起他的手套。他在上面用签字笔写了"贫民窟冰球协会"。一个笨拙的男孩做出了一个笨拙的手势。

有时候，它们是最有价值的。

为什么会有人关心体育呢？观众席上的一位女士关心体育，因为那是最后一个给她直接答案的事物。她曾是精英水平的越野滑雪选手，她牺牲了整段青春岁月，额前戴着探照灯，一晚接一晚地在长距离坡道上滑雪，因疲倦和严寒而流下泪来。她永远无法参与其他高中生在课余时间所做的事情，以及所有休闲活动。但是，假如你问她是否对任何事情后悔，她将会摇摇头。要是你问她，假如时光倒流，她将会怎么做。她将会毫不犹豫地回答："更努力训练。"她无法说明自己为何关心体育活动，因为她已经认识到：假如你需要问这个问题，那你是根本不会了解的。

她的儿子菲利普担任首发防守球员，但她知道他为这一切所付出的代价——前额戴着两只探照灯在森林中跑动，在露台上不断射门。而她一直跟随在侧，见证一切。当他是全队最矮小的球员时，每天早上都会测量自己的身高，只因医生向他保证：最后，他的身高会赶上其他人。为此，她不知流下过多少泪水。她无法将门框上那些铅笔划痕粉刷掉。每天，当意识到自己就跟前一天一样矮、一样轻时，小男孩会崩溃地龟缩在厨房地板上，而她则必须将他扶起来。当他使自己成为全队最强的后卫时，其他任何人或许都不曾注意到。但是，在这条路上，他的妈妈可是每一厘米都紧跟着他。

整段热身过程中，"尾巴"的手机片刻不离手，试图搞清楚凯文出了什么事，但仍然一无所获。他猜测，当他们知道任何情况时，凯文的父亲会最先通知戴维，但他从这里联络不上教练。

围在他周围的赞助商与理事会成员们因为信息不通而大为光火。他们已经在谈论该联络哪个律师，该对哪些新闻记者分享这个故事，以及该让谁为此受罚。

"尾巴"并不生气，现在，他的情绪控制能力已经达到了另一个水平。他看着看台上的家长们，试图算出他们为这支球队究竟付出了几天几夜的时间。他感受到挂在脖子上的自己所赢得的来自另一个年代的那块银牌的重量。他并不知道谁会从他们手上偷走获胜的机会，但他已经开始痛恨他了。

要求戴维和班特让利特取代凯文中场位置的正是班杰。这对利特的意义是任何言语都无法形容的。

第一次开球之前，班杰在亚马面前停下，说："你今天带上你那双快腿来了吧？"

亚马笑着点点头。敌队球员早已在板凳上高声谈论"把那个16号赶出场"，他们并非白痴，已经看穿班杰就是那个施暴的疯子。因此，当裁判抛下橡皮圆盘时，班杰全速滑行、冰球杆指向那名抢到橡皮圆盘的球员。刚刚在那条阴暗走道上见过那个16号球员的任何人显然都察觉到，他将会忽略橡皮圆盘，直接铲断。他的对手双脚站稳、绷紧身体，准备吸收撞击的力道。

撞击并未发生。班杰直接冲向橡皮圆盘，将它抛进攻击区，利特在中线区挨了一次铲断，像一条被子弹击中的海豹般跌在冰面上。这名中场的自我牺牲给了线上第三名球员足够的空间。这场比赛中，在他们的对手意识到亚马动作有多快以前，他们有唯一的机会。

他们利用了这个机会。

亚马耐心等待守门员自乱阵脚，随即将橡皮圆盘打入了球网上缘。"尾巴"尖声大叫，直到声嘶力竭，家长们则冲下看台，仿佛想一路冲破边线的围栏。亚马绕着球门网滑动，双手高举，但没两下就被班杰、利特与菲利普团团围住。下一刻，全队球员在冰面上堆叠在彼此的身上，或围绕在彼此身旁。"尾巴"一把抓住某人的母亲，他不知道那是谁的母亲，尖叫道："我们是从哪里来的？"

前一刻，他们全都是无神论者；现在，已经没有人是无神论者了。

第一节打完，他们一比零领先。戴维没有对他们说任何话，甚至没有进入更衣室，只是和班特站在走道上一语不发，听着球员拍彼此头盔的声音。他们的对手先扳成一平，再反超为二比一。但就在第二节与第三节的休息时间，波博取得自己仅有的替补上场机会，而橡皮圆盘在蓝色攻击线前找到了他。他试图传球，但橡皮圆盘却砸到敌队一名球员的冰球鞋上，向波博弹去。如果这小男孩有时间思考，他当然会意识到，这个想法真是愚蠢。但是，从来没有人指责波博太过机智。因此，他就射门了。守门员甚至动也没动，而他背后的网子动了一下。波博仍然站在原地，震惊地凝视着。他看见灯号亮起，计分板上的数字变成了二比二。他听见熊镇球迷看台区的庆祝声，但他的大脑没能记下事情发生的顺序。冰上，第一个冲到他身旁的人是菲利普。

"赢！"他吼道。

"为了凯文！"波博号叫着，狂暴、骄傲地冲到球场边，等比赛重新开始时，他竟将自己的球杆忘在中场发球圈上。

菲利普和他的妈妈都很喜爱冰球。而且，她可不像那些兴致缺缺、对规则一知半解的家长。她对这项运动的一切——刚硬、诚实、绝对、真实、直接的问题、直接的答案，由衷地崇拜。

玛格·利特站在她身旁，她和菲利普的母亲从小就认识了。她们的住处只相隔两间住宅。过去，她们一起滑雪，在同一年结婚，两人的儿子出生时间仅隔了几个月。在十多年前，她们就像在这场比赛里一样，在观众席上跺着脚，试图消除脚趾的麻木感。你想告诉她们，她们这些对冰球入迷的家长太狂热了？她们会让你去看一场青少年越野滑雪锦标赛，听听那里观众的喊声；或是和因为认为自己女儿的障碍滑雪赛坡道设置错误，就冲到滑雪道上破坏一整场锦标赛的父亲谈谈；或是和花样溜冰选手的妈妈谈谈，一名九岁的选手究竟该做多少训练。总会有更糟的人。如果你做过足够多的比较，你会觉得任何事情看起来都再正常不过。

菲利普的妈妈从不尖叫，从不大吼，从不批评教练，从不进更衣室。然而，要是有人批评她朋友的行径，就算到了世界末日，她都会为玛格辩护，替她撑腰。因为她们也是一种团队。菲利普的妈妈学到：你不能要求家长们将他们一辈子都奉献在孩子的体育活动上，陷家庭财务于危机之中，然后还期待热情有时不至于过剩。

因此，当玛格朝裁判尖叫"你眼瞎了吗？"的时候，菲利普的妈妈保持沉默。另一名家长尖叫"老天爷，你小时候是弃婴还是怎样？你在家都是让别人做主吗？"时，她一语不发。然后，有人说："这算哪门子娘炮传球？"一名坐在看台更上方处的男子伸出双臂，吼道："现在是在打篮球还是怎么回事？"敌队一名球员在边线角落抱住一名熊镇球员稍微久了点，却没被驱逐出场；那孩子走回板凳区时，一名家长大吼："你是同性恋还是 22 号？"

更下方的看台座位上，一名带着两名幼童的妈妈转过身来，说道："能不能请你讲话小心点？这里有小孩子！"

回答的是玛格，她的声音里有着明显的轻蔑："好啦，小甜心，如果你那么不放心他们离开舒服的小窝，听到一些恐怖的东西，也许你就不应该带他们来看冰球比赛！"

假如你问菲利普的妈妈为什么不抗议，她会说：你可以喜欢某个事物而不用对它全盘接受。你不需要对自己没有感到骄傲觉得不好意思。这一点适用于冰球，也适用于朋友。

那位有着年幼子女的母亲刻意拉着他们的手，走下阶梯，坐到更下方的座位上。在她背后的冰面上，菲利普狂奔大半个冰球场追击一名对手，扑身拦阻对方传球，身体失去平衡。班杰朝他们所在的位置冲来。

一名坐在看台较高处的赞助商转向"尾巴"。他朝那名带着小孩的母亲扬了扬下巴，咆哮着："该死的，我们今天带道德警察进来了吗？她在这里干吗？"

第三节才刚刚开始。16 号球员从中场区域抄走橡皮圆盘，用一种没人知道他精通的技术耍弄两名对手，再狠狠将圆盘轰进网内，而守门员根本无力扑救，此时他们的对话被群众的吼叫声淹没。

班杰甩开想拥抱他的一众队友，从网内取来橡皮圆盘，直接走向熊镇的家长们。他在离边线护栏一段距离处停下，朝两名狂喜的小朋友挥手，然后把橡皮圆盘丢给他们的母亲。

赞助商转向"尾巴"，问道："你……你刚才说，那……那是谁？"

"那是班杰的姐姐，佳比。那两个孩子的舅舅刚刚帮我们取得三比二领先。""尾巴"回答道。

33

　　小时候，当感到难过时，玛雅总会到床上去。对于使她心烦意乱的事情，她总会用睡眠来驱除。当她十八个月大时，妈妈在多伦多市中心开着一辆租来的车，而她坐在后座上。当时，车子在全城交通量最大的其中一处路口抛锚了。公交车的喇叭狂鸣，出租车司机破口大骂，蜜拉则在电话中狂骂租车公司一名倒霉的接线生。在此同时，这小婴孩看起来非常沉静，打了一个好大的哈欠，睡着了。直到她们六小时后回到酒店，她还在睡。

　　现在，蜜拉正站在家里的玄关处，眼神穿过门口，看着床上的女儿。即使已经十五岁了，在感到痛苦时，她仍以睡眠来应对。安娜躺在她身旁。当你埋葬过一个子女以后，感觉也许会有些不一样；又或许，所有家长都有这种感觉——蜜拉唯一希望和奢求的，就是子女能够健康、安全、交一个好朋友。

　　那样的话，你几乎就能撑过所有事情了。

　　戴维将会永远记得这场比赛。他一整夜都会对女朋友谈到这场比赛的最后数分钟，拍拍她的腹部，小声道："别睡着噢！我还没讲到最好玩的部分！"他将会一而再，再而三地讲到这个故事：亚马扑身救球，用自己的头盔挡下对手多次射门，以至于裁判最后强迫他到场下，检查头盔是否已经裂开。利特的上场时数冠绝全场，他不在冰球场上时，宛如板凳席上的巨人：他拍拍队友们的后背，喊着更多激励人心的话，给更多疲惫不堪的队友鼓舞士气。当几乎累瘫的波博走下门槛、离开冰面、扑倒在地时，是利特抓住他，取来他的水瓶。同时菲利普就像个经验丰富的资深球员，完全没犯错。班杰呢？班杰全场飞奔。戴维看见他用自己的冰球鞋侧面挡下一次力道猛烈的射门，就连坐在板凳席的助理教练班特也忍不住抓着自己的脚，直叫："连我都觉得痛啊！"

班杰带着伤痛继续奋战，全队撞上了墙壁，用额头捣烂了那堵墙，继续奋战。每个人的发挥都超出了平常水平。每个人都拿出了自己最好的一面。他们尽力了，没有任何教练能要求他们做得更多。他们已经拿出自己最好，绝对是最好的表现。

然而，那并不够。

当敌队在终场前一分钟追成三比三平手时，一支球队瘫倒在冰上，两打的家长在观众席上崩溃，一座位于森林里的小镇也随之崩溃。在加时赛前的暂停时间里，三名球员吐了出来。另外两名球员的肌肉痉挛着，非常勉强地回到冰球场上。他们的球衣被汗水浸湿，身体里的每个细胞都被榨干了。但敌队仍然多花了十五分钟才最终打倒他们。他们一再地兜圈子、兜圈子、兜圈子。到最后，班杰没能及时回防，菲利普第一次漏人，利特的球杆太短，而亚马差一点儿就能挡下那次射门。

整支熊镇冰球队瘫倒在冰面上，对手们在他们周围手舞足蹈，他们的亲友冲进场内庆祝。直到得胜者的吼叫与高歌声转移到敌队的更衣室时，菲利普、波博、利特和亚马才开始伤心欲绝地走向自己的更衣室。成年男性与女性仍然坐在观众席上，双手掩面。两名幼童伤心欲绝地在母亲的臂弯里哭了起来。

在地球上，人们还没有见过比输球后的那队球员的心还要沉默的事物。戴维步入更衣室，看到自己的球员鼻青脸肿、疲惫不堪地躺在地板上和板凳上，他们当中大多数人甚至累到没力气卸下装备。班特站在一旁，等着总教练说些什么，但戴维只是转身离开了。

"他要去哪里？"一名家长问。

"我们就是输不起，因为输得起的人会输个不停。"班特喃喃自语。

最后，敌队的队长终于伸出手来。他已经冲过澡、换过装、神清气爽，但球衣上满是香槟酒的污渍。熊镇冰球队的 16 号球员仍然仰面朝天躺在冰上，仍穿着冰球鞋。看台已几乎人去楼空。

"兄弟，打得好。要是你考虑过转会，欢迎加入我们的行列。"那名队长说。

"如果你想转会，欢迎你来和我并肩作战。"班杰回答道。

这名队长笑了起来，协助他起身，看到班杰痛苦难当的表情，不禁问道："你还好吧？"

班杰冷漠地点点头，但仍让自己的对手搀扶着他，一路来到走廊上。

"抱歉，我……你知道的……"班杰边说边对天花板上那几盏坏掉的灯比了个手势。

这名队长高声大笑道："真的啊？我倒是希望，我们曾经想到过这样对付你们。你是个强硬的小杂种。你需要好好治疗，你可真是个强硬的小杂种。"

两人坚定地握了握手，向彼此道别。班杰龟缩着进入更衣室，躺在地板上，甚至没有作势脱掉冰球鞋。

佳比和两个孩子通过走道，穿过其他穿着绘有小熊图案的绿色球衣、围着绿色围巾的成年人，向某些人点头致意，忽略其他人。她听到一名父亲说裁判是"智障"，另一个人喃喃说着"那狗杂种真该下地狱"。她直接带着孩子们来到车前，而没有等班杰，她不想让孩子们听到这种话，而她也知道，要是她对此抗议，众人会怎么称呼她。

就在他们通过门口时，她那还不太会发"子"音的小女儿问道："妈咪，'婊之'是什么意思？"

佳比试图一笑置之，但孩子坚持着，指向走道说："刚刚有个人这么说，'裁判是个小婊之'！"

又过了一刻钟，戴维才带着满满一塑料袋的橡皮圆盘回来。他在更衣室里来回走动，发给每名球员一枚橡皮圆盘。他手下的男孩们读着写在上面的六个字母，有些人露出微笑，有些人哭了起来。波博清了清喉咙，站起身来，看着自己的教练，说道："不好意思，教头……可是，我想问问……"

戴维扬了扬眉毛，波博朝橡皮圆盘点点头。

"你可没有……你知道的……你不是男同性恋吧？你不是吧？"

笑声是能解放人心的。震耳欲聋的笑声能使一群人团结起来，疗愈伤口，杀死沉默。更衣室里的哈哈笑声震耳欲聋，直到戴维脸上绽放出一朵好大的笑容，点点头，回答道："明天你们回家以后，要加练一次森林越野跑。这是波博的功劳。"

而面对用胶条所揉成的、冰雹般飞来的小球，波博不得不低身闪躲。

班杰是倒数第二个领到橡皮圆盘的人，班特则是最后一个领到橡皮圆盘的人。戴维拍了拍助理教练的肩膀，说道："班特，我得坐夜间火车回去。酒店已经为你们安排好了。我相信你会好好照料这些小伙子的。"

班特点点头，看着那枚橡皮圆盘。他读着，泪水不住地落在自己的连身训练装夹克上。"谢谢。"

波博敲着佳比车窗的玻璃时，她吓了一跳。孩子们已经在后座睡着了，而她几乎也睡着了。

"抱歉……你是班杰的姐姐，对吧？"波博说。

"对！我们在等他，他说过想跟我们回家，不想睡酒店。他改主意了吗？"

波博摇摇头，说："他还在更衣室。我们弄不下来他的冰球鞋。他让我来找你。"

看到班杰时，佳比首先告诉他，她是多么爱他。然后，她说："你今天可真是走狗屎运，妈妈上班，不能来这里看球。要是她知道自己的儿子几乎拖着一条断腿打完整个第三节，以及加时赛的十五分钟，溜冰的距离甚至还超过其他人，她肯定会宰了他。"

停车场里的巴士外，菲利普站在母亲身旁许久。她擦干他的脸颊。他低语道："对不起，这是我的错。那最后一球，是我防守失误。对不起。"

即使他已经高壮到能以一只手将她提起，她还是抱着他，仿佛他又变成了小孩子。

"噢，小心肝，你有什么需要道歉的呢？你从来就不必道歉的啊！"

她拍拍他的脸颊。她知道那是什么感觉，那跟她站在长距离滑雪竞赛坡道尽头、情绪崩溃、汗滴化为冰柱时的感觉是一样的。她深知体育能带来些什么，以及它会索取些什么。她儿子所克服的所有困难从她的眼前飘过——所有没选中他的精英球会，所有从没考虑选他的国家队，所有他得在看台上作壁上观的锦标赛。他的妈妈，抱着自己十六岁、为了这场比赛在生命中每一天艰苦训练的儿子。明天，他将会醒来、下床、再度出发。

在一栋屋里的一个房间的地板上，安娜正坐在最要好朋友的床边，身子蜷成一团，膝上摆着一台电脑。她不时不安地看看床沿，以确保玛雅没有醒来。然后，她便回到那些她知道学校里每个人在知道发生什么事以后会上的所有网站，"咔咔"点击鼠标，扫过一串沉默且尚未更新的状态列，几张关于猫咪和思慕雪的单独照片，另外还有一份难过不已、针对青少年代表队输掉决赛的说明。没有其他东西了。现在还没有。安娜又刷新了一遍所有页面。她从出生起就住在这里，她知道信息传播速度有多快，某人的熟人有个弟弟是警察，或者有个朋友在地方报社工作，或者妈妈是医院的助理护士。有人对别人说些什么。那时，地狱之门即将开启。她刷新所有页面，一次，一次，再一次。用力、更用力地敲着键盘。

砰。砰。砰。砰。砰。

班特告诉全队，酒店住宿已经安排妥当，赞助商们已经付费，这群小男生可以任意使用客房服务，好好睡一觉，明天再回家。球员们问起戴维在哪里，班特说，教练已先回家，只为能在警方释放凯文时在场。

"如果我们当中有人想回家呢？"利特问。

"那我们会处理的，你们可以选择。"班特说。

没有一个球员想留下来。他们可是一支球队，他们要和队长会合。那天晚上，当这则新闻最后终于在他们的手机上引爆时，他们正在回家的路上。凯文为什么被警方拘留，他被指控做了什么事情，以及举报他的人又是谁。首先，一个球员说："他们在讲什么？我在派对上看见了他们！明明就是她对他起了色心！"随后，另一人说："天杀的屁话！我看见他们上楼，她走在前面！"之后，第三个人又指证道："说得好像她不想要似的！你们有没有看见她的衣着，嗯？"

每个年轻男子都把打舌音 r 发得非常标准。当第一个人说出"那个小婊子"的时候，他绝对不会是最后一个。

在一栋屋子里，在一个墙上悬挂着冰球杆、橡皮圆盘、比赛用球衣的房间里，某人的弟弟被一声巨响惊醒，那是他姐姐最要好的朋友在隔壁房间全力将一台电脑砸在墙壁上发出的。她仿佛希望在那里面打过字的人们都能同时被碎尸万段。

34

蜜拉和彼得坐在屋外那道低矮的台阶上。他们没有碰触彼此。彼得清楚地记得这道距离。曾经有过那么几天，他相信悲痛将他们凝聚在一起。即使他并不值得，但蜜拉没有其他能够与她共享艾萨克的人，因而她仍留在他身边。但这小男孩才刚过世，情况就完全相反了。那时，悲痛使他们有了隔阂，成为他们手指尖之间一道隐形的屏障。现在，它回来了。

"这是……我的错。"彼得小声道。

蜜拉摇摇头："别这么说。这不是你的错，这不是冰球的错。不要给那个该死的……不要给……不要帮他找借口！"

"蜜拉，他可是这个球会调教出来的。我的球会。"

蜜拉没有搭腔。她已将双拳握得太紧、太久，当她松手时，指甲印痕都要花上好几天才会消失。她的整个职业生涯都是为了司法与法条而活，她坚信正义与人文主义、对抗暴力和血债血还。因此，她在内心最深处尽了一切努力驱赶此刻将她淹没的那种感觉，但那感觉是无从阻止的，它全力扫来，将她坚信的一切摧毁。

她要杀了他。她要杀死凯文。

安－卡琳和"雄猪"戈登站在停车场上，等着球队巴士从决赛场地返回。安－卡琳将会一直想起那种听觉效果：今夜全城一片寂静，却又感觉像是有一阵绵密的"嗡嗡"声。虽然到处都是灯火已经熄灭的屋舍，但人们知道，其实大家都还醒着，用手机和电脑互通有无，越来越生气，也越来越觉得悲惨不堪。熊镇的人们可是不多说话的。但是，这有时又像是他们唯一会做的事。

戈登谨慎地挽起她的胳臂："安－卡琳，我们必须等待。在我们确切知道……之前，我们不能去蹚这浑水。"

"彼得可是你最好的朋友之一。"

"亲爱的，我们还不知道发生了什么事呢。没人知道发生了什么事。我们不能去蹚这浑水。"

安－卡琳点点头。当然，他们不能去蹚这浑水。每起事件都有两面。你必须听听凯文的说法。她试图说服自己接受这一点。上天、众神、永恒的圣母可以为证，她是多么努力说服自己接受这一点。

安娜站在地板上，羞惭地用双手遮住脸颊。玛雅惊骇地坐在床上，整个房间都是电脑的碎片与残骸。蜜拉走了进来，各用一只手搭在她们身上。

"安娜，你知道我有多么爱你，就像爱我自己的女儿一样爱你。"

安娜擦干脸颊，豆大的泪滴由鼻尖滴到地板上。蜜拉亲吻着她的头发，说道："但是，安娜，你得先回家一阵子。我们家人得先……自己谈一谈。"

玛雅想提出抗议，但她实在太疲倦了。当大门关上时，玛雅再度躺下，沉沉睡去。睡了又睡，睡了又睡。

彼得开车送女儿最要好的朋友回家。沿途屋舍的灯火都已熄灭，但他仍能感受到从窗户里传来的眼神。安娜下车时，他多么想说点什么，做个能够抚慰人心、给予教育和鼓励的明智家长。然而，他不知从何说起。因此，他能说出口的只是："安娜，一切都会没事的。"

安娜拉紧夹克，用毛线帽盖住额头，努力让自己看起来是为了他的缘故而相信这一点。她并未成功。彼得看见小女孩因沉默的怒气而颤抖着，由此想到蜜拉和玛雅多年前吵架时的情景。当时正值青春期的女儿第一次真正地闹叛逆，蜜拉崩溃般地坐在厨房里，抽噎着说："她恨我。我的亲生女儿恨我。"当时彼得紧紧拥抱自己的妻子，小声道："你女儿崇拜你，她需要你。你要是曾经对这一点感到犹豫，那你只需要看看安娜。在所有可以选来做最好朋友的人当中，你女儿选了一个跟你一模一样的人。所有的情感表露无遗。"现在的彼得真想下车，抱住安娜，让她别害怕，但他不是这种人。他本人太过害怕而没办法说谎。

车身消失时，安娜溜到屋内，摇醒小狗们，将它们尽可能地带到森林深处。在那里，她将脸埋进它们的毛皮，绝望地悲泣着。

它们的鼻息接触到她的颈间，它们舔着她的耳朵，用鼻尖嗅闻她。她永难理解：怎么会有人优先选择人类，而不是选择动物？

这天夜里，欧维奇家一张空床都不剩了。佳比的两个小孩睡在舅舅惯睡的床上，爱德莉与凯特雅睡在她们母亲的床上，妈妈则睡在沙发上。女儿们坚称，自己可以用客厅的家具当床睡，但妈妈将她们臭骂一顿，让她们不敢再作他想。隔天一大早，佳比陪着班杰从医院回来时，姐姐们和妈妈都盯着拐杖和打着石膏的脚，揍了他的脖子，对他尖叫着说他会把她们活活折腾死，而他却又是她们生命的希望所寄，她们是多么爱他，而他真是一头蠢驴。

他睡在床边的地板上，就在姐姐的子女下方。当他醒过来时，两个小朋友已经带着毛毯爬下了床，蜷伏在他的身旁。他们穿着冰球球衣睡觉——球衣背号是 16。

蜜拉坐在女儿的床沿。当玛雅和安娜还小时，彼得常常打趣说，她们之间是多么不一样，尤其是睡觉时，"玛雅睡过觉以后，你甚至根本不需要整理床单。安娜睡过以后，你必须重新把床推到房间正确的一边"。玛雅睡醒时的肢体语言像一头睡眼惺忪的小牛；安娜睡醒时的肢体语言则活像一个喝得烂醉、暴怒、仿佛在寻找手枪的中年男。人们唯一能想到的这两个小女孩的共同点，就在于名字：她们很讨厌别人称她们是"美雅"和"安妮"，因为全世界到处都是名叫"美雅"和"安妮"的人。当玛雅第一次意识到居然还有和她同名的小孩时，她可真是气急败坏。考虑到当时她正值要求刀叉塑料柄颜色和食物的颜色要相配、在就寝时间以"爸爸！我的脚一样大，我——不——要——！"的理由大吵大闹均属正常的年龄，这一点倒是可以理解。最令她光火不已的事情，就是居然还有人和她叫一样的名字。她和安娜都认定：名字就是一件私人物品，就像肺脏和瞳孔一样，都属于身体的一部分。在她的认知世界里，所有叫"玛雅"和"安娜"的人都是贼。蜜拉有时候认为，两人在五岁时就学会阅读的唯一原因，是想知道自己的名字在文本中变得不一样。她们就是想与众不同。那一切感觉就像永恒，却又像是刚发生的事情。

人长大的速度之快，快得无情。

彼得静寂无声地关上门。将沃尔沃车的钥匙挂在玄关的挂钩上。蜜拉和他在厨房里一坐数小时，一语不发。最后，蜜拉小声道："现在，这一切和我们无关。重点是：她得撑过这一切。"

彼得将目光定在桌垫上，说道："她是如此……坚强。我不知道该对她说些什么，她已经……比我还要坚强了。"

蜜拉的手指甲重新在皮肤上抠出深深的印痕。

"彼得，我想杀了他。我要……我要看见他死。"

"我知道。"

当他穿越那道屏障、抱住她的身体时，两人都极力忍耐住喘息和呜咽声，这样才不会吵醒孩子们。这位律师和体育总监将会永远不停地用

254

这件事来怪罪自己。

"彼得，不要将这整件事揽在自己身上。这不是冰球的错。人家是怎么说的……'环境造就了孩子的教养'？"

"也许这就是问题。也许这是个错误的环境。"他答道。

青少年代表队球员的家长们在冰球馆接走他们的孩子。他们沉默地坐车回家，家中唯一亮着的，就是屏幕。利特在黎明前来到波博的家，他们没多谈什么，只是分享着必须做点什么的感觉。采取行动。他们走过整座小镇，在更多青少年代表队球员的家门外将他们召集起来。他们犹如一群黝黑的小虫，在庭园间游走，在黑暗的天幕下握紧双拳，朝空荡荡的街道投去狂野的目光。时间一小时接一小时过去，直到日出。他们自觉遭到了攻击，感觉到自己正处于攻击之下。他们想对彼此尖叫，表明这支球队对他们的意义有多么重大，表明对球队的忠诚与关爱，以及他们多么敬爱自己的队长。但是他们无法言说。因此，他们试图找到别的方式来展现这份敬爱。他们并肩而行，像一支即将上前线开杀戒的军队。他们是多么想保护某个事物、伤害某人、杀人。他们正在追猎一个敌人，不管是谁都好。

亚马回到家，直接走到床边。法提玛安静地坐在另一个房间里。隔天早上，公交车将他们送到冰球馆。在那里，也没人吭声。亚马绑紧了冰球鞋鞋带，手持冰球杆，在狂怒中穿越冰球场，冲向远端的边线护栏，虐待自己。在满头大汗以前，他不准自己哭出来，否则，就会有人发现他在哭泣。

在一栋别墅里，一名父亲和一名母亲坐在餐桌旁。

"我只是说……你要想清除……"这名母亲说。

"你相信这是我们的儿子干的？！要是你真相信这是我们的儿子干的，见鬼去，你算哪门子母亲？"这名父亲狂吼道。

她崩溃似的摇摇头，目光盯着地板。当然，他是对的。她算哪门子母亲呢？她小声说，当然不是，她当然不相信这是他们的儿子干的。她只尝试说明：一切都已经是非颠倒，现在没人理性思考，我们只是得稍微睡一下。

"只要凯文还在警察局，我就不准备睡！你给我搞清楚！"这名父亲宣布。

她点点头。她不知道，从此以后自己是否还能睡着。

"我知道，亲爱的。我知道。"

另一名父亲和另一名母亲坐在另一栋别墅里的另一张餐桌旁。他们在十年前离开了加拿大，搬回熊镇，只因这是他们所能想到最安全、最安适的地方。因为他们在内心深处是如此需要世界上存在某个感觉不会发生苦难的地方。

现在，他们没有交谈。一整晚都一语不发。即使如此，他们都知道对方在想什么——"我们保护不了自己的孩子"。

我们保护不了自己的孩子我们保护不了自己的孩子我们保护不了自己的孩子。

35

恨，可以是一种极具激励性的情感。要是你将一切区分为朋友与敌人、我们和他们、好人和坏人，世界就会更容易理解，也就比较不那么恐怖。让一个团体凝聚的最简单方式不是爱，爱是很困难的，爱是有所要求的。仇恨是很容易的。

冲突中发生的第一件事情是：我们会选边站，因为这比在脑海里同时保持两种思路容易。发生的第二件事情是：我们会搜寻那些证实我们想法的证据，那样最舒服，能让人生一如往常过下去。第三件事情是：我们将我们的敌人去人性化。要做到这一点，有很多种方式，但最简单的莫过于将她的名字除掉。

因此，当夜幕降临、真相散播时，没有人在熊镇的电脑和手机上写"玛雅"，他们只写"M"，或者写"那个年轻女人"，或者写"臭婊子"。没人说"强暴"，所有人都在说"指控"。他们先是说"什么事都没发生"，接着说"就算真发生什么事，那也是她自愿的"，再升级到"就算不是自愿的，她只能怪自己，她自己喝得烂醉，跟进他的房间，她以为会发生什么事"。一开始是她"自己愿意"，到最后变成她"活该"。

要说服彼此不再将一个人当人看是非常迅速的。当许多人都够安静时，只要一小撮人发声，就会带来所有人都在尖叫的印象。

玛雅做了所有她必须做的事情，所有人要求她做的所有事情。她回答了警方所有的疑问；在医院里做了所有检查；坐几个小时车，找一位一直希望她记住那些她就是想忘记的事情的心理咨询师。那位心理咨询师希望她直面她想压抑的事，希望她在想尖叫时哭泣、在想死时说话。安娜打电话给她，但她将手机关机了。手机里满是匿名短信。人们这么快就决定了什么是真相，他们买了现金预付卡，就是为了能告诉她真相是什么，却不让她知道他们是谁。

她回到家时，夹克从身上滑下，落在玄关地板上，仿佛是她从里面缩着身子爬出来。她变得越来越渺小，器官一个接一个离她而去。肺脏、肾脏、肝脏、心脏。最后，她体内只剩毒素。

里欧坐在电脑前，听见她在门口。自从他们小时候起，她就不曾进他的房间。

"你在做什么？"她用几乎听不见的声音问。

"玩游戏。"里欧回答。

他已经拔掉了网线。他的手机弃置在背包底部。他的姐姐站在离他一两米的地方，双臂紧紧环绕着自己，看着昨天还挂着海报与球衣的墙壁。

"我可以加入吗？"她小声道。

他从厨房里拿了一张椅子进来。整个晚上，他们一直玩着游戏，没有交谈。

蜜拉在办公室里。和其他律师开着一场又一场的会，战斗着。同时，彼得在家里打扫每寸空间，擦洗流理台，清洗所有床单和毛巾，刷洗每个杯子，直到肌肉酸痛。

当他们失去艾萨克时，在有些时刻，他们希望能有敌人，某个有罪责的人，只是因为他们想惩罚某人。有人曾经建议他们和上帝谈谈这件事情，但当你是父母时，和上帝保持正常的对话语气是很困难的。当你将手指尖放在墓碑上的生卒年月日上时，你很难相信真有一种至高无上的权力存在。这可不是数学的错，计算生命长短的方法很简单：将墓碑上右边的四位数字减去左边的四位数，将结果乘以三百六十五，每逢闰年就多加一天。然而，不管你怎么算，这就是不对劲。你算啊算，一算再算，但结果永远不对，不管你怎么加，就是不够。天数太少，无法构成完整的人生。

当人们说"疾病"时，他们憎恨不已，因为疾病是他们无法触及的。

他们想要一张脸孔、一个犯人，他们需要用所有罪过的重量将某人淹死，否则，他们自己就会被这重担给拖下水。他们很清楚，自己是自私的。但要是人们没有一个可供处罚的人，他们就只能咒骂上天，而没有任何人能承担得了这么沉重的愤怒。

他们想要一个敌人。现在，他们有了一个敌人。他们并不知道是该坐在女儿旁边，还是去追杀那个伤害她的人；他们究竟是该帮助她活下去，还是确保他死。他们不确定这是不是同一回事。恨意比相反的情绪可要简单得多。

家长是不会痊愈的，子女也不会。

任何国家、任何城市里的任何青少年，都曾经玩过几乎足以导致生命危险的游戏。一票朋友当中，总会有人玩得过火：首先从最高峭壁上跳下来的人，火车进站时沿着铁轨跑在大家最后面的人……那并不是最勇敢的青少年，而只是其中最不畏惧的人。也许，那人只是觉得自己和别人相比，没有什么损失。

班杰总是找寻着最强烈的生理感觉，因为它们会压制其他感觉。肾上腺素、口腔里的血味，以及全身上下撞击的疼痛在他脑海里成了一串怡然自得的哼唱声。他喜欢让自己变得害怕，因为在害怕时，他就不会想到其他事物。他从来没有用刀割过自己的手臂，但他理解这样做的那些人。有时，他会非常渴望体会一种自己能够看见、让自己聚精会神的疼痛，于是就会坐几个小时的火车到另一座城市去，等待黑暗来临，寻找那些他能找到的、最可恶的坏蛋来吵架，和他们斗殴，直到他们别无选择，必须狠狠痛揍他。有时，当身体上实在的痛叫人难以忍受时，身上其他部位的疼痛反而不太明显了。

直到走下舞台，贝斯手才看见他。他太过惊讶，一时竟忘了掩藏自己的微笑。他身着同样的黑衣，衣服披在他身上，布料如雨点般落在他身上。

"你来啦。"

"这一带没什么乐子可找。"

贝斯手笑了起来。他们距离彼此三步远，喝着啤酒，不时有喝醉的肥胖男子走过，拍拍班杰的背部。他们为了他那条断腿夸赞他，对于裁判显然是个"婊子"表示了遗憾之意。随后，他们又喃喃自语"凯文那件事，真够该死"。七八个年龄各异、身份不同的男子重复了同样的事情。大家都想请16号球员喝啤酒。贝斯手知道，这或许只是自己的幻觉，但他感觉班杰每被拍一下背部，就向后退一厘米。贝斯手以前来过这里，这也不是他第一次遇上行为举止宛如身份受到保护的小男孩。而在这里，人们不想让别人感到难过；这样的一个场所，也许情况会不一样。

最后，当两人终于能够独处时，贝斯手喝光杯中的酒，低声说道："我要走了。我看……有很多人想跟你聊冰球。"

班杰拉住他的手臂，说："不啦……我们去别的地方。"

贝斯手走进夜色，转向右边，绕着建筑物。班杰等了十分钟，转向左方，绕了点远路去森林，然后才跳回来，在树丛间遇上那个贝斯手。他一路跌跌撞撞，骂声不止。

"你确定你知道怎么打冰球吗？你看起来好像犯了错噢。"贝斯手看着班杰的拐杖，微笑着。

"你确定你知道怎么弹贝斯吗？整场音乐会上，你看起来一直在调音。"班杰反驳。

他们抽着烟。黑暗中风势变大，吹遍积雪，但似乎在最后一刻决定放过这两个小男孩。风只是飞快地掠过他们，像第一次接触到别人皮肤的手指尖那样犹豫、谨慎。

"我喜欢你的头发。"贝斯手说着，鼻息接触着他的头发。

班杰闭上双眼，放下拐杖，他多么希望自己事先多喝了点酒，多抽了几根烟。他误判了自己对欲望的控制能力，对这小杂种毫无防备，他本该更加彻底地麻醉它的。他尝试着让一切发生，但当他将手掌放在对方的背上时，他却本能地握起拳来。那男孩惊讶地抽搐起来，班杰的身体紧绷，他刻意将重心放在自己那条骨折的腿上，直到剧痛朝他全身骨骼射来熊熊燃烧的利箭。他轻柔地将贝斯手从自己身边推开，捡起自己的拐杖，小声道："这是一个……错误……"

当班杰一路跳回"谷仓"时，贝斯手在黑暗的树丛间孤独地站着，双腿已经深陷雪中。他说："重大的秘密，使我们变得渺小……"

班杰没有反驳。他只是龟缩着。

周一的清晨降临了熊镇，却没有真正为他们带来日光，它仿佛就像人们一样不愿醒来。云层在拉起的帽套与沉重的心灵上低垂着。

一位母亲坐在一辆沃尔沃车里，努力说服女儿：她不需要这样做。她不需要上车。今天不需要。

"不，我需要这样做。"女儿边说边拍拍妈妈的头发。

"你……你不知道他们在网上说了些什么……"蜜拉啜泣着。

"我完全知道他们说了什么。这就是我为什么得去。妈咪，要是当初没准备好，我就不会报警了。现在，我不能……"

她的声音碎裂开来。蜜拉的手指甲从方向盘上抠下小块塑料屑。

"你不能让他们赢。因为，你是你父亲的女儿。"

玛雅伸出手，将两缕头发从蜜拉的脸颊上拨开，塞到她耳后。

"妈妈的女儿。我永远是我妈妈的女儿。"

"亲爱的，我要杀了他们。我要把他们整伙人全杀光。我已经把整个律师事务所都扯了进来，我绝对不会让他们赢……"

"妈咪，我得走了。事情在好转以前，会变得更糟糕。我得上路了。"

蜜拉看着女儿离开。然后，她将汽车音响音量开到最大，尽可能将车子开到森林最深处。她走出车外，用手猛捶树干，捶得鲜血直流。

36

关于冰球，戴维所知道的最简单也最真实的事情就是：赢球的都是球队。教练的战术有多好其实无关紧要，如果战术要起作用，球员必须先相信战术。而且，每个人都必须将同样的字眼在脑海中刻上无数次：扮演好你的角色、专注于你的任务、做好你的工作。

床上，戴维躺在女朋友身边，手搭在她的肚子上。

"你觉得我会是个好爸爸吗？"

"你会是个非常、非常、非常烦人的爸爸。"她回答道。

"你真坏。"

她用她的拇指与食指捏了捏他的耳垂。他神情悲伤，惹得她咯咯笑了起来。

"你会对孩子的出生设定战略计划，你还会和助产士制定一套对抗阵痛的战术，因为其中一定有某种可以尝试打破的纪录。你脑海中一定会想：身高和体重的百分位是一场竞赛。你将会是全世界最烦人、最好辩、最好的爸爸。"

他用手指画着她肚脐的轮廓。

"你觉得他……或是她……宝宝……会喜欢冰球吗？"

她亲吻他。

"戴维，要爱你而又不爱上冰球真的是很困难的。而且要不爱你，真的、真的、真的很困难。"

他仰面朝天地躺着，两人的双腿轻柔地交缠在一起。

"凯文的事情，还有……这一切，我不知道该怎么办。"

她毫不犹疑地小声道："做你的工作，亲爱的。你不能扯上那件事，你不是警察，你也不是律师。你是冰球教练。做好你的工作。你跟那些小伙子不就是这么说的吗？"

"我不知道你要我做什么……"校长在电话中回答道。他已经记不得自己这天早上到底接听了几个类似的电话了。

"我要你做好你的工作！"玛格·利特在话筒另一端尖叫。

"请你务必理解，我不能在警方调查之前……"

玛格反驳时，唾液洒满了整个话筒："你知道这是怎么一回事吗？这是针对整支冰球队的一场阴谋！他们嫉妒我们！"

"所以……你到底要我怎么样？"

"做好你的工作！！"

波博正在修理厂中堆叠汽车轮胎。当他将工具归回墙上的原位时，觉得压力很大、气恼不已。他脱下肮脏的连身工作服。

"爸，我现在得去学校了。"

戈登抓挠着胡须，看着自己的儿子，可能想说些什么，却又不知道该说什么。他只是点点头。

"你之后得帮我把这个弄好。"

"我们今天晚上练球。"

"今天晚上？球季不是已经结束了吗？"

"那不是强制性的。但是大家都会去。为了球队。利特说，为了凯文，我们得团结一致。"

"是利特说的？威廉·利特？"戈登喊道，察觉到自己从没听过这个家庭中有人针对任何主题谈到团结一致。但是，他从儿子的目光中可以看出，要是他对此说三道四，就会引发争吵。因此，他只是咕哝道："只要你别忘记，自己在这里也有事情要忙就好。"

波博一冲完澡，就匆匆上路了。安－卡琳和戈登透过厨房的窗口看着他。他们能看见，利特和至少十名青少年代表队球员正站在那里等着。现在，他们将要一起前往各处。

"我们得跟波博谈谈。我在医院看见了玛雅，我看见她了，她看起来不像是个说谎的女孩……"安－卡琳开口，但她的丈夫摇摇头，说："我们可不能被扯进这种事情，安琪。这不关我们的事。"

珍妮努力对抗着自己腹部那阴沉的硬块，试图抑制自己没睡好时总会发作的偏头痛和心痛。

"我只是说，我们得跟学生们谈谈这件事，而不是假装什么都没发生。"

校长发出一声叹息，摇了摇电话说："拜托，珍妮，你无法想象我现在承受了什么样的压力。一整个早上，电话响个不停。家长们全都疯了，甚至还有记者打给我！我们的设备根本就不足以应付这种事情！"

珍妮敲着自己的指关节，这是她源自冰球员时代的老习惯——每当她感到紧张时，她就会这么做。

"所以我们只能不吭声啦？"

"是……不……我们……主啊，我们不能……添加这些谣言和揣测。这些人是怎么了？我们大家为什么就不能等到警方调查结束？我们设法院的目的，不就是这个吗？珍妮，我们不能使自己高于法律，这不是我

264

们的责任。要是事实证明……假如这个学生针对凯文所说的话……假如是真的……那时间会证明这一切。如果这话不是真的……那我们就得确定，我们没做过任何蠢事。"

珍妮想尖叫，却没有尖叫。

"那玛雅呢？假如她今天到学校来呢？"

就在寥寥数语之间，校长的表情先从确定转变为不确定，再转为恐慌。

"她不会来学校的，这太明显了。她不会来学校吧？你觉得她会来吗？"

"我不知道。"

"她不会来的。她当然不会来的，而且……她也不在你的班上，没错吧？"

"是这样没错，可是半支冰球队在我班上。所以，你到底希望我怎么做？"

校长无奈地双手一摊道："你觉得呢？"

他们正坐在自助餐厅里，椅子相触、头凑在一块儿。威廉·利特的双眼冒着火。

"去他的，班杰在哪里？有人看到他了吗？"

他们摇摇头。利特用食指猛力地捅着桌面。

"我妈今天已经安排好了，今天送我们去赫德镇，了解了吗？我们在午餐前出发。不要对球队以外的任何人提到这件事。要是老师们不乐意，他们只能去跟我们的家长谈。明白吗？"

他们点点头。

利特一拳砸在桌面上，说："我们要向这些杂种，所有这些杂种证明，我们是团结一致的。因为你们知道这是怎么回事，对吧？这是针对我们全队的阴谋！他们嫉妒我们！这是一场威胁，他们天杀的嫉妒我们！"

小男孩们坚决地点头同意，他们的眼睛周围都有了黑眼圈。其中几个人已经哭了一阵子。利特逐一拍了拍每个人的肩膀。

"现在，我们要让这支球队团结起来！全队团结起来！"

当他这么说的时候，他直视着波博。

亚马站在自己的置物柜旁，仿佛会在置物柜旁病倒似的。波博从自助餐厅走向他，笨拙地停在他后面。

"我们得……把球队团结起来，亚马。警方今天就会释放凯文，所以我们今天回去上第一节课，但之后全队会一起去赫德镇。我们全队一起去，是很重要的。我们要……证明这一点。"

他俩都避免望向玛雅置物柜所在的那一排柜子。所有经过的学生都盯着它，实际上却没有看着那个方向。当你是个青少年时，你很快就会学会这个招数。那个置物柜的门被黑色墨水掩盖，只剩五个字母。现在玛雅对他们来说，只剩下这层意义。

凯文被带出赫德镇警察局的大门，几只谨慎的手搭在他身上，仿佛他无法自己行走似的。他的爸爸在其中一边，妈妈站在另一边，而身着牛仔裤与西装的中年男子则在他们身边围绕起一道血肉搭成的保护墙，他们的领带和拳头都紧揪着。大多数人是球会的赞助商，两个人是理事会成员，另外几个人是地方上有名望的企业家与实业家，还有一名区政府官员。如果有人问起，他们可从来不会以这种方式做自我介绍，他们只会回答："恩达尔家的朋友，我们只是恩达尔家的朋友。"后方不远处，跟着青少年代表队队员。单枪匹马时，他们都是年轻小伙子，但抱成一团时，他们就成了男人——沉默、充满威胁。他们要在那里向某个人证明某件事情。

当他们协助凯文坐到车里后，他妈妈温柔地将一条柔软的毛毯盖在他肩膀上。那些男子并没有像平常那样用力地拍打小男孩的背部，他们只是充满怜爱地拍了拍他的脸颊。也许，这样对他们来说比较容易。那名小男孩仿佛是受害者。

班杰坐在二十米外的一道矮墙上。他把棒球帽的帽檐压低，盖过前额，让阴影遮住他的脸孔。那些大人完全没有注意到他，但凯文看见他了。那一秒钟，就在妈妈将毛毯盖在他身上、车门还没来得及真正关上之前，他和最好朋友的目光正面交会，直到凯文低头避开为止。

当一长列车队跟在凯文父亲的车后驶离赫德镇时，班杰已经消失无踪。只有亚马还站在警局外的街道上。他将耳机塞入耳朵，调高音量，双手紧紧塞进口袋，独自走回熊镇。

安娜钻进学校的食堂，那里一如往常，充满尖叫声与噪声。玛雅独自坐在一个角落里，犹如一座孤岛，孤独到甚至没有人坐在她的隔壁桌。大家都瞄着她，却不正眼看她。安娜走近时，玛雅抬起头，缓缓摇了摇，像是一头被陷阱困住、警告同类不要接近的动物。安娜每踏出一步，双脚就像承受了全世界的重量。她低下头，坐在另一个角落里的一张桌子旁。耻辱感将终其一生紧跟着她。

一群比较年长的女孩走向玛雅。安娜认出，她们就是在凯文家的派对上窝在厨房的那群女孩。一开始，她们假装她不存在；下一秒钟，她们的眼中又好像只剩下她一人。其中一人走上前，手上拿着一个杯子。玛雅看到其他人像是一堵墙般排开，堵住食堂的其他部分。因此，老师在事后问起时，即使大家看见发生了什么事情，也可以宣称"视线被挡住了"，她们"什么都没看见"。

"你这恶心的小婊子，说得倒像是有人想强奸你……"

牛奶从玛雅的发间滑落，一滴滴沿着她的脸颊流到毛衣上。那女孩手持玻璃杯打向玛雅的头时，玻璃杯和她的头都没有破。有那么一瞬间，玛雅看见那女生眼里的惊吓，仿佛是害怕自己做得太过分，也许玛雅的脸会开始流血，滴落到地板上。但是，玛雅的皮肤够硬。施暴者的眼里很快再度充满了轻蔑，仿佛她刚才动手攻击的已经不再是个人。

所有人都看到了，却都视而不见。食堂既嘈杂，又鸦雀无声。那阵咯咯笑声在玛雅听来，宛如沉重的轰鸣声。她静静地坐着，前额和眉间的剧痛搏动着。她缓缓地用餐盘上仅有的纸巾擦干自己，纸巾很快就用完了。她不敢去拿更多纸巾，但有人突然就在她手边放了一大沓纸巾。那只手几乎和她的手一样大，那只手开始动手擦起桌面来。她看着他，哀求般地摇摇头。

"你坐在这里，对你很不利……"她小声道。

"我知道。"里欧说。

她的弟弟坐在她身旁，开始吃饭。在如海浪一般袭来的眼神中，他看起来完全无动于衷。

"那你为什么要这样做？"他姐姐问道。

里欧用极像他们母亲的双眼盯着她。

"因为你和我跟他们不一样。我们可不是来自熊镇的熊。"

37

几乎所有关于人类对彼此行为的讨论，迟早都会归结到"人类天性"上。对生物老师来说，这从来就不是一件容易说明的事。一方面，我们的物种因团体生活与合作而存活下来；另一方面，最强大个体的兴旺总会以弱者为代价，我们才能有所演进。最后，我们总是会因界限的设定与彼此大吵。我们能以自我为中心到什么程度？我们有义务关心彼此到什么程度？

讨论中，总是有人会引述"同理心""人文主义"等字眼。但那只是空谈。因此，任何人都能回答"想想一条下沉的船"，因为那只是假设。"想想一栋燃烧的房子"。面对这种论点，要赢得辩论是很难的。要是你将自己的道德推到极限，假如你只能选择一个人，你会救谁？要是救生艇上的座位数量有限，你会先将谁从冰冷的水中拉起？

你的家人。你总是会从你的家人开始。她就是这样告诉自己的。她冷得不得了，开启了所有暖气，穿了四层衣服，但仍冷得发抖。她在屋里各个房间之间穿梭着。她清理了凯文的房间，扔掉所有被单和枕头套，将洗衣篮里所有的上衣和牛仔裤扔进离家有相当一段距离的慈善机构捐赠箱。她已经用真空吸尘器吸掉所有可能掉在地上的衬衫纽扣，将任何大麻的蛛丝马迹冲进马桶。

因为，她是他的妈妈。你得从这里开始。

警方到场时，她直挺挺地站在门口。他们的律师已经指出，警方考虑到被害人在整整一个星期以后才现身，居家搜索与任何法医学上的证据都可以被视为无效。他们可以提出抗议，拖延时间，让事情变得很棘手。然而，他的妈妈坚持放这些身穿制服的男子进来。她一而再，再而三地重复：她的家里没有什么好隐藏的，即便她很难搞清楚，她究竟是想说服自己，还是想说服他们。她冷得直打寒战。但是，她可是他的母亲。如果你不从这里开始，你又要从哪里开始？

现在，凯文的父亲坐在作为指挥中心的厨房里，电话一个接一个，屋子里聚集了越来越多的男子。大家都很善解人意且气愤不已，都感觉很受伤，感觉遭到了攻击。大家都准备开战。这不是因为他们选择了战争，而是因为他们感觉到自己没有选择。爸爸的童年好友马里欧·利特的声音最大："你们知道吗，这个女孩的家人本来可以跟我们谈谈的。他们本来可以试着循内部渠道解决这件事的。但是他们等了一个星期，等到会对我们造成最大伤害的那一刻，在决赛前，撒这些谎，去报警！要是真有这回事，他们怎么不在事后就直接报警？为什么要等上一个星期？什么？你要我说为什么吗？就因为这座小镇里的某些人是嫉妒狂！"

对"这个女孩的家人"，他本来可以直接称呼他们的名字——安德森。但是这种称呼有效得多。他不需要多说什么，因为这个观点很快就传了开来："当你放任体育总监自我膨胀时，就会发生这种事，不是吗？我们给了他太大的影响力，他以为这是他的球会。因此，当现在正在失去自己的权力时，他就无法自制了，嗯，对吧？凯文比过去的他还要伟大，理事会和赞助商们无视他的存在，要求由戴维从苏恩手上接掌甲级联赛代表队教练的职务。对不对？所以，体育总监现在就得把家人扯进来……"

戴维来到这栋别墅时，三名男子犹如警卫般站在屋外。戴维知道，今天晚上将改由青少年代表队队员来看守这栋别墅，仿佛这栋别墅需要保护。

"看起来真像是《教父》的场景。"戴维嘀咕道。

回答的是"尾巴"，这名身材魁梧的男子面露羞赧之色，夸张地咧着嘴："对啊，对啊，不是吗？唐·柯里昂好像需要协助，好像一群胆小的赞助商就能改变什么……"

他拍拍自己的肚子，咯咯笑着，努力使自己的声音听起来无忧无虑，但最后还是放弃了，结实的手搭在戴维肩膀上，说道："哎呀，戴维，你知道的，我们只是想对这家人表示支持。这一点，你总该懂吧？我们要证明，我们……团结一致。这你总该懂吧？我的意思是说……没人比你更熟悉凯文了。老天爷,这孩子实际上是你教出来的。你难道会认为,球队里的男生会做出凯文被指控的事情吗? 不是吗? 那可是你亲手调教出来的孩子,你总该知道我们为什么在这里吧?"

戴维没有搭腔。这不是他的工作。这不是他需要面对的处境。你该从谁开始? 若你实在是不得已,你要先救谁? 你会相信谁的话?

凯文坐在自己的床上。海报下方的他看起来是如此渺小,连帽毛线衣套在他身上显得太大了。他在警察局睡了两夜。在那里,不管职员对你多友善,床铺有多舒适,都无关紧要了。当你就寝前听到门从外面锁上时,这就是会对你产生影响。他借此说服自己。他别无选择,这不是他的错,也许,这件事甚至其实并没发生。他父母的屋子里挤满了从他小时候起就认识他的男子。他们认识他。他这一生就是特别出众,背负着独特的期许。所以,他们不相信这是他干的。他们怎能有这种想法呢? 他们知道他是谁。他们不会抛弃他。假如有足够多的人支持你,你会开始相信几乎所有从你嘴里说出的话。

他借此说服自己。

戴维在身后掩上门,站在床前,直视着男孩的双眼。他们在冰球场上共同度过了许多时光,那搭乘球队巴士、驰骋全国各地的每个周末,加油站卖的三明治、扑克牌局。直到最近,他还只是个孩子。直到最近……

"看着我的眼睛,告诉我你没干这件事。我不要求别的。"戴维说。

凯文直视他的双眼,泪眼婆娑地摇摇头。他的面颊湿润,小声道:"我跟她做了,可是这是她要的。是她要求我的! 你随便问派对上任何一个人……糟透了,教练……这是真的吗? 你真相信我会强奸某人吗? 我为什么要做这种事情?"

冰球馆里充满"父子情深"的所有日子,他和凯文、班杰在湖面上

271

共处的时光，他所教导他们的一切，他们所共享的一切，历历在目。明年，他们会一起接管甲级联赛代表队。你要从谁开始？要是水温冰冷，而你又知道这条船不能将水里所有人送上岸，你会先牺牲谁？最后，你要保护谁？要是凯文认罪了，被影响的可不仅仅是他本人。所有他关爱的人都会受到影响。他借此说服自己。

戴维坐在男孩的床上，拥抱他，做出承诺：一切都会没事的。他永远不会抛弃他。他以他为傲。船身也许会晃动，但它不会进水。屋内所有人的双脚都是干燥的。凯文转身面向教练，仿佛又成了小学低年级学生，小声道："今天球队有训练，对吧？我可以加入吗？"

凯文的母亲坐在卧室的高脚凳上，想着凯文儿时的一段时光。当时凯文大约十岁或十一岁，她和丈夫从国外旅行回来以后，常发现整栋屋子乱作一团。爸爸总是高声咒骂，而没有理解到这样的混乱是如何精心摆弄的，但妈妈很快就弄懂了其中的模式。同样的物品被移动过，同样的那几幅画歪斜地挂着，好几个餐盒显然被同时清空，食物将垃圾桶塞满。

当凯文进入青春期、开始在这里办派对时，妈妈当然也发现这间屋子经过了男孩全力整顿，看起来一点都不像他在这里待过。然而，在此之前，当他还小时，他骄傲地向爸爸保证自己不怕独自在家。他总是被迫在最后一晚回到这里，将整间屋子弄乱，这样才不会被人看出他一直睡在班杰家里。

凯文的父亲则坐在厨房里，他的朋友和商务伙伴在他周围说话，但他再也听不到他们说些什么。他知道，自己在这座小镇里是有一席之地的，在这群男人中是有地位的，而原因就只是他手中的钱。他穷过，所以他深知，这群男人当中，没人会和穷小子打高尔夫球。他这一辈子追求完美并非出于偶然，而是因为这是他的生存策略。他完全是通过奋斗取得手中的一切的，他不敢幻想自己也能有富家子掌握的优势。他坚信：这就是他成功的基石，他准备比其他人更努力地工作、更无情地战斗，继续竞逐一切完美，不自满、不偷懒。你不能只将这种生活方式执行一半，职业生涯与私生活都必须如此，生活中的一切就充分反映了他个人。就连他的子女也是如此。外观的一处裂缝可能会变成一道沟壑。

也许，他想在警察局接凯文时和凯文说话，但每个字最终却变成了如雷怒吼。他以永不失去自制力、永远不拉高音量为傲，但当时的暴吼声让车身都有些颤抖。也许，他想针对已经发生的事情吼叫，但是针对原因吼叫则比较容易："天杀的！你怎么可以在决赛前一个星期喝醉？"

谈论一个问题的原因比谈论问题本身容易。对一名在工作中接触数字的父亲而言，数学是一项更持久的说明模式：假如 X 不存在，Y 就不会发生。凯文向父母承诺过，不会在家里办派对，但他还是办了。要是他没办派对、没喝酒、没把女生弄进房间，那他们就不会有这个问题了。

但现在，这位父亲没有选择。他承担不起任由某人中伤儿子的代价，他不能接受有人找他家人的麻烦。当警方介入，当凯文在全城居民面前被拽下巴士，当地方报社新闻记者开始打电话时，进行和平谈判所需的界限也就被僭越了。现在已经太迟了。他的企业是由他的名字命名的，这个名字一旦被抹黑，全家人的生活就会土崩瓦解。因此，他不能让他们得手，他甚至不能让他们存在。只是伤害他们还不够，他必须用他所能找到的每件武器来追杀他们。

这栋屋子里再也不存在对错，只有生存的问题。

当爸爸开门时，凯文和戴维仍然坐在床上。他站在他们面前，面容疲倦而苍白，充满威势地说明："我了解你们现在只想着冰球，但你们下个球季如果还想在甲级联赛代表队执教、出赛，你们现在就得给我听清楚了。你们和彼得·安德森，其中势必有一方得滚出球会，没有任何妥协余地。他女儿说谎，理由多得数不清。也许她情窦初开，偷尝了禁果，而当她意识到自己的爱意被辜负了，她就假装自己被强奸了。也许她爸爸发现了这回事，气急败坏，她就说谎来保护自己，这样她才能继续保持自己在爸爸心中纯真无邪的小女儿形象。天晓得，十五岁的少女是很不理性的……"

戴维和凯文无言以对，低头看着地板。两人都记得，凯文获得大型球会的邀约，却都拒绝了，因为他不愿意离开班杰和自己的家，因为他害怕。当时是戴维说服他爸爸，让他留在熊镇。他保证：小男孩在这里一样会有长足的进步，能够很早就登上甲级联赛，当他成为职业球员时，他就能更上一层楼。由于戴维将会接任甲级联赛代表队教练，也因为这个决定使爸爸的公司在这个区更受欢迎，爸爸同意了。凯文是来自熊镇的青年，爸爸是出身熊镇的男人，一切看起来好极了。爸爸花了大笔金钱布置这个局。现在，他严肃地指着凯文，说道："这已经不是儿戏了。彼得·安德森拖了一整个星期才报警，因为他希——望——你从那辆巴士上被警方扯下来。他希望所有人看见这一幕。所以，不是他把我们赶出球会，就是我们一起把他赶出球会。没有别的选项。他已经开战了。"

戴维一语不发，只是想着自己的工作、自己的球队。所有投入的时间，只有一片回忆是他挥之不去的：当警方来到巴士前时，他看见彼得站在停车场上，等待着。凯文的爸爸说得对，彼得希望看到这件事发生。

凯文开口时并未抬起头，他说话时，鼻涕和眼泪落在地板上："得有人去跟亚马谈谈，他……我什么都没做……你们知道我什么都没做……可是，也许亚马以为……当我们在……的时候，亚马进了房间，看到……她只是害怕而已，你们懂吗？她冲了出去，可是亚马或许以为……你们知道的。"

戴维并未抬头，因为他不愿看到凯文的父亲是如何盯着他的。

38

人生中，没有几件事情是比承认自己的虚伪更困难的。

亚马在路肩与积满雪的渠道之间走着，他感到又湿又冷，但大脑早在双脚麻痹以前就麻痹了。当一辆老旧的萨博车从他身旁驶过、停在他前方十米处时，他正走到赫德镇与熊镇之间的半路上。他们等着他，而他走得很慢，前座坐着两名介于二十五岁到三十岁的男子。他们身穿黑色夹克，眼神充满警戒。他知道他们是谁。究竟是要正眼看着他们，还是避开他们的眼神，他不知道哪个更危险。

几个月前，地方报社专访了一名即将与熊镇冰球协会甲级联赛代表队比赛的球员。那名敌队球员来自南方，有点不知好歹。当新闻记者问到他对熊镇绰号"那群人"、暴力球迷的恶名是否心生畏惧时，他答道："老天爷，我才不怕来自鸟不拉屎的森林区几个该死的小混混。"

隔天，当那支球队的巴士驶过森林区时，它被几辆厢型车挡住去路。从树丛间冲出三四十个身穿黑色夹克、手持粗树枝的蒙面男子。他们在那里站了十分钟，让坐在车里的队员对车门即将被砸烂、巴士即将被洗劫做好准备，却没有动手。突然间，那些男子又隐没在森林里，厢型车纷纷倒退，那辆巴士落荒而逃。

那名对报社侃侃而谈的球员喘息着，转向一名比较年长的球员，问道："他们怎么不动手？"那名较年长的球员回答道："他们只是在抗议。他们希望你想想看：当巴士循反方向开回去时，他们能干出什么。"

熊镇代表队输了那场比赛，但那名对报社放话的球员打出有生以来最烂的比赛。当他回到自己住的城里时，早已有人专程去了那里，将他车子的窗户捣烂，在车内塞满树枝与树叶，一把火烧了那辆车。

"你就是亚马吧？"前座男子问道。

亚马点点头。驾驶者朝车后门点点头："想不想搭个便车啊？"

亚马不知道是接受比较危险，还是拒绝更危险。但他最后还是摇摇头。两名男子并未露出受辱的神色，甚至微笑起来，说："散步很舒服吧？我们理解。"

他发动汽车引擎，缓缓放开离合器，但在车身开始移动以前，他又从窗口探出头来，补充道："亚马，我们看到了你在半决赛上的表现。你的心脏够强。等到你和其他青少年代表队球员一起加入甲级联赛代表队，我们就可以再次组成一支真正的强队，一支由真正的熊镇男人组成的真正熊镇代表队。你懂吗？你、班杰、菲利普、利特、凯文。"

亚马知道，当那名男子说出凯文的名字时，车内的男子正在审视着他脸部表情。这正是他们停车的原因。他的下巴迅速地颤抖着，他们的双眼迅速地交会。他们知道：他知道真相。

他们祝他散步愉快，随后离开了他。

彼得坐在办公室里，面对着一片漆黑的电脑屏幕。他正在思考着"行为检点的男生"。他曾在无数个房间里无数次说过这几个字，无数人点头同意——即使他知道，没有人能够确切说明这几个字到底是什么意思。在体育圈，这个词的使用方式令人费解，因为它暗示着，你在冰球场下的为人会影响你在冰球场上的身份。这是一件很难承认的事情。因为假如你喜欢体育，假如你喜爱任何事物，真的，你真的会希望它存在于一个气泡里。你希望那里就是一个地方，唯一的地方。无论外在的世界如何变化，那里的一切永远保持不变。

这也是彼得始终宣称"必须区分政治和体育"的原因。几年前，他有次和蜜拉为此争吵过。当然了，他的太太嗤之以鼻，说道："不是吗？

如果不是政治盖成了冰球馆，你以为是谁盖成了冰球馆？你以为，只有喜欢冰球的人才缴税吗？”

在那次争吵后不久，甲级联赛代表队的一场比赛中发生了一件事：一名熊镇代表队的球员情绪失控，直接将冰球杆砸在一名敌队球员头上。那名球员才二十岁，前途无量，但随之而来的脑震荡与颈部伤害毁了他的职业生涯。而那名熊镇代表队球员被驱逐出场，但并没有遭到长期禁赛。

当他离开冰球场时，两名男子守在通往更衣室的路上等他：他们是敌队的助理教练，以及其中一名赞助商。随之而来的是口角与一场笨拙的斗殴，戴着手套的球员一拳击中助理教练的脸，赞助商则扯下球员的头盔，试图以头槌方式攻击他。然后，那名球员用冰球杆猛击赞助商的膝盖，将他打倒在地上。没有人受重伤，但那名球员被警方约谈，罚金是他好几天的薪资。

彼得记得那起事件，因为蜜拉在那季剩余的时间里逼他讨论这件事情。“所以，有人在离冰球场三米的地方和别人打架就可以报警处理？可是，同一个人在一分半钟以前，在比赛中用冰球杆打了一名二十岁年轻人的头，他就只需要立场正确，稍微觉得愧疚就没事了？”她叫道。

彼得没能吵赢她，因为他不愿说出自己真正的感受：他觉得，就连在选手通道内发生的事情都不应该报警。这倒不是因为他喜欢暴力，也不是因为他想为那名球员的行为辩护，而是他希望用冰球来解决冰球的问题。在那颗气泡内解决问题。

他总是觉得，要向任何一个不喜爱体育的人解释清楚其中的原委是不可能的。而现在，他甚至不确定能不能说服自己。他也不知道这能告诉他什么。

承认自己的伪善，是非常困难的。

球会总监在裤子上将手擦干，感觉冷汗往下滴到脊髓的底部。他一整天都在打电话，努力拖延，但现在已经没有选择。赞助商撤回资金、理事会成员退出球会的威胁已经非常明显而强烈，而每个人都在问同一件事情："你到底站在哪一边？"

仿佛球会就得选边站似的。球会总监对于能代表一项不受意识形态、宗教与其他信仰影响的通俗运动感到很骄傲。他并不信上帝，但他有着对体育活动的信仰。他也坚信一个球会统驭人心的力量，因为它对自身的定义就是一个球会。观众席可是很特殊的，观众席上的观众有贫有富，地位有高有低，政治立场有左派也有右派。随着球季到来，时间一周周过去，而社会上还剩下多少这样的地方？冰球使多少麻烦分子免于毒瘾与牢狱之灾？体育活动为这个社会省下了多少钱？为什么一旦有坏事发生就是"冰球的问题"，而所有的好事都得归功于其他因素？人们对幕后的繁重工作从不赞赏，这让球会总监气疯了。你在这里所需要的外交手腕比在联合国还要多。

电话再次响起。一次，再一次。最后他站起身来，来到走廊上，即使满心烦闷，他仍努力保持正常呼吸。然后，他走到彼得的办公室前，站在门口，平静地说："彼得，也许你应该回家。等到……这场风暴过去……"

彼得坐在椅子上，没有看他。他已经将私人物品打包塞进箱子，甚至没有打开自己的电脑。他只是在等着。

"这是你的想法，还是你只是害怕别人怎么想？"

球会总监蹙起眉头，说："看在上帝的分上，彼得，你完全知道，我觉得这整个……情况……糟透了！真是糟透了！你女儿的遭遇真是太……太……"

彼得站起身来，说道："玛雅，你总可以称呼她的名字吧？你可是每年都会去她的庆生会的。你还记得吗？是你教她骑自行车的。就在这里，就在冰球馆前面。"

"我只是试着……拜托，彼得……理事会只是试着负责任地……解决这件事情。"

彼得的眉毛颤抖着，这是他内心无法抑制狂暴的怒火显现的唯一具体征兆。

"负责任？让我猜猜看。理事会还是宁愿我们循'内部途径'解决这件事吧？宁愿我们不要把警方和媒体扯进来，只要'正眼看着彼此，讨论这件事情'？今天人们在电话里告诉你的不就是这种事吗？那是强奸！这种事你要怎么循'内部途径'解决？"

彼得抱着箱子来到走廊上时，球会总监避开他，随后终于不悦地清了清喉咙，说道："彼得，她的话和他针锋相对。我……我们得以球会为重。在所有人当中，你更应该了解这层道理。球会对此是不能表态……"

彼得没转身就回答道："球会已经表态了。它已经表态了。"

他将箱子塞进汽车后座，但仍将汽车留在停车场上。他缓缓地走遍小镇，却不知道自己该往何处去。

校长刚放下话筒，电话就再度响起，一个声音接一个声音，一名家长接一名家长。他们到底想要什么答案？他们在期望什么？这可是刑事案件，得让法庭去做主，说得好像管理学校还不够困难似的。女孩的母亲是律师，男孩的父亲是全镇最有权势的人之一，两人可是针锋相对。谁会想站在中间？这总不该是学校的任务吧？因此，校长对每个人一而再，再而三地重复同一件事："拜托，不要把这件事泛政治化！你们想怎么样都行，就是不要把这件事泛政治化！"

珍妮的弟弟在保安公司上班，好处在于，因为她总会在夜间警铃误响时到学校来，她对校舍建筑有相当深刻的了解。例如，她知道隐藏着让扫烟囱工人通往屋顶狭长阶梯的小隔间究竟在顶楼的哪个位置。此外，老师可以在食堂正上方处的通风口后方吸烟，而不被校长或任何学生看见。在某些日子里，她比平常更需要这种地方。

珍妮就是在食堂正上方的通风口处看见班杰在午餐后穿越学校操场的。青少年代表队的其他球员都逃课去声援凯文。班杰出于自己的意愿待在这里的事实只能解释为：他刻意和他们唱反调。

安娜坐在自己的教室里，教室里满是学生，不断讨论玛雅和凯文的事情。玛雅则坐在另一间完全没人说话的教室里。她看见同学们在桌间互传纸条，还有藏在他们膝盖上的手机。

现在，她对他们而言的意义已经定型了：她顶多就只是个被强奸的女孩，而在最坏的情况下，她更是个说谎的女孩。他们永远不让她有其他身份。她在每个房间、每条街上，在超市里和冰球馆里行走时，宛如一个易爆品。就连那些相信她说法的人都会吓到不敢碰触她，因为当她爆炸时，他们可不想被弹片打到。他们将会静静地退开，转往另一个方向。他们希望她就此消失，希望她从未存在。这倒不是因为他们痛恨她，他们当中并非每个人都恨她。他们当中并非每个人都在她的置物柜上涂写"婊子"，他们都没有强奸她，他们可不都是坏人。但是，他们都保持沉默。因为，那样比较容易。

她在课上到一半时起身离开教室，老师对此没有发出任何抗议。她穿越空荡荡的走廊，进入一间卫生间，站在镜子前，握拳用力砸向镜面。玻璃碎裂，几秒钟后，她的大脑才感觉到疼痛，她在真正感受到痛苦以前，还来得及看见鲜血。

班杰看见玛雅进入卫生间。他拼命说服自己往反方向走，保持沉默，别扯进这件事。但他随后就听见碎裂声，以及碎玻璃落在瓷砖水槽上的叮当声响。而他本人可是亲手打碎过足够多面镜子才认出这种声音的。

他敲了敲门。当她没有回应时，他从门缝间喊话："我可以把门踹开，或者你把门打开。你自己选吧。"

她正站在地板上，笨拙地用卫生纸包住手指关节。卫生纸缓缓变成红色。班杰在身后掩上门，朝那面镜子点点头："你这样会走七年的厄运哦。"

也许，玛雅应该感到害怕，但她没有精力感到害怕。她甚至感受不到恨意。她什么都感觉不到了。

"现在对我来说都没区别了，不是吗？"

班杰将手插进口袋。受害人和加害者最要好的朋友沉默地站着。一个是婊子，一个则是好哥们。玛雅清了清喉咙，压制住自己的呜咽，说道："我才不管你想怎么做。我猜，你痛恨我。你认为我说谎，让你最好的朋友惹上麻烦。可是你错了，你大错特错了。"

班杰将手抽出口袋，小心地将几片碎玻璃从水槽里拿出来，再将它们一片一片扔进垃圾桶。

"错的是你。"

"你滚。"玛雅嘶吼道，朝门口走去。班杰灵巧地一闪身，让她无须和他产生肢体接触。她过了好久才察觉到，这个动作真是太体贴了。

班杰的音量太小，她起先还以为自己听错了。

班杰说："错的是你，玛雅。因为你以为，他还是我最好的朋友。"

珍妮在课间有一小时的空当，她打算趁着走廊上还空空荡荡，去卫生间洗掉手指上的烟味。当她见到玛雅走出来时，便停住了。玛雅手指流着血，满脸泪水，仿佛刚猛力击打了某个物体。玛雅并未看见珍妮，她只管朝另一个方向，朝着出口跑去。

下一刻，卫生间里发出一个爆裂声，一个水槽被从墙上拔起扔到了地板上，一座马桶被踢得稀巴烂，一个垃圾桶被直接扔出窗户。没过多久，走道上就挤满了成人和学童，但里面的一切早已被精巧地摧毁，破坏殆尽。校长、一名工友和两名警卫必须同心协力才抓得住班杰，将他拽出卫生间。

事后学校会说明，这是"一名根据书面记录极具攻击性的学生的一次情绪爆发"。他们将会说："考虑到他和那个被指控犯下……嗯……你们知道的……的关系，这是可以理解的。"

珍妮站在那里，盯着那堆废墟，而后直视着班杰的眼睛，看着他被带走。这小男孩只是因为不希望任何人知道玛雅砸碎了一面镜子，就砸烂了整个卫生间，毫不眨眼地接受了退学和赔偿修理费。他觉得，她已经流了够多血了。珍妮将是唯一知情的大人，而她将永不透露此事。她也知道：必须隐藏自己。

她又回到食堂正上方的通风口，将一整包香烟抽完。

蜜拉在办公室里埋首研究关于过去性犯罪案件的判决与判例复印件，持续和同事们讨论，针对战争全面动员。她同时感受到了所有情绪：愤怒、悲伤、无力感、复仇心、恨意、威胁、惊恐。然而，当手机震动、女儿的名字在屏幕上亮起时，只一眨眼，一切就从她身上流泄而出。上面只有渺小的四个字："你回家吗？"从来没有一名母亲能以这么快的速度开车驶过那片森林。

玛雅坐在别墅里浴室的地板上，冲掉手上的血，最后完全崩溃。她隐瞒了一切，咬牙顶住一切，努力不表现出自己正在保护她所关爱的人，让他们不会像自己一样痛苦。她可没法忍受，在给他们带来悲伤时，还要让他们承受巨大痛苦。

"我不希望那些魔鬼看到我流血……"她对妈妈耳语道。

"有时我会害怕，他们也许得这样做才会了解你是个人。"妈妈将女儿紧紧地抱在怀里，痛哭失声。

39

社会是什么？

亚马大老远就看见了它。洼地没人开得起这么昂贵的车，这种昂贵车辆的车主也不会自愿将车开到洼地。那名男子挺直脊背、充满自信地走下车。

"嗨，亚马。你知道我是谁吗？"

亚马点点头："你是凯文的爸爸。"

凯文的爸爸微笑起来。他看见那小男孩瞄着他的腕表，也许他正在计算这只表的价格是他妈妈几个月的薪资。他察觉到小男孩看着车身，想着这个小男孩究竟会做出什么选择。这个男人仍然记得，自己在这个年龄时一无所有，而且憎恨所有拥有这些事物的人。他记得自己想象着拥有一栋豪华别墅，一连几小时在脑中想着自己从一家家具店偷拿来的商品手册上的奢华家具，而这家家具店的店员还曾将他赶出门。

"亚马，我们可以谈谈吗？就我们两个……男人之间的对话。"

"尾巴"坐在自己位于超市一端的办公室里。当他的手掌按在前额上时，椅子在他壮硕的身躯下咯吱作响。电话里的声音闷闷不乐，但并不抱有同情心。

"尾巴，这并不是针对你个人。可是你得了解，在发生……这一切事情以后，我们可不能把冰球学院建在熊镇了。我们不能任由媒体炒作，让我们看起来像是……你知道的。"

打电话的男子是一名地方议员，而"尾巴"则是实业家，但他们曾经是在下方湖面上一起玩冰球的小男孩。有时他们的对话是很官方的，有时则比较非正式，而今天的对话就在这两者之间摇摆。

"尾巴，我得对议会负责任，还要对政党负责。你想必能够理解吧？"

"尾巴"理解。他始终相信：艰难的问题能找到简单的答案。什么是商业？它是一个理念。一座城市是什么？它是一个社群。金钱是什么？它代表机会。就在他背后、墙面的另一端，有人正用铁锤敲敲打打。"尾巴"正在扩建他的超市，因为成长就意味着生存。没在前进的实业家可不是站在原地，他是在倒退。

"尾巴，我得走了。我得去开会了。"电话另一端的声音道了歉。

电话挂上了。一个理念消失了。一座冰球学院已经不复存在了。那意味着什么呢？"尾巴"年轻时，熊镇设有三所学校，而现在剩下一所。一旦冰球学院设在赫德镇，议会很快就会裁撤这最后一所学校。而当来自熊镇最优秀的青少年代表队球员整天都在赫德镇的冰球馆练球时，他们晚上为赫德镇的甲级联赛代表队出赛也就再自然不过了。熊镇的甲级联赛代表队一旦无法招募到本地最优秀的年轻人，这个球会就会垮台。冰球馆将无法翻修，不会再有新的就业机会，而这本是获取其他建设顺理成章的一步：会议中心、购物中心、新工业区、更优质的联外高速公路，甚至还有机场。

什么是球会？也许"尾巴"是无可救药的浪漫主义者，他太太总是这么说他。但对他来说，球会能够每周提醒镇上所有人他们所共有的一切，而不受分化他们的力量的影响。这个球会能证明：他们能够共同努力达成更远大的目标。它教导他们如何梦想。

他坚信艰难的问题能找到简单的答案。一座发展停滞的城市会发生什么事？它会死去。

彼得走进超市。所有人都对他视而不见，店员、顾客、他的童年好友与邻居，不分老幼，都在他接近时闪身避开。他们躲到货架后、闪到走道上，假装沉浸在自己的购物清单里，正在比价。只有一名男子直视着他。

"尾巴"站在办公室门口，和彼得的目光交会。什么是体育总监？什么是队长？什么是童年好友？"尾巴"犹疑地将一只脚放在另一只脚前方，张嘴仿佛想说些什么，但彼得只是缓缓地摇摇头。他的女儿在学校食堂里对安娜摇了摇头，因为她不希望自己的朋友遭到针对她而来的愤恨波及。他并不知道那个情景，但他在这里做了一模一样的事。

"尾巴"走进办公室、关上门时所感到的羞耻，也正是所有朋友会感到的羞耻。这座镇上的居民很善于感受羞耻。他们很早就开始训练这一点。

凯文的父亲并未等待回答，只是摩擦着双手与手指关节。

"已经是三月了，天气还是这么冷，我从来就没能习惯。我们上车吧？"

亚马沉默着坐到车里，小心翼翼地关上车门，仿佛害怕车门会碎裂。车内弥漫着皮革与香水味。凯文的父亲看着那一座座联栋公寓。

"我就在一个和这一模一样的住宅区长大，也许，我的比它们还少一个楼层。你爸爸没跟你住在一起吧？"

他没有拐弯抹角，而是直接地提出这个问题。这就是他执掌商务的风格。

"我出生以后，他就在战争中死了。"亚马回答，迅速地眨眨眼。即使他并未面向凯文的父亲，但凯文的父亲还是注意到了。

"我妈妈也是独立抚养我和三个兄弟。这真是地球上最困难的任务，不是吗？你妈妈背部不舒服，是吗？"

即使亚马试图隐藏，但凯文的父亲仍然注意到他抽搐着的眉毛。因此，他很小心地说："我认识一位很好的物理治疗师。我可以替她安排一下，让她去看诊。"

"你人真好。"亚马小声说道，并未接触对方的眼神。

凯文的父亲短促地摊了摊手。

"其实我真的很讶异怎么没有人帮助她。真的，球会里总该有人问问她、关心她一下，你不这么觉得吗？她已经在那里工作那么久了，不是吗？"

"从我们搬到这里以后。"亚马承认。

"亚马，在这座小镇里，我们应该互相帮忙的，你不这么觉得吗？我们在镇上、在球会里都应该互相帮忙的。"凯文的父亲边说边将一张名片递给亚马。

"这是物理治疗师的电话吗？"亚马问。

"不。这是赫德镇一家企业人事部经理的电话。让你妈妈打电话过去，他会安排一场面试。是办公室文书工作，不是清洁工作。简单的行政工作，档案归类，类似的职务。她认字吧？"

亚马点头的速度显得有点太快，他比自己所希望呈现出来的样子还要心急。

"是的！是的……那当然！"

"那就好。只管打这个号码。"凯文的父亲说。

随后，他久久不语，仿佛这就是他此行的目的。

什么是群体？如果你问他们，他们会说群体什么都不是。它并不存在。围坐在毛皮酒吧桌边的男子唯一的共同点就是：他们都是男人。最年长的超过四十岁，最年轻的甚至还没有投票权。有些人在颈间有着熊头图案的文身，有些人在手臂上有文身，许多人则完全没有文身。有些人有着体面的工作，有些人的工作条件比较差，许多人完全没工作。有些人有家庭、小孩、贷款，能买旅行社的旅游套餐去度假；有些人则独居，终其一生没有离开过熊镇。当警方试图将他们定位为"那群人"时，唯一的问题是：当你看见他们聚在一起时，他们就是有某种共同点。只要离开彼此一米，他们就仅仅是独立的个体。

什么是球会呢？假如你问他们，他们会说球会是属于他们的。它不属于那些"老杂碎"，那些身穿时髦夹克去看比赛的男子、赞助商、理事会成员、球会总监和体育总监，都是一个样。某个球季里，所有"老杂碎"都会消失，但球会和"那群人"会继续存在。它既不存在，又会永远存在。

他们并不总是具有威胁性。如果不是比赛日，附近又没有敌队球迷，他们绝少会表现出暴力倾向。但是他们时不时向那些"老杂碎"强调，球会究竟属于谁，以及要是他们威胁了球会的生存，会有什么后果。

拉蒙娜站在吧台后方。身穿黑色夹克的男子们坐在她的桌前。他们是她所认识的最体贴的男生，不经她要求就买食物给她，帮她给公寓更换灯泡。有一次，她问他们为何如此痛恨彼得，他们的眼神阴沉下来，其中一人说："因为那狗杂种从来不需要为冰球奋斗。一切都为他准备好了。因此，他很害怕赞助商用狗链拴着他，他将他们那该死的商标看得比球会的利益还重要。大家都知道，他是在观众席的站票区长大的，但当赞助商想把我们从站票区赶走，换上会买该死的热狗和可乐进场的观众时，他一个字都不说。大家都知道他对苏恩就像父亲一样敬爱，不希望戴维成为甲级联赛代表队的教练，但他就是一个字都不说。这算什么男人？我们怎么能让他当我们球会的体育总监？"

拉蒙娜用双眼盯住他们，嘶吼道："那你们这些人又怎么样呢？镇上有几个人敢反对你们？你们以为这样就代表你们每次都是对的吗？"

当时，他们就沉默下来。要不是拉蒙娜现在通过面向街道的小窗户看见正在走动的彼得，也许她对此可以引以为傲。他走得很慢，仿佛不知道自己正往哪里走。他停下来，手上提着一个购物袋，望向窗户，犹豫着。

拉蒙娜本来可以出去找他，请他喝杯咖啡。一切本来可以如此简单。但她在毛皮酒吧里环顾一圈，看着桌前的男子，发现此刻在这座小镇里，唯一比请彼得喝咖啡还要简单的事情，就是不要请他喝咖啡。

当你十二岁的时候，世界有多大呢？它既广大无边，又极其渺小。它是你一切最狂野的梦想，却也是一座冰球馆里狭小的更衣室。里欧正坐在板凳上。他球衣的正面画着一头大熊。没有人看着他，但每个人却又盯着他瞧。他最要好的朋友们在他坐下时，起身更换座位。整场练习赛中，没有人传球给他。他真希望有人能铲断他。他真希望他们把他的衣服扔进淋浴间。他几乎希望他们大吼、高声咒骂着他的姐姐。

只要能逃脱沉默就好。

亚马的手指一直捏着那张名片的边缘。凯文的父亲看了看时间，似乎急着离开。然后他对亚马微笑一下，仿佛他们今天的谈话已经结束了。

亚马刚触摸到车门门把，凯文的父亲才以父亲般充满威严的方式拍了拍他的肩膀，仿佛临时起意，说道："对了……亚马，在派对上，在我儿子的派对上，我知道你觉得自己那天晚上看到了某件事情。但我想，你也知道一大堆人看见你在派对上喝得烂醉，对不对？"

那张颤抖的名片揭露了他的手抖得有多么厉害。凯文的父亲将手搭在他的手上。

"当你喝了酒，亚马，你脑海里就会有一堆念头，但这可不代表那些念头是正确的。喝醉的人会做出蠢事情。相信我。我可是过来人！"

凯文的父亲自嘲般温厚地笑了。亚马仍然盯着那张名片。上面印着一家大公司人事部经理的名字，意味着全新的生活。

"你爱玛雅吗？"凯文的父亲突然问道，亚马甚至来不及思考就点了头。

这是他第一次对别人承认这件事。泪水戳刺着他的眼皮。凯文的父亲仍温和地握着他的手指，说道："她把你和凯文置于一个很恐怖的境地，非常恐怖。亚马，你觉得她在乎你吗？她要是在乎你，你觉得她会做出这种事情吗？现在这对你来说很难理解，但女生对注意力的需求和男生不一样。她们做出一堆千奇百怪的事情，就是要引人注意。小女生会耳语、传八卦，但男人不会这么做。男人们会正眼看着彼此，不牵扯到其他人，将事情解决掉。你不这么觉得吗？"

亚马瞥了他一眼，抿抿嘴唇，点点头。

凯文的父亲亲密地贴向他，小声道："这个女孩子选择了凯文。但是，请相信我，总有一天，她会后悔自己没选择你。当你打进甲级联赛、当你成为职业球员时，女生会包围你。你那时就会发现，她们当中有些人是信不过的。她们就像病毒。"

亚马沉默地坐着，感觉到凯文父亲的手搭在他肩膀上的重量。

"亚马，有没有什么是你想告诉我的？"

亚马摇摇头。他手指上的汗水已经开始弄脏那张名片。凯文的父亲掏出皮夹，递给亚马五张一千克朗的大钞。

"我听说了，你可能需要新的冰球鞋。从现在开始，只要你需要什么装备，尽管告诉我。在这座小镇里，在球会里，我们互相照顾。"

亚马收下纸钞，用它包住那张名片，打开车门离开。凯文的父亲摇下车窗，喊道："我知道今天晚上的练习不是强制性的，但假如你能到的话，那就最理想了。球队必须团结一致，对不对？亚马！世界上，单打独斗的人是不会有成就的。"

亚马保证会参加练习。凯文的父亲笑了起来，假装生气，皱起眉头，弓起肩膀，咆哮道："因为我们是熊，是来自熊镇的熊！"

那辆昂贵的名车转了个弯，驶上大路消失了。另一辆显然便宜得多的车停在停车场的另一端，是一辆敞开着引擎罩的老旧萨博车。车主是一名身穿黑夹克、脖子上文着熊头文身的年轻人，他正靠在车身上，修理着引擎。

他假装没注意到那辆昂贵的车，或是那名被留在联栋公寓楼房前的小男孩。但当凯文的爸爸一离开，亚马就把某个物体扔在雪地里。亚马站立许久，向下凝视着，仿佛挣扎着决定是否要再将它捡起来。最后，他用手背擦擦脸，消失在其中一个楼梯间。

那名年轻人等了一分钟才离开那辆萨博车，从地上捡起那五张千元大钞。它们被一只汗湿的手掌紧握过，早已起皱。

那名男子将这些纸钞放进了黑色夹克口袋。

亚马掩上公寓的门，看着那张名片。他将名片藏在他的房间里，取来他的冰球鞋。它们不仅小，还很破旧，鞋面斑驳。他完全知道，自己可以用那五千块钱买到哪种冰球鞋——住在洼地的所有小孩都知道自己买不起的商品的价格。他收拾背包走出去，冲下楼梯，打开门。

钱消失了。他将永远无法说清，对此他是感到失望，还是解脱。

彼得站在寂静的街上。他从这里能看见冰球馆的屋顶。什么是家？它是一个属于你的地方。因此，要是你在某个地方已经不受欢迎，它还是你的家吗？他不知道。今晚，他要和蜜拉谈谈。她将会说："我在哪儿都找得到工作。"即使彼得在任何地方都找不到工作，他仍然会点头同意。他们会讨论搬家的事，彼得将会慎重地决定：努力过没有冰球的生活。

当他再度走动时，一辆老旧的萨博车驶过他，然而他浑然不觉。

蜜拉将垃圾拿到屋外。当玛雅得到那把吉他时，她们约定由她倒垃圾。然而，现在情况不同了。就算夏天到来，也无法治愈她女儿对黑暗的恐惧。

邻居家的窗口飘出现煮咖啡的香气。全家人刚搬到熊镇的时候，蜜拉面对咖啡常常叹息："咖啡、咖啡、咖啡，这里的人难道只会喝咖啡，什么事情都不做吗？"她对彼得抱怨，彼得耸耸肩回答："他们只是想告诉你，他们想和你交朋友。要说'我可以和你交朋友吗'是很困难的，而说'你喜欢咖啡吗'则比较容易。这座小镇里的人都很……嗯……我真不知道该怎么解释。这座小镇里的人相信困难的问题、简单的答案……"

蜜拉已经习惯了。习惯人们在这座森林中的小镇里用一杯饮料表达的事情。当他们想说"谢谢""抱歉"或"我就在这里，和你一起"的时候，他们会说"你想喝咖啡吗""我请你喝一杯啤酒吧"，或是"请来两杯烈酒，账算我的"。

蜜拉将垃圾扔进垃圾桶。邻居家的窗口闪着光线。没有人开门。

戴维带领全队球员走出更衣室，走出冰球馆。今晚，他们要在森林里训练。他命令他们做俯卧撑，波博做得比所有人都认真。这男孩年龄太大，不能继续待在青少年代表队，但他的球技又达不到职业标准，下个球季他甚至可能没机会打球了。然而他自愿来到这里，勤奋地锻炼。戴维命令他们跑步，菲利普每次都一马当先。下个球季对他将是最重要的一季，其他人将在这一年发现他原来这么优秀。他们会说他"一炮而红"。的确，他只不过从五岁开始就一直训练，这只不过耗尽了他和他妈妈的一切。主啊，这只不过耗了他一辈子。

戴维命令他们玩拔河游戏。利特的肩膀几乎脱臼，一心只想赢。亚马呢？他一语不发，却完成了每项练习，做了别人要求他做的每件事情。

球会总监站在森林边缘，距离近到能让他看见一切，但又远到使他不被看见。他冒着汗。那辆大型车在冰球馆前的停车场停下，凯文和爸爸从车内走了出来，大家都是第一次看见他爸爸出席球队训练。凯文已经换装完毕，跑进森林加入他的队友。他们像迎接帝王一般迎接他，欢呼声响彻林间。

戴维站在这群孩子中间，而球会总监仍站在森林边缘，和凯文的父亲握手。一瞬间，球会总监和远处教练目光交会，而后球会总监转身走回办公室。

如果凯文走进冰球馆，球会就必须说明规则和后果，球会总监就必须请他回家，"等这场风波平息"。但是，他不能阻止小男孩在森林里锻炼。

每个人都这么告诉自己。

在小镇另一区高地的一栋别墅外，凯文的妈妈将垃圾拿到门外。疲倦与其他任何可能的因素使她看起来了无生机，但新化的妆掩饰了她刚哭过的痕迹。她挺直脊背，打开垃圾桶，目光专注。周围家家户户窗户里都闪着灯光。

一扇门打开，有人对她喊道："你要不要来喝杯咖啡啊？"

邻家的大门打开了。接着，一家又一家的大门也打开了。

困难的问题，简单的答案。

社会是什么？

社会是我们所做选择的总和。

40

戴维很喜欢一句古老的谚语："当一个人走进森林、众人跟随的时候，你会怎么称呼这个现象？领导力。当一个人独自走进森林时，你会怎么称呼？散步。"

彼得走进屋子。他将牛奶放进冰箱，将面包放在流理台上，将汽车钥匙放在一个碗里。直到那时他才想到，他把车停在冰球馆外面了。他平静地想着，他明天会不会发现车子被烧毁，里面塞满烧黑的树枝。他拿起钥匙，摘下钥匙圈，将钥匙放回碗里，把钥匙圈扔进垃圾桶。

蜜拉走进厨房。她踩在他的双脚上，他缓缓起舞，在妻子耳边低语："我们可以搬家。你不管到哪里都找得到工作。"

"可是亲爱的，你不行。你在其他任何地方都找不到和冰球有关的工作。"

他知道。这一点，他太清楚了。然而，他说出下列这番话时却无比坚定："你为了我搬到这里。我可以为了她搬出这里。"

蜜拉用双手捧着他的脸。她看见他的汽车钥匙放在碗里。自从她认识他以来，他所有的钥匙都挂在一个熊状的钥匙圈上。现在钥匙圈已经不翼而飞。

安娜坐在自己的床上，感觉这里已经不再像是自己的房间。母亲最生气、最受伤的，正是离婚后女儿没有搬来和她一起住。她说安娜是"相互依赖的经典案例"。她是因为知道爸爸没有她活不下去，为了他才留下的。安娜并不清楚。也许，这是事实。她总是想亲近他，这并不是因为他了解她，而是因为他了解森林。这是她的大冒险，而没有人比他更了解森林，整座熊镇没有比她爸爸更好的猎人。小时候，她总是清醒地穿着衣服躺在床上，期待电话响起。每年冬天，这个地区经常发生牵涉到野生动物的交通事故。只要驾驶员通知警方受伤的动物消失在森林里，警方就会打电话给安娜的爸爸。

生活中，他的顽强、固执与沉默寡言是很糟糕的特质；但在森林中，这些是完美的特质。她母亲离家出走时，大吼道："你们两个可以一辈子坐在这里，不说一句话！"他们真的这么做。他们只是不排斥这一点，事实就是这样。

安娜清楚地记得，她小时候总对父亲唠叨，要他晚上带她去打猎，但她始终未能如愿。原因是晚上打猎是很危险的活动，时间太晚、天气太冷。而她知道，真实原因其实是他喝了酒。在森林里，她的父亲总是相信自己的女儿，却不相信自己。

爱德莉在犬舍间走来走去喂着小狗。她能看见班杰在被改建为健身房的储藏室里，他坐在举重练习凳上，拐杖被放在地上。就算她的弟弟不算懒惰，他今天的举重成绩还是相当惊人。她知道今天球队开放自主训练，她听说，他们在森林里慢跑，凯文也参加了。

但是，她并没有问班杰为什么他宁愿独处。她不想成为那种唠叨的姐姐。这或许不是她的出生地，但她仍是熊镇的女孩。像森林一般坚忍，像冰一样刚强，安安静静，努力工作。

安娜赤裸着站在自己卧室里的镜子前，数着。她一直对算数很在行。这么多年来，她的数学总是拿到最高分。她小时候总是数着包括石头、小草的叶片、森林里的树木、水槽下方橱柜里的空瓶子、玛雅皮肤上的雀斑，甚至呼吸。有时她心情非常恶劣，就会数伤口。但是，她最常数的还是错误。她会站在镜子前，指着这些错误：她身上所有不对劲的事物。当她抢在学校里其他人之前大声对自己说出这些错误时，她觉得比较舒服。

父亲在敲她的门。他已经多年不曾敲她的房门。自从母亲离开以后，父女俩就互不打扰，各过各的生活。她穿上衣服，惊讶地开门。他站在玄关，一脸困惑。这时，他非常清醒，不是那个总是熬夜、悲伤又孤独的男人，脸上也没有喝醉酒的困惑表情。他伸出手，却没有碰触她，似乎已经不知道该怎么说出对她的关心。他缓缓地说："我和狩猎协会的几个人谈了一下。球会已经召集了一次会员大会，一群家长和赞助商要求针对彼得进行投票。"

"针对……彼得？"安娜重复。这几个字的意义还没有融入她的脑海。

"他们要求球会炒掉他。"

"什么？为什么？"

"派对结束后一个星期，他才报警。有些人说……这件事……是……"

他无法在女儿面前说出"强奸"这个词，他可不想让她发现，他为这件事不是发生在她身上而感到快乐和轻松。他害怕，一旦她知道了，就会痛恨他。

安娜用拳头擂着床沿。"谎话？他们说这是谎话？现在他们觉得，彼得想要暗算凯文，所以等了一个星期才报警？好像凯文是这件事情的该死的受害者？！"

爸爸点点头。他站在门口许久，却不知道该说什么。最后，他才说："我在厨房里做了驼鹿肉汉堡。"

他关上房门，走下楼去。

那天晚上，安娜打了一百次玛雅的电话。她能够理解，为什么自己没有得到答复。她知道玛雅恨她。因为玛雅预测的就是这件事。如果她没有说出真相，凯文只会伤害她。但现在，他也伤害了玛雅所爱的每一个人。

门铃响起，彼得去开门。是球会总监。他看起来如此沮丧、满脸皱纹、蓬头垢面、汗流不止。他被压力折腾得筋疲力尽，彼得甚至无法憎恨他。

"他们会召开一次会员大会，进行表决。球会是由会员组成的，要是他们要求理事会开除你……那么……我可就无能为力了。但是，你有权到现场为自己辩护。"

玛雅跟在爸爸背后，走进玄关。一开始，彼得伸出手臂，似乎想保护她，但玛雅沉静地将他的手臂推到一边。她站在门口，双眼直视球会总监。他也看着她。

至少，他这么做了。

当班杰用拐杖敲爱德莉卧室的门时，时间已经不早了。他站在外面，手臂肌肉因疲乏而颤抖着。爱德莉只知道，正常人的运动分为三个阶段：忍受痛苦、学会享受痛苦，以及开始期待痛苦。她弟弟的境界还要高出一截。他需要痛苦。他依赖痛苦。没有痛苦，他活不下去。

"你能送我一程吗？"他问。

她想问的事情太多了，可是她什么都没说。她不是那种类型的姐姐，如果他希望有人对他唠唠叨叨，他得去找佳比或凯特雅。

彼得关上了门。他和玛雅站在玄关里。女儿抬起头问道："想炒掉你的，是理事会还是家长？"

彼得漠然一笑。"他们都想炒掉我。不过，假如会员要求解雇我，理事会就比较容易动手。让别人代替你去驱逐人，总是比较轻松的。"

她按住他的手。"我毁了这一切。我把所有人的一切全毁了，我毁了你的……一切……"她啜泣着。

他拨去她脸上的头发，沉着地回答："别这么说。别这么想。永远别这么说、别这么想。那些狗杂种能带给我什么？去他的浓缩咖啡机，让他们和那台浓缩咖啡机都滚远点吧！"

她就像听到母亲说猥亵笑话那样咯咯笑了起来。爸爸感到害羞不已。

"你连浓缩咖啡都不喜欢。直到去年还是什么时候，你老是说'浓速咖啡'……"

他的额头贴着她的额头。"你和我都知道真相。你的家人和你，还有所有正派、明理的人都知道真相。我向你保证，正义一定会获得伸张的。我只是……我只是希望……你可别……"

"没关系的，爸。没关系。"

"不，当然有关系！你绝对不要认为，他做的事情没关系……我可不希望……玛雅，我怕……我怕你不觉得我想杀了他……不觉得我每天、无时无刻不想杀他……因为我真想杀了他……"

父亲的泪水滑落到女儿脸颊上。

"爸，我也很害怕。怕所有的东西。怕黑……还有所有的东西。"

"我能做些什么吗？"

"爱我。"

"我永远爱你，小南瓜。"

她点点头，而后说："那我可以要求一件事吗？"

"你要求什么都好。"

"我们可以去车库弹超脱乐队[1]的曲子吗？"

"除了他们的曲子以外，我什么都可以弹。"

"你为什么不喜欢超脱乐队？"

"他们出名的时候，我已经老了。"

"你已经老到不能喜欢超脱乐队了吗？你才几岁？"

他们笑了起来。他们仍然能让对方纵声大笑，这是一个多么强而有力的事实。

蜜拉独自坐在厨房里，听着丈夫和女儿在车库里演奏。现在她的水平已经高出他许多——他一直打错节拍，但她跟着他的节拍，让他不会觉得自己很蠢。蜜拉好想抽烟、喝酒。在她来得及找出香烟和酒以前，有人将一沓纸牌放到桌上。那不是一般的纸牌，而是他们在孩子还小的时候，在挂在汽车后面的拖车里玩的儿童版纸牌。因为爸妈总是为规则吵个不停，孩子们也就自然而然不再玩纸牌游戏了。

"来吧，你应该还能赢我。"里欧边说边坐下。

他把两杯汽水放在桌上。虽然他已经十二岁了，但还是任由妈妈紧紧地抱着。

---

1 超脱乐队，又名"涅槃乐队"，成立于 1987 年的美国摇滚乐队。

在赫德镇郊外一座破败的乐队练习场上，一盏孤灯照在一个身穿黑色皮衣的男孩身上，他正坐在椅子上拉小提琴。当门框上传来敲门声时，他还将乐器握在手上。班杰拄着拐杖站在那里，手里拿着一个酒瓶。贝斯手努力保持沉默与神秘，让自己更吸引人，但他的微笑使神秘感荡然无存。

"你在这里做什么？"

"散散步。"班杰回答。

"你该不会说外面有月光吧？"贝斯手对着酒瓶微笑。

"如果你要在这里生活，你迟早得学会喝酒。"班杰说。

贝斯手认定这些话在这里就意味着"抱歉"。他注意到他们非常喜欢以酒精进行沟通。

"我没打算住在这里。"他保证。

"没人想住在这里。大家都只是走不开而已。"班杰一边说，一边单脚跳进房间。

他没问小提琴的事情。当某人做出与平常不同的表现时，班杰不会感到惊讶。贝斯手喜欢这一点。

"我来演奏，你跳舞吧。"贝斯手提议，轻巧地将琴弓划过琴弦。

"我不能跳舞。"班杰回答，没有意识到对方只是针对他的拐杖开玩笑。

"跳舞很简单。你只要安静地站着，然后动起来。"贝斯手小声说。

班杰的胸肌仍因疲劳而颤抖着，这让他的内心相对而言显得平静。

安娜被手机铃声吵醒。她从地上抓起手机，但并不是她的手机在响，而是她爸爸的手机在响。她听见他的声音，他一边说话一边穿衣服，带着小狗，也拿出了枪柜的钥匙。对她来说，这就像小时候的摇篮曲一样熟悉。她等着最后一个音符：前门关闭、钥匙将门锁上、那辆老旧小卡车引擎发动。可是，这些声音并未出现，门上反而响起轻柔的敲门声。他犹豫地喊着她的名字，透过门缝问道："安娜，你醒了吗？"

安娜在他说完这句话以前就换好了衣服。然后，她打开门。他两手各拿着一把来复枪。

"北边小路上有一场搜索行动。我可以打电话给城里那些没用的家伙，可是……一想到我们家里有整个熊镇第二好的猎人……"

她真想抱他，却没那么做。

男孩们躺在演练室的地板上。酒瓶已经空空如也。他们轮番唱着就他们所知最难听的饮酒歌。两人欢乐地吼叫了几个小时。

"打冰球是什么感觉？"贝斯手问。

"拉小提琴是什么感觉？"班杰反问。

"你脑袋里必须什么都不想，才能拉小提琴。音乐就是要让你放松。"贝斯手回答。

对班杰来说，这个答案太快、太直接，也太诚实，他无法反讽。所以，他说了实话。

"声音。"

"声音？"

"当你走进冰球场的时候，声音就是冰球的重点。你只有自己上场比赛，才会认出这些声音。还有……当你从更衣室走到冰面上，在地板变成冰面前的最后一厘米，当你滑出的那一刻……你就拥有了翅膀。"

两人沉默了好一会儿。他们就像躺在玻璃屋顶上，不敢动弹。

"如果我教你跳舞，你可以教我溜冰吗？"贝斯手终于露出了微笑。

"你不知道怎么溜冰吗？该死的，你有什么问题？"班杰喊道，仿佛刚听到贝斯手说自己不会做三明治一样。

"我就是搞不懂。我总是觉得,大自然用冰告诉人类:去他的,离水远一点。"

班杰笑了起来。"那你为什么又要我教你溜冰呢?"

"因为你很爱溜冰嘛。我想了解……某个你喜欢的东西。"

贝斯手碰了碰班杰的手,班杰并没有把手抽开,却坐起身来。这道魔法被破解了。

"我得走了。"班杰说。

"别走。"贝斯手央求道。

班杰还是走了。他二话不说,走出门外。雪花和他的泪水一齐落下。黑暗吞没了他,他没有抵抗就放弃了。

当一扇窗户被打破时,房间里落满了碎玻璃,要想象这些碎玻璃都来自同一扇窗户,简直是不可能的。这和一个小孩将一盒牛奶打翻,使它洒满整个厨房是一样的道理,那液体在流出纸盒时,仿佛无止境地膨胀起来。

那个丢石头的人站得离墙壁很近,几乎就站在墙边,他使尽全力扔石头,尽可能将它丢到房间深处。它击中一个衣橱,掉在玛雅的床上。玻璃碎片轻柔地落下,像蝴蝶一样轻盈,仿佛是冰晶或小巧、闪亮的钻石碎片。

彼得和玛雅从吉他演奏声与鼓声中听出了玻璃碎裂的声音。他们从车库冲进屋子,刺骨的寒风吹进玛雅的房间,里欧站在房间中央,目瞪口呆地看着那颗石头,上面用红色字母写着"婊子"。

玛雅最先意识到真正的危险,彼得则多花了几秒钟才弄清楚谁有生命危险。他们一起冲到大门口,但是已经来不及了。大门敞开着。那辆沃尔沃车的引擎已经发动了。

他们总共有四个人，两人步行，两人骑自行车，而骑自行车的人毫无逃脱的机会。人行道上的积雪仍然深及脚踝，因此他们只能骑在路中央铲雪机驶过的车辙上。蜜拉猛踩油门，力道是如此猛烈，那辆大型车一声怒吼，歪斜地冲上了路面。她在二十米之内就追上了他们，但完全不踩刹车。他们都还是十三四岁的孩子，但母亲的双眼空洞而冷漠。其中一个男孩转过头去，被车前灯照得睁不开眼。他惊恐地从疾驰的自行车上跳下，倒栽葱地跌进一道篱笆。另一个男孩才刚跟着跳车，沃尔沃车的前保险杠就撞烂了他自行车的后轮，自行车被撞翻，飞跃路面。

当蜜拉停车开门、走到车外时，那小男孩的长裤已经撕裂，下巴有一道擦伤。她从汽车后备厢拿起彼得的一根高尔夫球杆，双手握紧，走向那个倒在地上的男孩。他哭泣着，尖叫着，但是她什么都不管，什么都感觉不到。

玛雅只穿着袜子就冲出了家门，跑到街上。她听见爸爸喊她，但并未回头。她听见汽车与自行车的撞击声，看着自行车车身无重力地飞跃过天空，沃尔沃车的红色刹车灯刺着她的双眼，她瞥见母亲下车时的身影。她拉开后备厢，拿出一根高尔夫球杆。玛雅脚上套着被浸湿的袜子，踉跄地走在碎冰上。她的双脚流着血，她尖叫着，直到自己的声音变得像乌鸦的叫声一样沙哑。

蜜拉从来没见过有人这么害怕。一双小手从后方抓住高尔夫球杆，将她按倒在地。当蜜拉抬头时，玛雅将她按住，大声尖叫。但一开始蜜拉什么都没听到。她从没这么恐惧过。

倒在地上的孩子站了起来，一跛一跛地走开了，留下一对歇斯底里、大声哭泣的母女。母亲的双手仍然紧握着高尔夫球杆，女儿则用颤抖的手臂一再安抚她："没关系的，妈。没事的。"

她们四周的屋舍仍然昏暗，但是她们知道，这条街上的每个人都已经醒了。蜜拉好想站起来，朝他们大吼，对着他们该死的窗户扔石头，但女儿将她牢牢按住。她们就这样坐在路中央，颤抖着吸入彼此皮肤的气味。

玛雅耳语道："你知道吗，我上幼儿园的时候，其他家长都称你'狼妈'，因为他们全都怕你。我所有的朋友都希望有个和你一样的妈妈。"

蜜拉在女儿耳边抽噎着："亲爱的，你的人生不应该这么悲惨，你的人生不应该……"

玛雅捧着妈妈的双颊，轻柔地亲吻了她的前额。

"妈咪，我知道你会为了我杀人。我知道你会为了我付出自己的生命。不过，你和我会度过这一切的。因为我是你的女儿，我身上流着狼的血液。"

彼得将女儿和妻子先后送上车。他驾车缓缓地沿着街道反向行驶。回家。

那两辆自行车遗留在雪地上，隔天它们就消失了。住在这条街上的人们始终未曾提起这件事。

41

清晨降临熊镇，对尘世间人们渺小的生命完全漠不关心。一块硬纸板被贴在一扇破裂窗户的内侧，一对疲倦不堪的姐弟并肩睡在大厅的床垫上，远离所有其他窗户。里欧在睡梦中蜷曲着身体，贴向玛雅。当他四岁大、晚上做噩梦时，就常以这种方式睡在她旁边。

彼得和蜜拉坐在厨房里，握着彼此的手。

"你会不会因为我不会打架，就觉得我不像男人？"他低声问道。

"你会不会因为我会打架，就觉得我不像女人？"她问道。

"我……这……我们得让孩子们离开这里。"他低声说。

"我们保护不了他们。亲爱的，这和我们住在哪里没有关系。我们保护不了他们。"她回答道。

"我们不能这样过下去，我们就是不能这样过下去。"他抽噎着。

"我知道。"她说。然后她亲吻他，微笑着说："可是，你是很有男子气概的。你在其他许多方面，非常、非常、非常有男子气概。比方说，你从来不承认自己有错。"

他贴近她的发梢，回答："你很有女人味。你是我见过的最有女人味的女人。比方说，在玩猜拳的时候，从来不能信任你。"

即使是这样的早晨，两人还是笑了起来。因为他们应该笑，也必须笑。他们仍然有这样的福气。

拉蒙娜站在毛皮酒吧外，抽着烟。街上空空荡荡，天色暗沉。然而，就算天气不好，她仍然从大老远就认出了那条小狗。当苏恩从黑暗中出现时，她嘶哑地咳嗽了一声。如果她少抽一点烟，少抽四五十年的烟，咳嗽声或许就会变成咯咯的笑声。

苏恩喊了一声，但小狗完全忽略他，扑向拉蒙娜的牛仔裤，急切地想博得她的注意。

"你这老傻瓜，现在养狗啦？"她露齿一笑。

"这也是个不听话的小浑蛋。很快我就会拿它来做三明治！"苏恩恨恨道，可是显然非常喜爱那毛茸茸的小动物。

拉蒙娜咳嗽起来。

"喝咖啡吗？"

"我可以加一点威士忌吗？"

她点点头。他们走到室内，跺跺脚，喝着咖啡，而小狗则很有技巧地开始啃着其中一张椅子。

"我想你已经听说了。"苏恩难过地说。

"嗯。"拉蒙娜说。

"可耻，真可耻。这就是世道啊。"

拉蒙娜倒了更多威士忌。苏恩盯着杯子。

"彼得来过吗？"

她摇了摇头，朝着老人扬了扬眉毛，像是在问："你跟他谈过没有？"

苏恩摇了摇头："我不知道该说什么……"

拉蒙娜什么也没说。这一点，她太了解了。要请某人喝咖啡，真是既容易又困难。

"苏恩，球会已经不再是你的工作了。"她呢喃着。

"我还没正式被解雇，在这……这一切之中，他们好像忘记有这么回事了。可是，的确，你说得对。这已经不是我的工作了。"

拉蒙娜倒了更多威士忌，在威士忌上滴了一点点咖啡，深深地叹了一口气——她为他叹息，也为自己叹息。

"所以，我们还能聊什么呢？一个老太婆和一个老饭桶，坐在这里瞎扯淡。看在上帝的分上，还不如吐一口痰。"

苏恩对她露出讽刺的一笑："你一直是个心理学家，一直都是。"

"我是酒保。你总是那么吝啬，不肯付钱买真正的好东西。"

"我好想念霍格。"

"你只有在我吼你的时候，才会想念他。"

苏恩捧腹大笑，声音大到连小狗都受惊跳了起来。它恼怒地吠了一声，然后继续啃家具。

"我真怀念你对霍格大吼大叫的样子。"

"我也是。"

他们倒了更多威士忌，以及稍微多一点的咖啡。两人间徘徊着沉默、记忆、说不出口的话、被压抑的语句。最后，苏恩终于开口："凯文做的事情真是丢人现眼。该死地丢人现眼。我很担心球会。它已经有七十年的历史了，但我可不敢保证它明年会继续存在。要是这小子被判有罪，我很担心人们会把他的行为归罪于冰球。各地的学术界人士就是在等着这种事情发生，他们可是摩拳擦掌、迫不及待。现在，一切都是冰球的错了。"

拉蒙娜迅速、用力地赏了他一个耳光，让这个老男人差点从酒吧椅子上摔下来。而在吧台另一边，怒气冲天的拉蒙娜嘶吼道："这就是你待在这里的原因吗？来讲这种事情？仁慈的耶稣啊……你们这些臭男人。这永远都不是你们的错，对不对？你们要到什么时候才会承认，是你们这群人调教了这群男生，而不是冰球？不管在什么时间、什么地方，我总会遇见把自己的愚蠢归咎于自己创造出的废物的男人。'宗教导致战争''枪械会杀人'，都是陈词滥调、屁话！"

"我……不是这个意……"苏恩试图辩解，但她作势要再赏他一耳光，他只好低下头去。

"我说话的时候，你就乖乖闭嘴！该死的男人！你们才是问题！宗教不会导致战争、枪械不会杀人，而且天杀的，你们最好给我搞清楚，冰球从来没有强奸过任何人！可是，打仗、杀人和强奸这种事，你知道是谁干的吗？"

苏恩清了清喉咙："男人？"

"男人！永远是那些该死的男人！"

苏恩局促不安地挪动着，那条小狗蜷曲着身体，满脸羞愧地龟缩在角落。拉蒙娜小心地整理了头发，将杯中物一饮而尽，对自己承认：关于咖啡这件事情，也许终究没有那么复杂。

然后，她将两人的酒杯斟满，替小狗拿了一条萨拉米香肠。她绕过吧台，坐在老人身旁。她深深地叹了一口气，不情愿地承认道："我也很想念霍格。如果他在这里，你知道我们应该说什么吗？"

"不知道。"

"应该说我和你已经知道什么是对的。这样，他就不用告诉我们了。"

苏恩露出微笑："你那个男人，一直都是个小杂碎。"

"他就是这样。"

在小镇的另一区，札卡利亚爬出了自家的公寓，没有惊动任何人。他背上背着一个袋子，手上抓着一个水桶。他戴着耳机，全身上下充满音乐。今天，他就满十六岁了。在这十六年里，他得到的只有嘲弄与拒绝。他的一切——内在、外在、说话、举止与谈吐，都遭到排斥。在学校、更衣室、网上，甚至任何地方，他都遭到排挤。对于一个常遭到霸凌的小孩，他周围的人们都认定，他或她想必过一阵子就习惯了。因此，虽然这样的现象不明显，但这最后会击垮一个人。不，你永远都不会习惯的。它一直像火一样燃烧着。只不过，包括你在内的所有人都不知道保险丝有多长。从九岁或十岁开始，他就想自杀了。

珍妮接到弟弟的电话，他说警报器又响了。她睡眼惺忪，恼怒地开车到学校。她用手电筒搜寻了整栋建筑物，却什么都没发现。她已经通知弟弟，告诉他，她已经准备放弃。她心想，一定又是雪片落在某台感应器上引起的。就在这时，她踩到了某种湿湿的东西。

整个熊镇排名第二的猎人正在清洗一辆老旧小卡车后部的血迹。安娜和爸爸整夜都在追踪足迹，直到发现那头身负重伤、倒在地上的动物。它拖着自己的身躯，走进了森林深处。他们以人道、毫无痛苦的方式结束了它的生命。安娜将防水帆布盖在小卡车的基座上，从驾驶座取来两把来复枪，用一双经验丰富、本该属于年长猎人的手检查那两把枪。

几个七八岁的小男孩正在街道更远处打冰球。年过八十的邻居正站在自家的邮筒旁边。类风湿关节炎让他举步维艰，当他去拿报纸时，脚上好像拖着隐形的砖块。当他正走回屋时，突然停下来，看着安娜。直到几年前，这位邻居还经常和安娜的父亲一起去打猎。从安娜出生以来，他就一直住在隔壁。在她还小的时候，他总是给她手工太妃糖。现在，他们都不说话，那位老人只是嘲弄似的朝前吐了一口唾沫。进入屋子时，他用力关上门，力道大到外面挂钩上一面绣着熊头图案的绿色旗帜都随之飘摇。

那些正在打冰球的男孩抬起头来，其中一人还穿着9号球衣。他们看着安娜，脸上的表情透露出父母在家里所谈论的事情。其中一个男孩也朝地上吐了一口唾沫。然后，他们转身背对她。

安娜的父亲走过来，将手搭在女儿肩膀上。他感到她在他的指尖下颤抖着，而他不知道，这到底是因为她想大哭，还是想尖叫。

札卡利亚一直都想自我了断。他在脑海里不止一次地想过寻死的细节。要在他们能看到的地方。强迫那些该死的浑蛋背负着逼死他的阴影，继续苟活下去。"就是你干的。"这不会很费劲：一条绳子、几样工具、某个能支撑你的物体。有板凳当然很好，但一只倒置的水桶也能派上用场。他手上正拿着一个水桶，其他所有必备物品全在他的帆布背包里。

唯一让他没在几年前自我了断的原因就是亚马。他只需要一个和他很像的朋友就够了。利法和札卡利亚的友情从来没有那样稳固。因此，当亚马被升上青少年代表队、选择了不同的生活时，对札卡利亚来说，一切就消失了。

亚马是他活下去的理由。在最黑暗、最艰难的夜里，是亚马告诉他："阿札，总有一天，你赚的钱会比那群该死的浑蛋还多，比他们有权有势。那时，你会变得非常宽宏大量。因为你知道，没有权力是一件多么痛苦的事。所以，就算你可以伤害他们，你还是不会那么做。这会让世界变得更美好。"

你十五岁时曾经有过的那些朋友，这一辈子将不再能拥有了。今天是札卡利亚的十六岁生日，他闯进学校，毫不在乎他是否已经关闭了警报器。他把水桶放在地上。

珍妮看着地板，一颗心简直就要蹦出胸口。那是一片在她面前缓缓扩散的水坑。她所站的位置接近入口，以及那一排排属于高中生的置物柜。一股酸味直钻进她的鼻孔。她的弟弟靠得更近，两把手电筒指着同一个方向。

"地板上是什么东西？"他问。

安娜用力地咬牙，声音大到连她的父亲都听到了。他低声说道："安娜，他们只是觉得害怕，他们只是在找替罪羊。"

安娜真想尖叫。她真想使劲拉开邻居家的门，扯下那面绿色旗帜，吼道："那为什么不抓凯文来当替罪羊？啊？"她想大声尖叫，让高地其他邻居都能听见，她想大吼：她爱冰球。爱冰球！可是，她是女生，如果这样告诉一个男生会发生什么事呢？他会说："真的？你是女生，你喜欢冰球？很好！谁在一九八三年赢得斯坦利杯[1]？一九九四年 NHL 得

---

1 Stanley Cup, NHL 的冠军杯名称。

分榜第七名又是谁？怎么样？如果你喜欢冰球，你就应该能回答这些问题！"

熊镇的女孩们是不允许对冰球抱持"部分喜欢"的。最理想的情况是她们一点都不喜欢冰球。因为如果你喜欢运动，你就是女同性恋；如果你喜欢球员，你就是个贱婊子。安娜真想把那个该死的邻居压到墙边，告诉他：那些男生在更衣室里说一堆愚蠢的笑话，而更衣室就像罐头一样，把他们密封起来，让他们更慢成熟，甚至让有些人从根烂起。他们没有任何女性朋友，这里没有女子球队。因此他们学到：冰球是他们的专利。他们的教练教导他们：女生只会"让人分心"。因此他们学到：女生的存在，就是为了性交。她想指出，镇上所有老一辈的男人都在称赞他们"奋斗不懈""永不后退"，却该死的没有一个人告诉他们：当一个女生说"不"的时候，天杀的，这就意味着她"不要"！这座该死的小镇的问题不在于一个男生强奸一个女生，而是每个人都假装他没做过这件事！所以，现在其他男生都会认为，他做的事情是没关系的。因为没人在乎嘛！安娜想站在屋顶尖叫："你们根本不管玛雅的死活！你们其实也不管凯文的死活！因为对你们来说，他们不是人，你们只会用价格来衡量他们，而他的价格就是比她高很多嘛！"

她想做许多事情。但是，整条街空空如也，而她保持沉默。对此，她恨透了自己。

"地板上是什么东西？"珍妮的弟弟重复道。

"是水。"她回答。

她知道，不管有没有关闭警铃，知道怎么闯进这里的学生并不多。她不知道，做了这件事的人是否在保安公司人员出现前就能顺利脱身，还是他们根本就不在乎。

那天早上，珍妮的第一节课是到九年级的某个班代课。她看见札卡利亚手上沾着墨水。他身上散发出淡淡的溶剂味。走廊上，其中一个置物柜上本来潦草地涂着"婊子"，但他花了一整个晚上把它涂掉。因为他知道成为别人任意伤害的对象是什么感觉。因为他知道这座小镇里，强者都是怎么对付弱者的。

珍妮没对札卡利亚说什么。她知道这是他沉默的抗议。她决定不告诉任何人。这是她沉默的抗议。

安娜和爸爸走进屋子时，他的手仍然笨拙地搭在她的肩膀上，但她却从他的身旁溜开。他看着她提起来复枪，走进地窖。他看见她内心的愤恨。他将会记得，自己这样想过："在全世界我所不想成为的男人之中，我特别不想成为伤害女儿闺密的男人。"

42

在学习打猎时，小孩们会了解到森林里有两种不同的动物：掠食者与猎物。掠食者的双眼彼此贴近，面向前方，因为它们只需要专心盯住猎物。而猎物的双眼分开，各自位于头部两侧，因为它们生还的唯一机会就取决于能否看见掠食者从后方接近。

安娜和玛雅小时候常常一连几小时待在镜子前，努力想弄懂自己到底是哪个角色。

"尾巴"坐在办公室里，超市还没开，但他的办公室已经人满为患。这些男人不想被别人看见他们在冰球馆集会，因此他们来到这里。他们很紧张，仿佛患了妄想症。他们谈到打探消息的新闻记者。他们多次使用"责任"之类的字眼，向"尾巴"说明他们"现在得团结起来，让这件事不至于失控"。他们是赞助商和理事会成员，但当然了，今天他们最主要的角色就只是忧心忡忡的朋友、父亲与镇民。他们可都是为了这座小镇的未来，为了球会。他们只是希望真相能够水落石出。有人心焦地说："谁都看得出来……凯文为什么要做这种事情呢？她很明显是自愿的，但之后就变心了。如果当初我们可以循内部渠道解决这件事情……"另外一个人说："可是，当然了，我们得考虑这两个家庭，我们当然会考虑，这小女生一定吓坏了。他们都只是小孩子。可是，真相必须水落石出才行。而且要在这件事情失控以前。"会议即将结束时，凯文的父亲起身，和"尾巴"一起走进小镇，挨家挨户地敲门。

玛雅很早就醒了。她独自站在车库里，弹着吉他。她将永远无法解释她到底发生了什么事。她无法解释自己怎么会从感到被毁灭、缩在母亲怀里、躺在浴室地板上又哭又叫，变成……现在这种感觉。但是，昨天夜里发生了某件事情——砸烂窗户的石头、地板上的碎玻璃、用红笔写的"婊子"。最后，这种事情都会影响一个人。玛雅仍然如此害怕黑暗，就算只是走进一个灯光熄灭的房间，她还是感觉到黑暗正揪着她的衣服不放。然而，她在今天早上领悟了一件事：你得在自己心里找到更深沉的黑暗才能不再害怕外在的黑暗。这座小镇永远不会为她主持公道，所以解决方案只有一个：不是凯文死，就是玛雅死。

拉蒙娜正喝着早点饮料，凯文的爸爸和"尾巴"就进来了。这位恩达尔家的家长一如往常，以君临天下的架势走进酒吧。"尾巴"踉踉跄跄地跟在后面，好像穿着一双太大的鞋子。

"已经打烊了。"拉蒙娜提醒他们。

"尾巴"露齿一笑。拉蒙娜心想：就像他老爸一样。他和他一样高大、一样肥胖、一样愚蠢。

"我们只是想稍微聊一下。"他说。

"轻松、非正式地聊聊。"恩达尔补充道。

他眯着双眼。

蜜拉的办公室堆满纸箱，简直要被文件淹没了。她的同事把一杯咖啡放在她桌上，向她保证："蜜拉，我们会尽力而为的。事务所里的每个人都会尽全力的。可是，你得有心理准备，大部分这种案件，当双方说法针锋相对的时候……你知道最后都是怎么收场的。"

蜜拉双眼充血，衣服皱巴巴的，这是以前从未有过的。

"我早该成为真正的律师。我早该专攻这个领域的。我早该……我这辈子都浪费在商业法还有那些没用的领域，而我其实早该……"

她的同事在她对面坐了下来："你想听实话吗？"

"想。"

"蜜拉，你可以把全世界最顶尖的性犯罪案件专家找来。但是，这不保证会有效果。双方的说法针锋相对，警方在事发一个星期后才接到通报，没有法医学上的证据，没有证人。警方非常可能在接下来这几天就撤销初步调查。"

蜜拉气愤地从椅子上跳了起来，勉强控制自己不将咖啡杯往墙上丢。

"我不会让他们赢的！如果我在法庭上赢不了，我会找到别的办法！"

"你是什么意思？"她的同事焦虑地问。

"我要追杀他爸爸的公司、他们朋友的公司。我要把他们所有的烂摊子都挖出来，每组账号、每次报税，我一定要伤害他们。要是他们在十年前忘记缴一毛钱增值税，我都要搞垮他们！”

她的同事不说话。蜜拉的声音响彻整个办公室："我要攻击他们喜爱的每个东西、每个人，我要保护我的孩子，你听清楚没有？我要保护我的孩子！"

她的同事站了起来，当她开口时，声音中透露着一丝不满："战争就是这样开始的。其中一边保护自己，另外一边就得更加保护自己，然后我们用对他们的威胁来替换自己的恐惧。之后，我们就攻击对方了。"

听到这句话，咖啡杯就砸在了墙上。

"天杀的，她是我的孩子！"

她的同事闭上眼睛。她们之间的距离非常遥远。

"这种时候，你真的得搞清楚复仇和正义之间的差别。"

安娜打开门。她的爸爸已经将小狗们送到兽医院，屋内空空荡荡。玛雅站在门外，双手紧紧抱住胸口。两人实在不知道自己该哭、该笑、该尖叫，还是该开玩笑——不知道这几种做法当中，哪种能让她们得到最大的生存机会。

"我好想你那张烦人的脸。"玛雅最后开口。

安娜露出微笑："我好想念你吓死人的音乐品位。"

玛雅的下唇颤抖着："我不希望你被卷进这件事情。我尽力不让你被彻底扯进来。"

安娜将手放在玛雅的肩膀上："你我情同姐妹。我陷得还不够深吗？"

玛雅瞪着她，直到眼睛刺痛不已。

"我只是努力保护你而已。"

"你这辈子都在努力保护我。要不要我告诉你一件事情？你做得糟透了！显然我的头脑已经完全坏掉了，所以你觉得你的保护能有什么

314

效果？”

两人都笑了起来。

“你真是个小玩偶。”玛雅抽噎着。

“可是你这白痴，没有人比我更爱你。没有人！”

“我知道。”

玛雅双眼闪闪发光，问道：“我们可以到森林里开几枪吗？我……”

她从来没对安娜说谎，但现在，她却在说谎：“……安娜，我只想离开。我只是需要……开枪会让我觉得比较轻松。我觉得这能让我不那么……有攻击性。”

安娜注视她许久。也许，她意识到玛雅突然对枪感兴趣其实和其他事情有关，也许她其实没有注意到。无论如何，她是个真正的朋友，因此她没多问任何问题就取来了两把来复枪。

拉蒙娜把双手放在吧台上，观察着这两名男子。

“我们在商言商。”

“什么？”“尾巴”纳闷着。

而恩达尔沉着地坐在椅子上，宽宏大量地嘻嘻笑道：“她让我们点东西啦。很好，两大杯威士忌，记得拿你最好的威士忌出来。然后，我们好好谈谈。”

她倒了酒，恩达尔直接切入正题：“你知道我是谁吧？”

她哼了一声，将自己的酒一干而尽。恩达尔认定，这表示“是”。他举起酒杯，就在酒触及舌头的时候，差点将它吐满整个吧台。

“该死的……这就是你最好的威士忌？”

拉蒙娜摇摇头：“这是我最烂的威士忌。”

“尾巴”面不改色地喝光一整杯酒。他看起来甚至非常自得。但是，就像他声音的音量调节器一样，他的味蕾也已经失灵。恩达尔嫌恶地将酒杯推到一边。

"既然这样，能不能请你拿出你最好的威士忌呢？这杯喝起来像是洗船用的清洁剂。"

拉蒙娜顺从地点点头。她取出新的酒杯，从同一个酒瓶倒出威士忌。恩达尔瞪着她，"尾巴"忍不住大笑起来："毛皮酒吧只有一种威士忌。"

玛雅和安娜走啊走，直到森林将她们吞没。她们已经走了这么远，就算是安娜的爸爸，也得花上好几天才能找到她们的尸体。她们站在那里，开枪射击，一枪又一枪。安娜有时会纠正玛雅的射击姿势，调整她肩膀和胳膊的角度，提醒她如何在不停止呼吸的前提下，屏住气息。安娜问道："好吧……这个问题怎么样：你想一辈子都住在熊镇，还是搬到其他地方，但会在一年内死掉？"

玛雅蹙起眉头，作为回答，整张脸皱得像是用过的餐巾纸。安娜耸耸肩。

"这是蠢问题吗？"

"非常蠢。"

"玛雅，我们会离开这里。我不会让我们一直陷在这里。我们会搬去纽约，你会得到一份唱片合同，我会是你的经纪人。"

玛雅咯咯笑了起来，她不敢相信自己还能以这种方式笑起来。然而，笑声直接迸发出来。

"不，不，不，你永远不会成为我的经纪人。"

"为什么？我是个天才经纪人啊！"安娜觉得受到侮辱，反驳道。

"你会是个很糟糕、非常糟糕的经纪人，你连自己的手机都管不了。"

"我当然管得了！"

玛雅扬起眉毛："很好。那么，你的手机在哪里？"

安娜感到自己的身体开始疯狂地颤抖。

"也许我现在管不住！不过……没关系！我可以当你的时装设计师！相信我，你需要一个好的造型！"

"我现在的造型有什么问题吗？"玛雅问。

安娜从头到脚打量着她，好像想证明什么。

"抱歉哦，你付不起我的咨询费。等你签了唱片合同以后，再跟我联系。"

玛雅纵声大笑："你完全丧心病狂了。"

"不然我当你的营养师！我已经发现能够清洁整段肠胃道的新式果汁饮食法！效果就是，那种该死的……"

玛雅蒙住耳朵，转过身去，走向森林深处。

"对不起，这里的信号很弱……大声点……喂？喂？"

她将手机贴近耳朵，假装在打电话。安娜斜眼看她。

"那是我的手机吗？你在哪里找到的？"

"我现在开进隧道啦！"玛雅喊道。

安娜跑着追赶她。她们将对方扑倒，拥抱彼此，看着日出。玛雅低声说："我可以在你家睡一晚吗？"

安娜不知道该说什么。玛雅从来没在她家睡过，而她总是睡在玛雅家里。但是，她们是真正的好朋友，因此，她义无反顾地回答："当然，没问题。"

拉蒙娜喝光了杯中的酒。"尾巴"也喝光了他的酒。恩达尔先生的双眼眯成一条线。

"好吧！我们就不说那些客套话了。你知道我为什么在这里吗？"

拉蒙娜看起来很好奇："不知道，不过我敢说，你一定带了一些黄金。'尾巴'带了乳香。第三位智者就站在门外，裤管里塞满了没药[1]。这样，应该八九不离十了吧？"

恩达尔先生的鼻息浓浊、沉重，对这个房间比了个简短、不屑的手势。"这个……酒吧……是熊镇冰球协会历史最久的赞助商之一。它赞助的金额显然并不可观，但是我们都很尊重这个传统。而且，我猜你已经知道，针对之前发生的事……要举行一次重要的会员大会。"

"尾巴"心不在焉地咳了咳，补充道："我们只是想跟你谈谈。我们，也就是所有的赞助商，都觉得我们必须在会议上团结一致。这是为了球会的最佳利益。"

"那，这是什么意思呢？"拉蒙娜假装温顺地说。

恩达尔已经受够了，站起来提醒她："一部分管理人员必须被撤换。彼得·安德森的体育总监职务将以投票表决方式被解除，由更适合的人选取代。理事会与所有赞助商在这点上已经达成了一致。但我们尊重会员，希望这个建议由会员直接提出。我们来这里是要表达善意。"

拉蒙娜讽刺地一笑："是啊，你居然是那种做事情总想表达善意的人，真是让我吃惊。我能否冒昧地问问，彼得到底干了什么坏事？"

恩达尔先生咬牙切齿地号叫着："你完全知道发生了什么事情？"

"不，我不知道。而且我也不觉得你知道。就是因为这样，警方才会调查。"

"你知道我儿子被指控的罪名。"恩达尔说。

"你把他讲得像个受害者。"拉蒙娜一语点破。

听到这句话，恩达尔终于沉不住气了。"尾巴"从来没看过他暴怒，

1　黄金、乳香、没药是耶稣诞生时，东方三贤士送给他的礼物，其中黄金代表庄严，乳香代表神性，没药代表苦难。

他心生畏惧，失手打翻了自己和拉蒙娜的杯子。

恩达尔尖叫道："我儿子是受害者！天杀的，你到底知不知道遭到这种指控的后果是什么？你知不知道？！"

拉蒙娜不动声色地回答："我不知道。可是我直接想到的是，唯一比被指控强奸还要糟糕的事情，就是被强奸了。"

"所以你在这里准备假设，那个该死的女孩说的是真话？"恩达尔咆哮道。

"在这里，我只是想允许自己拥有不因为你儿子刚好是冰球选手，就假设那个女孩出于某种原因说谎的自由。而且她有名字。她叫玛雅。"拉蒙娜回答。

恩达尔高傲地笑了："所以，你准备说这是冰球的错啦？"

拉蒙娜严肃地点点头："你打过冰球吗？"

"从十二岁以后就没打了。"恩达尔承认。

"这样的话，你是对的。这样的话，我真的会说这都是冰球的错。因为如果你再多打个一两年，你可能就会学会服输，像个男人一样。你可能就会了解，你儿子会犯错，而当他犯错的时候，你应该像个男人一样站出来，负起责任，而不是到这里来，拼命责怪一个十五岁的女孩和她的父亲。"

恩达尔双手一挥，椅子被掀翻。他或许不是故意要掀翻椅子，但也无意将它扶起来。他的鼻息浓浊、沉重，他的双眼追踪着她的目光，将一张千元大钞扔在吧台上，以轻蔑、威胁的口吻做了结论："也许这家酒吧是你的，但这栋建筑物可不是你的。如果我是你，我会好好想清楚。"

他用力甩上门，连窗户都随之震动。

安娜和玛雅走进屋子，安娜取来爸爸枪柜的钥匙，把她们射击过的来复枪放回柜子。玛雅记下了每个细节，包括枪支如何摆放，以及钥匙在哪里。

"那是什么？"她指着一把有两个枪管的猎枪，天真地问道。

"是猎枪。"安娜回答。

"会不会很难装填？"

安娜先是笑了起来，然后便起了疑心："你为什么问这个？"

玛雅耸耸肩："你是谁啊，警察吗？我只是好奇嘛。它看起来很酷，我们找个时间试试用它射击吧？"

安娜露齿一笑，轻轻推了推她的肩膀："你可以当警察，你这该死的疯子！"

然后她取来弹壳，向玛雅示范如何打开、装填、解除猎枪的保险，因为她很喜欢这种自己比朋友懂得还要多的、为数不多的场合。她还高高在上地补充说，这是"如此简单，就连你都会"。玛雅笑了起来。

"它能装几个弹壳？"她问。

"两个。"安娜回答。

她再次打开枪身，将枪拆卸，将弹壳放回去，将枪柜锁上。她们离开了地窖，玛雅什么话都没说。

可是，她一心一意地在想："我只需要一个。"

"尾巴"仍然站在毛皮酒吧里，小心地将碎玻璃一片一片地捡起来。

"拉蒙娜，这只是……讨论。"他低声说。

"你父亲如果地下有知，一定会觉得可耻。"她厉声打断他。

"我只是试着……不要选边站。"

拉蒙娜哼了一声道："你做得非常难看。"

"尾巴"转过身，闷闷不乐地套上大衣，走了出去。一两分钟后，他

320

回来了。当他和彼得还是小男孩的时候，当他们准备走进酒吧、带走烂醉如泥的父亲时，脸上都带着闷闷不乐的表情。现在，他就像当年那个不快乐的小男孩，站在酒吧门口。

"罗宾·霍特现在还来这里吗？"他问道。

"他自从失业以后，几乎每天都来这里。"拉蒙娜点点头。

"尾巴"点点头说："请他打电话到我的店铺，和库房主任谈谈。我要让他面试。"

拉蒙娜点点头。他们本来可以多聊一些，但他们都是熊镇人。

傍晚时分，凯文正在高地周边的小径上慢跑。他越跑越快，棒球帽檐压低，盖住前额，外衣的帽子拉高，套住头部。他甚至还穿着笨重、没有绣熊头标识的衣物，这样一来，就没有人会认出他。当然了，这没有必要，住在高地的每个人都已经到冰球馆开会、参加投票了。可是，凯文仍然感到有人从森林里盯着自己。当然，这只是他的想象。他只不过是得了妄想症。他就是这么告诉自己的。

太阳已经下山。玛雅颤抖着站在森林里，但树木为她提供了掩蔽。黑暗仍让她惊恐不已，但她下定决心：要和黑暗成为好朋友，让黑暗成为她的盟友。她站在这里，看着凯文在那间明亮的屋子里移动。他看不见她，她却看得见他。突然，这给了她一股权力感，让她陶醉不已。

当他开始在小径上慢跑时，她就为他计时。一圈花了三分钟二十四秒。另一圈则花了三分钟二十二秒。一圈，又一圈。一圈，再一圈。

她记下了时间。她举起双臂，仿佛拿着一把看不见的来复枪。她想着自己该站在哪里。

他们其中一人会死。她还没决定是谁会死。

43

战斗并不困难，真正困难的是开战和停战。一旦你实际参加了战斗，你就或多或少会遵循自己的本能。暴力的复杂之处就在于敢于开第一枪，并且在大获全胜之后克制自己，不开最后一枪。

彼得的车仍然停在冰球馆前面。虽然他怀疑可能有一两个人想过烧他的车，但他的车居然没有被烧。他把车窗擦干净，坐到车里，却没有发动引擎。

他比任何人都羡慕那些优秀的冰球教练，那些有能力在团体中挺身而出、领导大家向前冲的好教练。他没有那种魅力。从前，他担任过队长，但他是通过球技进行领导，而不是以谈话进行领导。他无法为任何人说明冰球，但他偏偏就是这一行的高手。音乐界所谓的"完美调性"，有时大约等同于体育界的"体能条件"。你看见某个人做了某件事，然后你的身体马上就知道该怎么依样画葫芦。溜冰、射门、拉小提琴。有些人一辈子练习这些技能却始终没能学会，有些人却得来全不费工夫。

他的资质够优秀，不需要学会打架，这是他的救赎。他没有特定的哲学立场，并没有为自己对暴力的鄙弃提出任何理论。他就是没有使用暴力的资质。他缺乏暴力的本能。

当里欧开始打冰球时，彼得和一位总是大吼大叫的教练做了一番讨论。那位教练说："你得吓吓那些小畜生，让他们听话！"

彼得没说什么，但在回家路上，在车里对里欧说："里欧，在我还小的时候，如果我打翻了牛奶，我爸总是打我。那并没有让我学会不要打翻东西。那只让我对牛奶感到害怕。记住这一点。"

停车场逐渐停满了车辆，人们从四面八方拥入。有些人发现了彼得，却假装没看见他。他等着他们全部进入冰球馆，等着会议开始。他只想着发动汽车，带着家人和家当赶快离开这里。可是，他反而走到车外，穿过停车场，推开停车场厚重的大门，走了进去。

战斗并不困难，真正困难的是知道该在何时战斗。

安－卡琳坐在最后几排的一张椅子上，离戈登很近。整个镇上的人仿佛都聚集在冰球馆的自助餐厅里。现场已经座无虚席，但人们还是持续拥入，在墙边排成一列又一列。理事会成员坐在前方的一个小讲台上，第一排座位上坐着赞助商和青少年代表队球员的家长。凯文的父母坐在正中央。安－卡琳看着她认识的那些人走到凯文母亲的面前，对她所遭到的不公不义表示哀悼，仿佛这是一场丧礼。

戈登看见了安－卡琳所看见的景象，紧紧地握住她的手。

"安琪，我们不能被卷进这种事情。这里有一半的人是我们的顾客。"

"这不是投票，这是凌迟。"安琪喃喃地说。

"安琪，我们必须知道发生了什么事情才能评论，而我们现在什么都还不知道。我们不是无所不知。"她的丈夫重复着。

她知道他是对的。所以，她等待着。他们等待着。每个人都在等待着。

"尾巴"故意站在停车场中央，而不是躲在阴影中或某棵树后面。显然，他极力避免让自己看起来具有威胁性。

当那辆车门上有着地方媒体标识的小型采访车开进停车场时，他愉快地挥挥手。车里坐着一名摄影师与一名新闻记者，他示意他们拉下车窗。

"你好，你好！我们之前应该没见过面吧？我是'尾巴'，这家超市的老板！"

新闻记者将手伸出车窗，和他握了握手。

"你好，我们正准备去……"

"尾巴"的身子向前倾，用力抓挠着自己的胡楂。"是的，去会议现场，对吧？关于这件事，我只是想跟你们说几句话。比较……非正式的几句话，我想你懂我的意思。"

新闻记者歪着头，说："不懂。"

"尾巴"清了清喉咙："噢，所以你知道这是怎么回事啦。有时候，当新闻记者出现时，人们会变得比较紧张。这件事情让整座小镇笼罩在愁云惨雾中，这显然很合你的意。所以，我们只是想知道，你的文章……嗯……这里没有什么问题，我们希望知道你不是来找麻烦的。"

新闻记者完全不知道自己该如何回答这种话，但那名高大男子说话时倚在车门上的方式让她感到不自在。当然，"尾巴"只是面露微笑，祝她有个美好的一天，然后就离开了。

那名记者和摄影师等了一两分钟，然后才跟上他。当他们打开冰球馆的门、走进长廊时，两名男子从黑暗中闪出来。他们的年龄介于二十五岁到三十岁，身穿黑色夹克，双手插在口袋里。

"这场会议只限定球会会员参加。"其中一人说。

"我们是记者……"那名新闻记者开口。

那两个男子挡住他们的去路。他们比摄影师高出一个头，比新闻记者高出两个头。他们不再多说，其中一人只是向前跨出半步，然后停下来，幽微地暗示着：他有能力动粗。冰球馆的照明不良，而他们所在的区域非常安静、偏僻。

摄影师抓住新闻记者夹克的袖口。她看见他脸色发白。这位记者不是当地人，她只是和报社签了一份临时合同，但摄影师住在熊镇。他的家人住在这里。他将她推向车子。他们驾车离去。

法提玛坐在厨房里。她听见门铃响起，可是亚马坚持自己去应门，仿佛他已经知道是谁。两名身材高大的男生站在外面。法提玛听不见他们在说什么，但她看见其中一人用食指指着亚马的胸口。当儿子关上门后，他不愿意告诉她这是怎么回事，只说"是球队的事情"，然后就走进自己的房间。

波博跟在利特后面，他不喜欢侵略性，不了解这有什么好处，但他不知道该如何反对。

"亚马不就是我们的一分子吗？你怎么这么生气？"他在路上问。

"现在他必须证明这一点。"利特厉声打断他。

亚马开门时，利特用食指指着他的胸口，命令道："球会现在正在开会员大会。全队要站在外面，表示对凯文的支持。你得一起去。"

"我来想办法。"亚马说。

"你不是想办法。你得来！我们得团结起来！"利特宣布。

波博试图在他们离开以前和亚马有眼神接触，但他们的目光并没有交集。

这场会议的过程就像其他类似的会议一样：一开始，大家还有点犹疑，但场面很快就失控了。球会总监清了清喉咙，有气无力地要求大家安静，试图平息众人的焦虑："首先，我希望能够澄清：只有理事会能够解聘体育总监。会员不能单方面解聘球会的职员，球会的章程不是这样运作的。"

一名男子从椅子上跳了起来，伸出食指："但是会员可以罢免理事会，你最好搞清楚。如果你敢违背全镇的意愿，我们就会推翻理事会！"

"这是民主体制，我们不会威胁彼此。"球会总监严厉地说。

"威胁？是谁在威胁谁？是谁家的小孩被警方从球队巴士上拖下来的？"那名男子咆哮道。

一名女子站了起来，双手交握着放在身前，充满同情心地看着理事会："我们不是在进行猎巫运动，我们只是想保护自己的孩子。我的女儿参加了凯文的派对，现在警方已经传唤她，要进行'证人侦讯'。本来一切都源自上帝的关爱，这些孩子从小就认识彼此。现在，他们突然就被要求针对彼此'做证'，这到底是怎么回事？"

她刚说完，另一名男子也站起身来："我们不是想指控任何人。可是我们都知道……会发生什么事……这名年轻女子想加入这一票人。她也许想博取关注。我的意思只是：凯文为什么要做这种事情？我们了解他。他根本就不是那种男生，完全不是。"

另一名坐着的男子开口道："任谁都看得出来，她只是想吸引大家的注意。这票人有着群体性的盲目心理，而这是非常正常的。我不是说她是故意的，这一定和心理有关，她是个青春期少女。看在上帝的分上，我们都知道她们的荷尔蒙会造成什么后果。可是，如果她喝醉，并走进一个男生的卧室，那她就让他陷入了一个非常不利的处境，不是吗？一个天杀的、非常不利的处境。对一个男生来说，这种信号可不是那么容易解读的！"

玛格·利特站了起来，朝周围的每个人难过地眨眨眼："我是个女人，所以我是非常严肃地看待'强奸'这个词的。非常、非常、非常严肃！所以，我觉得我们必须教导我们的子女，让他们了解，对于这种事情，是不能说谎的。而我们都知道，这名年轻女性就是在说谎。所有证据都站在男生这边，他完全没有任何理由干下他被指控的罪行。我们可不想伤害这名年轻女子，我们希望她的家人一切安好。可是，如果我们不好好地处理这件事情，会释放出什么样的信号呢？只要在情场上受挫折，所有女生就可以哭喊'强奸'？我是个女人，所以我非常慎重地看待这种事情。因为在座的各位都知道，这名年轻女子的父亲一心想利用这件事情搞政治。他就是不能接受这个球会里居然还有比他更伟大的球星……"

彼得站在通道上。过了好一会儿，才有人注意到他，但这个人快步离开了，其他人则转过身去。这片人海当中，有许多是他从小就认识的人：童年好友、同学、青春期的初恋对象、同事、邻居、他子女玩伴的家长。大厅后面的墙边站着一些身穿黑色夹克的年轻男子，他们的存在就意味着威胁。他们一句话都没说，但眼神却紧盯着彼得。彼得感受到了他们的恨意，但他挺直脊背，刚毅不屈地站在原地，眼神转向玛格·利特。

"请继续说下去。"他说。

整个房间鸦雀无声。每个人都听见他的心已经支离破碎。

那名新闻记者与摄影师回到新闻编辑室时，会向总编反映他们的遭遇。那名记者以为总编会把他们直接送回会议现场，然而主编只会呢喃："我不确定，我们是否真的可以把这种行为称为'威胁'……人们只是太紧张了……我们必须了解这一点……也许我们不应该……你知道的……"而摄影师将会轻咳一声，说："那里明明没有什么问题，难道我们还要去找麻烦？"总编会点点头，说："没错……没错！"

那时，这名记者只得保持缄默以示抗议。她还太年轻，对自己的工作还太过较真。可是，她会记住他们眼中的恐惧。之后相当长的一段时间里，她将很难不想到凯文·恩达尔在半决赛后的访谈中对她说的话。那是所有运动员在队友犯错时都会有的反应：假装惊讶，用生硬的肢体语言唐突地回答："什么？我没看到。"

这一次，法提玛没有敲儿子的房门。在其他情况下，她总是会先敲门的。亚马坐在床上，双手捏着那张名片。她坚定地宣布："一个男生是可以向妈妈隐藏某些秘密的。可是，要是他这么不擅长隐藏秘密，他是藏不住的。"

"没事的，妈。你不用……担心。"他回答。

"你爸爸会很……"她刚开口，他就打断她："不要告诉我爸爸会怎么做。他又不在这里！"

她将手放在膝盖上。他沉重地呼吸着。他试图把那张名片给她，她没有收下。

"是工作。"他勉强挤出这么一句，他的心态夹杂着小男孩的绝望与年轻男子的愤怒。

"我已经有工作了。"

"是一份更好的工作。"他说。

妈妈惊讶地扬了扬眉毛："哦？那么这个工作场所也有一座冰球馆，让我可以每天看儿子练球？"

他的双肩一沉："没有。"

"那这对我来说就不是一份更好的工作。我有工作了。不用担心我。"

他目光闪烁："但是，妈，你自己看看！当你的背再也撑不住的时候，谁来照顾我们？谁会来照顾我们？"

"我来。我一直在照顾我们。"她保证。

他硬把那张名片塞给她，但她拒绝了。他喊道："妈！世界上，单打独斗的人是不会有成就的！"

她没有答话，只是坐在他身旁。然后，他哭了起来。他啜泣着说："妈妈，生活是很艰难的。你不了解……你不了解，我是多么……我不能……"

法提玛将手从他手上抽开，起身，退后，以严厉的口吻说："你知道的事情，我并不知道。但不管是什么事情，很明显，一旦你想揭穿这件事情，有人会惊恐莫名。我亲爱的儿子，让我告诉你吧，我不需要任何男人。我不需要一个每天早上开着大车、送我去冰球馆的男人；我不需要一个男人给我一份我不需要的新工作；我不需要一个替我付账单的男人；我不需要由一个男人告诉我，该想些什么、感觉什么、相信什么。我只需要一个男人，他就是我的儿子。而且，你并不孤独。你从来就不孤独。你只是要小心选择自己的朋友。"

她关上门，离他而去。她没有收下那张名片。

玛格·利特仍然站着。此刻，她的自傲心理已经将她推上了不归路。她转向理事会，要求："我认为，我们应该采取记名投票。"

整场会议中，球会总监第一次开口发言："嗯，我有义务指出，根据章程，在座的任何人都有权利要求采取不记名投票……"

他随即意识到，自己中了玛格·利特的计，然而一切已经太迟。她激动地转向室内的所有人，问道："我懂了。在座的各位，有没有人不敢捍卫自己的意见？有谁不敢正眼看着我们，说出自己的想法？请站出来，要求不记名投票！"

没有人吭声。彼得转身离开。他大可以留下来为自己辩护，但他选择不这样做。

亚马戴上耳机。他走过自己所住的城区，以及其他人所住的区域。他走过自己的童年，以及一辈子的光阴。有些人将永远不能理解他的决定。有人会说：他软弱无能、不诚实、毫无忠诚度可言。也许，所有批评他的人都过着安稳的生活，这种人身边都围绕着与自己意见一致的人，只听从强化自己世界观的理念。他们能非常轻易地对他盖棺论定，对别人说教而从来不需要负任何责任总是比较轻松的。

他走到冰球馆，加入他的队友们。他确实在学会说话以前就逃离了战乱，但他自始至终就是一个难民。冰球是唯一让他感觉自己属于某个团体的事物，让他感觉自己是个拥有一技之长的正常人。

威廉·利特拍拍他的背，亚马瞪着他。

拉蒙娜站在走廊上，等着彼得。她拄着手杖，身上散发出浓浓的威士忌酒味。十年来，这可是他头一次看见她在离毛皮酒吧五步以外的地方出现。她对他咕哝着："到最后，他们一定会觉得可耻的。总有一天，他们会记得：当一个男生和一个女生的话针锋相对的时候，他们盲目地相信那个男生。他们会引以为耻。"

彼得拍拍她的肩膀。"拉蒙娜，没有人要求……没有人……你不必因为我的家人就卷进这件事情。"他低声说。

"小子，如果你是来告诉我该做什么、不该做什么，那你可以滚了。"

他点点头，亲吻她的脸颊，转身离开。当他走到汽车旁边时，她已经用手杖打开自助餐厅的门。一名穿西装的理事会成员一边解开领带，一边半开玩笑、半正经地说："这种事情怎么会发生呢？有人问过他们本人吗？现在这些年轻女生穿的牛仔裤，你们看过吗？超紧的！我猜她们自己都很难把牛仔裤脱下来。如果不是她希望他这么做，一个青少年怎么可能有机会？嗯？"

他自说自话，笑了起来，少数几个人也跟着笑。但此时，门砰的一声被甩开，整个房间登时沉默下来，每个人都回头张望。拉蒙娜就站在那里，又醉又怒，用手杖指着那个说笑的人："真的吗，小雷那？你很好奇，是吗？我们要不要用你的年薪来打赌？我可以违反你的意志，把你的整套西装脱掉，而这里所有的孬种完全不会说什么！"

充满醉意的她愤怒地用手杖猛击一张椅子，坐在其上的那个无辜的倒霉鬼被吓得将手贴在胸口，差点窒息。拉蒙娜对着所有人摇了摇她的手杖："这不是我的熊镇。你们不配待在我所住的小镇。你们真该为自己感到羞耻！"

一名男子站起来大吼："天杀的，拉蒙娜，闭上你的鸟嘴！你懂个屁！"

三名黑衣男子沉默地从阴影中跨出，其中一人跨了几大步，来到那名男子面前，说道："如果你再让她闭嘴，我就让你闭嘴。永永远远闭上嘴。"

亚马站在冰球馆外，正眼看着他的队友们。然后，他深呼吸，转身离开了他们。他犹豫地跨出第一步，但第二步就显得坚定多了。他听见利特在他背后吼叫起来，但还是继续走进冰球馆，连大门都懒得关。他走过冰面，踏上阶梯，进入自助餐厅，穿越一排又一排座位，在理事会面前停下，瞪着在场的每个人。他最先瞪着一名叫恩达尔的男子，他的目光在这名男子身上停留得最久。

"我叫亚马。我看见凯文对玛雅做了些什么。当时我喝得烂醉，我喜欢她。我现在直截了当地告诉你们这些事，这样一来，你们这些说谎成性的狗杂种就不必在我离开这里的时候，在我背后信口开河。凯文·恩达尔强奸了玛雅·安德森。明天，我会到警察局去，他们将会告诉我我的证词不足以采信。但是，我现在会将一切都告诉各位，凯文所做的一切，以及我所看到的一切。各位将会终生难忘。各位都知道，我的视力比在座的每个人都好。这就是我们在熊镇冰球协会学到的第一件事，不是吗？'眼光，是教不来、学不会的。它是与生俱来的。'"

然后，他和盘托出，巨细靡遗地说出了一切。凯文房间里的一切。墙上的海报、奖杯在书架上精确的位置、地板上的刮痕、床单的颜色、男生手上的鲜血、女生脸上的恐惧、被捂住的尖叫声、被厚实手掌捂住的嘴、那些瘀伤、暴力，以及这一切丑恶、不可原谅、无以名状的本质。他将一切全都告诉了他们。自助餐厅里的每个人，对此都将终生难忘。

他把话说完以后就离开了。他在离开时没有甩门，没有用力踩踏阶梯，没有对任何人大吼大叫。他一踏上停车场，威廉·利特就扑向他："你做了什么？你这该死的浑蛋，你做了什么？你做了什么？！"

那双将两人隔开的手掌，大小只有威廉的一半，甚至比亚马的手还小。但是，这双手的力量无比强劲，硬是将这两个男生分开。

"够了！别闹了！"安－卡琳朝威廉吼道。

波博站在几米外，看着自己的母亲瞪着一个体形是自己两倍的年轻男子。他从未感到如此愚蠢，却也从未感到如此骄傲。

在自助餐厅里，菲利普的母亲站了起来。她等到嘈杂声沉寂下来，拍拍两只湿润的手掌心，看着理事会，说道："如果有人要求采取不记名投票，是否能够成立？"

球会总监点点头："秘密投票，当然。根据章程，只要有一个人提出要求，就足以成立。"

"那么，我要求采取不记名投票。"菲利普的母亲说完就坐了下来。

她最好的朋友坐在身边，愤怒地拉扯她的手臂："你在干吗？你在干……"

菲利普的母亲回了四个字，那是最好的朋友之间有时不得不对彼此说出口的四个字："闭嘴，玛格。"

亚马向后退，没有再多看他的前队友们，反正他已经知道他们在想什么。他戴上耳机，朝冰球馆投去最后一瞥，看着冰球场在一道灯光的照耀下闪闪发亮。他知道，他已经选择了失败的一边，他永远打不赢这一仗。也许，他再也没机会打球了。如果当下有人问他这一切是否值得，他会低声说："我不知道。"有时候，人生不允许你选择自己的战役，你只能选择自己的队友。

他循原路穿越这座小镇。地上仍有积雪，但空气中已经弥漫着春意。这意味着冰球季将进入尾声。所以，他总是很讨厌一年当中的这个季节。他一路走回家，走进他家隔壁的楼梯间，上到三楼，按下门铃。

札卡利亚开门时，手中还握着电玩的遥控器。两人看着彼此，直到亚马鞋子上的雪开始融化。他沉重地呼吸着，可以感受到他耳边的脉搏。

"生日快乐。"

札卡利亚退到玄关里，让亚马进门。亚马把夹克挂在一个挂钩上——从他长得够高、能够自己挂衣服起，他每天来这里时，就把夹克挂在同一个挂钩上。札卡利亚坐在卧室的床上，正在打游戏。亚马在他旁边坐了半小时。然后札卡利亚站了起来，走到书架前，拿起另一组遥控器，把它放在好朋友的膝盖上。

他们没有说话，打着游戏。他们之间从来就不需要多说什么。

与此同时，冰球馆里的会议还在继续，一个球会的会员正在投票决定体育总监的未来。但是，他们也在投票决定他们所在小镇的未来、他们自己的未来，甚至每个人的未来。

拉蒙娜坐在角落里，身旁是一名黑衣男子。男子的脖子上有着熊头的文身，手指正紧张地转着汽车钥匙。拉蒙娜拍拍他的脸颊，道："你不必威胁他，叫他闭嘴，我应付得来。不过还是谢谢你。"

那名男子赧然一笑。他的手指关节上满是伤疤，一条手臂上有被刀刺伤的痕迹。她并未因此欣赏他或对他评头论足。他和其他黑衣男子都是在毛皮酒吧里长大的。当其他人都对他们敬而远之的时候，拉蒙娜支持他们；就算不同意他们的想法，她仍然为他们辩护。即使她责骂他们，他们还是力挺她。他们很敬爱她。不过，他还是说了："我不能保证，我能让大伙儿按照你的立场投票。"

她点点头，挠挠他的小平头。

"今天晚上，我看着亚马的眼睛。我相信他。我会根据这一点采取行动。至于你们怎么选择，那就是你们的事了。本来就是这样。"

男子点点头。他吞着口水，脖子上的熊头刺青随之上下滚动。

"我不知道我们是否能介入这种事情。我们必须优先考虑'那群人'和球会的利益。"

拉蒙娜缓缓站了起来。然而，在她投下自己的一票以前，她拍了拍他的膝盖，问道："这是谁的球会？"

那名男子坐着，目送她离去。他用手指转着钥匙，钥匙上的萨博标识在手掌间若隐若现。然后，他的目光飘移到一名坐在最前排的男子身上，他见过那名男子在洼地和亚马谈话。那是凯文·恩达尔的父亲。身穿黑色夹克的男子将手伸进口袋，那五张被他从雪地里捡起的千元大钞，此刻仍躺在他的口袋里。

他还没决定要怎么处理这几张钞票。

44

父母对子女的爱是很奇特的。我们对其他人的爱都是有动机的，父母对子女的爱是唯一的例外。我们始终爱自己的子女，甚至在他们出世前就爱着他们。不管新手父母事先准备得多么周全，当各种如浪涛般汹涌、激烈的情绪冲向他们，将他们击倒时，他们在新生儿诞生的那一刻仍会感到无比震惊。这种情绪是无与伦比的，因此也是非常不可思议的。

这就仿佛要你向某个一辈子住在暗室里的人说明脚趾间的沙粒或舌尖上的雪片——它让你的灵魂出窍。

戴维的手搭在女朋友的肚子上，爱着某个素未谋面的人。他意识到，自己的人生将被某种不存在的爱所控制。他妈妈总是说：每个孩子都像是一次心脏移植手术。现在，他算是了解了这一点。

女友的手指摩挲着他的后颈。他整个晚上都在打电话，也获悉会员大会与投票达成的决议。自从他开始执教小联盟球队以来，他就非常向往某项职务。现在，他的梦想终于实现了。

"我不知道该怎么办。"

"你要相信自己的真心。"女友说。

"我是冰球教练，我就只想当冰球教练。剩下的都是政治。那跟运动一点关系都没有。"

女友亲吻他的脸颊："那你就当个冰球教练吧。"

玛雅按了安娜家的门铃。对于凯文在小径上慢跑，她只字未提。她没有提到任何细节。不久之前，对安娜隐瞒某个秘密的念头简直是不可能的；现在，这个想法可以说是天经地义。这种感觉非常恐怖。她们走回玛雅的家，彼得、蜜拉与里欧坐在厨房里。他们正等着电话响起，等着别人告诉他们会议的结果。但是到目前为止，还没传来任何消息。所以，他们就做了自己唯一能做的事情。玛雅取来吉他，彼得去拿鼓槌，安娜问她是否能高歌一曲。她的歌声难听无比。她的歌声让人不敢恭维，能让全家人忍受漫长的等待。

在小镇的另一区，一座位于通往湖畔路边的冰球馆里，一个球会的会员大会已经告一段落。投票已经结束，结果已经出炉。每个人都在应付表决所造成的后果。

一群身穿黑色夹克的男子分散在还留在现场的人群中，其中某些人有家人陪伴，有些人则形单影只。人们不分男女，都走进了停车场。每个人都在说话，但没有人确切地表达了些什么。有些房子里，所有的灯光都已熄灭，但所有的人都还醒着。对他们来说，这将是漫长的一夜。

所有人都已离开了自助餐厅，然而球会总监仍在桌边静坐许久。"尾巴"独自站在看台上的阴影中。这个球会可是他们的人生。现在，他们都不知道它究竟属于谁。

亚马正坐在札卡利亚的床上。这时，他的手机嗡嗡作响。一条短信，两个字。是玛雅传来的。

"谢谢。"

亚马只回了一个词："对不起。"

首先，他是为了自己所做的事而道歉；其次，他是为了自己过了这么久才鼓起勇气说出这些话而道歉。

凯文的父母率先离开会场。他的爸爸和几个人握手，简短地说了几句话。他的妈妈一语不发。他们坐上各自的车，开往不同的方向。

苏恩回到家，喂起小狗。电话响起时，他既惊讶，又似乎有所预料。电话是一个冰球协会的球会总监打来的。通话结束后，苏恩在原地呆立许久，心想：可能很快就会有人来拜访他了。

凯文的妈妈停车，将引擎熄灭，却想马上再发动引擎。她关掉车前灯，却没有再动作。她浑身发热，全身乏力，手指根本握不住方向盘。

336

她的内心已经烧成灰烬，她的身体只剩一具空壳，而她将会记住这种感觉。

她下了车，走进住宅区，找到那间正确的老宅，按下门铃。那是在进入洼地以前的最后一栋建筑物。

早在敲门声响起以前，小狗就已听见访客的声音。苏恩去开门，努力想让小狗走开，但他的声音已经完全显示出谁才是这段关系的主宰者。

"冰球员和小狗之间，有没有什么区别啊？"戴维在门外冷酷地一笑。

"至少冰球员偶尔会照你说的话做。"苏恩回道。

这两名男子看着彼此。他们曾经是师生关系。他们之间的关爱曾经是不可动摇的。时代正在改变，因为冰球是不会静止不动的。

"我只是想来拜访一下，让你亲耳从我口中听到……"戴维开口。

"你现在是甲级联赛代表队教练了。"苏恩点点头。

"球会总监已经给你打过电话了？"

"嗯。"

"这不是针对你个人的，苏恩。可是，我是冰球教练。我们就是这么做的。"

班杰那条本来裹着石膏的腿已经不再裹着石膏，现在它成了一条木腿。他的一只眼睛盖上了黑眼罩，他的房间成了一条海盗船，他姐姐的孩子们就是敌人。他们把冰球杆当成剑一样挥舞，开心地笑着。他则单脚跳着，到处追逐他们。他们扯下被褥与床单，朝他头上扔去，使他绊倒，拉开一整列抽屉。佳比站在通道上，摆出她独特的妈咪脸。

"该死……"其中一个孩子说。

"都是班杰舅舅的错啦！"另一个孩子马上喊道。

"噢！你怎么可以这样陷害你的伙伴！"班杰边喊边努力想从被单下爬出。

佳比严厉地指着他们："给你们五分钟，把这里收拾干净。然后通通去洗手，再下来吃晚餐。外婆已经快准备好了。还有，小弟，你也是！"

班杰在床单下咕哝着。孩子们扶他起来。佳比走进卫生间，不让他们看见她笑得多么开心。这天晚上，这座小镇多么需要欢笑。

苏恩深吸一口气，鼻息直入他壮硕身躯的最深处。他盯着戴维："你是真的这么痛恨彼得，如果他留在这个球会，你就不想和他共事？"

戴维深感挫折地叹了一口气："这跟他无关。我只是不能接受他代表的价值观。这攸关冰球，我们必须能够将球会的最佳利益置于私利之上。"

"难道你不觉得，彼得已经这么做了？"

"我看到他了，苏恩，当警察把凯文从球队巴士里抓走的时候，我看见他在停车场上。彼得开车到那里，看着这一切发生，因为他想亲眼看到这一切。这是报复。"

"换作你，你难道不会这么做？"

戴维摇摇头："换作我，我也许会带上一把枪。这可不是我想讨论的。"

"那么你想讨论什么？"苏恩问。

"我想讨论的是一个事实：只有把冰球放在它专属的世界里，它才能运作良好。我们不能将它和外界的各种垃圾混在一起。当初，如果彼得的家人等到决赛后再去报警，凯文仍然必须面对同样的刑事责任。一切仍然会发生：警察侦讯、检察官、庭审，一整套流程，只不过晚了一天。"

"这样凯文当初就可以参加决赛了。这样青少年代表队或许就可以夺冠了。"苏恩说出结论，但显然并不同意这个立场。

戴维非常坚决："苏恩，这就是正义。这就是社会需要法律的原因。彼得本来可以等到决赛后，因为凯文做的事情和冰球没有关系，跟球会也没有关系，但彼得却选择用自己的方式惩罚球会。所以，他毁了整个球会，毁了整支球队，毁了整座小镇。"

苏恩喘息着，鼻息注入他壮硕的身躯。他年事已高，但眼神并未老去。

"戴维，你记得吗？当你进入甲级联赛代表队以后，我们队上有名球员在两个球季内发生过三次脑震荡。大家都知道，再发生一次脑震荡就足以结束他的球员生涯。我们和某支球队交手，对方有个体形巨大、笨重的防守队员，全场第一次开球以后，他就故意朝我们那名球员的头扑去，直接铲断他。"

"这我记得。"戴维说。

"你记得自己对那家伙做了什么吗？"

"我把他打倒在地。"

"是的。我们的球员受了脑震荡，那是他最后一场比赛。然而，裁判甚至没把他罚出场。所以，你打倒他。因为裁判有时候就是会犯错；有时候，违规和在道德上侵害他人之间是有差异的。你相信，当时在冰球场上，你有权利用自己的方式主持公道。"

"那是两码事。"戴维的回答听起来充满自信，实际上只是虚张声势。

苏恩沉思许久，拍了拍小狗，抓了抓眉毛。"戴维，你是否相信凯文强奸了玛雅？"

戴维沉思良久，想着自己该怎么回答。自从警方带走凯文以后，他无时无刻不在思考这个问题。他试着从每个角度审视这件事，最后，他努力使自己保持理性，负起责任。所以，他说："这不是我能决定的。那是由法院决定的。我只是个冰球教练。"

苏恩面露哀戚之色："戴维，我尊重你。可是，我无法尊重这种态度。"

"我也无法尊重彼得。只因为这件事和他女儿有关，他就像上帝一样耍弄这支球队、这个球会，甚至整座小镇。苏恩，容我问你一件事：如果凯文被指控强奸另一个女孩，总之不是彼得的女儿，你认为彼得会鼓励那女孩的家人在决赛当天报警吗？"

苏恩的头倚在门柱上："那么，戴维，容我回问你一个问题：如果被检举的人不是凯文呢？如果是其他任何一个男人呢？假如被检举的是个住在洼地的男生，你的想法还会和现在一样吗？"

"我不知道。"戴维老实回答。

苏恩让这几个字沉入心底。因为追根究底，这就是我们能对别人提出的所有要求：我们已经准备承认，我们不是全知全能的。

苏恩站到一旁，在玄关挪出空间，问道："你要来点咖啡吗？"

安德森家的门铃响了。过了好久，才有人上前应门。蜜拉和里欧正在厨房玩牌，而电吉他和小鼓的乐声正在车库里回荡。门铃再次响起，门把终于拉下，彼得站在门口。他的衬衫上有着汗渍，手里拿着一对鼓槌。

球会总监站在门外："我有坏消息，也有好消息。"

戴维和苏恩面对面坐在餐桌前。戴维之前从未来过这里。十五年来，他们几乎每天都在冰球馆见面，这可是其中一人第一次到对方家做客。

"最后你还是得到了甲级联赛代表队教练的职位。"苏恩宽宏大量地说。

"不过不是我想带领的那支代表队。"戴维的声音闷闷不乐。

苏恩倒着咖啡。会员大会结束后，苏恩显然等着球会总监的来电，而球会总监将会任命戴维担任甲级联赛代表队教练——他预计，戴维一定会接任熊镇甲级联赛代表队的教练。

"你要加牛奶吗？"苏恩问。

"不必，黑咖啡就好。"赫德镇冰球协会的新任甲级联赛代表队教练回答。

球会总监轻咳一声，蜜拉来到玄关。里欧和玛雅站在更远处，弟弟抓着姐姐的手。

"会员们已经表决了，他们不想解雇你。"球会总监说。

他的话并未引起欢呼，甚至微笑。彼得拭去眉毛上的汗珠："这意味着什么呢？"

球会总监举起双手，缓缓地耸了耸肩："戴维已经递出辞呈，他刚被任命为赫德镇甲级联赛代表队的教练。青少年代表队的精英都会追随他：利特、菲利普、班杰、波博……彼得，他们从来不是为球会而战，他们是为了戴维而战。他去哪里，他们就会去哪里。没有了这些人，我们建立一支甲级联赛代表队的计划就可以束之高阁了。今天晚上，所有赞助商很可能就会打电话给我，取消他们的赞助。"

"我们可以起诉他们。"蜜拉咆哮着。但是，球会总监摇摇头。

"去年，他们的所有投资建立在一个共识之上：这支青少年代表队将会成为良好的甲级联赛代表队。现在，我们甚至可以不必讨论这球队到底'好不好'了——我们根本发不出薪水了。我甚至不知道，这支球队明年还在不在。议会将不会继续投资，这场……丑闻之后，他们不想把冰球学院设在这里了。"

彼得点点头。

"恩达尔家族呢？"

"很显然，凯文的父亲会撤资，转而投资赫德镇。当然了，他想彻底歼灭我们。如果凯文没有因为……已经发生的这一切被法院判罪，那么……他也会为赫德镇出赛。最优秀的球员都会跟随他的。"

彼得倚着墙壁，凄惨地微笑。

"所以有坏消息，也有好消息。"

"好消息是，你仍然是体育总监。坏消息是，我不确定这个能让你担任体育总监的球会下个球季是否还会继续存在。"

他转身离开，却又改变心意。他回过头，说道："我欠你一个道歉。"

彼得一声长叹，缓缓地摇摇头："你不必跟我道歉，这……"

"我不是跟你道歉。"球会总监打断他。

他的目光越过彼得，穿透玄关，直视玛雅的双眼。

戴维双手握着咖啡杯，低头看着桌面。

"苏恩，我现在说话可能像个敏感的老太婆，但我想让你知道：我很感谢你为我所做的一切、你所教我的一切。"

苏恩挠了挠小狗，盯着它的毛。

"我本来应该放手，让你多发挥的。很多时候，我太骄傲了。我不想承认，比赛已经超出我掌握的范围了。"

戴维喝着咖啡、看着窗外。

"我要当爸爸了。我……在这种情况下，这真的很蠢，但是我想让你第一个知道。"

一开始，苏恩完全说不出话来。然后他站起来，打开一个橱柜，拿出一瓶利口酒。

"我想，我们需要浓一点的咖啡。"

他们干了一杯。戴维轻笑一声，但很快沉默下来。

"我不知道，一个冰球教练能不能当个好爸爸。"他说。

"嗯，我觉得你当了爸爸以后，会变成一个更好的教练。"苏恩回答。

戴维将杯中物一饮而尽，放下空杯子。

"我无法留在一个把政治和冰球混在一起的球会。这可是你教我的。"

苏恩为自己又斟了一杯。

"戴维，我没有小孩。但是，你想不想听听我给父母的最好的建议？"

"想。"

"你得学会一句话：'我错了。'"

戴维露出苦笑，又喝了一口酒。

"我能理解，你是同情彼得的。他一直都是你最得意的门生。"

"他只能排第二啦。"苏恩纠正他。

他们没有看着彼此，但两人的双眼都闪闪发亮。

苏恩正色道："这跟彼得的女儿有关，戴维。他的女儿。他只是想讨个公道而已。"

戴维摇摇头："不，他可不是要讨公道。他想赢。他希望凯文的家人比他还痛苦。那已经不是讨公道了，那是在报仇。"

苏恩将两人的杯子斟满酒。他们轻轻地干了一杯，若有所思地喝下这杯酒。然后苏恩说："当你的孩子满十五岁时，记得来拜访我。也许，那时候你的心境就会不一样了。"

戴维起身，两人简短但坚定地拥抱了一下，向彼此道别。明天，他们就将分别前往两座不同的冰球馆：一座位于熊镇，另一座则位于赫德镇。下个球季开始，他们将成为彼此的对手。

爱德莉站在妈妈家的厨房里。凯特雅和佳比正为了该怎么摆设餐具、该用哪些碗盘、该点哪几根蜡烛争执不休。班杰走进厨房时，妈妈亲吻他的脸颊，告诉他，她爱他，他给她的人生带来了光明。然后，她又针对他的腿骂了他一顿，说他这次其实更应该弄断脖子，反正他也不怎么用大脑。

门铃响起。站在门外的那位女士向他们道歉，表示不好意思这么晚还打搅他们。她皮肤松弛，骨架几乎无法支撑她的身躯。她不得不花上十分钟说服班杰的妈妈同意不必请她吃晚餐，可是，班杰的妈妈仍然拍了爱德莉的头一下，嘶吼道："再去拿个盘子来！"爱德莉用手肘轻轻推了佳比一下，低声说："去拿盘子！"佳比踢了凯特雅一脚，用抱怨般的声音说："盘子！"凯特雅转向班杰，但一看见他脸上的表情，就欲言又止。

凯文的妈妈站在门口，看着他，用一道相当微弱、不像她自己的声音说出自己的心愿。那道声音听起来简直像是录音："对不起。我只想跟班杰说几句话。"

凯文站在别墅外的庭院里，一次又一次射门。砰——砰——砰——砰——砰——他的爸爸坐在屋里，面前是一瓶新开的威士忌。这天晚上，他们并没有大获全胜，但是他们其实也没有输。明天他们的律师将会开始准备论述，说明为什么一个爱上那名年轻女子、喝醉酒的年轻人不是可靠的证人。然后，凯文将为赫德镇冰球协会出赛，同时带走整支球队，以及几乎所有赞助商，他们所有的人生规划也将完整无缺。总有一天，他们相信这一天会很快到来，他们身边的所有人将会假装这一切根本没发生。因为这家人并没有输。即使他们看似输了，但实际并没输。砰——砰——砰——砰——砰——

班杰坐在屋外一张板凳上。凯文的妈妈坐在他旁边，头部向后仰，看着星空。

"我还记得你和凯文每年夏天都会划船去那座小岛。"她说。

班杰没有搭腔，但是他也想过那座小岛。他们小时候就发现了它。

它不在冰球馆后面的大湖上，小镇里的每个人夏天都会到那个湖游泳，他们在那里不得安宁。那座小岛上没有码头，没有人潮，中心处有一小丛树林与石块。从湖上看，它只不过是一个废弃的石堆。小男生们将小艇拖过森林，划到湖中，将岛上的碎石清理干净，整理出一块够大的营地。那是他们的秘密基地。第一年夏天，他们只是在那里过了一夜；第二年夏天，他们停留了好几天。进入青春期后，他们在岛上一待就是几个星期。球季一结束，他们就在一阵烟雾中消失，离开这座小镇直奔岛上，在那里一直待到暑期训练营开始。他们就在一阵烟雾中消失，离开这座小镇。他们在湖中裸泳，在石头上晒太阳、钓鱼，吃着钓来的鱼，在星空下沉沉睡去。

此刻，班杰看着同一片天幕。凯文的母亲专注地盯着他。

"班杰明，你知道吗？镇上这么多人似乎都觉得，你父亲去世以后，是凯文的家人在照顾你。我觉得这真是奇怪。因为事实正好相反。凯文待在你妈妈家里的时间，远超过你待在我们家里的时间。我知道你们常在我们离开以后把屋子弄乱、假装凯文在那里睡过，可是……"

"可是，你发现了？"班杰点点头。

她露出微笑："我还知道，你故意踢我的地毯，把流苏弄得乱七八糟。"

"对不起。"

她看着自己的双手，深深地吸了一口气："当你们还小的时候，是你妈妈清洗你们俩的冰球装备，为你们俩煮饭；当高年级学生在学校里找你们麻烦的时候，是……"

"是我姐姐出面摆平他们的。"

"你有一群好姐姐。"

"我的三个姐姐真是疯子。"

"班杰明，这是你的福气。"

他缓缓地眨眼，压着他那条骨折的腿，使它接触地面，让肉体的痛苦强过精神上的痛楚。

凯文的母亲抿抿嘴唇："班杰明，对一个母亲来说，某些事情是很难承认的。我注意到，你没到警察局来接我们。我注意到，你没有到我们家来，今天晚上你也没有去开会。我……"

她迅速地将拇指和食指贴在眼睛上，沉重地叹了一口气，低声说道："在你和凯文还小的时候，每次你和凯文一惹麻烦，老师们和其他家长总会说问题是你先造成的。他们会归罪于'你家里没有男性模范'。关于这种说法，我始终不知道该怎么说才好。因为这是我这辈子听过的最愚蠢的话。"

班杰惊讶地凝视着她，她睁开双眼，伸出手来，轻轻地触碰着他的脸颊。

"这支冰球队……这支该死的冰球队……我知道，你们彼此非常友爱。你们大家都非常忠诚。有时我真不知道，这是一种福气，还是一种诅咒。我记得，你九岁时做过一把弹弓，凯文用它打破了邻居家的窗户，你还记得吗？你被骂了一顿。因为当其他男生作鸟兽散的时候，你留在原地，因为你意识到，总得有人承担罪名。你被骂的后果比凯文被骂对他造成的后果要好一点。"

班杰揉揉双眼，她的手仍搭在他的脸颊上。她拍拍他，露出微笑："班杰明，就我所知，你并不是天使。可是，亲爱的上帝，你并不缺乏男性楷模啊。你最优秀的特质都来自一个事实：你是在一个由女性组成的家中长大的。"

她更加贴近他，他全身颤抖着，她将他抱紧，说："班杰明，我儿子从来没办法对你说谎，没错吧？凯文有能力对世界上任何人说谎。对他爸爸说谎，对我说谎。可是……他从来无法对你说谎。"

他们坐在原地，她紧抱着他，两人沉静地共处了一分钟左右。然后，凯文的妈妈起身离开。

班杰试图点燃一根香烟，但他的手抖得太厉害了，根本握不住打火机。而且，他的泪水浇熄了打火机的火焰。

凯文的爸爸仍然坐在厨房里，那瓶威士忌已经打开，但他一口都没喝。砰——砰——砰——砰——砰——妈妈回到家，看着她的丈夫，在玄关逗留了一下，盯着墙上的其中一张照片。那是一张精心装裱的全家福。它正歪斜地挂着，相框被捣烂，地板上散落着玻璃碎片。爸爸的一只手正流着血。妈妈没说什么，只是清理了碎玻璃，将它们扔掉。然后，她走进庭院。砰——砰——砰——砰——砰——当凯文要捡起橡皮圆盘时，她抓住他的手臂。她没有特别用力，也没生气，但足以使他转过身来。她盯着他的双眼，他低头避开她的目光，她的手指捏住他的下巴，迫使他抬起头来。这样一来，儿子就必须睁眼看着母亲，直到她了然。

这家人并没有输，但是，他们很快就会知道。

安德森一家，包括安娜在内的五个人，都坐在厨房里。他们正在玩一种相当幼稚的纸牌游戏。没有人赢，因为每个人都努力想让别人赢。门铃再度响起，彼得前去应门。他沉默地站在门口，睁大眼睛，瞪着前方。蜜拉跟上前，但一看见来人就停下脚步。最后，玛雅来了。

警方认为：案发后已经过了相当长的时间，可靠的证据已经不存在。她当初应该照相存证，不应该洗澡，应该直接报案。他们只说：现在，一切为时已晚。但是，女孩脖子上和手腕上的瘀伤仍清晰可见。任何人都看得见这些瘀伤。那是一双强有力的手胁迫她时留下的印记，那双手压制她，阻止她尖叫出声。

凯文的妈妈站在屋外。她内心已经支离破碎，只能将自己隐藏在衣饰下。她双腿发抖，挣扎着。最后，她终于不支倒下。她跪在小女孩的面前，伸手仿佛想触碰她，但颤抖的双臂使她够不到她。玛雅茫然地站在原地许久，只是看着前方。她阖上眼皮，屏住呼吸。她的皮肤麻木无感，她的泪水静寂无声，一时竟让她觉得这泪水不是从自己身体里流出的。然后，她非常谨慎地伸出手，仿佛解锁一般，轻抚着这位女士的头发。她无助地在女孩的脚边啜泣着。

"对不起……"凯文的妈妈轻声说。

"这不是你的错。"玛雅回答。

她们当中一人倒了下去，另一人则爬了起来。

45

砰——砰——砰——

在团队运动中，比"忠诚"还要难解释的词汇绝对屈指可数。它总被认为是一种正面特质，因为许多人会说：人们为彼此所做的最美好的一切，就是取决于忠诚度。唯一的问题是：我们对彼此所做的最不堪的事情当中，有许多也正是因为忠诚度。

砰——砰——砰。

亚马站在札卡利亚卧室的窗边，看见第一批人出现在建筑物之间。他们头上戴着帽子、用围巾遮住脸。札卡利亚正在卫生间。亚马可以要求他陪自己一起出去，或是在这里躲上一夜。但是他知道，那群戴着帽子的人是专程来这里找他的，他知道更多人正在加入他们的行列。他们相互扶持，而这就是团队的真谛与基础。现在，他们痛恨的已经不是相信凯文做了什么或没做什么。他们痛恨的是，亚马伤害了球队。他们是一支军队，而他们需要一个敌人。

所以，亚马溜进玄关、穿上夹克。他可不会让札卡利亚因为他被毒打一顿，也不能容忍任何人因为想抓他而闯进母亲的公寓。

当札卡利亚走出卫生间时，他最要好的朋友已经消失无踪。出于忠诚。

砰——砰。

当那群年轻人穿过树丛的时候，安－卡琳站在汽车修理厂旁边那栋屋子的窗前。利特带头，后面还跟着八九个人。她认出其中几个人是青少年代表队的球员，另外几个是他们的哥哥，甚至包括年纪更大的男性亲友。所有人都戴着帽子，围着深色围巾。他们不是一支球队，更不是一个帮派。他们是一票准备动私刑的暴民。

波博走到雪中，跟他们会合。安－卡琳站在窗前，看着她的儿子低着头，利特把手搭在他的肩膀上，说明策略，对他下命令。波博这辈子只有一个心愿：被允许成为某个团体的一分子。这位妈妈看着儿子试图向利特说明，但现在的利特已经不可理喻了。他吼叫着，推了波博一下，用食指戳着他的前额。就算隔着一层窗户，妈妈还是能从利特的唇形读出"叛徒"这两个字。那群年轻人用帽子遮住头，用围巾盖住自己的脸，消失在树丛间。安－卡琳的儿子独自一人留在原地，直到他改变心意为止。

当波博走进修理厂时，戈登正俯在一座引擎上。戈登探头一望，父子俩只是向彼此投去匆匆的一瞥，都没有正眼看着对方。戈登继续俯在引擎上工作，什么都没说。波博取来一件连帽大衣与围巾。

砰。

菲利普正在和父母吃晚餐，他们没有交谈。菲利普是全队最优秀的后卫，总有一天，他的成就将不止如此。小时候，他各项体能发育都远远落后于同龄男生。每个人都在等他退出球队，而他能做的，只有奋战不懈。当他还是全队体形最瘦弱的球员时，他就已经学会解读比赛，学会总是在正确的时间出现在正确的位置，这弥补了他体形上的劣势。现在，他是全队最强壮的球员之一，也是最忠诚的球员之一。他应该戴着帽子、披上围巾，加入这股力量的。

这家位于赫德镇的餐厅并不特别优质，但是在会员大会结束以后，妈妈坚持全家来这里吃晚餐。他们待在餐厅，直到餐厅打烊为止。假如这群男生要求菲利普做些什么，他从来就无法拒绝——因此，当这群人按下菲利普家的门铃时，一如在冰球场上，菲利普在正确的时间出现在正确的位置。他不在家。

砰。

亚马在风中颤抖，但仍然故意站在其中一盏路灯下。他就是希望他们大老远看见他，这样一来，其他人就不会被波及。他将永远无法解释，他为什么敢这么做。不过，要是你已经被威胁太久，你或许就会对威胁感到厌倦。

当他们穿过建筑物时，他并不知道他们有多少人，但他们看起来非

350

常狂暴，因此他非常清楚，他们几乎立刻就能围住他暴打一顿，而他将毫无招架之力。他的心脏急剧收缩。他不知道他们究竟只是想吓唬他，拿他杀鸡儆猴；还是已经做了精密的规划，要让他这辈子再也打不了球。其中一个人手上拿着某种物体，也许是球棒。当他们经过他前方最后一盏路灯时，另一人手上的金属管闪闪发亮。亚马用下臂挡住了第一击，但第二击正中他的后脑勺。就在那根金属管打中他大腿的同时，一股剧痛直上脊髓。他咬紧牙关、猛挥猛打、艰难地挤过人群。但是，这已经不是一场斗殴，而是攻击。当他倒在雪中时，早已血流不止。

砰。

基本上，波博除了打架以外可以说是一无是处。在合适的成长环境下，这可是一项备受赞赏的特质。他不仅仅是强壮、拥有令人仓皇失措的适应力而已，考虑到他在其他方面的行动是如此缓慢、迟钝，他在打架时的反应时间就更让人惊异。可是，他并不算特别健康，他的体重过重，无法长距离奔跑。因此，他非常艰难地跟在其他蒙面人后面，在他们找到目标以前，他的体力就几乎耗完了。他知道，他只有几秒钟时间向他们证明自己，证明他有多么无私、多么忠诚、多么勇敢。

当看见亚马时，他们放慢了脚步。那名十五岁的青少年独自一人站着，等着他们上门。

"他真有种，居然没跑掉或躲起来。我要揍死他。"利特自言自语。

第一击落下时，亚马用下臂抵挡。但在那之后，他就不清楚后续的发展了。波博把握那一两秒钟的时间站上前，使尽全力一拳揍在利特脸上。那一拳力道之猛，将围巾从他脸上打了下来，让他的身体撞在了墙上。波博还不太会溜冰时，就和这伙人中的一个男生一起打冰球，此时他狠狠地对那人的鼻子打上一拐子，让他血流如注。

这几秒钟是他仅有的时间。然后，他的队友就察觉出他是叛徒。亚马已经倒在地上，而波博像疯狂的野兽般不断攻击，头槌、用膝盖猛顶、双手像锤子一样乱挥，不过最后还是猛虎难敌群猴。利特坐在他的胸口上，乱拳如雨下，暴吼着："浑蛋！你这该死的浑蛋！你这个该死的叛徒、懦夫！"他的怒吼声直入黑暗。

砰。

一辆车在离现场二十米左右的空地上停了下来。那名驾驶者显然不想被牵扯进来，却仍打开车前大灯。短短几秒钟，斗殴现场被灯光照亮。有人在利特的耳边吼道："有人来了！快跑，快跑！"然后，他们便溜之大吉。有些人高声咒骂，有些人蹒跚跛行。不过，他们的步伐还是隐入夜色，消失无踪。

亚马蜷曲着，以婴儿在母亲腹中的姿势躺在地上许久。他不敢相信，他们已经不再对他拳打脚踢。他缓缓地依次伸展自己的四肢，确定没有骨折。他轻轻地将头摆向两侧，他的头抽痛不已。他的视线不清，但仍看见自己的队友倒在身旁的雪地上。

"波博？"

那名男孩的脸和手指关节伤痕累累。他们的敌人当中，有一两个人被打得无法凭自己的力气离开，他们一定是搀扶着彼此，狼狈不堪地逃走了。波博的一颗门牙被打掉，当他张开嘴巴时，一小股鲜血正从那颗门牙掉落处流出。

"你没事吧？"波博问。

"没事……"亚马呻吟着。

波博的嘴咧出一点微笑："活过来了？"

亚马哼了一声，非常费力地吼道："活过来了！"

"活过来了！"波博喊着。

他们微笑着躺回地上，喘息着、颤抖着。

"为什么？你为什么要帮我？"亚马低声说。

波博将殷红的血吐在地上："嗯……反正我一定挤不进赫德镇的甲级联赛代表队，可是熊镇的甲级联赛代表队明年可能烂到连我都有机会。"

亚马笑了起来。可是，他也许不该这么做的。因为直到这时，他才发现自己可能断了一根肋骨。他尖叫起来，波博纵声大笑。要不是波博的下巴疼痛不已，他可能会笑得更大声。

砰——砰——砰。

那辆停在一小段距离以外的萨博车关掉了车前大灯。车上坐着两名黑衣男子，他们迟疑了片刻。在熊镇，你总是很难知道哪些人是可信的。但是，熊镇的这些黑衣男子是在毛皮酒吧里长大的，在那里，忠诚度的重要性高于一切。他们非常暴力，知道怎么恐吓别人。当某个人知道自己会被毒打一顿，却没有逃跑时，他们或许会佩服他的勇气。所以，他们最后还是下了车，走到路灯中间。他们贴向亚马，亚马通过浮肿的眼皮，斜眼看着他们。

"是你们啊？"他啜泣着。

两人微微点头。亚马试着坐起身来："你们救了我们的命，谢……"

其中一人更贴近他，粗暴地说："不要谢我们，去谢拉蒙娜。见鬼，我们还不知道能不能信任你呢。可是你早该在会议上闭上你的鸟嘴的，你说出了关于凯文的事情，你可是把该死的身家性命都赌上了。拉蒙娜看重你，她相信你。而我们相信她。"

他递给亚马一个信封。同时，另外一个人瞪着那个小男孩，半开玩笑地说："你最好确保自己以后能像大家预期的一样，变成顶尖的冰球选手。"

萨博车的引擎再次发动，那两名男子消失在夜色中。亚马看看信封，里面装着五张皱巴巴的一千克朗大钞。

就像其他人一样，那名身穿黑衣、驾着萨博车离开的男子知道：在熊镇，你很难知道哪些人是可信的。所以，他只能根据自己所见来判断一个人。他看见凯文的父亲来到洼地，递给亚马一笔足以支付他母亲一个月房租的钱；他看见小男孩将这笔钱扔到雪里。他看见这个小男孩在会场面对小镇民众，冒着极大的危险，却坚定不移。这天晚上，他看见小男孩知道自己即将被攻击时的反应。他没有逃跑，他只是站在那里，等候着。

这名黑衣男子不知道，这些事实能不能构成信任的基础。拉蒙娜是他在这世界上唯一真正信任的人，而他也只对她说过一次谎。当他还是个青少年时，她曾问他是否在撞球桌上找到一只遗失的皮夹，他回答"没有"，而她马上就看出他说谎。当他问她是怎么知道的时候，她用扫把手柄打了他的头一下，吼道："笨小孩，我是一家该死的酒吧的老板！你难道还觉得，我在测谎上一点经验都没有吗？"

也许有一天，这名黑衣男子也会回想起这件事：这就是他好奇到底是凯文还是亚马说了实话，以及玛雅的话能否采信的原因。

砰——砰——砰。

赫德镇的一间排练室传来敲门声，一个男生放下手中的乐器，前去应门。班杰站在门外，拄着拐杖，手中提着冰球鞋。贝斯手开怀大笑。他们前往一座位于赫德镇冰球馆后方的小型户外溜冰场。拄着拐杖的班杰比穿上冰球鞋的贝斯手甚至更能保持身体的平衡。在溜冰场上，他俩第一次亲吻了彼此。

砰。

两名少女走过漆黑的森林。她们在一片空地上停了下来，打开各自的手电筒，以她们熟知的秘密方式握手，宣誓对彼此忠贞不贰。然后，她们举起各自的猎枪，对着湖面开出一枪又一枪。

砰。

熊镇的冰球馆里，一名父亲站在中场，看着漆在圆圈里的熊头图案。小时候，第一次上溜冰课，他被那头熊吓到了。

有时，他仍然会被那颗熊头吓到。

那头熊相当沉静。彼得收集完橡皮圆盘，再次举起他的冰球杆。

砰。

46

清晨再次降临大地。时间总是一天接一天地过去，它始终以相同的速率移动，只有情感会以不同的速率起伏。每一天都可以标识一辈子或短短的一次心跳，其中的关键在于，你和谁度过这一天。

戈登站在修车库里，正用一块布擦干手上的油渍。波博坐在椅子上，手里拿着一把扳手，脸上满是结痂和瘀伤。他看着车库外。明天他们会带他去看牙医。过去冰球也曾经造成代沟，但这次情况不一样。他爸爸取来一张小凳子，呼吸声听起来有些紧张。

"我的个性其实不喜欢谈心。"他抓挠着胡须，先发制人。

"爸，这我们知道。"

戈登轻咳一声，胡须下方的双唇几乎一动也不动。

"我需要跟你多谈谈。在凯文闹出这件事以后……我早就该跟你谈谈的。关于……女孩子。你已经十七岁了，实际上已经是个男人了，而且你身强力壮。这就意味着某种责任。你必须……谨言慎行。"

波博点点头："爸，我可从来没有……对女生……从来没有……"

戈登打断了他的话："这可不只是不要伤害任何人而已。你不能那么木讷、沉默寡言。我一直很懦弱。我早该挺身而出的。而你……主啊，你……"

他温和地拍了拍儿子的伤口。他并不想说，他对此感到骄傲，因为安－卡琳不允许他对儿子打架的事情感到骄傲，仿佛骄傲是可以被禁止的。

"爸，凯文做的事情……我可没有……"波博压低声音。

"我相信你。"

儿子的声音听起来十分害羞："可是你不懂……我是说，我从来没有和女生……你知道的……"

父亲笨拙地揉了揉太阳穴："波博，我不擅长谈心。可是……你是说……"

"我还是个处男。"

父亲揉搓着胡须，努力摆出一副就算自己的头被凿子敲了一下，还是要继续对话的表情："很好，但你可知道，嗯……男欢女爱，还有所有这种垃圾事情……你知道这一切是怎么发生的吗？"

"我看过色情片，如果这就是你想问的。"波博睁大双眼，面露不解。

爸爸拘束地咳了一声："我得……好吧，我真不知道该从何说起。告诉你引擎怎么运作都比这个容易……"

波博将手放在大腿上，握紧那只扳手。他的肩膀很快就会像他爸的一样厚实、宽阔，但他提问时的声音听起来仍非常稚嫩："好吧，我……如果……如果你想先结婚，这会不会让你变成傻帽儿啊？我是说，我在想，自己应该特别一点，这第一次……我想和某人相爱，我可不是只想……这会不会让我变成傻帽儿啊？"

爸爸的笑声在整座车库里回荡。他笑得如此突然，吓得波博手里的扳手都掉落下来。这座车库不太习惯笑声。

"小子，不对，不，不，不。主啊……你冷静点吧。这就是你想知道的吗？这不会让你怎么样。那是你的私生活，那跟别人一点关系都没有。"

波博点点头："那么，我可以问问另外一件事吗？"

"问吧……"

"你该怎么知道，自己的阴茎好不好看？"

爸爸的胸口起伏着，活像一条倾覆的船。他闭上眼睛，按揉着太阳穴。

"我得喝点威士忌，才能谈这种事情。"

安－卡琳躲在修车库外其中一道门的后面，她听见了一切。她对这对父子从未感到如此骄傲。他俩真是一对白痴。

法提玛和儿子坐公交车穿越森林，来到赫德镇。当他提供证词时，她就坐在隔壁房间。她从未为他感到如此害怕。警方问他当时是否喝醉了，问到房间是否昏暗、房里是否有大麻烟味，问他是否对这名年轻的女性当事人有着特殊的情感。他毫不迟疑地回答了每个细节，说话没有结结巴巴，眼神没有四处游移。

一两个小时以后，凯文坐在同一个房间里。他们问他是否坚持自己原本的说法，问他是否仍然坚持认定那名年轻女子完全出于自愿和他发生性关系。凯文先看着他的律师，再看看父亲。然后，他双眼直视警官，点点头。他发了誓、做出了保证。他坚持自己的说法。

在女孩们的人生中，她们总是被告诫：她们唯一需要做的，就是尽自己的全力。只要她们尽力表现，这就足够了。当她们成为母亲时，她们对自己的女儿保证，这是真的，只要我们尽力而为，只要我们诚实、卖力工作、照顾家人、爱护彼此，一切自然会水到渠成。一切都会非常顺利，没有什么好担心的。孩子们得听到这个谎言，才敢在床上安心入睡；父母需要这个谎言，隔天早上才能起床。

蜜拉坐在办公室里，当她的同事进门时，她便盯着同事。这位同事正和一位在赫德镇警察局上班的朋友通电话，她的脸因为悲伤、愤怒而涨得通红。她不敢亲自告诉蜜拉这个消息。她把这些话写在一张纸上，当蜜拉要拿走那张纸时，她仍握着它不放。当蜜拉倒地时，她及时扶住她，和她一起尖叫。那张纸上写着两句话、十个字："初步调查结果：证据不足。"

这一生当中，我们努力想保护自己心爱的人。那是不够的，我们就是保护不了他们。蜜拉跟跟跄跄地上了车。她将车全速开进森林。当她猛力甩上车门时，金属边框甚至变了形。积雪减弱了树丛间发出的声音。

然后她就站在那里，高声号叫着。这股回声将永远在她内心缭绕，永远无法沉寂。

凯文的妈妈在午餐时出门倒垃圾。家家户户陷入寂静，每家的大门都紧闭着，没人邀她进去喝杯咖啡。今天，律师寄了一封电子邮件给她，邮件里写着两句话、十个字。这意味着她儿子是清白的。

但是，整条街仍然一片寂静。因为大家都知道真相，而她也知道真相。此刻的她感到无比孤独。

一个温和的声音传来，一只富有同情心的手搭在她的肩膀上。

"来杯咖啡吧。"玛格·利特说。

凯文的妈妈坐在邻居家舒适、温馨的厨房里，似乎已经无人闻问的全家福歪斜地挂在墙上。玛格对她说："凯文是无辜的。也许这座伪善的小镇自以为能用自己的法律和所谓的公义惩罚别人，但凯文是无辜的！现在警方不都这么说了吗？你我都知道，他从来没做过他们所指控的事情。从来没有！我们的凯文从没做这种事情！这座该死的小镇……伪善者和道德警察。我们会接管赫德镇的冰球协会，你我的丈夫、其他赞助商，还有球队的小伙子们都会入主赫德镇，我们会痛宰熊镇冰球队。因为当这座小镇想压迫我们的时候，我们反而团结一致。不是吗？"

凯文的妈妈点头同意。她一边喝着咖啡，一边思索着同一个想法：在这个世界上，单打独斗的人是不会有成就的。

当天下午，班杰再度前往赫德镇。在几乎已经抵达贝斯手的排练室时，他收到了一条短信。他把手机握在掌心，直到它的屏幕被汗水浸湿。他要求凯特雅把车子开回去，她想追问为什么，却从他的表情里看出，追问是毫无意义的。他在森林深处下了车，拄着拐杖，直接走向森林的中心。没人看过那条短信，没人能够理解那条短信的意义。短信里只写着："到岛上谈谈？"

贝斯手坐在排练室里的一张小凳子上，没有演奏任何乐器。他手上拿着一双冰球鞋，等着一个永远不会出现的人，一等就是好几个小时。

再过一两个月，夏天才会来临，但是湖水已经开始从冬眠中醒转，湖面上的冰层每天都会多出几道裂痕。如果你站在岸上，岸上仍是一片银白，充满光影的静谧景象；但是，绿意的前奏已经悄然降临。新的一季即将来临，新的一年即将到来，人生将继续前进，人们终将淡忘一切。原因是：有时他们记不得过往，甚至不愿意记得。

凯文坐在一块石头上，看着他和班杰的这座小岛。过去，这座小岛是他们之间的秘密，是他俩唯一对彼此毫无保留的场所。凯文已经失去了他的球会，但并没有失去球队。他会为赫德镇冰球协会出赛一年，之后他就会接受其中一个大型职业球会开出的合同，前往北美。他会参加NHL选秀会，那些职业球会将对警方的调查嗤之以鼻，表示那都是"球场外的问题"。他们会稍微问起这件事情，不过他们当然都知道事情的经过。总是会出现那种想吸引别人注意的女生，你得让法院和警方来处理这种事情，这种事情和运动是毫无关系的。凯文将会得到自己梦寐以求的一切。现在，只剩下一件事情了。

蜜拉回到家时，玛雅正坐在屋前的台阶上。蜜拉仍然紧握着同事递给她的那张纸，把它揉成一个纸球，活像一颗装填好的手榴弹。她的额头轻轻抵着女儿的前额，她们什么也没说，因为她们已经听不见任何言语。她们内心呐喊的回声早已震耳欲聋。

班杰拖着那条骨折的腿走在雪地上，穿越大半个森林。他知道：凯文正希望如此。他希望得到证明：班杰仍然是他的，仍然对他忠心耿耿，一切都能回到过去。当班杰出现、凝视着自己最要好的朋友时，两人都知道：一切的确能够回到原状。凯文笑逐颜开，拥抱他。

母亲将双手贴在女儿的脸颊上，她们擦拭着对方的眼睛。

"我们还是有办法的，我们可以要求重新进行审讯，我已经联系上一位专攻性犯罪的律师，我们可以聘请他，让他搭飞机过来，我们可以……"蜜拉喋喋不休，但玛雅温和地要她安静下来。

　　"妈，我们得放手了。你得放手。我们不会赢的。"

　　蜜拉的声音颤抖着："我不会让这些狗杂种赢的，我不会……"

　　"我们还得生活，妈。拜托。别让他也毁了我的家庭，别让他毁了我们大家的生活。我不会百分之百复原的，妈，一切都不可能回到过去了，我会一辈子害怕黑暗，一辈子……可是，我们总得开始努力过生活。我可不想一直生活在战争状态。"

　　"我不希望让你觉得，我……我们没办法……我让他们扬长而去……玛雅，我是律师，这可是我的工作！保护你是我的工作！我的工作就是帮你报仇，这是我的工作……这是我……我该死的工作……"

　　玛雅的呼吸声粗重，但她的手仍平静地贴在母亲的鬓角上："你是世界上最好的妈妈。没有人比你更好。"

　　"我们可以搬家，亲爱的。我们可以……"

　　"不。"

　　"为什么不？"妈妈哽咽着。

　　"老天，这也是我的家乡啊。"女儿回答道。

　　她们坐在台阶上，拥抱彼此。战斗其实并不困难，即便如此，它有时仍然是世界上最难以做到的事情。这就取决于你是在哪一边战斗。

　　玛雅走进卫生间，看着镜中的自己。让她震惊的是，她学会了假装，让自己看起来如此坚强。她对自己现在能保守这么多的秘密感到震惊不已。她对安娜、对妈妈、对每个人都隐瞒了一堆秘密。痛苦与恐怖在她的脑海里震耳欲聋地嘶吼着，但一想到自己的秘密，她就变得平静、沉稳："一颗子弹。我只需要一颗子弹。"

彼得回到家，进了厨房，坐在蜜拉身旁。经历了这一切之后，他们不知道能不能重建自己的生活。他们不知道自己的内心该如何找到再一次让血液贯穿全身的力量。他们将永远为自己被迫放弃感到可耻不已。你怎么能输掉这一仗而没有壮烈成仁呢？你晚上怎么睡得着觉，早上怎么起得了床呢？

玛雅走进厨房，站在爸爸背后，双手搂住他的脖子。爸爸哽咽着："我辜负了你。作为你的爸爸……球会的体育总监……所有我认识的人……我辜负了你，就像其他……"

女儿的手臂将他抱得更紧。在她还小的时候，他们总会对彼此诉说秘密，而不是讲床边故事。爸爸可能会在她耳边承认"我偷吃了最后一块饼干"；女儿会回答"是我把遥控器藏起来了"。这项传统已经行之有年。此刻，她在他耳边说："爸，你想听个秘密吗？"

"好啊，小南瓜。"

"我也爱冰球。"

他流泪承认："我也爱冰球，小南瓜。我也爱冰球。"

"爸爸，你可以为我做一件事吗？"

"为了你我什么都可以做。"

"请你为了大家留下来，建立一个更好的球会，让这项运动变得更好。"

他做出了承诺。她走回自己的房间，拿出两个包装好的包裹，放在爸妈面前的桌上。

然后，她去找安娜。两个女生各拿着一把猎枪，深入雪地，让其他人再也听不到她们的声音。她们瞄准装满水的塑料瓶射击，看着子弹命中水瓶时的爆炸。她们开枪的理由并不一样，其中一人只是想练习，另一人则带着攻击性。

班杰总觉得，自己面对不同的人会表现出不同的个性。他始终明白，凯文也有相当多重的个性。凯文在冰球场上、在学校里，以及他们独处时表现出的个性是不一样的。总而言之，小岛上的凯文有着另一种个性。在那里，凯文是专属于班杰的。

现在，两人都坐在石头上看着小岛。凯文清了清喉咙："我们想在熊镇做的事情都可以在赫德镇实现。甲级联赛代表队、国家队、NHL……我们还是会大获全胜的！所以，这座小镇可以下地狱了！"凯文露出充满自信的微笑。只有班杰在场时，他才会露出这样的微笑。

班杰将那条骨折的腿埋到雪中，轻轻地压着它，将痛苦凝聚起来。

"会大获全胜的人是你。"班杰纠正他。

"你这是什么意思？"凯文喊道。

"你会获得一切。你总会获得一切。"

凯文双眼圆睁，抿着嘴唇。

"你在说什么？"

班杰转过身来，直到两人的脸相距不到一米。

"别忘了，你从来骗不了我。"

凯文的瞳孔一沉，双眼变得阴郁起来。他愤怒地用食指指着班杰："那些警察撤销了调查。他们讯问了每个人，然后撤销了调查。该死，哪有什么强奸！你甚至都不在那里，所以不要再胡说了！"

班杰缓缓点头："的确。其实我也不应该来这里的。"

当他起身离开时，凯文脸色大变，从原本的恨意与威胁，转变为惊恐与恳求："拜托，班杰……别走！我……对不起，行吗？对不起！真的对不起！你要我说什么？说我需要你？我需要你，这样行了吧？我需要你！"

他站起来，张开双臂。班杰对那条骨折的腿逐渐施力。凯文向前一步，此时的他不再是熊镇那个大家都熟悉的凯文，他已经变成那个来自小岛的凯文。他的双脚轻柔地踏在雪地上，指尖轻触班杰的下巴。

"对不起，好吗？对不起……这……一切都会没事的。"

但是，班杰向后退，闭上眼睛。他感觉到自己变得冰冷的脸颊。他低声说："阿凯，我希望你找到他。"

凯文大惑不解地皱起眉头，风从他的眼皮下乘虚而入。

"谁？"

但是，班杰将拐杖扎在雪地上。他缓缓地跳过石块，走进森林，离开自己在这个世界上最要好的朋友，离开他们共有的小岛。

"谁？你希望我找到谁？"凯文在他背后大吼。

班杰的回答无比沉静，连风仿佛都转了向，把这句话一路传到水边。

"你一直在找的那个凯文。"

一对夫妻坐在家中的厨房里，各自打开女儿所给的礼物。蜜拉的礼物是一只画着狼的咖啡杯，彼得的礼物则是一台浓缩咖啡机。

47

有些人会说：孩子们不会根据大人告诉他们的方式生活，他们会根据大人的生活方式生活。这也许是真的。可是在相当程度上，孩子也会按照大人告诉他们的方式生活。

贝斯手被敲门声惊醒。他赤裸着上半身，打开了门。

班杰窃笑不已："我们要是去溜冰，你最好多加几件衣服。"

“我昨天等了你一整夜。你早该打电话过来。”贝斯手不满地低声说着。

“对不起。”班杰说。

即使贝斯手很不想原谅他，但做不到。的确，面对一个以这种态度对待你的男生，你怎么忍心不原谅呢？

毛皮酒吧一如往常，室内混杂着潮湿的牲畜味与一盘被藏在暖房装置后面的食物气味，酒客清一色都是男性。蜜拉知道他们已经注意到她的到来，但没人看着她。对于自己不会轻易受惊这件事，她向来相当骄傲。但是，这伙人的不可预测性使她感到一阵透心凉。在冰球馆里、在甲级联赛代表队的赛场中见到这伙人，已经够糟糕了，因为当一个不尽如人意的球季接近尾声时，他们会对彼得高声漫骂。而在这个拥挤的房间里见到他们，其中大多数人还喝了酒，让她比平时更加紧张。

拉蒙娜的手越过吧台伸向她。老妇人微笑着，露出歪斜的牙齿。

“蜜拉！你在这儿干吗？你终于受够了彼得的连篇废话啦？”

蜜拉不动声色地笑了：“不是。我只是想来谢谢你。你在会议上所说的、所做的，我都已经听说了。”

“不必谢啦。”拉蒙娜笑着说。

蜜拉站在吧台前，坚持着：“我真的得谢谢你。你在没人敢说话的时候挺身而出，我想看着你的眼睛向你道谢，哪怕我知道，在这座小镇里，你们对于向彼此道谢都觉得很难为情。”

拉蒙娜笑得咳出声音来：“我得承认，这座小镇有时候实在很没是非观。可是，我们知道善恶之间的差异。”

蜜拉的手指甲嵌进吧台的木质桌面。她来这里不只是为了道谢，更是因为她需要知道一个问题的答案。她对于在这里问这种问题也相当警惕，不过，她其实并不羞怯。

"拉蒙娜,你为什么这么做?为什么'那群人'表决让彼得保住工作?"

拉蒙娜瞪着她。整个酒吧安静下来。

"我不知道你在说……"拉蒙娜开口,但蜜拉疲倦不堪地伸出两只手:"拜托,别用一些屁话来忽悠我。别告诉我'那群人'不存在。真的有这么一群人,他们恨死了彼得。"

她没有转身,但能感觉到那群男人正盯着她的后脑勺。因此,她的声音颤抖着:"拉蒙娜,我是个聪明人。我懂算术。如果不是'那群人'和有能力影响他们的人投给彼得,他不会赢的。"

拉蒙娜凝视她许久,眼睛眨都不眨一下。那群男子当中,没有人起身。没有人吭声。最后,拉蒙娜缓缓点头。

"就像我说过的,蜜拉,这里的居民有时候很没是非观。可是,我们知道善恶之间的差异。"

蜜拉的胸口随着呼吸起伏,她的颈动脉悸动着,她的手指甲在吧台上留下印痕。突然间,她的手机响起,她吓了一跳,在提包里翻找着。是一位重要客户的来电,她犹豫着,手机响了七声。然后,她拒接了。她做了几次深呼吸,呼出的空气穿越齿缝。当她再度抬头时,吧台上摆着一杯啤酒。

"这是给谁的?"她问。

"这是给你的,你这疯狂的小妞。你还真是天不怕地不怕,不是吗,小妞?"拉蒙娜叹了一口气。

"你不用请我喝啤酒。"蜜拉惭愧地喘息着。

"这不是我请的。"拉蒙娜拍了拍她的手。

过了几秒钟,蜜拉才知道是怎么回事。不过,她已经在森林里生活了很长一段时间,因此能够不多问任何问题,就举起酒杯。她喝下啤酒时,听见那群穿着黑衣的男人在她背后静静地干杯。熊镇的镇民可不常说"谢谢"。他们也不常道歉。可是，他们用这种方式显示：镇上某些人其实能同时在脑海里孕育不同的想法。你会想对一名体育总监的脸狠狠揍上一拳，却不会让任何人伤害他的子女。

而且，你会尊敬一个无所畏惧地走进这间酒吧的疯狂小妞。不管她到底是谁。

罗宾·霍特在街上走着，逐渐接近毛皮酒吧。他停在那个通往酒吧的门口，对自己微笑一下，继续走下去，没有进入酒吧。他明天要上班。

戴维和两个他最心爱的人躺在床上，他开心地笑着，而其中一人正努力想着该为另外一人取什么名字。对戴维来说，这些名字听起来像是卡通人物或某人的曾祖父。但是每当他提议一个名字，女朋友就会问："为什么？"他会耸耸肩，说："就是好听啊。"然后他的女朋友就会用"冰球球员"作为关键字在谷歌上搜索，想弄清楚他是怎么想到这名字的。

"我好怕噢。"他承认。

"这个世界竟然未经我们许可就要让我们两个为一个全新的生命负责，这实在太荒谬了。"她笑着说。

"如果我们是非常糟糕的父母，怎么办？"

"那如果我们是好父母呢？"

她把他的手放在她的腹部，将手指搁在他的手腕上，敲了敲他腕表的表面。

"有人很快就会面对这个问题了。"

珍妮在篱笆外站了许久，将一切打量了一番。

"太好了。你的犬舍，这是你梦寐以求的。小时候，你总是说个不

367

停，而我总是不相信。"

这番话相当侮辱人，不过爱德莉还是挺直脊背。

"噢，我的收支很难保持平衡。要是他们再次提高保险本金的额度，我就得把这些狗送走，然后关了这家店。不过，这间犬舍是我的。"

珍妮拍拍她的肩膀："这是你的犬舍，我真为你感到骄傲。太有趣了……有时我多么希望自己没有搬回这里，有时又希望自己当初没有搬走。你懂我的意思吧？"

爱德莉的沟通方式总是相当简单明了。她回答："不太懂。"

珍妮微笑着。她多么怀念这种简单明了的风格。他们不再打冰球后，爱德莉投入森林的怀抱，珍妮则去了赫德镇，找到一个小型拳击社团。爱德莉买下这个老旧的农场时，珍妮搬到一座比较大的城市，开始学习每种她能找到的武术。当爱德莉第一次买小狗时，珍妮开始参加比赛。在短短一年内，她就成为职业拳击手。之后，她便伤病缠身。她在养伤时接受培训，成为教师。她痊愈时，已经是一名优秀的教师，而不再是一名拳击手了。她在武术上特有的本能已经消失了。当她的父亲过世、弟弟又无法独自照顾母亲时，她就搬回这里。原本她只想停留几个月，但最终留在学校任教，再度成为镇上的一分子。这座城镇用一种无法言喻的方式掌控着你的内心。从一方面来说，它有着一长串各式各样的缺点，但几项优点却足以掩盖其他一切不堪的缺点。最主要的因素还是人——这里的人们像森林一样强硬，像冰一样坚毅。

"我可以租用你的其中一间储藏室吗？"珍妮问道。

戴维按下班杰家的门铃。他的妈妈前来应门，她才刚下班回家，疲倦不已。她告诉他，她不知道儿子上哪儿去了。她觉得，他也许正和姐姐待在赫德镇的"谷仓"酒吧。戴维开车前往那家酒吧。凯特雅站在吧台后方，犹豫了一下才告诉戴维，她不知道他在哪里。看得出来，她在说谎。不过，他并未继续追问。

离开"谷仓"时，一名保镖喊住他："嘿，你不就是冰球队的教练吗？你是来找班杰的吧？"

戴维点点头。

保镖指着冰球馆的方向："他和一个朋友往那个方向走了。他们带着冰球鞋，我估计现在湖面上根本不能溜冰，所以他们应该是在冰球馆后面的室外溜冰场。"

戴维向保镖道了谢。他绕过转角时，天色仍然昏暗，男孩们看不到他，而他却看得见他们。班杰和另一个男生在一起，两人正在接吻。

戴维不由得全身颤抖。

"储藏室？要做什么用？"爱德莉问道。

"我想成立一个武术社团。"珍妮说。

爱德莉窃笑不已。

"我知道。这件事天知、地知、人尽皆知。不过考虑到最近刚发生的事情……我不觉得这座小镇现在应该忽略体育活动。我认为这里需要更多元的体育活动。我对其他体育项目所知不多，可是我懂武术。我可以教孩子们武术。"

"武术？不过就是又踢又打，值得吗？"爱德莉嘲弄她。

"那不只是又踢又打，它就是一项真实的运动……"就算珍妮内心知道爱德莉非常了解她过去常练习的这项体育活动，以及它的先决条件，她还是愤怒地说明起来。每场比赛之后，爱德莉总是第一个给她打电话询问比赛结果的人。

"你这么怀念武术啊？"爱德莉问。

"我每天都很怀念武术。"珍妮微笑着。

爱德莉摇摇头,费劲地咳嗽着:"这里是一座冰球小镇啊。"

"我能不能借用你的储藏室啊?"

"借?一分钟之前你还说要租呢!"

两位女士瞪着彼此,露出大笑。你在十五岁时有过的朋友,有时能够找得回来。

班杰和凯文还小的时候,他们会偷溜进教练的房间,翻找着戴维的提包。他们并不知道自己要找什么,只是想多了解自己崇拜的教练。戴维发现他们的时候,他们正如痴如醉地坐在房间里,把玩着他的手表,直到凯文将它掉落在石质地板上,摔裂了表面的玻璃。戴维冲了进来,绝少动怒的他大发雷霆,对他们大吼大叫,连冰球馆的墙壁都随之震动:"你们这些该死的小屁孩,那是我老爸的表!"

当他正视小男孩们的双眼时,这句话哽在他的喉咙里。他对这件事情的罪恶感从未真正放过他。事后他们从未再谈这件事,但是戴维在他和小男孩之间发起了一项仪式。有时候(甚至一季可能只会发生一次),当他们其中一人在比赛中表现非常优异,表现出非凡的勇气与忠诚时,他就会把这块手表交给那个人。直到下一场比赛前,他就可以一直戴着这块手表。知道这项小竞赛的只有凯文和班杰。在一整年中,只要他们其中一人在某个星期达成了这个目标,他在另一个人的心中就是所向无敌的。在那七天里,包括时间在内的所有事物仿佛都变得更加珍贵。

戴维已经忘记这项传统是什么时候停止的。小男生们不再继续这项传统,而戴维仍然每天戴着这块手表,他怀疑他们现在是否还记得这件事。

他们的成长相当迅速,一切变化是如此快速。现在,青少年代表队最优秀的球员都已经打过电话给戴维了，他们都愿意转会到赫德镇，为他卖命。他将在那里打造出一支优秀的甲级联赛代表队，也就是那支他念兹在兹、梦寐以求的甲级联赛代表队。他们的阵列中将拥有凯文、菲利普、利特，他们周围将围绕着一群忠诚的球员和财力雄厚的赞助商，他们会得到议会的大力支持，宏图大展。这当中，只有一块失落的拼图。现在，那个男生就站在冰面上，正在亲吻着另一个男生。戴维感到无比厌恶。

　　当他转身消失时，他们并没有发现他。他父亲的手表在唯一的路灯的照耀下，闪闪发亮。他无法直视班杰的双眼。他不知道，往后他是否还能再次直视班杰的双眼。

　　选手和教练在更衣室里度过的无数个小时、在客场比赛与锦标赛征途中的那些夜晚，到底有什么价值？戴维总觉得，球队是靠着所有欢笑与征途中变得越来越淫荡、污秽不堪的黄色笑话凝聚起来的。有时候，这些笑话的笑点是金发美女；有时候，他们也取笑赫德镇的镇民或男同性恋。他们乐不可支。他们看着彼此，开怀大笑。他们是一支团队，他们信任彼此，他们之间没有秘密。即便如此，他们当中被认为最忠诚、最不可能叛逃的人还是背叛了他们。

　　夜幕降临，珍妮在储藏室的天花板上吊起一只沙袋，将一只体操垫摊开在地板上。爱德莉一边不情愿地帮着她，一边咕哝着。准备完毕以后，珍妮留了下来，独自练习；爱德莉则穿越森林、进入市区、走进那处老宅。时间已经不早了，因此，当苏恩开门看见她时，忍不住喊道："班杰发生什么事了吗？"

　　爱德莉不耐烦地摇摇头，问道："该怎么做才能建立一支冰球队啊？"

　　苏恩困惑不已，抓抓自己的肚皮、清了清喉咙："嗯……没那么难，你要做的，就是把它建立起来。总是会有小伙子想打冰球的。"

"如果我想成立女子冰球队呢？"

苏恩皱了几次眉头，笨重的身躯随着呼吸声起伏着。

"赫德镇有女子冰球队了。"

"我们又不是赫德镇人。"爱德莉回答。

他忍俊不禁，但还是回应道："现在恐怕不是成立熊镇女子冰球队的好时机。我们现在问题已经够多了。"

爱德莉双手抱胸，说："我朋友珍妮是学校的老师，她想在我其中一间储藏室里成立一个武术社团。"

苏恩的嘴唇颤抖着，仿佛在试着发出这两个字奇怪的发音："武术？"

"没错，就是武术。她对武术很在行。她以前可是职业选手。孩子们对她会如痴如狂的。"

这会儿，苏恩双手抓着肚皮，努力想弄懂现在到底发生了什么事。

"可是……武术？这座小镇根本没有什么武术。这是一座……"

爱德莉已经转身离开。那条小狗跟随着她，苏恩则跟在后面，骂着脏话、低声咕哝着。

戴维还小的时候，他的父亲可是个超级英雄，通常父亲都会扮演这种角色。他心想，自己是否也能成为孩子心中的大英雄。他父亲耐心、温和地教他溜冰，从来不打架。戴维知道有些人的父亲会做这种事，但他爸爸从不打架；他爸爸讲故事、唱摇篮曲。当儿子在超市尿湿裤子或扔球打破玻璃时，他从不大吼大叫。在日常生活中，他的父亲是个大男人；在冰球场上，他则是个巨人，残酷无情、无坚不摧。教练们总会崇拜不已地称他是"真男人"。戴维总是会站在看台边缘，亲身感受每句赞美，好像他才是大家赞美的对象。无论是在运动赛场上，还是在言论上，

372

他爸爸毫不犹豫地采取的一切行动都建立在一个原因之上。"你想怎样都行，就是别当个娘娘腔。"他边笑边说。但是，他有时会在餐桌前变得严肃起来："戴维，你要记住：同性恋是一种大规模毁灭性武器。那是不自然的。假如每个人都变成同性恋，只要经过一个世代，人类就会灭种。"时间一年一年过去，他父亲也成了一名看着新闻大声吼叫的老人："那不是性向，那是一种时髦！他们怎么会是受压迫的少数族群？他们在办自己的游行啊！他们受的压迫有那么严重吗？"几杯酒下肚以后，他常常会用一只手的拇指与其他手指比出一个圆圈，把另一手的食指插进圆圈，说："这样才对，戴维！"然后，他还会将双手食指指尖碰在一起，说："这样是不对的！"

不管什么时候，只要出了什么问题，只要是非常糟糕的问题，那"都是同性恋的错"。每当某个东西出了问题，一切"都是同性恋的错"。这已经不只是一个观念，这是一个副词、一个形容词、一个语法上的武器。

戴维将车开回熊镇。他坐在车里，愤怒地哭着。他觉得自己真是丢脸。他花了大半辈子的时间指导一个小男孩打冰球，视他如己出，对方也将他当成父亲一样敬爱。没有比班杰更忠诚的球员了，没有人比他更忠心耿耿。在许多比赛结束后，戴维都会拥抱着这名16号球员，说："你是我认识的最勇猛的小浑蛋，班杰，我认识的最勇猛的小浑蛋。"

然而，那些在更衣室里共处的所有时光、在球队巴士上一同度过的夜晚、所有的对话、所有的笑话、一切血泪与汗水都枉费了。这孩子竟然不敢把自己最重要的秘密告诉教练。

戴维知道，这是背叛，是非同小可的背叛。这样一个战士般的男孩居然会相信：如果他被发现是同性恋，教练就不会为他感到骄傲了。这一切只说明：作为一个成年人，他的为人算是彻底失败了。没有其他解释。

戴维为自己没有青出于蓝痛恨自己。儿子的职责，就是要青出于蓝。

爱德莉与苏恩挨家挨户地询问，每个前来应门的人都会看着天，像是说明：这时候还来打扰安分守己的居民也未免太晚了。苏恩问他们："你们家里有没有小女孩啊？"往后爱德莉在提到这个故事时会说：这幕情景就像法老王在埃及挨家挨户寻找摩西。我们必须指出，爱德莉对《圣经》典故的掌握相当生疏，不过她有别的专长。

每户应门的人都告诉她："可是赫德镇不是已经有女子冰球队了吗？"她每次都给出相同的回答，直到她按下某一家的门铃。在门板的另外一边，一只几乎还碰不到门铃的手将门把拉了下来。

一名四岁的女孩站在没有照明的玄关，那是一间伤痕累累的屋子。她的双手反映出恐惧，她踮着脚站着，仿佛随时准备逃走，她留神倾听着阶梯上的脚步声。但是，她睁大双眼，一眨也不眨地看着爱德莉。

爱德莉蹲下时，心都碎了。她屈膝蹲下，看着那个小女孩。爱德莉见过战争、见过苦难，但她永远不会习惯这样的情景。面对一个已经在生命中遭受太多苦难与伤痛却觉得很正常的四岁小孩，你还真不知道该说什么才好。

"你知道什么是冰球吧？"爱德莉问。

小女孩点点头。

"你会打吗？"爱德莉问。

小女孩摇摇头。爱德莉放下心来，说："那是全世界最好玩最棒的游戏，你想学吗？"

小女孩点点头。

戴维衷心希望他能够把车开回赫德镇，抱住那男孩，告诉他：现在他已经知道了一切。可是，他拉不下脸拆穿某个显然不想提到这件事的人。重要的秘密让我们变得渺小。当我们是别人保密的对象时，情况就更是如此。

所以戴维开车回家，把手放在女朋友的肚子上，假装为了宝宝而哭。他的人生将会一帆风顺，他将会获得自己梦寐以求的一切：辉煌的职业生涯、成就与奖杯；他会在好几个国家的传奇球会里执教所向无敌的队伍，但他不会让每支球队的任何球员穿上 16 号球衣。他将永远保持希望：总有一天班杰会再度出现，要求穿上这件球衣。

一枚橡皮圆盘躺在一座位于熊镇的墓碑上。圆盘上写着一行字，为了写上每个字，不得不把它们写得非常小。"你还是我所认识的最勇猛的小浑蛋。"

在那个橡皮圆盘旁边，放着一块手表。

48

安娜和玛雅各自坐在一块石头上，她们身处森林的中心处，任何人都必须花上好几天的时间才能找到她们。

"你看过心理咨询师了吗？"安娜问。

"她说我不应该独自承受这一切。"玛雅说。

"她怎么样？"

"还行。可是她比我爸妈还要啰唆。应该有人告诉她，叫她少说一点话。"玛雅回答。

"她有没有问过你'十年后你想成为什么'的问题？妈妈离家出走以

后，我看过一个心理咨询师。她超喜欢问这个问题。"

玛雅摇摇头："没有。"

"那你会怎么回答？十年后，你想成为什么？"安娜问。

玛雅没有回答，而安娜也没说什么。她们一起回到安娜家，躺在一张床上，配合着彼此的韵律呼吸。几小时以后，安娜终于睡着了。然后玛雅溜下床，下楼走到地窖里，找到一把钥匙，打开一个橱柜。她拿起那把猎枪，走进黑暗。而此刻，她的内心比户外的天色还要黑暗。

冰球很复杂，却也一点都不复杂。理解规则是很困难的；和文化共存是很有挑战性的；而不让所有热爱冰球的人用力往不同方向拉扯、造成分崩离析的后果，则几乎是不可能的。可是，追根究底，它其实非常简单。

"妈，我就是想打球。"菲利普热泪盈眶。

她知道这一点。现在，他们就是要决定他该怎么做。决定他是留在熊镇冰球协会，还是转到赫德镇，和凯文、利特与其他人并肩作战。菲利普的母亲是能明辨是非、善恶的人。可是，她毕竟是个母亲。那么，母亲的职责是什么呢？

"尾巴"坐在一张餐桌前，他最要好的朋友们则围坐在他身边。其中一人咯咯一笑，指着他的领带夹："嘿，尾巴，该把这个拿掉了吧？"

"尾巴"低头看着那只领带夹。领带夹上印着"熊镇冰球协会"的字样。他转头看着其他人，他们非常迅速地摘下自己原本的领带夹，换上印着"赫德镇冰球协会"的领带夹。这对他们来说是如此容易，仿佛只是换了一个领带夹而已。

妈妈帮菲利普收拾行李箱，这倒不是因为他年纪太小不能自己收拾，而是因为她喜欢这么做。她将手贴着他的胸口，他的心脏就像小孩的心脏一样，在她的手掌下跳动。可是，这位十六岁的青少年已经如此高大，必须弯下腰才能亲吻母亲的脸颊。

她记得每一厘米、每一次战斗。她想起那一年夏天的训练营。那时，菲利普在慢跑之后呕吐不止，因为急性脱水而被送到医院。隔天，他又出现在训练营。

"你不必到训练营来的。"戴维说。

"拜托啦！"菲利普恳求着。

戴维用手搭着他的肩膀，诚实地说："今年秋天，我得亲手挑出最精良的阵容。你很可能完全没机会。"

"就让我练习吧。我只是想打球。拜托啦，我就是想打球。"菲利普哽咽着。

每次单挑，他都会被对手痛击一顿；每次练习，他都败下阵来。但是，他还是会回来。夏季的尾声，戴维驾车去探望菲利普的妈妈，坐在她家的厨房告诉她一项研究。那项研究指出：许多精英选手在青少年代表队还排不上前五名，而全队第六名到第十二名的选手最常在甲级联赛代表队出现关键的突破。他们得更加努力，即便遭遇挫折，也不能放弃。

"如果菲利普怀疑自己的实力，你也不必对他保证，他总有一天会成为全队最优秀的球员。你只要说服他，他可以一路奋斗，成为全队第十二人。"戴维说。

他完全不知道，这番话对这家人的意义非比寻常，他们无法以言语表达自己的感受。这改变了一切。这确实改变了一切。

此刻，母亲将前额贴在十六岁儿子的胸口。他将会成为这座小镇有史以来最优秀的球员之一。他只是想打球，而她也有着共同的心愿。

"尾巴"站在停车场上。那些男子彼此握了握手，绝大多数人驾车驶向赫德镇。其中两人和"尾巴"留在后方，抽着烟。其中一人说："有记者吗？"

另一人耸耸肩："有一两个打电话来，不过我们显然没有回应。管他的，他们还能怎样？没戏唱了。凯文是清白的。就算是记者，也不能无法无天吧？"

"你都没去影响一下地方报社吗？"

"我和总编去年夏天才打过高尔夫球。我想，下次我该让他赢。"

他们一边笑，一边捻熄烟头。"尾巴"问道："你们觉得，熊镇冰球协会会发生什么事呢？"

那两名男子面带戏谑地看着他。倒不是因为这是个奇怪的问题，而是因为，只有"尾巴"还关心这个问题的答案。

玛格·利特坐在车内等待着。威廉坐在乘客座，穿着一件印着"赫德镇冰球协会"的运动上衣。菲利普走上街，拖着旅行箱，犹豫许久。随后，他看着妈妈，放开了她的手，打开利特家轿车的后备厢。他坐进后座，妈妈拉开前门，双眼直视威廉。

"你坐了我的位子。"

威廉抗议，但玛格立刻将他推出座位。男生们坐在后座，看着彼此。前座的女士们也面面相觑。玛格沉重地吞了一口口水："我知道，有时候我真是个白痴，可是我所做的一切……都是为了孩子们好。"

菲利普的妈妈点点头。一整晚，她努力说服自己和菲利普：他应该留在熊镇冰球协会的。可是她的儿子只想打球，只想得到努力表现、出人头地的机会，那母亲的职责又是什么呢？尽可能给孩子最好的机会。她一再对自己重复，因为她知道自己花了多少工夫才精通滑雪的技能。

有时，她得和一群白痴一起训练，她得记得：外面的人生和体育活动没有关系。菲利普和威廉从幼儿园开始，就是并肩作战的队友，她和玛格已经是一辈子的好友。所以，她们开向赫德镇。因为友情很复杂，但又一点也不复杂。

"尾巴"回到家，听见儿子的声音。儿子已经十二岁，非常喜爱冰球。可是，"尾巴"还记得儿子六岁时是多么痛恨练球。他常一再哀求，不要让他去练球。"尾巴"还是带他去练球，一而再，再而三地对他说明：这是一座冰球小镇。就算伊丽莎白在晚餐桌上咕哝："可是他就是不想打球，亲爱的，我们真的要逼他吗？""尾巴"还是带他去练球，因为他真切地希望孩子能够理解他对冰球的热爱。也许冰球并没有解救"尾巴"的人生，不过它绝对给"尾巴"带来了新生。它给了他归属感与自信心，没有冰球，他只是一个被诊断出"患有多动症"的胖小孩。但是，它让他学会集中精力。它在一个他能理解的世界里，说着一种他听得懂的语言。

他对儿子不想打冰球感到忧心，因为这会让他们之间产生隔阂。"尾巴"一想到儿子可能喜欢一种他完全不懂的体育活动，就惊恐莫名。要是这样，他就会成为一个老在看台上搞错规则、不能参与讨论、备感失落的父亲。他不希望儿子以他为耻。

"把充电器给我！"他的儿子对姐姐吼道。

他就要进入青春期了。过去，你得把他拖去练球；而现在，你根本没法将他从球场带走，他所恳求的事情也已经与过去不同。过去这几天，他要求让他到赫德镇打球，那些最好的球员也都已经要去赫德镇了。

"这不是你的充电器，大白痴，这是我的！"姐姐走进自己的房间，并甩上门。弟弟对着她大吼。

"尾巴"伸出手臂，想碰触他，想说些什么。但是小男孩还没看见父亲，只顾着踹门，大声吼道："你这浑蛋，把充电器给我，反正没有男人会打电话找你！大家都知道你好想被强奸，不过没有人想强奸你！"

至于之后究竟发生了什么事情，"尾巴"记不清了。他记得伊丽莎白气急败坏地从后面拉扯他的手臂，努力想让他放开。他儿子被父亲的一双大手攫住，双腿晃荡着，惊恐不已。"尾巴"一而再，再而三地推着他去撞墙，对他高声大骂。女儿打开房门，吓得目瞪口呆。最后伊丽莎白终于将体重将近一百公斤的丈夫撂倒在地，他躺在地上，拥抱着自己的儿子。两人痛哭流涕，其中一人是出于害怕，另一人则出于羞愧。

"你不能变成那种男人，我不会让你……我爱你，我是这么爱你……你得比我好……""尾巴"一次又一次在儿子的耳边重复这些话，而不愿放开他。

法提玛犹豫地掉转小轿车的车头。她跟波博的爸妈借了这辆车——他们必须对她疲劳轰炸，她才愿意接受这辆车。她看见波博和亚马一样，被揍得伤痕累累，但是她一句话都没说。她仍然什么也没说。她只管带着儿子经过赫德镇，穿越森林，一路来到一座有着她儿子在找的那种店的城市。他们经过一家体育用品店的时候，她问他是否"需要冰球装备"。他摇摇头，没有告诉她，今年秋天，他很可能就没球可打了。那时，他妈妈恐怕也要失业了。他们当中，没人向对方指出他们可以怎样使用这五千克朗。他走进店，而她在外面等候。在店员的帮助下，他花了些时间找到一件物超所值的商品。最后，他带着那件商品出来，好让他的肋骨不会随着跨出的每一步刺穿他的肺脏。

他们开车回家，并在即将到达洼地时停车，停在镇中心的别墅区。亚马把装备放在台阶上，法提玛则在车上等着。

玛雅不在家，那把吉他将会等着她，直到她回家。店员保证："这把乐器没有五千块是不卖的，十年后，它还会是她的最爱！"

"尾巴"走进毛皮酒吧。他站在吧台前面，手上拿着棒球帽，头发凌乱不堪。拉蒙娜双手放在吧台上。

"嗯？"

"尾巴"轻咳一声："现在熊镇冰球协会还剩下几个赞助商？"

拉蒙娜咳了一声，假装用手指计算着："我估计，现在总共还剩下一人。"

他的脸颊抽动着，下巴紧绷。

"想有人陪吗？"

拉蒙娜狐疑地看着他，然后转身背对他去招呼另一名顾客。再回到吧台前时，她给两个酒杯倒满酒，把其中一杯放在"尾巴"面前，自己则干了另一杯。

"小伙子，你可是生意人哪。你去投资赫德镇的球会吧，这对你在那边的店面会比较好。"

"赫德镇冰球协会又不是我的球会。"

她皱了皱鼻子："我可不确定，你的钱是否足够拯救你的球会。"

他叹了一口气，闭上双眼，然后又闷闷不乐地睁开眼睛。

"我要把赫德镇的店面卖掉。反正，伊丽莎白老是抱怨我工作太忙。"

"你想为一个球会这样做？"

"我是为了一个更好的球会才这样做。"

拉蒙娜挑衅般地颤抖着："所以你要我怎么做？我不知道你对我在这里卖的东西有什么看法，但它肯定不是黄金。"

"我要把你选进理事会。"

"小子，你醉了吗？"

"现在只有强势的人才能拯救这个球会。整个熊镇没有人比你更强势了。"

她沙哑地笑着："你总是有点笨笨的。任谁都会觉得，你是个守门员。"

"谢谢。""尾巴"真诚地回应道。

其实霍格就是守门员，在毛皮酒吧，这是一句赞美的话。拉蒙娜去招呼另一名酒客，回来时，把另一杯啤酒放在"尾巴"面前，给自己弄了一杯咖啡。

她看"尾巴"面露惊讶之色，便说道："如果我会被选进理事会，那我最好少喝点酒。想想看，我过去这四十年已经喝太多酒了，我需要几个月才能适应。"

排练室里，班杰和贝斯手躺在彼此身旁。周围的墙边摆满了乐器，他们被催眠曲呵护着。有时候，学会伪装其实是很容易的。然而，一旦停止，你之后就再也伪装不下去了。

"我得回家了。"贝斯手说。

他说的并不是他在赫德镇的公寓。他指的是自己的家。班杰一语不发，贝斯手真希望他开口说话。

"你也……可以来……"即使他的内心陷入天人交战，他还是挤出这么一句。

他不想听到答案，而他也没听到什么答案。班杰站了起来，开始穿衣服。贝斯手坐起身来，点燃一根烟，难过地微笑起来。

班杰亲吻了他的头发："我可不像你。"

当班杰走进今年最后一场风雪，轻轻地关上门时，贝斯手心想：这真是太贴切了。班杰确实不像他，但他也不像这里的居民。班杰和其他人都不一样。碰上这样的一个人，你怎么能不爱呢？

就在夜幕降临熊镇之际，凯文在那条明亮的小径上慢跑。一圈，一圈，再一圈，直到肌肉的疼痛比其他所有的痛楚还要强烈。一圈，一圈，再一圈，直到肾上腺素战胜不安，这样一来愤怒才能打败谦逊。一次，一次，再一次。

一开始，他还以为这是自己的想象，阴影在耍弄他的双眼；顷刻间，他还以为自己已经累到产生幻觉了。他慢下来，胸口起伏着，用袖子擦干从脸上滴落的汗珠。直到那时，他才看见那个女孩。她手持猎枪，眼中杀气腾腾。

他曾经听猎人描述过，恐惧的猎物会有什么样的行为。直到现在，他才明白这是怎么一回事。

安娜醒来，睡眼惺忪地环顾房间，口齿不清地呢喃了几秒钟，然后跳了起来，头部撞上床头小桌。她抓起被单，希望玛雅就藏在被单下。但是，当她察觉到发生了什么事时，恐惧就像野兽的利爪一般牢牢攫住了她。她狂奔下楼，冲进地窖。当她打开枪柜，发现少了一把猎枪时，她嘴唇紧闭，然后尖叫起来，脑部的血管仿佛一根接一根地破裂。

枪柜里有一张字条，字条上是玛雅娟秀的笔迹。

"安娜，你要快乐哦。十年后，我会非常快乐。你也要快乐哦。"

49

十年后，在一座远离此地的大城市里，一名二十五岁的女子将会走过一个购物中心外的停车场。它旁边是一座冰球馆，但是冰球不属于她人生的一部分，因此她对冰球馆不屑一顾。上车前，她的目光将会穿越车顶，投向她的丈夫。他把购物袋放在行李箱内，两人的目光接触时，他笑了起来。他也对冰球馆毫无兴趣，不屑一顾。片刻间，她把下巴靠在车顶上，他也把下巴靠在车顶上。他们咯咯笑着。她心里想着，他就是她梦寐以求的一切，她所梦想拥有的一切。对她来说，他就是完美的配偶。十年后，已经怀孕的她将感到非常快乐。

　　光线明亮的慢跑小径上相当安静，但并不是杳无人迹。凯文从远处只看见轮廓，他只是放慢速度，并没有停下脚步。当玛雅走到灯光下时，他已经来不及逃跑。他看见猎枪时，一切为时已晚。她在离他三米远的地方停了下来，沉静地举起猎枪，呼吸均匀而规律。她紧盯着他不放，双眼眨都不眨一下。她命令他跪下时，声音冷酷无情。

　　十年后，在一座远离此地的大城市里，一块明亮的招牌将在一座冰球馆上方闪闪发亮，上面闪动着表演者的名字。当天晚上的活动是一场演唱会，而不是冰球比赛。对那名在停车场上的女子来说，这完全没有差别。她将会上车，隔着座位紧握住丈夫的手。她知道爱情是艰难的，不会存有任何幻想；她将会犯下许多错误，并感到非常痛苦。而她也知道，她的丈夫也会犯很多错误，并觉得痛苦不已。但是当他看见她、凝视她的时候，他能够看到她内心最深处。即使他并不完美，他仍是她最理想的伴侣。

　　凯文在雪地上跪下，他的皮肤在寒风中变得麻木。当他的头埋入雪地时，他的手臂颤抖着。但是，玛雅将猎枪枪口抵在他的额头上，低声说道："看着我。当我杀你的时候，我要看着你的眼睛。"
　　他泪如泉涌，想说些什么。但是，激烈的喘息和啜泣让他的双唇无力吐字。鼻涕与眼泪从他的下巴滴落。当那把双管猎枪冰冷的金属压在他的皮肤上时，一股尿臊味传了出来。他的灰色运动长裤上显现出一道污渍，漫延到他的大腿。他在惊恐中尿湿了裤子。

玛雅预想过，她可能会觉得紧张，甚至害怕。但事实上，她毫无感觉。这个计划非常简单：她知道凯文今晚会睡不着觉，她希望他会外出慢跑。她猜对了。她只需要在他家外面等得够久，再根据上次在这里测量到的他完成每圈的时间，就能知道他慢跑的精确时间，以及她该躲在哪里、什么时候该从暗处杀出。那把猎枪有两个弹匣，但她非常清楚自己只需要一个。枪管抵在他的前额上。过了今夜，一切就结束了。

她本来以为自己会很犹豫，会改变心意，会不顾一切地饶了他。她没有这样做。当她扣下扳机时，她脑中一片空虚。当她开枪射击他时，他闭着眼睛，而她却睁开眼睛。

十年后，一名男子会在一座停车场里倒车。当他通过侧面车窗向外看时，他会全身战栗不已。一名抬头挺胸、手上拿着吉他盒的女子将从另一部车上走下来。她十五岁时，一位朋友将这个乐器送给她；到了现在，她仍然不愿意换一把吉他。她将会看见那名在车上的男子，她会停下脚步。在那恐怖的几秒钟内，两人会回到十年前远方的一座森林。当时那名男子仍是个小男孩，正跪在雪地上哀求着饶命；她在他身旁监视，手持猎枪，扣下扳机。

凯文倒在地上，他还有时间意识到，他的大脑感应到：它在枪声与血迹中爆炸开来。他心跳停止。当他的心脏再次跳动时，剧烈的心跳几乎撑破他的胸口，他失去知觉，陷入婴儿般的恐慌与歇斯底里，尖叫着、哭泣着。

玛雅仍在旁监视着他。她放下那把猎枪,从口袋里掏出一个弹匣,将它扔在他面前的雪地上。她蹲了下来,强迫他和她四目相对,说道:"凯文,从现在起,你也会一辈子害怕黑暗。"

十年后,停车场里将挤满其他人。凯文的妻子已经怀孕。玛雅就站在几米外,有着毁灭他人生的大好机会。她可以走到凯文的妻子面前,表明自己的身份,在他最爱的人面前羞辱他,彻底歼灭他。

在那一刻,她拥有生杀大权。但是,她让他逃走了。她永远不会原谅他,永远不会宽恕他,但会饶了他。他会永远知道这一点。

她知道,十年后,他仍然必须开灯睡觉。

当凯文全身颤抖、汗流浃背地驾车离开时,他太太将会问他那女人是谁。他会将真相和盘托出。

同时,玛雅朝冰球馆走去。保安人员急切地伸出手,努力让那些朝她喊叫的乐迷安静下来。但是,她很有耐心地停下脚步,在所有朝她递来的物品上签名,和每位要求合影的乐迷留影。在他们上方的看板上,当晚登台的表演者名字旁边闪动着几个大字:"已售完!"

那是她的名字。

50

安娜直接冲入夜色,却不知道该往何处去。她恐慌的眼神四处扫视着,然后看见慢跑小径上的光线,听见了尖叫声。在接近森林边缘时,她看到了一切：凯文和她最要好的朋友。他正跪在地上，歇斯底里地哭着。玛雅转身离开了他。她穿过树丛，看到安娜，猛然停下脚步。这两个十五岁的女孩看着彼此的双眼。她们一语不发，拥抱彼此，然后回家。

第二天早上，安娜会到慢跑小径上捡回弹匣。她会把它放回原来的位置，和父亲的其他弹药放在一起。如果有人问她那天晚上到哪里去了，她将会回答"在家"。要是有人问她最要好的朋友做了什么，她会回答"抱歉，我没看到"。

冰球馆的门开了，一个拄着拐杖的男孩走进来。彼得正通过更衣室外的走道朝另一个方向走去，但是，他在惊讶中停住脚步。

"班杰……"

然后，他竟然不知道该说些什么。他从来不知道，在这种情况下应该说些什么。所以，他只能尽量找话题："你的脚好点了吗？"

班杰的目光略过他，落在冰球场上。他和那些喜欢地板与冰面相接的那最后一厘米的所有人一样，从这里就能感受到翅膀拍击的声音。他的目光转回彼得身上，回答："如果苏恩觉得我已经好了，甲级联赛开打以前，我就会痊愈了。"

彼得的眉毛纠结在一起，很不自在地轻咳一声。

"班杰……这……我们都付不出甲级联赛代表队的薪水了……主啊，我们到秋天就没有球会了。"

这一次，班杰没有将全身重心集中在骨折的腿上，而是集中在那条健康的腿上。

"我只想打球。"

彼得笑了出来："很好。可是啊，班杰，凭你的热情和天赋，你真的可以出人头地。我是说认真的。你可以在精英联盟打上一两年。赫德镇冰球协会将会拥有一支强队，有稳定的资金援助……你在那边的发展机会比这边好得多。"

班杰冷漠地耸耸肩。他简短、毫不妥协地回答："可我是熊镇人。"

那一年，当溜冰课在冰球馆开课时，他们邀请了四名青少年担任指导员。他们站成一圈，身穿绿、白、棕三色（象征森林、冰与大地）的队服。在这里，人们打造出一个球会，使之拥有与这座小镇一样的特质：对喜爱的事物与其他所有东西展现强硬、永不妥协。

青少年们看着漆在他们脚下的熊头图案。当他们还小的时候，他们很害怕那头熊；现在，他们有时候仍然很怕那头熊。他们是亚马、札卡利亚、波博和班杰。其中两人才刚满十六岁，另外两人刚满十八岁。十年以后，其中两人将会成为职业冰球选手，一人将会成为父亲，另一人则会死。

班杰的手机响起。他没有接听。手机再次响起，他从口袋里掏出，看了看来电号码。他冷冷地深吸一口气，关掉了手机。

一名贝斯手提着手提袋出现在公交车站。他最后一次拨打同一个号码，然后上了公交车，离开了这座小镇。他永远不会再回到这里。但是，十年后他将在电视上突然看见班杰的面孔，他将会立刻回想起一切——手指指尖、眼神、陈旧吧台桌上的酒杯、寂静森林里的吞云吐雾。那是当三月的雪落在你皮肤上，一个眼神悲戚但内心狂野的小男孩教你溜冰时的感觉。

当孩子们跌跌撞撞地跨过边缘，踏上冰面，跨越最后一厘米距离而失足的时候，站在中场圆圈上的男生们笑了起来，并扶起这些小朋友。他们努力地想教会小朋友：除了莽撞地一头滑进看台边线以外，还有其他方法可以停止滑动。

他们当中没有人看见最后一个小孩第一次尝试溜冰的情景。她才四岁，骨瘦如柴，戴着尺寸过大的手套。每个人都看到了她皮肤上的瘀伤，却视而不见。头盔在她眼前滑动，但她的眼神却坚定而清晰。

苏恩和爱德莉跟在她后面，准备扶她起来。随后，他们才发现没有必要。下一个球季，站在中场圆圈处的四个男生会建立一支新的甲级联赛代表队，但那已经无关紧要。因为十年后让这座小镇居民感到骄傲的，将不会是他们的名字。

他们都会说谎，表示：当这个将成为球会历史上最伟大球员的小女孩第一次溜冰时，他们都目睹了那一刻。他们都会说：从那一刻起，他们就知道她将会不同凡响。

因为人们就在此地辨识出了那头熊。

樱桃树总会散发出樱桃树的气息。

冰球小镇的樱桃树，也会散发出樱桃树的气息。

（未完待续）

作者谢词

许多朋友协助我完成了本书中最困难的部分，但出于众多原因不希望我在此处提到他们的名字。首先，我要向你们致上最诚挚的谢意。

我也愿向所有同意我到场观看比赛与球队集训、提出古怪问题的冰球员、球队经理、裁判与球员家长，深深鞠一躬。

我特别感谢我的朋友与作家同行 Niklas Dag och Natt、出版商 Sofia Brattselius Thunfors、编辑 Vanja Vinter 与经纪人 Tor Johansson。除了我的家人以外，本书得以完成，你们四位最为功不可没。感谢你们的坚定支持。

若没有下列人士的协助，我的一切努力最终只会沦为构想与一堆文书，我愿在此向他们致上最深切的感激。他们是：林奈大学运动科学系的历史学家兼冰球研究员 Tobias Stark；风趣而学识渊博、能提出严厉但公允批判、有时会伤及作者脆弱自我的批评家 Isabel Boltenstern 与 Jonathan Lindquist；在我仍费心苦思、寻找灵感时大方奉献出自己时间的冰球专家 Erika Holst、John Lind、Johan Forsberg、Andreas Haara、UlfEngman 与 Fredrik Glader；在对话中提供丰富的枪械与犬只知识的 Anders Dalenius；针对体育与人生问题和我进行广泛对话、提出明智解答的 Sofia B.Karlsson；耐心回复我冗长电子邮件的 Robert Pettersson；提供专业化学知识的 Attila Terek；任职于南泰利耶市 Monkeysports 体育用品店，允许我在店里闲晃一整天并教导我关于冰球装备知识的 Isac 与

Rasmus；同意参与我的学习考察之旅且向我描述对体育活动热爱的 Lina、Lynx、Eklund 与 Pancrase Gym；总是非常乐于提供意见的 Johan Zillen；除此之外，还要特别感谢一路上在众多领域中挺身相助、对细节和格式提供详细建议的法学专家，以及在我寄出部分手稿后以不同方式阅读、思考、提出见解的其他所有读者。读者的人数众多，在此无法将姓名一一列出，但我希望各位知道：我深切感谢各位为本书所做的贡献。

在此，我也要由衷地感谢任职于 Kult PR（公关公司）在签约日下午的混乱中辛勤工作，同时带给大家欢笑的 Anna Svensson 与 Lina Kåberg Stene；同时更为了包括冒险、新点子、热切的讨论与不辞辛劳、绕道找到优质零食摊贩在内的一切，由衷感谢 Karin Wahlen。特此感谢耗费精力与时间为本书设计四种封面，使本书能予人第一印象的 Nils Olsson；为我设计出熊头标识、充分捕捉到我对熊镇冰球协会看法的 Eric Thunfors；让我能够观察、见识大千世界的 Salomonsson Agency（版权中介公司）；使所有文件有条不紊的 Pelle Silveby、Bengt Karlsson 与 Christina Thulin；提供"大声点，大声点！"曲目清单（以及这些年以来容许我盗用其他所有妙点子）的 Oskar Ollerup；以及在近二十年来的友情中，给予我真诚支持的 Riad Haddouche、Junes Jaddid 与 Erik Edlund。

最后，我愿向相信我创作理念的出版社 Piratförlaget 致上最诚挚的谢意——特别是倾听我、信任我的 Ann-Marie Skarp，仔细检视文本所有部分的 Anna Hirvi Sigurdsson，以及在我七月间失控之际，在夜里回复我电子邮件的 Mattias Boström。

但是，我仍要对我的子女们献上最恳切的谢意：感谢你们等待我写完这本书。现在，我们可以继续玩《我的世界》游戏了。

图书在版编目（CIP）数据

一个女孩的恐惧 /（瑞典）弗雷德里克·巴克曼著；
郭腾坚译 . -- 2 版 . -- 成都：四川文艺出版社，2022.11
ISBN 978-7-5411-6438-5

Ⅰ . ①一… Ⅱ . ①弗… ②郭… Ⅲ . ①长篇小说—瑞
典—现代 Ⅳ . ① I532.45

中国版本图书馆 CIP 数据核字（2022）第 176192 号

YIGE NÜHAI DE KONGJU

一个女孩的恐惧

[瑞典]弗雷德里克·巴克曼　著　郭腾坚　译

出 品 人　张庆宁
责任编辑　陈润路
责任校对　段　敏

出版发行　四川文艺出版社（成都市锦江区三色路 238 号）
网　　址　www.scwys.com
电　　话　028-86361781（编辑部）

印　　刷　河北鹏润印刷有限公司
成品尺寸　146mm×210mm　　　开　本　32 开
印　　张　12.5　　　　　　　　字　数　330 千
版　　次　2022 年 11 月第二版　印　次　2022 年 11 月第一次印刷
书　　号　ISBN 978-7-5411-6438-5
定　　价　55.00 元